Mike Barke

Jetztmensch I

Höhlenfrauen

Prähistorischer
Abenteuer-Roman

2., überarbeitete Auflage

Umschlaggestaltung, Illustration: Mike Barke
Lektorat, Korrektorat: Raphael Barke

Verlag: tredition GmbH, Hamburg
ISBN: 978-3-8491-1853-2
Printed in Germany

Vorwort

Vor etwa 12.000 Jahren befand sich Mitteleuropa in einem gewaltigen Umbruch. Nach mehr als 100.000-jähriger Kaltzeit-Periode („Weichsel-Eiszeit"), mit öfteren heftigen Klima-Schwankungen, schien das Klima sich endlich dauerhaft erwärmt zu haben.

Für Flora und Fauna bedeutete dies existenzielle Herausforderungen. Viele Tierarten wanderten ab, manche starben aus, Wälder bildeten sich, neue Arten wanderten ein.

Es begann die Jetztzeit, das Holozän, die Blütezeit des Homo sapiens, des modernen Menschen.
Die zigtausende Jahre als Jäger und Sammler hatten ein Wesen geformt, welches sich nun anschickte, den Planeten Erde zu beherrschen.

Seit jener Zeit haben Mensch und Natur sich nicht wesentlich verändert.

Noch immer war Steinzeit. Mit einfachsten Mitteln kämpften die wenigen Menschen jeden Tag auf's Neue um ihr Überleben. Ständig bedroht von Raubtieren, unerklärlichen Krankheiten und unbarmherzigen Naturgewalten. In Götterglauben und Schamanismus suchte man Zuflucht.

Kulturpflanzen wie Getreide, Gemüse und Obst gab es noch nicht, Metall war noch unbekannt.

Doch der Mensch hatte bereits einen treuen Helfer: Den Hund.

1.Kapitel: Ausgestoßen!

Kühl und trocken war diese klare, aber mondlose Sommernacht. Ein grandioser Sternenhimmel breitete sich über der dunklen Weite der nacheiszeitlichen mitteleuropäischen Tiefebene aus. Selbst die schwachen Lichtscheine einzelner Galaxien konnte das Auge in diesem überwältigenden Lichter-Meer erkennen. Es ließ im Betrachter ein Gefühl von Ergriffenheit und Ohnmacht vor der unergründlichen Natur aufkommen.

Vollkommen unbedeutend und kaum wahrnehmbar brannten hier und da die Feuer der wenigen hundert Menschen, die in dieser Zeit das weite Land bevölkerten.

Keine Luftbewegung störte die fast schon überirdisch anmutende Ruhe. Das milde Plätschern der gleichmäßig strömenden Wasserläufe konnte diese Stimmung nur verstärken. Aber an einem Flussufer rannte verzweifelt ein nackter Mensch. Über die halbe Nacht rannte Hukan schon. Füße und Beine brannten von den vielen Schnitten, die er sich zugezogen hatte. Blut lief auf beide Füße hinab, machte die Fußsohlen klebrig. Erst lief er überhastet, Todesangst trieb ihn zu höchstem Tempo. Immer wieder blieb er keuchend stehen und sah sich hektisch um. Als er seine Energie langsam schwinden fühlte und sich sicher war, dass ihm nichts unmittelbar folgte, besann er sich. Er verringerte seine Geschwindigkeit, um nicht vorzeitig ganz zu entkräften. Er wollte sein Ziel, die felsigen Berge, auf jeden Fall noch in dieser Nacht erreichen. Nur dort konnte er der Wut seiner aufgebrachten Stammesgenossen und dem Zorn der unsichtbaren Mächte entkommen.

Das Licht der Sterne erhellte das sumpfige Gelände nur unzureichend, doch wendig und geschmeidig suchte der athletische junge Mann sich seinen Weg durch die wilde Natur. Dem Flüsschen folgend, musste er bald die Tal-Öffnung erreichen, die von Norden aus den Zugang zu den teils felsig-kahlen, aber größtenteils bewaldeten Höhen bildete.

Hastig zupfte Hukan die Haarsträhne von einem knorrigen Aststumpf, woran er in der Finsternis hängengeblieben war. Bisher hatten nur einzelne Erlen und Weiden das Ufer markiert, jetzt zeichnete sich im Süden schemenhaft dichter werdender Baumbestand ab. Deutlich spürbar ging es nun leicht bergan, von weit her roch es nach Fichten: Das Ende der Ebene hatte er also erreicht. Erleichtert trabte er weiter. Bald darauf türmten sich in der Dunkelheit bedrohlich wirkende Höhen links und rechts von ihm auf: Die Tal-Öffnung.

Hukan hielt kurz an, um sich zu orientieren. Ja, er erkannte die Stelle. Vor einigen Jahren war er einmal mit seinem Vater und ein paar weiteren Jägern seines Stammes auf der Jagd bis hierher vorgedrungen. Von halb rechts oben duftete es nach Beeren Sträuchern, zwischen ihnen würde er sich verstecken können. Noch einmal lief er kurz zum Ufer zurück, um seinen Durst zu stillen und sich das verräterische Blut von den Füßen zu waschen. Der Geruch von Blut, einmal von der feinen Nase eines Raubtiers wahrgenommen, machte es gierig und aggressiv.

Er war vollkommen unbewaffnet!

Der Flüchtende erklomm auf allen vieren einen Geröllhang, erreichte mit nachlassender Kraft den flacheren, dicht bewachsenen Bereich, um einen verborgenen Schlafplatz zu suchen. Beim Erwachen im Morgengrauen sollten ihn die Waldfrüchte stärken.

Heftiges Rascheln und Trappeln von vielen kleinen, fliehenden Hufen ließ Hukan kurz zusammenfahren, dann grinste er zufrieden: Er war nicht der Einzige, der hier nächtigen wollte; ein Rudel Rehe war soeben vor ihm geflüchtet. Dieses Klangbild war, wie viele andere auch, im Gehirn des Jägers gespeichert. Seine Ohren konnten solche Geräusche sehr präzise differenzieren.

Zwischen den Zweigen ertastete er einladend weiche Moospolster. Ein Feuersalamander beeilte sich, ihm Platz zu machen. Hukan hob sacht den trägen ungenießbaren Lurch beiseite, zwei Steine warf er hinter sich. Total erschöpft legte er sich auf die Seite und zog die schmerzenden Beine an den Körper. Mit flacher werdendem Atem spürte er erst jetzt die herankriechende Kälte, die ihn zusätzlich am Einschlafen hindern würde. Vor allem war er aber innerlich immer noch viel zu aufgewühlt.

Alles hatte sich an diesem verfluchten Tag gegen ihn verschworen. Die „Norsuns“ (Sonnen des Nordens), wie sein Stamm genannt wurde, weil fast alle von ihnen leuchtend gelbe Haare hatten, waren in großem Aufruhr. Eine schwere, bisher unbekannte Krankheit hatte in den letzten zwanzig Tagen bereits ein Viertel ihres Stammes getötet; Männer, Frauen und Kinder, gleich welchen Alters. Er, Hukan, war Schuld am Zorn der unsichtbaren Mächte, davon waren fast alle Blondschöpfe (wie sie sich selbst nannten) überzeugt. Als bester der jungen Jäger sollte er am Fest der Sommersonnenwende, zu dem sich alle, normalerweise getrennt voneinander umherstreifenden Sippen der Norsuns trafen, bei den weisen Steinen das schönste und perfekteste Mädchen zur Frau nehmen.

Er hatte es verweigert.

Nicht dass er Sunea nicht schön fand, dieses reizvolle, junge Weib. Mit ihrer strahlenden Erscheinung, den langen hellsten Haaren, entsprach sie einfach dem Schönheitsideal aller Männer und Frauen. Hellblonde Haare stellten das höchste, wertvollste Schönheitsideal dar. Es gab sie überhaupt erst seit einigen Generationen und fast nur bei den Norsuns. Sie waren der Stolz des Stammes. Begegnete ein Fremder zum ersten Mal einem Blondschopf, war er zutiefst beeindruckt, durch die überirdisch anmutende Erscheinung. Denn sonst hatten alle Menschen dunkle oder, ebenfalls selten, rote Haare.

Doch der 16-jährige Hukan war schon länger der ein Jahr jüngeren Bebeh zugetan, einem eher unscheinbaren, aber herzensguten Mädchen, dessen ruhige Stimme und weiche und warme Ausstrahlung den wilden Jäger fast hypnotisch in ihren Bann zog. Ja, Bebeh liebte ihn auch, für sie beide stand fest, dass sie zueinander gehörten.

Er hatte sich bereits einige Tage vor dem Fest voller Angst seinem Vater anvertraut. Hukan, der kühne beste junge Jäger der Norsuns hatte Angst gehabt! Seit seiner Kindheit hatte er dieses Gefühl nicht mehr verspürt. Dabei war es allerdings auch keine direkte Bedrohung, welche sie nun ausgelöst hatte. Er hatte gelernt, den Gefahren des Alltags mit Waffen, Geschicklichkeit, Mut und Verstand zu begegnen, den Eigenschaften, welche die wenigen Menschen seiner Zeit den Tieren überlegen machten.

Aber jeder von ihnen brauchte auch den Schutz und die Geborgenheit seiner Gemeinschaft. Erst dies ermöglichte ein Überleben als Jäger und Sammler auf Dauer. Wie alle anderen Stammesmitglieder, hatte er dies bereits in jungen Jahren begriffen. Wie leicht wurde man bei der Jagd von einem wehrhaften Wild verletzt! Größere Tiere mit Pfeil oder Speer schnell zu töten, war schwierig. Kein Tier ließ sich einfach und ergeben das Leben nehmen. Sie wehrten sich mit Horn- oder Geweih-Stößen,

Huftritten und Bissen.

Ein einzelner, verletzter Mensch wurde schnell Opfer von Raubtieren oder konnte selbst nicht mehr jagen und musste verhungern.

Die Jagd und der Fischfang bildeten auch jetzt, nach der Eiszeit, noch immer ihre Lebensgrundlage.

Die wenigen genießbaren Pflanzenblätter wie zum Beispiel Löwenzahn und Rauke wuchsen nur in der grünen Jahreszeit. Dazu gab es noch ein paar Wurzel-Knollen verschiedener Gewächse. Das Sammeln von Beeren, Pilzen und Nüssen zur Nahrungsergänzung war auf Spätsommer und Herbst beschränkt.

Und dann existierten da noch die dunklen Mächte, welche Gewalt über das Wetter besaßen und Menschen und Tiere mit Katastrophen, Krankheiten, Schmerzen und frühem Tod bestrafen konnten. Sie übten Einfluss auf ihr Leben aus, dem man sich nicht entziehen konnte. Mit Ritualen und Gebräuchen und der Hilfe der Schamanen, welche die Fähigkeit besaßen, mit diesen unsichtbaren Mächten in Kontakt zu treten oder in Träumen deren Willen zu erfahren, versuchten sie, ein solches, eigentlich nicht zu verstehendes Unheil abzuwenden.

Hukan hatte Angst gehabt, sich gegenüber seinen Stammesgenossen, ihren Gesetzen und Bräuchen falsch zu verhalten, so den Zorn der unsichtbaren Mächte auf sich zu ziehen.

Aber seine Gefühle zu Bebeh! Diese stärksten aller Gefühle, die fast ständig in ihm wach waren! Hukan konnte sich nicht vorstellen, dass solch schöne und starke Gefühle einfach nichtig sein sollten, gegenüber einem Stammesbrauch.

Sein Vater war natürlich entsetzt gewesen, als er von ihm erfuhr, dass er sich nicht mit Sunea verheiraten lassen wollte. Der alte, erfahrene Mann hatte einfach schon zu viele Schicksalsschläge erlebt, wusste, wozu die unsichtbaren Mächte fähig waren. Er hatte Hukan unmissverständlich klar gemacht, dass er sich dem Brauch nicht verweigern dürfe.

Voller Beklemmung war der zurechtgewiesene Jungjäger am Festtag weggeschlichen. Ziellos war er umhergestreift, hatte aus Verlegenheit einen Adler erlegt und mit der beeindruckenden Beute erst am folgenden Tag das Lager wieder aufgesucht. Sein Ansehen als Jäger war einfach zu groß, als dass ihn irgend jemand wegen seiner Verweigerung zur Rede gestellt hätte. Das Fest hatte eben ohne ihn stattgefunden, der zweitbeste Nachwuchsjäger, der 15-jährige Tokan, seine Rolle angenommen. Eigentlich bedeutete aber auch dies einen Verstoß gegen die Regeln, denn Jungen sollten mindestens 16, Mädchen mindestens 14 Winter überlebt haben.

Schließlich musste es aber an diesem bedeutenden Tag der Sonnenwende, dem längsten, lichtreichsten Tag des Jahres, zelebriert werden. Vor allem auch, weil Sunea bereits 17 war und somit wegen einer Alters-Lücke bei den Jung-Jägern bereits drei Jahre auf ihre Vermählung wartete. Tann, der Stammesführer, hatte notgedrungen alles so angeordnet.

Doch Druko der Schamane prophezeite schweres Unheil für die Norsuns, wegen Hukans Eigenmächtigkeit.

Als dann auf den Tag genau einen Mondzyklus später die tödliche Krankheit im Stamm ausbrach, gegen die alle Heilkunst des Schamanen versagte, hatte dieser dem Rat der Alten klargemacht, dass Hukan durch sein Verhalten diese Strafe über die Blondschöpfe gebracht hatte und zu seiner Verbannung aufgerufen. Hukan müsse verstoßen werden, sein Schicksal den unsichtbaren Mächten überlassen, sonst würden sie den ganzen Stamm vernichten.

Natürlich konnte niemand den Offenbarungen des Schamanen widersprechen. Er, Hukan, der sich dem Ritual des Stammes verweigert hatte, musste schutzlos der Natur ausgeliefert werde. Die tödliche Bedrohung durch die Krankheit brachte alle dazu, eine aggressive Haltung gegen ihn anzunehmen. Selbst seine nächsten Verwandten steigerten sich in ungezügelte Wut hinein, fähig, ihn mit Waffen-Gewalt fortzujagen. Er wusste, sie alle zusammen würden ihn töten, wenn er nicht floh.

Nur Bebeh ließ sich nicht mitreißen. Sie schien verschwunden zu sein.

Hukan war zwar mit den Verhaltensweisen der wilden Tiere und allen anderen Gefahren der Wildnis bestens vertraut, doch er wusste: Ein einzelner Mensch, ohne Waffen und andere Hilfsmittel nackt davongejagt, vom schützenden Zusammenhalt des Stammes ausgeschlossen - die Natur und ihre unsichtbaren Mächte waren grausam und unerbittlich und würden seinem Leben ein baldiges Ende bereiten. Die Geister, die Druko oft beschwor, nahmen wahrscheinlich schon bald Gestalt an um ihn grausam in Tod und Verderben zu treiben.

Doch selbst wenn sie ihn nicht direkt angriffen, wie sollte er sich und seine Beute allein und unbewaffnet demnächst zum Beispiel gegen ein Rudel Wölfe verteidigen können?

Wenigstens vor krachenden Blitzen und schmatzenden Sumpflöchern, „Tötungswerkzeugen“ der Unsichtbaren, konnte er sich als armseliger Ausgestoßener in den Bergen zwischen den Felsen verstecken, dachte er, während er bei flacher werdendem Atem die Kühle der Nacht immer eindringlicher an seiner nackten Haut spürte.

Je länger der Verbannte ruhig dalag, tat sich vor seinem geistigen Auge ein immer größer werdendes dunkles Loch auf.

Sie hatten ihn einfach fortgejagt!

Seit seiner frühesten Kindheit sehnte er sich nicht mehr so sehr nach menschlicher Nähe. Allein die beruhigende Stimme Bebehs, die ihn nach einer schweren Verletzung unermüdlich und aufopferungsvoll gesundgepflegt hatte, würde ihm schon neuen Mut machen.

Vor einem Jahr hatte ihn bei einer Jagd ein Wisent mit dem Schädel erwischt, ihn zu Boden gedrückt und ihm mit gewaltigem Stoß das Becken gebrochen, bevor die Speere seiner Kameraden das zornige Tier endlich töteten. Zwei Mondzyklen konnte er nicht mit auf die Jagd. Wenn der Stamm weiter zog, wurde Hukan, wie die Gebrauchsgegenstände, auf einer Trage transportiert.

Junge, unverheiratete Jäger, deren Mutter noch lebte, wurden natürlich von dieser im Bedarfsfall gepflegt, oder von einer Schwester. Doch Hukan war der Erstgeborene und seine Mutter verstarb bei der Geburt seines Bruders als er ein Jahr alt war.

Halb träumend erinnerte sich Hukan, wie Bebeh sich mit liebevoll-besorgtem Gesicht über ihn beugte, ihre Brüste an ihn drückte und seinen Kopf mit den Händen streichelte, während über ihnen der Regen auf die Zelthäute prasselte.

Bebeh hatte bereits schon beide Eltern verloren. Das war auch nichts ungewöhnliches. Selten erreichte ein Mensch ein hohes Alter. Frauen starben oft während oder kurz nach einer Entbindung, Männer wurden häufig auf der Jagd von wilden Tieren getötet oder starben an dabei erlittenen Verletzungen. Zu schwache Kinder wurden von den unsichtbaren Mächten aus dem Leben gerissen.

Der warnende Ruf einer Eule holte den Träumer jäh in die Realität zurück. Etwas kam den Geröllhang hinauf, das Klacken der losen Steine näherte sich schnell. Blitzschnell hockte sich Hukan, zum Sprung bereit, das Gesicht der Gefahr zugewandt. Deutlich hörte er ein mehrfaches, heftiges Hecheln, irgendwelche Wesen folgten seiner blutigen Fährte. Hukan hockte wie ein Frosch, der dem Todesbiss der Schlange im letzten Moment durch Aufbietung aller Kräfte entfliehen will. Doch schlagartig schlug die Anspannung in Freude um: Das waren Bulan und Packa! Dieses Hecheln kannte er nur zu gut. Seine Hunde hatten sich befreit und waren ihm gefolgt!

Verwirrt erlebten die Nachttiere der Umgebung, wie Mensch und Hunde sich in überschäumender Freude begrüßten.

Hukans Hunde waren von einer Rasse, die sich von ihren Vorfahren, den Wölfen und auch den sonst allgemein verbreiteten Hunden äußerlich schon sehr deutlich unterschied. Seine Vorväter hatten immer nur die kräftigsten, mutigsten und anhänglichsten Nachkommen verpaart und so den für ihre Zwecke geeignetsten Hunde-Typ erzielt. Sie brauchten Begleiter, die sowohl beim Jagen von Großwild, als auch zur Verteidigung des Lagers gegen Raubtiere unerschrocken, zuverlässig und stark waren. Etwas kleiner, aber kräftiger als ihre grauen Ahnen, konnten sie zwar nicht mehr so ausdauernd Beute zu Tode hetzen, was sie im Team mit ihren Menschen aber an Wild stellten, packten sie unerschrocken mit unbändiger Kraft und hielten es fest, damit Speere, Pfeile oder Steinäxte trafen.

Bulan war Packas eineinhalb-jähriger Welpe, von eher zurückhaltendem, abwartendem Wesen und noch geringer Jagderfahrung. Die sechsjährige Hündin dagegen besaß einen aufbrausenden Charakter, war beim Stamm geschätzt wegen ihrer Einsatzfreude. Ihr wuchtiger Körper mit breitem Schädel zeigte mehrfache Spuren harter Jagdeinsätze. Vom rechten Ohr war nur noch ein kläglich herabhängender Rest vorhanden. Als junger Hund hatte sie übermütig einen Luchs gestellt und erfahren müssen, dass die reaktionsschnellen Katzen nicht nur ein kräftiges Gebiss wie sie hatten, sondern dazu scharfe Krallen.

Ein Braunbär hatte ihr den größten Teil des Schwanzes abgebissen. Mit einer blitzschnellen Wendung war es Packa dann doch gelungen, den viel größeren Gegner an der Kehle zu erwischt und ihn trotz der in ihrem Fleisch wühlenden Krallen eisern festzuhalten, bis die Speere der Jäger dem Bären das Herz durchstachen. Lange Narben auf ihrem Rücken zeugten ebenfalls von diesem Kampf auf Leben und Tod. Als besondere Ehrung hatte Akor, Hukans Vater, der tapferen Hündin einen Halsriemen gefertigt, an dem er die durchbohrten Reißzähne und Krallen des Bären befestigte.

Nach der Wiedersehens-Zeremonie sicherten die Hunde flugs schnüffelnd den näheren Umkreis ihres Nachtlagers und als sie nichts Verdächtiges bemerkten, leckten sie ihrem Herrchen kurzzeitig die wunden Füße und legten sich dann wärmend zu beiden Seiten ihres „Leittiers", worauf alle Drei endlich ihre ersehnte Nachtruhe fanden.

Noch vor Morgengrauen ging ein ergiebiger Regenschauer nieder, was der erwachende Hukan zufrieden zur Kenntnis nahm. So wurden ihre Duftspuren und Fußeindrücke weitgehend beseitigt.

Um nicht zu frieren, begann der nasse Flüchtling tastend, süße Beeren zu pflücken. Diese hingen so reichlich, dass er schon gut gestärkt war, als endlich die wärmende Sonne aufging. Auch die Hunde hatten einzelne Beeren geschleckt, konnten aber kaum von ihnen satt werden.

Vom wolkenlosen Himmel trafen die Sonnenstrahlen so prächtig auf den Beeren-Hang, dass Mensch und Hunde sich nach Erleichterung ihrer Blasen erst mal wieder an einer freien Stelle niederlegten und Licht und Wärme genossen. Vögel begaben sich zwitschernd auf Nahrungssuche, irgendwo hämmerte ein Specht. Unter Steinen und Wurzellöchern hervor erschienen vorsichtig sichernd Waldeidechsen. Hukans Blick verfolgte mit langsamer Kopfbewegung einen über ihnen kreisenden Habicht.

Er reckte seinen fast haarlosen, nackten Körper noch einige Male in der Sonne, bevor er sich endlich völlig aus dem Buschwerk heraus begab.

Es war ein vollkommen unmögliches Gefühl, ganz ohne Waffe in der Hand loszugehen. Das gab es gar nicht, das ein Mann seiner Zeit sich von seinem Schlafplatz erhob, ohne eine Waffe zu ergreifen. Viel schlimmer als seine Nacktheit war für Hukan in diesem Moment seine völlige Waffenlosigkeit. Ein Bogen und der zugehörige Pfeilköcher auf dem Rücken, die Steinaxt und die Feuersteinklinge am Hüft-Riemen und ein paar Speere in den Händen, das war zwingend die Ausstattung eines Steinzeitmannes.

In einigen hundert Schritten Entfernung befand sich ein hochgelegener freier Felsen, von dem aus er zunächst Ausschau halten wollte, um seine nächsten Überlebensschritte zu planen. Liebevoll kraulte er seine beiden treuen Begleiter, bevor er sie zum Aufbruch ermunterte.

Packa ging in seiner Richtung voraus, Bulan schweifte etwas bergab, wo er ein paar Pilze entdeckte, die er neugierig probierte, aber gleich wieder ausspuckte. Hukan kannte die Sorte nicht, ließ also die Finger davon. Kurz vor dem Felsen kreuzten sie einen Wildwechsel, den die Hunde noch eifrig beschnupperten, während Hukan sich bereits an den Aufstieg machte. Sie mussten zunächst auf jeden Fall zu ihrer Sicherheit weiter in die Berge. Hukan glaubte nicht, dass ihn Stammesmitglieder verfolgen würden. Sie hatten ihn fortgejagt und somit den unsichtbaren Mächten ausgeliefert, wie Druko ihnen geraten hatte. Aber in den Bergen war vieles ganz anders als in seinem gewohnten Lebensraum, der Ebene. Dort herrschten andere unsichtbare Mächte, glaubten die Norsuns, weshalb sich niemand dorthin traute. Hukan, in seiner Not, hoffte, die Geister aus der Ebene würden ihn da vielleicht nicht bedrohen. Er wollte in der raueren und unheimlichen Gegend zunächst Zuflucht suchen und dann weitersehen.

Weiter zu wandern war zurzeit noch nicht problematisch. Noch war es Sommer, die Temperaturen angenehm und es gab Beeren und Pilze. Doch mit dem nächsten Mondzyklus würde der Herbst in den Bergen einziehen. Die Nächte waren bereits jetzt kühl, hier am Fuße der Höhen. Zu kühl für einen unbekleideten Menschen ohne Unterschlupf. Waffen und Werkzeuge anzufertigen, war dringend nötig. Dann könnte er Wild erlegen, hätte zu essen und würde sich aus dessen Fell Kleidung fertigen.

Vor allem aber musste er an seine Verteidigung denken. Er war nicht das einzige „Raubtier“. Packa hatte reichlich Kampferfahrung, aber sich allein auf sie zu verlassen, falls ihnen zum Beispiel ein Bär Nahrung streitig machen wollte...?

2.Kapitel: Unbekannter Feind

Mittlerweile hatte Hukan seine Aussicht erklommen. Vom Felsen aus erkannte er in einiger Entfernung einen Bachlauf zwischen dem Blattwerk hindurch glitzern, dem Flüsschen zustrebend. Dort musste es Forellen geben. Auch konnte er in der Nähe mehrere junge Bäume entdecken, wo er sich als Erstes einen einfachen Speer abschlagen wollte. Scharfbrüchiges und hartes Gestein zum Zuschlagen von Schabern und Faustkeilen für die Holzbearbeitung gab es sicher bei den Felsen am Bach oder im Bachbett. Er stieg zunächst hinunter zum Bach und bereits kurze Zeit später mit einfachsten Steinwerkzeugen in den Händen wieder hinauf, um sich eine Speer-Stange abzuschlagen. Provisorisch brachte er seine primitive Waffe in eine einigermaßen spitze und glatte Form. Immerhin hielt er jetzt etwas in Händen, um sich notdürftig verteidigen zu können. Richtige, präzise Jagd-Speere mit Geweih- oder Stein-Spitzen müsste er sich später herstellen.

Jetzt fehlte ihm vor allem ein Transportbehälter. Er konnte unmöglich Werkzeuge, andere Gebrauchsgegenstände und später Fleischvorrat oder Fische ständig in den Händen halten.

Also stieg er hinunter zum Flüsschen um Weidenzweige zu sammeln und daraus einen Trage-Korb, außerdem einen Stülp-Korb zum Fischen und vielleicht auch eine Fisch-Reuse zu flechten. Das Wetter würde noch einen weiteren Tag gut bleiben, bevor es viel Regen geben würde, das erkannte er an der sich milchig verschleiernden Sonne.

Mittag war bereits vorüber, als der fleißige Sammler mit einem großen Bündel Weidenzweige bepackt, sich an den Wiederaufstieg machte. Der bequemste Weg zum

Bach führte durch das durchschnittlich nur knietiefe Flussbett. Im Wasser watend hinterließen sie außerdem keine Spuren.

Packa und Bulan waren richtige Wasserratten, die tiefere Strecken auch gegen die Strömung schwimmend gut bewältigten. Bald erreichten sie die Stelle, wo der Bach von rechts in das Flüsschen mündete. Sein Bett wurde nach einigen hundert Schritten aufwärts zunehmend steiniger, weshalb die Drei dann das Wasser verließen. Davonschnellende Fische hatten sie zwar gesehen, doch um welche mit den Händen zu fangen, dazu hätte Hukan systematisch vorgehen müssen, wozu heute einfach keine Zeit blieb.

Zwischen zwei Höhen hindurch erreichten sie schließlich ein langgestrecktes Tal mit kürzeren und längeren Strecken Wiesengrund, wo sich sicher öfter Wild sehen ließ. Dem oberen Teil des Tals schloss sich seitlich eine kleine Schlucht an, an deren Beginn es stark nach Fuchsbau roch. Das Quartier eines größeren Raubtiers war in der Nähe also kaum zu erwarten. Hukan wusste, dass er sich auf die Schläue und Vorsicht eines Rotpelzes verlassen konnte.

Auf etwa halber Höhe bildete ein Felsüberhang, zusammen mit einer daran lehnenden, umgestürzten Kiefer, ein passables Versteck mit genügend Platz für die Drei. Hier legte Hukan sein Bündel ab und begann sofort mit der Geflecht-Arbeit. Die Blätter legte er sorgfältig beiseite, um sie für den Bedarfsfall aufzuheben. Weidenblätter benutzten sie, um frische Wunden damit zu bedecken und kauten sie bei Zahnschmerzen. Sie wirkten Schmerz lindernd und Heilung fördernd.

Als Erstes flocht Hukan einen etwas weitmaschigeren Stülp-Korb. Dieser hatte etwa die Form eines stumpfen Kegels und wurde mit schneller Bewegung über einen

Fisch auf den Gewässergrund gestülpt. Durch eine Handöffnung in der Mitte konnte man anschließend den gefangenen Fisch nach oben entnehmen.

In den frühen Abendstunden hatte der Ausgestoßene auch noch einen größeren Korb fertig, durch dessen Tragegriffe er einen unterwegs von einem Busch abgebrochenen Knüppel stecken konnte, um ihn zu schultern.

Packa und Bulan durchstöberten bereits den näheren Umkreis, als der Handwerker seinen Behälter zufrieden auflud und sich aufmachte, Farnwedel und Moospolster im Unterholz zu sammeln, um das Nachtlager zu bereiten. Dabei stieg er bis zum Waldrand am Wiesengrund hinab. Hier drehte Hukan jeden größeren Stein und am Boden liegende größere Holzstücke um und ließ sich die darunter versteckten Würmer, Engerlinge und hin und wieder auch einen Molch schmecken.

Es dämmerte unter den Bäumen schon, als er neben einem entwurzelten Baumstumpf eine große und ziemlich dicke Kreuzotter überraschte, die sich blitzschnell zusammenrollte und drohend den Kopf aufrichtete, um ihn bei weiterer Annäherung sofort zu beißen. Flink löste Hukan den Knüppel vom Korb und erschlug mit zwei schnellen Hieben das giftige Reptil. Mit der scharfen Kante eines seiner behauenen Steine hackte er den Kopf ab und warf diesen in seinen Korb. Den Schlangenkörper teilte er und warf ihn den herbeigeeilten Hunden hin, die ihn samt Mageninhalt, bestehend aus zwei halb verdauten Mäusen, gierig verspeisten. So brauchte sich keiner von ihnen ganz hungrig zur Nachtruhe zu begeben. Vor der Rückkehr zum Lager tranken sie noch ausgiebig aus dem nahen Bach. Am nächsten Morgen wollte Hukan den Forellen nachstellen.

Farnwedel und Moos breitete er gleichmäßig auf dem Boden ihres Unterschlupfs aus, den er vorher mit einem großen Stein als Schieber geglättet hatte. Dem Schlangenkopf zog er das schon halb-starre Maul weit auf, so dass die langen Giftzähne in Beiß-Stellung nach vorn klappten. Dann steckte der Verbannte ihn an einen Ast-Stumpf des dicken, quer liegenden Stammes über seinem Unterschlupf und hing Packas Halsriemen mit den Bärenzähnen ebenfalls daran. Diese Jagdtrophäen sollten ihr Nachtlager vor allen bösen Mächten bewahren.

Der verflossene Tag war schnell vergangen. Viel zu schnell. Hukan hatte gemessen an dem, was er noch alles schaffen musste um sein Überleben zu sichern, nur gerade das Allernötigste erreicht. Generell musste er in diesem unwegsamen Gelände mehr vor Angriffen durch Raubtiere auf der Hut sein, als in der weitläufigen und daher besser überschaubaren sumpfigen Ebene, mit ihren sanften, meist mit Birken und Kiefern bewaldeten Erhebungen. Doch nun, in ihrem Unterschlupf, fühlte er sich mit seinen aufmerksamen Hunden ziemlich sicher, da er keine Jagdbeute dabei hatte, deren Blutgeruch vielleicht größere Raubtiere angelockt hätte.

Die Dunkelheit verhinderte leider irgendwelche handwerklichen Aktivitäten, denn um Feuer zu machen, bedurfte es bestimmter Materialien. Am einfachsten war das Feuer-Schlagen mittels Feuerstein, Pyrit und getrocknetem Zunder-Pilz. Feuersteine und Pyrit waren sehr selten und daher das Kostbarste, was es für Menschen gab. Schlug man diese unterschiedlichen Steine gegeneinander, so sprangen kräftige Funken ab, welche, wenn sie auf getrockneten Zunder-Pilz trafen, diesen zum Glimmen brachten. Zunder-Pilze wuchsen häufig auf Birken, doch Feuersteine und Pyrit bekam man nur von anderen Nomaden gegen Tauschware. Sie stammten von sehr weit entfernten Gebirgen, wo sie aus dem Boden gegraben wurden oder von felsigen Küsten.

Eine weitere, aber mühsame Möglichkeit zum Zündeln hatte man mittels Hölzern, mit denen Feuer durch Reibungshitze erzeugt wurde. Passende Hölzer zum Feuer-Reiben oder -Bohren musste man sich suchen und passend schnitzen. Er würde in den nächsten Tagen sicher welche finden.

So dasitzend, wurde sich der Norsun seiner deprimierenden Lage als Ausgestoßener wieder bewusst. Die Gegenwart von Packa und Bulan, die er langsam und nachdenklich kraulte, spendete zwar Trost, ließ ihn seine geliebten Menschen und die Geborgenheit des Stammes aber noch stärker vermissen.

Hukan seufzte, er fühlte sich kein bisschen krank, doch wen hatte die Strafe der Götter wohl noch dahingerafft? Würde Bebeh überleben? Würde er irgendwann noch jemals wieder Menschen begegnen, wenn es ihm überhaupt gelingen sollte, dem Zorn der unsichtbaren Mächte zu entkommen?

Der Flügelschlag einer fast lautlos dicht an seinem Gesicht vorbeihuschenden Fledermaus lenkte ihn kurz ab. Packa und Bulan lagen zufrieden neben ihm. Sie schienen voll Gelassenheit und Zuversicht der Zukunft, an der Seite ihres Herrchens entgegen zu blicken. Tiere dachten offenbar nie an die Zukunft. Warum mussten Menschen sich immer über alles so viele Sorgen machen?

Aber seine Hunde konnten wohl kaum den vielen schrecklichen Erzählungen mit Verstand gefolgt sein, die abends am Lagerfeuer die Runde machten. Die drei Alten des Stammes wussten aus teils uralten Überlieferungen viel zu erzählen. Von den Gefahren des Lebens, aber auch von schönen Dingen. Viel zu wissen brachte Vorteile, manches konnte man vorausplanen. Aber viele drückende Fragen blieben offen. Vor allem: Wie tat man alles recht, um die unsichtbaren Mächte, welche die Menschen so furchtbar strafen konnten, gütig zu stimmen?

Große Angst herrschte nicht nur bei den Norsuns, sondern ebenfalls bei anderen Stämmen auch davor, dass die ganzjährige Kälte irgendwann wieder zurückkehren würde, die vor unzähligen Generationen den Menschen ein Überleben sehr schwer machte. Das viele Eis war in der Ebene längst verschwunden. Frostig kalt war es nur noch im Winter. Ziemlich genau zwischen der Winter- und Sommersonnenwende wurde es nun immer so warm, dass der Schnee zunächst in der Ebene und dann auch auf den Bergen schmolz und die Flüsse die Ebene teilweise überschwemmten. Aber die Menschen hatten die Überlieferungen von der Eiszeit nicht vergessen.

Mit der großen Kälte gingen auch die Mammuts und Woll-Nashörner. Den Erzählungen nach sollten weit im Osten, woher im Winter die kalten Winde kommen, noch welche leben. Die Norsuns kannten in ihrem Jagdgebiet noch vereinzelte Fundstellen, wo sich Knochen und Stoßzähne dieser wohl größten aller Tiere befanden und sie besaßen Schmuck und Gebrauchsgegenstände aus Elfenbein, die seit Generationen weiter vererbt wurden.

Die Vorfahren der Norsuns und aller ihrer benachbarten Stämme waren irgendwann vor vielen, vielen Jahren... Hukan lauschte angestrengt in die Dunkelheit nach halb rechts, wohin beide Hunde ruckartig die Köpfe gewendet hatten, die Ohrmuscheln in reger Bewegung. Ein dumpfes Trampeln und Keuchen war jetzt vom Tal herauf zu hören, gefolgt vom Krachen brechender Äste und dann ein dumpfer Aufprall, als ob ein großes Tier in mehreren hundert Schritt Entfernung mit Wucht zu Boden gestürzt wäre. Hukan stieß sich schwer den Kopf, als er zeitgleich mit Packa und Bulan hochfuhr. Keiner der Drei gab aber auch nur den leisesten Ton von sich. Angespannt hörten sie die folgenden Geräusche, die sie als Jäger nur zu gut kannten: Dort unten in der Dunkelheit hatte ein Raubtier ein großes Opfer, es musste sich mindestens um einen Hirsch handeln, gepackt und zermalmte ihm mit seinem Gebiss die Rückenwirbel. Ein langgezogenes, seufzendes Stöhnen noch, das Hukan kalten Schweiß in den Nacken trieb, dann war minutenlang Stille.

Aufgeregt zuckte der noch recht unerfahrene Bulan mit den Beinen, sein Herrchen legte ihm schnell den rechten Arm vor die Brust und hielt ihm mit der linken Hand die Schnauze zu. Der Hund begriff sofort: Bloß hier bleiben und stillhalten!

Fast ein Viertel der Nacht dauerten die schließlich einsetzenden schweren Fressgeräusche. Als der nächtliche Räuber schließlich sein Mahl beendet und sich zum Glück wohl in eine andere Richtung entfernt hatte, wich endlich die Anspannung aus den Körpern der Ohrenzeugen dieses nächtlichen Dramas.

Hukan überlegte fieberhaft. Sollte er es jetzt sofort wagen? Nicht dass ihn der Appetit trieb, Menschen und Hunde in dieser harten Zeit waren gewohnt, auch mal ein paar Tage zu hungern, ja im Grunde waren sie sogar relativ satt. Er brauchte dringend Sehnen für die Herstellung eines Bogens und zum Binden von anderen Waffen und Gebrauchsgegenständen! Das Fell des Opfers war bestimmt mehrfach zerrissen, also weitgehend unbrauchbar. Von anderen großen Räubern war nichts zu hören, aber Dachse, Füchse oder auch ein Luchs erschienen sicher bald, um sich an den Resten zu laben und zerstörten dabei sicher die kostbaren Sehnen. Falls überhaupt noch welche unbeschädigt waren.

Der Jäger wusste aber trotz seiner nicht geringen Erfahrung nicht, welche Art von Räuber es gewesen war. Theoretisch hätte es eigentlich nur ein Bär gewesen sein können. Aber alles hatte irgendwie anders geklungen. Hukan war irritiert. Sollte es in den von ihnen aus Angst vor fremden Mächten gemiedenen Bergen eine große Raubtierart geben, von der sie in der Ebene nichts ahnten? Rührte daher vielleicht die Annahme, dort herrschten andere Götter? Jedenfalls musste er besonders vorsichtig sein, denn er konnte nicht wissen, welche Gewohnheiten solch ein unbekanntes Raubtier besaß, wie weit es sich wirklich entfernt hatte und ob es vielleicht sogar wieder zurückkehren würde. Ohne seine gewohnte Bewaffnung schien ihm der nächtliche Gang schließlich doch zu riskant.

Da war auch schon zu hören, worauf er gewartet hatte: Keifen und Knurren, Kleinräuber stritten sich um den Rest der Beute. Was Hukan soweit beruhigte, dass er nun endlich schlafen konnte.

Die Sonne ging schon auf, als Packa und Bulan sich endlich erhoben und vorsichtig sichernd ihren Unterschlupf verließen. Jetzt erwachte auch der Jäger. Sofort packte ihn die Neugier, das nächtliche Geschehen aufzuklären. Sorgfältig prüfte er die Windverhältnisse, um die Richtung der Annäherung festzulegen und brach gleich auf.

Mit seinen Hunden verstand der Norsun sich ohne Worte, sie achteten auf jede seiner Bewegungen. Andersherum bemerkte Hukan sofort, wenn sie etwas bedeutungsvolles witterten oder hörten. Insgesamt ergänzten sie sich bei der Jagd hervorragend. Lediglich der noch zu unerfahrene Bulan ließ in brenzligen Situationen Feinschliff in seinem Verhalten vermissen.

Die schwierigen Geländeverhältnisse in dieser wilden, unwegsamen Landschaft gestalteten die Annäherung gegen den Wind sehr zeitraubend. Als sie endlich unterhalb des Wiesentals die Überreste der Beute sichteten, pickten ein paar Raben daran herum; einen Fuchs sahen sie gerade noch im Dickicht verschwinden.

Wie Hukan vermutet hatte, handelte es sich um die Überreste eines Hirsches. Diese Tierart war nach den Überlieferungen der Alten erst nach dem Ende der Vereisung hier eingewandert. Sie erschienen, als die Steppe aufgetaut, die Mammuts verschwunden waren und immer mehr Büsche und Bäume wuchsen.

Der Durchmesser des Geweihs betrug über zwei Schritte. Um an das Hirn zu gelangen, hatte der Räuber es sogar geschafft, den Schädel aufzubrechen. Der gesamte Hinterleib mit den Läufen, also gut ein Drittel des Hirsches, fehlte. Den hatte das Raubtier offensichtlich mit sich fortgeschleppt.

Zahlreiche Fußabdrücke kleinerer Nachträuber konnte Hukan spontan erkennen. Als er ein paar Schritte entfernt die deutliche Fährte des großen Räubers erblickte, erschrak er. Zweifellos hatte es sich um eine Katzenart gehandelt. Katzenfüße, so groß wie eine Bärentatze, hatte er aber noch nie gesehen. Offensichtlich waren die Erzählungen aus der Zeit der Ahnen also keine Fantasien. Von Menschen fressenden Raubkatzen wurde erzählt, in deren Rachen der Kopf eines Mannes passte. Und von Fangzähnen, so lang wie ein Daumen, war die Rede. Zum Glück für die Norsuns gab es diese riesigen Höhlenlöwen in der Ebene nicht mehr, aber offensichtlich lebten in den Bergen noch welche. Das waren ja schöne Aussichten für ihn und seine Hunde. Solch ein riesiges Raubtier hatte sicher ein sehr ausgedehntes Jagdrevier und nur zufällig war es in der letzten Nacht hier, nahe der Ebene, umhergestreift. Da es einen Teil des Hirsches aber mitgenommen hatte, stand zu erwarten, dass es jetzt in nicht allzu großer Entfernung ruhen würde, um seine Mahlzeit später fortzusetzen. Die Fährte führte bachabwärts in die Richtung, aus der er mit Packa und Bulan auf seiner Flucht gekommen war. Instinktiv wusste Hukan, dass das Untier nicht wieder hierher kommen würde.

Seine Hunde nagten natürlich längst an den Knochen und Hukan schaute ebenfalls, was es an verwertbaren Teilen noch für ihn gab. Aus abgesplitterten Knochen- und Geweih-Stücken ließen sich hervorragende Pfeil- und Speer Spitzen und Werkzeuge herstellen. Die beiden Geweih-Hälften mitsamt den daran haftenden Schädeltrümmern legte er zuerst beiseite. Fellstücke befreite er mit einem scharfkantigen Stein von Fleisch und Fett, wobei er den Hirschtalg gleich in einem schnell geformten Fell-Täschchen sammelte.

Für größere Bekleidungsstücke reichte es erwartungsgemäß nicht. Die großen und kleinen Räuber hatten die Haut ganz schön zerfetzt.

Hukan sammelte, was ihm brauchbar erschien und stapelte die Stücke. Dann machte er sich, wie die Hunde, an Knochenmark heran. Das Aufschlagen der Knochen mit schweren Steinen verursachte zwar auch viel verräterischen Lärm, doch er hatte Hunger und ließ sich wenigstens noch schnell das Mark der Vorderläufe schmecken.

Zum ersten Mal seit seiner Flucht empfand er dabei so etwas wie menschliches Wertgefühl. Viele Tiere waren stärker oder schneller als ein Mensch oder ihm sonst wie überlegen. Seine Hunde waren kleiner als er und konnten doch, im Gegensatz zu ihm, alle Knochen des Hirsches zerbeißen. Aber er, Hukan der Jäger, wäre mit Hilfe von Steinen und dem Geschick seiner Hände sogar im Stande gewesen, den Schädel des Hirsches zu öffnen und sein

Hirn zu schlürfen, wenn der unbekannte Riesenräuber dies nicht bereits erledigt hätte.

Die Sonne hatte ihren Höchststand noch lange nicht erreicht, Bewölkung kam auf. Die Hunde waren leidlich satt geworden und lagen träge umherblinzelnd und gelegentlich witternd etwas abseits, als Hukan seine Zerteilungsarbeit beendete. Er nahm seinen gefüllten Korb, aus welchem lustig die Geweihenden ragten und einen Packen Fellfetzen und ging zum Bach um alles sauber zu waschen. Danach stiegen sie aufwärts, zurück zur kleinen Schlucht. Er redete zu seinen Hunden, so wie die Jäger nach erfolgreich beendeter Jagd es miteinander taten. Hukan konnte sehr zufrieden sein, er hatte genug Material, um sich mehrere Tage mit der Herstellung aller möglichen Teile zu beschäftigen.

Selbst eine kleine Anzahl Sehnenstücke hatte er noch von den Vorderläufen lösen können. Leider reichten diese nicht für die Fertigung einer Bogen-Sehne, aber man konnte allerlei mit ihnen verbinden oder schnüren.

Im Versteck lud er seine Schätze ab, um sich nun endlich mit ein paar scharfen Steinen ausgestattet, auf die Suche nach geraden Stämmchen oder Ästen und Baumharz zur Waffenherstellung zu begeben. Baumharz eignete sich dazu, Waffenspitzen aus Knochen- Stein- oder Geweih-Spitzen einzukleben, um sie dann zusätzlich durch Umwickeln mit Sehnen oder Bast (also Faserschnüren aus Rinde) zu sichern.

Besser war natürlich Pech. Mit Pech konnte man alles kleben. Es war die beste Erfindung der Menschen bisher; überall herzustellen, wo es Birken gab, aber für den Herstellungsprozess benötigte man Erfahrung, Gefühl und Ruhe.

Dieser magische Stoff entstand, wenn man Birkenrinde luftdicht unter Erde oder Asche verpackt erhitzte, sodass sie nicht verbrennen konnte. Man konnte Pech, diese schwarze Masse, jederzeit wieder erwärmen, sodass sie klebrig und leicht formbar wurde. Er selbst hatte es noch nie richtig hinbekommen, mit der Gewinnung, musste es aber bei späterer Gelegenheit unbedingt versuchen. Warum sollten es nur die Alten schaffen?

Auf seinen Wegen der letzten beiden Tage hatte er sich natürlich bereits die Standorte von Büschen und Bäumen gemerkt, von denen er passende Holzteile mit seinen scharfkantigen Steinen schlagen konnte. So kam es, dass sie am späten Nachmittag bereits wieder auf dem Rückweg waren, als es leicht zu regnen begann. Die verbliebene Tageszeit mochte gerade noch reichen, um gemeinsam das Glück beim Fischfang zu versuchen.

Hukan lud seine Stangen und Stücke ebenfalls im Versteck ab. Mit Stülp-Korb und seinem Trage-Korb als Transportbehälter begaben sie sich zu einem vielversprechenden Bachabschnitt. Packa und Bulan kannten ihre Aufgabe beim Fische-Greifen schon sehr gut. Gemeinsam waren sie dabei schon oft erfolgreich gewesen. Hukan stellte sich abwärts in eine seichte, verbreiterte Stelle des Baches und versperrte durch aufgeschichtete Steine hinter sich den Fischen den Fluchtweg. Von weiter aufwärts trieben ihm die langsam den Bach abwärts watenden Hunde die flinke Beute zu. Nun kam es ganz auf das Geschick des Jägers an, diese entweder mit dem Stülp-Korb oder der bloßen Hand zu erhaschen und in seinen Korb am Ufer zu werfen. Selbst den Hunden gelang es hin und wieder, eines der glitschigen Beutetiere mit den Zähnen zu packen, wenn es versuchte, zwischen ihren Beinen aufwärts zu entwischen.

Bis zum Einbruch der Dämmerung erbeuteten sie elf Stück, genug, um die drei zu sättigen; zumal Hukan natürlich am Nachmittag bei der Holzsuche jede Möglichkeit genutzt hatte, Beeren zu Pflücken und gleich zu verspeisen.

Als vorausdenkender Mensch öffnete Hukan noch die Steinsperre, damit schnell wieder genügend Forellen nachrücken konnten, weil er davon ausging, dass sie vielleicht noch mehrere Tage an diesem Ort verbleiben würden.

Inzwischen hatte der Regen stärker eingesetzt. Sie beeilten sich, ihr Versteck zu erreichen. Es war gerade noch hell genug um die Fische Entschuppen und Ausnehmen zu können und den Unterschlupf mit stark belaubten Zweigen gegen Regen zu sichern. Die zusätzlich auf den Boden ausgebreiteten Fellreste ließen sogar einen Hauch von Gemütlichkeit aufkommen, als sie sich die rohen Fische schmecken ließen.

Satt legten sie sich schließlich aneinander und Hukan kraulte zärtlich seinen treuen Begleitern die Pelze, wobei er langsam und sinnierend von gemeinsamen Tagen bei ihrem Stamm erzählte. Packa und Bulan hörten sichtlich aufmerksam zu und hoben hin und wieder schief den Kopf, wenn sie ihnen bekannte Namen oder Begriffe verstanden. Einmal leckte Bulan ihm zärtlich den Hals als er offensichtlich die Worte „... am Feuer sitzen und mit Bebeh Braten essen..." verstand.

Der Regen prasselte immer heftiger. Monoton rauschend gingen große Wassermengen auf den Bergwald nieder und ließen den Bach zunehmend wilder plätschern. Mit dieser Geräuschkulisse, die anstrengenden Arbeiten des Tages in den Gliedern, schlief Hukan, gewärmt von seinen Hunden, schnell ein und schlummerte nach zwei aufregenden Nächten tief und fest.

3. Kapitel: Archaische Jagd

Eine feuchte Hundenase, die in sein Gesicht stupste, war es, was den Blondschopf am nächsten Morgen aus seinen Träumen holte, noch bevor die Sonne aufging. Die Nase von Packa, die Hukan aufgeregt weckte. Der Jäger begriff sofort: Wild war in der Nähe! Flott richtete er sich auf und pirschte mit den Hunden Richtung Talsohle, woher ein leichter Morgenwind die Witterung zu ihnen herauf trug. Im diffusen Licht des anbrechenden Tages bewegte sich ein Rudel Rehe ruhig äsend durch das Wiesental aufwärts. Zwischen Bäumen und Büschen hindurch spähend, zählte er die Tiere. Ein Bock und fünf Ricken unterschiedlicher Größe, die sich sicher bald zum Wiederkäuen ins Dickicht zurückziehen würden, um später weiter vom saftigen Grün des Talgrundes zu fressen. Vielleicht konnten sie ihnen übermorgen mit neuen, guten Waffen auflauern.

Er benötigte unbedingt mehrere Speere und vor allem Feuer. Letzteres nicht nur zum Garen (was das Fleisch wesentlich leichter verdaulich und haltbarer machte), sondern auch, um sich hinterher gegen andere Räuber verteidigen zu können. Ein großes Feuer machte ihn praktisch unangreifbar. Selbst das hungrigste Raubtier fürchtete instinktiv Flammen. Nur der Mensch hatte gelernt, diese Furcht zu überwinden und Feuer zu kontrollieren und nutzbar zu machen.

Emsig ging er zunächst daran, die drei geraden Stämmchen, welche er bereits am Versteck liegen hatte, mit Hilfe von teils scharfkantigen und teils rauen Steinen zu glätten und in eine möglichst gleichmäßige Form zu bringen. Anschließend testete er die noch „unbewehrten“ Speer-Stangen auf einem freien Hangstück mit Probewürfen und arbeitete ihre Formen entsprechend nach.

Nachmittags hatte er Glück bei seiner Suche nach Holzteilen zum Feuer-Bohren. Er hatte noch ein hartes Rundholz benötigt, also optimal Ulme oder Eibe, zum Quirlen zwischen den Handflächen. Über mehrere weiche Stücke aus Weide, Birke oder Pappel, auf dem er damit die Reibungshitze erzeugen konnte, verfügte er bereits. Nach entsprechender Nachbearbeitung der Formen hatte Hukan schließlich alles beisammen und lagerte es sorgfältig feuchtigkeitsgeschützt, zusammen mit vertrockneten, leicht entflammbaren Pflanzenteilen.

Abends verhielten sie sich bewusst ruhig und beobachteten von weitem wieder die Rehe.

Nach einer ruhigen Nacht führte er am nächsten Tag seine Handwerksarbeiten fort. Einen halbwegs geeigneten Stein schlug er als Axt-Klinge zurecht und schnitzte einen dazu passenden Holzgriff. Spitzen seines Hirschgeweihs schabte er zu Speer-Spitzen. Aus Rindenstücken löste er durch Zerklopfen Bastfasern heraus. Mit diesen Bändern, sowie Sehnen und Baumharz befestigte er die Speer-Spitzen und die Axt-Klinge an den eingekerbten Holzschäften.

Weil sie sich bei den Blondschöpfen schon als Jungen fast nur mit derartigen Dingen befassten, besaß Hukan soviel handwerkliches Geschick, dass er am Nachmittag bereits seine drei einfachen Speere und eine Steinaxt fertig hatte. In seinem Arsenal fehlten jetzt nur noch ein Bogen nebst Pfeilen und ein Steinmesser. Solch ein Steinmesser bestand aus einer harten, aber spröden Stein-Schneide, welche zur Stabilisierung in einen Holzrücken oder einen Griff aus Geweih eingefügt wurde. Eine wirklich gute Messerklinge ließ sich aber nur aus dem seltenen Feuerstein in mühevoller Handarbeit durch geschicktes Abschlagen herstellen. Hukan fand es unwahrscheinlich, in den Bergen spontan Feuersteine zu finden oder

Menschen zu begegnen, von denen er Feuersteine im Tausch erwerben könnte. Er wollte die Augen offen halten. Vorläufig musste er sich eben mit gewöhnlichen, scharfkantig abgesplitterten Steinen als Schneidwerkzeug behelfen und Feuer durch Reibungshitze mit Hölzchen entfachen.

Mit gesteigertem Selbstwertgefühl stieg er jetzt endlich einmal die kleine Schlucht weiter hinauf, um sich oben auf der Berghöhe mit Fernblick zu orientieren. Er wollte nach Fertigstellung einer Grundausrüstung, vor allem natürlich noch Kleidungsstücken, in ein paar Tagen weiter marschieren, um noch vor Beginn der ersten Frostnächte an der Südseite eines Berges, vielleicht in einem Bach-Tal, in einer Höhle oder einer selbst gebauten Behausung aus Steinen, Stämmen, Ästen, Laub und Fellen zu überwintern. Hukan wusste allerdings nicht mal, wie weit die Berge wirklich reichten, ob sich dahinter eine weitere Ebene verbarg, wie erzählt wurde, welche Tiere und vielleicht sogar Menschen dort lebten und so weiter. Er würde sehen.

Wie er so nachdachte, fand er es plötzlich seltsam, dass die Götter ihn noch nicht vernichtet hatten. Seit seiner Flucht waren nur gewöhnliche Dinge geschehen, wie immer, wenn er auf Jagd war. Hukan war sowieso kein wirklich abergläubischer Mensch, der die unsichtbaren Mächte zu allen möglichen Gelegenheiten um Beistand bat. Er war Realist, der sich auf seine Tüchtigkeit verließ, und Angst verspürte er eigentlich nie. Ein ängstlicher Jäger kann nicht erfolgreich sein, denn Angst lähmt. Das wussten schon sein Großvater und sein Vater, seine wichtigsten Lehrer. Auch sein Großvater war ein Mann der Tat gewesen. Ein kühner, aber berechnender Jäger, für den die Jagd immer auch Kampf war und wobei nie vorher feststand, wer der Sieger sein würde. Im Kampf mit einem überlegenen Tier zu sterben war eine Ehre. Ein erfolgreicher Jäger lebte nach einem gewaltsamen Tod in den Erzählungen seiner Nachkommen unendlich weiter.

Ja, Hukan hatte das ungewöhnliche Glück gehabt, den Vater seines Vaters noch kennenzulernen. Großvater war erst im außergewöhnlich hohen Alter von 49 Jahren von einem Eber niedergetrampelt worden und an seinen Verletzungen gestorben. Er konnte längst nicht mehr scharf sehen und litt sehr an steifen Gelenken, war also gar nicht mehr in der Lage gewesen, erfolgreich Waffen zu führen. Doch bei jener Treibjagd brauchten sie jeden Mann. Schließlich zählte ihre Sippe nur 16, der gesamte Stamm der Norsuns nur etwa 70 Menschen.

Hukan war sich seiner Fähigkeiten bewusst und auf seine selbst gefertigten Waffen und seine Hunde konnte er weitgehend vertrauen. Trotzdem würde auch ihn irgendwann einmal wieder ein wehrhaftes Wild oder ein Raubtier erwischen. Darüber war er sich im Klaren. Seine Verletzungen waren bisher immer gut verheilt, ohne ihn nachhaltig zu beeinträchtigen, selbstverständlich aber war dies nicht. Wohl ihm, wenn er sich im Falle eines solchen Unglücks wieder in menschlicher Gesellschaft befinden würde.

Begleitet von diesen Gedanken hatte der junge Jäger mit seinen Hunden die Höhe erreicht, wo er eine hoch aufragende Fichte erkletterte. Soweit er sehen konnte, schlossen sich noch drei Höhenzüge südlich an, von denen der Hintere jeweils den Vorderen überragte. Südöstlich erhoben sich noch höhere Berge. Er würde sich auf dem Weg nach Süden also mehr westlich halten. Abgeschirmt durch die Höhen konnte ihn dort der kalte Ostwind nicht so hart treffen.

Zufriedenstellend orientiert machte er sich wieder an den Abstieg. Die Richtung wählte er jetzt gleich so, dass sie im oberen Talverlauf gegen den Wind eintreffen würden.

Kurz bevor die Sonne unterging, bezog Hukan mit Bulan hinter Felsen und Gebüsch am Waldrand Warteposition. Packa hatte er zum oberen Tal-Ende hin etwa einhundert Schritte weiter positioniert, wo die erfahrene Hündin brav abwartete. Schon bald schnürte ein Fuchs unbekümmert quer über den Wiesengrund, ohne die lauernden Jagdgefährten zu wittern. Geduldig harrten Hukan und die Hunde weiter aus, bis sich tatsächlich gegenüber Bewegungen im dämmrigen Unterholz zeigten. Vorsichtig sichernd betrat ein Rehbock den lichten Wiesengrund. Zwischen Erlen durchquerte er schließlich den Bach und betrat die Talseite, auf der Hukan und die Hunde sich verbargen. Immer wieder abwechselnd äsend und witternd, die Lauscher ständig in Bewegung, wandte er sich langsam aufwärts, trippelte bedächtig an Hukan und Bulan vorbei, Richtung Packa, gefolgt vom äsenden Rudel. Die letzten Tiere passierten auf Hukans Höhe, das nächste etwa 25 Schritte von ihm entfernt. Jetzt! Hukan schleuderte den ersten Speer. Aus dieser Entfernung konnte er zwar kaum mit tödlicher Wucht treffen, aber sicher das Tier schwer genug verletzen, um sein Entkommen zu verhindern. Blitzschnell nahm er den zweiten Speer in die Wurfhand und sprintete los. Als der erste Speer sein Ziel fast mittig in die Seite traf, hatte Hukan im Laufen bereits den Zweiten geworfen, welcher dem gerade erschreckt losgaloppierendem zweitnächsten Opfer in das Hinterteil drang. Das gesamte Rudel wandte sich zur Flucht.

In diesem Augenblick preschte Packa aus ihrem Versteck und trieb die panisch reagierenden Tiere wieder zurück. Da kamen die Ersten auch schon wieder in Hukans Wurfweite. Er stellte sich voll aufgerichtet mit Bulan den frontal heranspringenden Tieren entgegen, die darauf ihre Laufrichtung nach links änderten und ihm so wieder die sicherer zu treffenden und empfindlicheren Seiten zuwandten. Vorsprintend schleuderte Hukan den dritten Speer dem nur etwa 20 Schritte entfernt vorbei galoppierenden Bock schräg entgegen. Der Speer traf zu flach, drang nicht in den Körper ein, sondern prallte ab und fiel zu Boden. Der Bock sprang mit weiten Sätzen in den Wald davon, gefolgt von den drei unverletzten Ricken.

Hukan schaute sich um. Das zuerst in die Seite getroffene Tier lag strampelnd am Boden, Bulan war deshalb dem ins Hinterteil getroffenen zweiten Reh nachgehetzt. Dieses versuchte mit Bocksprüngen und nach hinten ausschlagend, den Speer abzuschütteln, was ihm auch gelang. Dann setzte es zum Sprung über den Bach an. In diesem Augenblick bekam der Hund einen Hinterlauf zu fassen. Reh und Hund stürzten ins Wasser. Sofort änderte Packa, die dem Bock chancenlos hinterher gejagt war, ihre Richtung und galoppierte hinzu. Das seitlich im Bach liegende Reh trat verzweifelt mit dem freien Hinterlauf auf Bulans Kopf ein und traf seine Nase, worauf dieser ärgerlich jaulend losließ. Die Beute rappelte sich auf und setzte zu einem Sprung an das Gegenufer an. Doch da war auch schon Packa zur Stelle. Mit mächtigem zielsicherem Sprung packte die schwere Hündin das Reh am Hals und riss es wieder nieder.

Hukan wusste, dass dieses Wild nicht mehr entkommen konnte und rannte, seine Steinaxt in der Rechten, dem ersten Reh zu.

Das noch zappelnde Tier am Kopf zu treffen, wäre zu unsicher gewesen, weshalb er den ersten wuchtigen

Schlag zwischen die Schulterblätter führte, womit er es lähmte. Erneut holte der Jäger weit aus und zerschmetterte dem erstarrten Reh mit zweihändig geführtem Schlag den Schädel. Hastig trennte der Jäger ihm mit kraftvollen Schnitten den Hals auf und trank gierig das herausquellende Blut. Nach den vielen Beeren und Fisch-Mahlzeiten tat ihm der salzhaltige Lebenssaft richtig gut.

Hukan eilte zum Bach. Blutrotes Wasser strömte abwärts. Packa hatte „ihrem" Reh die Halsschlagader durchgebissen, es war bereits verblutet. Rückwärts zerrten die Hunde die Beute aus dem Wasser. Hukans Brust erfüllte sich mit Stolz, er hatte seinem Namen alle Ehre gemacht: Hukan, das bedeutete: „Der (die Jagd) mit Hunden kann". Überschwänglich lobte er seine beiden treuen Helfer, welche Schwanz wedelnd zu ihrem Leittier aufblickten und ihm Hände und Unterarme leckten, als er anerkennend ihre Köpfe streichelte.

Doch neben Stolz und dem befriedigenden Gefühl, nun fürs erste ausreichend mit Nahrung und Rohstoffen versorgt zu sein, bewegte auch Mitleid mit der gequälten Beute den Jäger. In solch rückständiger Art und Weise Tiere niederzumetzeln, widerstrebte ihm. Präzisere Waffen mussten so schnell wie möglich her.

Da es jetzt schnell dämmerte, befahl er seinen vierbeinigen Kameraden, bei dem zweiten Reh zu warten, sammelte seine Speere ein, von welchen bei einem die Spitze abgebrochen war, schulterte das erste Reh und trug es hinauf zum Versteck. Dann kehrte er schnell zurück und trug, gefolgt von den Hunden, auch das Zweite hinauf.

Jetzt musste er schnell alles daran setzen, ein abschreckendes Feuer zu entfachen. Hukan wusste aus Erfahrung, wie fein ein Raubtier riechen kann. Ein Bär zum Beispiel würde die erlegten Rehe je nach Wind viele tausend Schritte weit wittern, und er hatte keine Lust, ihre

Beute unter den gegebenen Umständen gegen einen derartigen Futterneider verteidigen zu müssen.

Was für ein gewaltiger Vorteil für die Menschen, die Angst vor Flammen überwinden zu können und Feuer zu beherrschen!

Er suchte das Zündmaterial hervor, schichtete leicht entflammbare, trockene Gräser und Wolle von Pappeln daneben auf und begann, sein Rundholz mit Druck auf dem Klötzchen zu reiben, indem er es schnell zwischen den Handflächen rotieren ließ. Er rieb so fest er konnte, bis ihm der Schweiß auf der Stirn stand. Doch es wollte nicht glimmen, obwohl die Reibe-Stelle fühlbar heiß wurde. Er kratzte das Weichholz weiter auf und versuchte es nach einer Erholungspause nochmal. Endlich roch es verbrannt und begann, nach intensivem Weiterreiben, begleitet von vorsichtigem Pusten, zu glimmen. Mit der linken Hand die Glut fürsorglich abschirmend und sacht, gefühlvoll weiter pustend, schob der Ausgestoßene mit der rechten Hand vorsichtig etwas vom trockenen Material darauf. Als endlich eine kleine Flamme züngelte, stieß der junge Bulan einen leisen, jaulenden Ton aus. Feuer bedeutete: Wärme, Schutz vor wilden Tieren und sich richtig satt zu essen.

Gemütlichkeit gab es für Hukan noch längst nicht. Nachdem er die Feuerstelle hergerichtet und genügend Brennstoffnachschub für die Nacht herbeigeschafft hatte, musste er die Rehe enthäuten und zerlegen.

Später erfüllte endlich Bratenduft das Tal. Kauend reparierte er im Schein des munter flackernden Feuers den defekten Speer. Eine dünne Mondsichel stand über den Wipfeln und von entfernteren Berghöhen ertönte mehrstimmiges Wolfsgeheul.

Hukan aß und aß. Einen Knochen nach dem anderen und auch manches gute Stück Fleisch warf er den Hunden hin. Er staunte selbst, welchen Umfang sein Bauch während dieser einen Mahlzeit annehmen konnte. Erst als der Mond sich schon wieder gegen den Horizont neigte, war bei den Dreien die Luft raus und vom ersten Reh war fast nichts mehr übrig. Packa und Bulan lagen rücklings, die kugelrunden Bäuche gen Himmel gestreckt. Hukan schob zufrieden seufzend noch einige Äste in die niedergehenden Flammen, konzentrierte sich kurz auf das Feuer, bedeckte sich mit den frischen Reh-Häuten und schlief sofort ein.

Für Jäger in der damaligen Zeit war es überlebenswichtig, ihr Feuer am Brennen zu halten. Eine Gruppe sprach vorher die Reihenfolge ab in der sie die schützenden Flammen versorgten. Einer musste also stets wach sein. Obendrein hatte jeder bessere Jäger die durchschnittliche Brenndauer eines Feuers unbewusst verinnerlicht. Feuer war Bestandteil der menschlichen Gefühle. Durch irgendwelche Umstände mal in der Wildnis auf sich allein gestellt, wurden die meisten Jäger automatisch wach, wenn die Flammen niedergingen. So auch Hukan. Obwohl der junge Jäger gerade erst erwachsen war, konnte er sich schon auf die Wachsamkeit seines Unterbewusstseins verlassen.

Wichtig war das Feuer auch für das schnelle Haltbar-Machen der Tierfelle. Über das Feuer gehängt wurden sie durch das Räuchern teilkonserviert. Sie faulten dann nicht mehr so schnell, wurden aber durch das Austrocknen ungemütlich hart. Trotzdem stellten sie einen guten Wetterschutz dar, besonders, wenn man die behaarte Seite nach innen trug.

Jetzt konnte er endlich auch die Abendstunden im Feuerschein für Handarbeiten nutzen. Hukans erste Beschäftigung bestand darin, sich ein Kleidungsstück aus den Reh-Fellen und Stücken der Hirschhaut zu fertigen. Er versah sie mit seitlichen Schlitzen, durch welche er Fellstreifen zog und sie damit zusammenband. So entstand ein ärmelloses Kleidungsstück, welches er sich überstülpte und das ihm den Torso und den oberen Teil seiner Oberschenkel bedeckte.

Anschließend machte er aus kleineren Stücken einen Feuerbeutel. Um ihn wasserdicht zu bekommen, steckte er die Blase eines Rehs hinein. Schließlich durften seine Feuerutensilien auch bei stärkeren und länger andauernden Regenfällen nicht feucht werden.

Da der eifrige Handwerker bereits ein passendes Stämmchen dafür gefunden hatte, schnitzte er sich auch noch einen provisorischen Bogen. Es fehlte allerdings immer noch eine brauchbare Sehne. Für einen richtig guten Jagdbogen benötigte man besseres Holz, zum Beispiel von einer Ulme und die kräftigen Hinterlauf-Sehnen vom Hirsch.

Zwei weitere Tage und Nächte verbrachten sie in diesem Tal. Noch zweimal fingen sie Forellen im Bach, die Hukan aber nun auf Zweige gespießt über dem Feuer grillte.

Mehrere kleinere und größere Regenschauer gingen nieder. Nachts schimmerten öfters neugierige Augenpaare im Schein des Feuers zwischen Stämmen und Zweigen, und die Hunde ließen gelegentlich ein warnendes Knurren hören, wenn manche Waldbewohner sich zu nah heran trauten.

Satt, passabel bekleidet und vor allem bewaffnet, machte der Verbannte, der sich jetzt längst nicht mehr so hilflos fühlte wie an den ersten Tagen, sich mit seinen vierbeinigen Begleitern am Morgen des dritten Tages nach der Reh-Jagd auf den Weitermarsch.

Zunächst kamen sie durch lichte Wiesen-Täler schnell voran. Dann galt es, zwei hintereinander folgende Höhenzüge zu überwinden, welche mit Felsen übersät und chaotisch bewachsen waren. Nach zeitraubender Kraxelei und Zwischenmahlzeiten an vielen Beeren Sträuchern öffnete sich in den späten Nachmittagsstunden vor ihnen ein weites Tal, von dessen Grund ihnen ein großer See entgegen blinkte. Schilf und Röhricht säumten den größten Teil der sumpfigen Ufer. An der Ostseite reichte an einer schmalen Stelle ein Mischwald bis ans Wasser. Dort wollte Hukan das Nachtlager aufschlagen. Zunächst galt seine Aufmerksamkeit aber den Wasservögeln, die in Ufernähe schwammen. Da er immer noch keine Bogen-Sehne hatte, musste er sein Glück mit den Speeren versuchen, welche sich eigentlich nur zum Treffen größerer Beutetiere in geringer Entfernung eigneten. Er schaffte es, sich nahe genug an ein paar Gänse heranzuschleichen. Diese waren so träge, dass er zwei Exemplare mit den Spießen erwischte, bevor sie davonfliegen konnten. Packa und Bulan holten die Beute gleich pflichtbewusst ans Ufer.

Stolz marschierten sie zum Ostufer. Zwei brusthohe, winklig nahe beieinander liegende Felsbrocken bildeten einen natürlichen, abgeschirmten Feuerplatz, ungefähr zehn Schritte vom Wasser entfernt. Hukan verschwendete jetzt keine Gedanken mehr an irgendwelche Götter, die ihm eventuell ans Leben wollten. Er fühlte sich ganz als Jäger, dessen größte Bedrohung die Raubtiere darstellten, die er sich mit einem lebhaft lodernden Feuer am sichersten vom Leib hielt.

Diesmal dauerte es aus unerfindlichen Gründen noch länger, bis die ersehnte Glut entstand. Geduld und Ruhe gehörten eben sozusagen zur Grundausstattung beim Zünden.

Krachend stiebten die Funken aus feuchten Ästen, als sich Hukan dann endlich daran machte, die erbeuteten Vögel zu rupfen. Die geraden Federn legte er dabei sorgsam beiseite, um demnächst Pfeile damit zu befiedern.

Die ausgenommenen Tiere spießte er auf glatte Äste, deren Enden er auf senkrecht neben dem Feuer im Boden steckende Astgabeln legte, sodass sie über der Glut rösteten. Packa und Bulan ließen sich derweil schon Innereien schmecken.

Bei anbrechender Dämmerung entlud sich in nicht allzu großer Entfernung ein Gewitter. Am See kam frischer Wind auf, doch es blieb vorerst trocken. Der Jäger fühlte, dass sich mit dem Gewitter eine Wetteränderung vollzog. Aus Erfahrung wusste er, dass viele kühle Regentage folgen würden. Er unterbrach seine Essensvorbereitungen und baute eilig aus Astwerk, Schilf und beschwerenden Steinen ein provisorisches Dach auf den beiden Felsblöcken. Erst danach, es war mittlerweile finster und begann zu regnen, aß er sich satt.

Nachdem er und die Hunde eine gebratene Gans verzehrt hatten, schlief er schließlich, Packa und Bulan zu seinen Seiten umarmend, ein.

Es regnete die ganze Nacht. Jedes Mal, wenn Hukan aufwachte, um das Feuer zu versorgen, holte er zusätzliches Holz aus der Nähe, brach es in kompakte Stücke und lagerte es neben ihrem Schlafplatz unter dem Dach.

Den nächsten Morgen verbrachte der Jäger damit, das Dach an der Hinterseite der Felsblöcke schräg abfallend bis auf den Boden zu verlängern. Rundherum kratzte er mit einem flachen Stein eine Rinne in den weichen Boden, um herabfließendes Wasser aus dem leicht ansteigenden Waldhang um ihre Behausung herum zu leiten.

Es regnete unaufhörlich.

Erst als er sicher war, dass er ihren Feuer- und Schlafplatz ausreichend gegen Nässe gesichert hatte, verzehrten sie die zweite Gans. Während der Mahlzeit glitt sein Blick immer wieder prüfend über das Seeufer. Aus seiner Erfahrung heraus wusste er anschließend bereits, wo er Reusen auslegen wollte und sammelte gleich nach dem Essen neue Weidenzweige.

Am frühen Nachmittag hatte er die erste Fisch-Falle fertig und brachte sie in der Nähe des Bacheinlaufs an.

Die Zweite konnte er noch rechtzeitig vor Anbruch der Dämmerung an einer anderen Stelle mit senkrechten Stöcken am schlammigen Grund befestigen.

Der Regen hatte während seiner Arbeit aufgehört und dem hungrigen Jäger bereitete es Freude, einige der herumhüpfenden Jung-Frösche zu fangen, die er gleich roh schluckte.

Um die Fallen zu vervollkommnen, flocht der Handwerker beim Schein des Feuers noch mehrere Leitgitter, die er am nächsten Tag so anzubringen gedachte, dass Fische durch diese Hindernisse zum Schwimmen in die Reusen veranlasst wurden.

Die Zeit verstrich schnell über seine Tätigkeit und als er alles geschafft hatte, schlief er zufrieden ein.

Nachts fuhr es fort, zu regnen. Nachdem er wieder einmal das Feuer versorgt hatte, lauschte Hukan angestrengt argwöhnisch in die Dunkelheit. Wegen der Bewölkung war es finster und im Prasseln des Regens gingen alle Geräusche unter, doch weil seine Hunde vollkommen entspannt lagen, fühlte auch der Jäger sich schließlich ziemlich sicher. Als dann der Regen eine Pause einlegte und eine größere Wolkenlücke schwaches Sternenlicht auf den See und seine Umgebung fallen ließ, schlich er mit den Hunden aufs Geratewohl durch die sumpfigen Uferwiesen. Tatsächlich schnappte er schon kurz darauf einen Aal, der durch das nasse, schwere Gras schlängelte. Etliche Schritte weiter erwischte Bulan einen zweiten. Zufrieden kehrten sie zum Feuer zurück, wo Hukan sie ausnahm und über den Flammen auf einem flachen Stein briet. Bei Tagesanbruch teilte er sich mit seinen Hunden die nahrhaften Fische.

Frischer Westwind trieb unaufhörlich Regen herbei. Gelassen stieg Hukan ins Wasser und montierte die Leitgitter. Der See und seine idyllische Lage wirkten beruhigend auf ihn. Der Ausgestoßene fühlte keinen Drang, so schnell wie möglich weiter zu ziehen. Er war sich sicher, dass er an den nächsten Tagen genügend Fische erbeuten würde und zwischendurch immer wieder mit einem Wasservogel den Speiseplan auflockern könnte. An solchen verregneten Tagen gestaltete sich die Jagd nach Hirschen und anderem Großwild schwieriger und hier, in der kleinen Behausung am Feuer, trocknete seine Kleidung schnell, und er verfügte jeden Abend über einen trockenen warmen Schlafplatz. Er wollte hier in aller Ruhe versuchen, Pech zu gewinnen. In ein paar Tagen würde sich das Wetter sicher bessern und dann könnten sie satt und ausgeruht weiter ziehen.

Trotz der insgesamt sehr positiven Umstände fühlte der sensible Jäger jedoch eine gewisse innere Spannung. Als er sich diese bewusst machte, wurde ihm klar, welcher Umstand sie auslöste: Es ließ sich überhaupt kein Wild in diesem Tal blicken! Was hielt Rehe und Hirsche zum Beispiel davon ab, hier zu äsen? Wiederholt beobachtete er seine Hunde. Packa und Bulan verhielten sich vollkommen entspannt. Also verdrängte er seinen Argwohn, zumindest drohte keine unmittelbare Gefahr.

Wie erwartet, befanden sich am nächsten Tag die ersten Fische in den Reusen. Im See wimmelte es von Fischen verschiedener Arten. Sieben Tage lebte Hukan wie in einem kleinen Paradies.

Doch am achten passierte dem Jäger ein folgenschweres Malheur. Als ihm eines der glitschigen Schuppentiere beim Entnehmen aus einer Reuse entglitt, stolperte er beim Versuch, es wieder zu erhaschen, rutsche von einem glitschigen Stein ab und knickte mit dem Fuß um. Humpelnd schleppte er sich mit seinem Korb zurück ans Feuer. Ein starker stechender Schmerz machte ihm ein Auftreten unmöglich.

Hukan fluchte. Er wusste natürlich aus Erfahrung, dass solch ein verletztes Gelenk viele Tage Ruhe benötigte, um wieder zu heilen. Aber wie sollte er viele Tage jede Belastung vermeiden? Er musste doch permanent Brennholz und Nahrung heranschaffen.

Als er zerknirscht seine zusehends anschwellenden Knöchel rieb, kam Packa herbei und leckte sie. Jetzt fiel ihm ein, dass er als Kind im Spiel der Hündin beigebracht hatte, Stöcke zu apportieren. Zwar besaß er im Moment noch einen Vorrat an Brennholz unter dem Dach, doch etwas sollte ja immer zum Trocknen voraus lagern. Deshalb streichelte er Packa kurz und befahl ihr dann, in den Wald weisend: „Packa geh, such Stöckchen!“ Fragend blickten ihn beide Hunde an. Die Hündin begriff nicht recht, wieso ihr Herrchen ausgerechnet jetzt und nach so vielen Jahren dieses alte Spiel spielen wollte und ohne dass er ein Stöckchen warf. Der junge Bulan verstand gar nicht, worum es ging, er wollte aber grundsätzlich immer dabei sein, wenn Hukan und Packa etwas machten. Der Jäger wiederholte: „Geht, holt Stöckchen!“ Fragende Blicke. Erwartungsvoll saßen die beiden Dumpf-Schädel vor ihrem Leittier. Hukan reckte sich seufzend zum Holzstoß, nahm ein Stück, hielt es den beiden vor die Nasen, schleuderte es sitzend zwischen die Bäume und rief: „Holt Stöckchen!“ Beide rasten los, packten gleichzeitig zu und zerrten den Stock unter den Bäumen knurrend hin und her. Keiner wollte nachgeben. „Hiiierrher!“, rief Hukan verärgert. Beide versuchten weiter mit Geknurre, einander das Holz zu Entreißen. Der Jäger atmete tief durch. Lief denn nichts mehr nach Wunsch? Seine Hunde beherrschten das getrennte Anschleichen bei der Jagd und vieles andere! Es musste wohl an ihm liegen. Vielleicht, weil er selber sitzen blieb und keine genauen Anweisungen gab. Ja, das war es: Das träge, bequeme Leben in dieser Idylle hatte ihn unkonzentriert werden lassen. Er war überhaupt nicht mehr ganz bei der Sache, deshalb war ihm auch das Missgeschick mit seinem Ausrutscher passiert!

Kopf schüttelnd, mit zusammengebissenen Zähnen erhob er sich vorsichtig, hüpfte auf dem gesunden Bein zu den beiden Streithähnen, packte das Holz und befahl beiden: „Aus!“ Als sie losgelassen hatten, gebot er ihnen: „Sitz!“ Beide gehorchten und er lobte und streichelte sie. Dann deutete er auf am Boden liegende Stöcke und gab ihnen nacheinander den Befehl: „Nimm!“ Als beide Hunde das betreffende Holz im Maul hielten, befahl er: „Bleibt!“, hüpfte zurück zum Feuer, setzte sich wieder und rief dann: „Bring Stöckchen, hierher!“ Übermütig rasten seine Hunde heran und legten ihm die Stöcke zu Füßen.

Danach klappte es. Wann immer der Jäger das Kommando zum Stöcke holen gab, wetteiferten Packa und Bulan förmlich, um einander zu übertreffen.

Den nächsten Tag verbrachte Hukan konsequent damit, sein Fußgelenk zu schonen, beziehungsweise, seine

Heilung zu beschleunigen. Am Waldrand standen Brennnesseln. Mehrmals, in regelmäßigen Abständen, hüpfte er dorthin und umwickelte das geschwollene Gelenk mit ihnen. Dabei rieb er Stängel und Blätter intensiv auf der Haut um einen möglichst starken, Durchblutung fördernden Effekt zu bekommen. Später zerrieb er die benutzten Stängel und drehte aus ihnen Schnüre, von denen man nie genug haben konnte. Einen starken, am Ende gebogenen Ast schnitt und schabte er sich als Geh-Hilfe zurecht.

Seine Hunde hielt Hukan, außer zum Holz holen, stets in seiner Nähe. Er hätte sie auf die Gänseschar hetzen können, welche wieder in geringer Entfernung in Ufernähe Nahrung suchte. Obwohl sie sicher mindestens zwei von ihnen erbeutet hätten, tat er es nicht, um die Natur ringsherum nicht in Unruhe zu versetzen. Er wollte sich mit seiner Verletzung so unauffällig wie möglich verhalten. Der Jäger plante, zunächst nur Fisch zu essen und erst wenn er wieder gesund wäre, kurz vor seiner Weiterwanderung, Wasservögel zu jagen, zu braten und als Proviant mitzunehmen.

Noch immer ließ sich kein Wild blicken. Hukan machte sich Vorwürfe, dass er nach seiner Ankunft nicht die Umgebung des Sees ausgekundschaftet hatte. Nachts erwachte er aus Angstträumen, in denen er wieder die Haar sträubenden Geräusche des nächtlichen Überfalls hörte.

Wie zum Hohn für den verletzten Jäger besserte sich am folgenden Tag schlagartig das Wetter. Bei Südwind wurde es sogar ziemlich warm und sonnig. Ein mulmiges Gefühl beschlich Hukan. Waren vielleicht doch überirdische Mächte im Spiel, die ihm ans Leben wollten? Was folgte als Nächstes? Ein Überfall eines Höhlenlöwen? Luchse waren Schleich-Jäger, traf das auch auf die Riesen Katze zu?

Nachdem er sich zunächst wieder mit Brennnesseln behandelt hatte, humpelte er mit Korb und Krückstock zu den Reusen und entleerte sie. Nach so vielen Tagen nahm die Größe der Fänge nun langsam ab. Jedoch noch nicht besorgniserregend.

Sechs Tage hielt das warme Wetter an. Dann drehte der Wind auf Ost, es blieb aber wolkenlos und nachts wurde es sehr kühl.

Oft spähte der Jäger von seinem Lager aus argwöhnisch in die Umgebung, ob sich ein größeres Tier zeigen würde, doch nichts tat sich.

Die Schwellung des Gelenks nahm kontinuierlich ab, Hukan vermied möglichst jede Belastung, ganz ohne leichtes Auftreten oder gelegentliches Abstützen ging es in diesem Gelände natürlich nicht.

Am 25. Tag am See machte er vorsichtige, kurze Geh-Übungen, die er an den drei folgenden Tagen ausweitete. Ziele seiner kurzen Gänge waren immer Birken in der Nähe, von deren Stämmen er Rinde löste und welche er unter seinem Dach anhäufte. Hukan fühlte sich bereit, sich an der überaus schwierigen Gewinnung von Pech zu versuchen, jener einzigartigen und wichtigen Substanz, welche die Menschen erst in die Lage versetzte, wirklich präzise Waffen, Werkzeuge und Gebrauchsgegenstände herzustellen.

Er baute eine spezielle Feuerstelle, an deren Grund er eine kleine, fest verdichtete Mulde schuf. Dort positionierte er verschiedene Steine derart, dass das Pech ungehindert von der darüber aufgeschichteten Birkenrinde abtropfen und sich in der Mulde sammeln konnte. Die Rinde deckte er sorgfältig mit Lehm ab. Obendrauf entzündete er dann ein Feuer. Nach einigem Experimentieren und mehreren Versuchen besaß er schließlich einen großen Klumpen der begehrten schwarzen Masse.

Am 28. Tag fing er mit den Hunden vier Gänse, nahm die Reusen, in denen sich zum Schluss nur noch einzelne Fische verfangen hatten, aus dem Wasser und legte sie neben den Feuerplatz.

Erste sich verfärbende Blätter der umstehenden Bäume kündeten vom nahenden Herbst. Es war aber angenehm windstill, und langsam stiegen Nebelschwaden aus dem Wasser und hüllten den See und seine Umgebung in weiße Schleier.

Jetzt war die Jahreszeit, zu der die im Sommer ungeschützt umherziehenden Norsuns daran gingen, sich Tierhaut-Zelte aufzubauen oder jene vom Vorjahr wieder aufzusuchen. Nur in Ausnahmefällen errichteten sie an besonders ergiebigen Fisch- oder Jagdrevieren leichte Hütten aus Pfählen und Schilf. Grundsätzlich passten sie sich den schwankenden Wildbeständen an. Denn nicht alle Arten waren in allen Jahren in den üblichen Jagdgründen gleichstark vertreten. Gespür und Beobachtungsgabe der Jäger waren in hohem Maße gefragt, um erfolgreich vorausschauend planen zu können.

Im Stillen hoffte Hukan, hinter den Bergen vielleicht ähnliche Gegebenheiten vorzufinden, wie in seiner jetzt für ihn verbotenen Heimat. Irgendwie würde er in der Fremde bestimmt ein Leben nach menschlichen Bedürfnissen realisieren können. Mit diesen Hoffnungen versuchte der Ausgestoßene, den Trennungsschmerz von seinen lieben Menschen, vor allem natürlich von seiner Bebeh, zu verdrängen.

Nach einer letzten ruhigen Nacht an diesem ungewöhnlich friedlichen Gewässer zogen sie endlich weiter.

4. Kapitel: Ein Mensch braucht Hilfe

An den folgenden Tagen regnete es zwar öfter, es war aber nicht allzu kalt. Hukan und seine Hunde kamen gut über die Berge voran. Von weitem sichteten sie gelegentlich einen Bär oder Wölfe, die vor ihnen flohen. Hukan zehrte zunächst von seinem Proviant, den er am See gegrillt hatte, und sammelte Beeren und Nüsse. Fast jeden Tag fingen sie in den Bächen, die sie immer wieder kreuzten, mit seinem Stülp-Korb Fische. Hukan fand öfter geeignete Pflanzen, aus deren Fasern er weitere Schnüre drehte und schnitt von Hasel- und Hartriegel-Sträuchern gerade Triebe, aus denen er abends am Feuer Pfeile fertigte. Sorgfältig zog er sie zwischen rauen Steinen mit darin geschabter Kerbe glatt, versah sie mit Geweih Spitzen oder scharfen Stein- oder Knochensplittern als Spitze und befiederte die Enden. Jetzt leistete ihm das Birkenpech mit seinen hervorragenden Klebstoff-Eigenschaften gute Dienste.

Aus Fellresten und Stäben schnürte er sich einen Köcher, in den er seine Präzisions-Geschosse steckte.

Überglücklich schätzte er sich, als er eine junge Ulme fand, eine noch viel zu seltene Baumart, deren Holz sich am besten für einen großen Bogen eignete. Behutsam schabte er das Stämmchen zunächst roh zurecht, um es nach und nach in der nächsten Zeit zu vollenden. Vor allem musste das Holz einige Zeit langsam getrocknet werden, um später eine gute Struktur zu besitzen. Hukan umwickelte den Stab sorgfältig mit Fellstreifen.

Am zwölften Tag überraschten Packa und Bulan einen Adler, der einen Auerhahn geschlagen hatte und jagten ihm die Beute ab. Am Abend desselben Tages erreichten sie ein Tal mit Bachlauf, welches mit Felsen und Steinen aller Größen und Formate übersät war. Zwischen den Steinen wuchsen fast ausschließlich Fichten, von Gras gab es im Ganzen Tal keine Spur. Hukan wählte einen etwas erhöht über dem Bach aufragenden Hügel als Feuerplatz.

An der dahinter aufsteigenden Felswand klafften mehrere Spalten und Nischen, aus denen bei Anbruch der Dunkelheit unzählige Fledermäuse schwärmten und rege zwischen Felsen, Bäumen und Felswänden umherflatterten.

Vor sich das knackend lodernde Feuer, saß der vom Wandern müde Jäger mit dem Rücken zur steil hinter ihm aufsteigenden Felswand und untersuchte Bulans linken Hinterlauf, den dieser sich am Nachmittag blutig verletzt hatte. Beim Klettern war der Hund abgerutscht, hatte sich an einer scharfen Steinkante die Pfote aufgeschnitten und war damit auch noch auf einen Dornenzweig getreten. Zwei lange Dornen waren tief in die wunde Pfote gedrungen, von denen einer beim Herausziehen abbrach. Auf drei Beinen humpelnd hatte sich der arme Hund bis hierher gequält. Jetzt hielt Hukan mit dem rechten Unterschenkel den Hals des sich ängstlich sträubenden Bulan auf den Boden gedrückt, spreizte mit den Daumennägeln den Schnitt der Hinterpfote auseinander und zog mit seinen Schneidezähnen den Dorn-Rest heraus. Mit den Fingern hielt er dem erlösten Rüden das Bruchstückchen unter die Nase, kraulte ihm mit der anderen Hand kräftig das Halsfell und sagte beruhigend: „Alles wieder gut, mein Kleiner!“ Dankbar leckte das Tier ihm die Hand und widmete sich dann intensiv seinem noch schwach blutenden Lauf.

Hukan nahm den Auerhahn zur Hand und hatte eine ganze Weile damit zu tun, den großen Vogel zu rupfen und anschließend auszunehmen. Dann spießte er ihn auf einen geraden, geglätteten Ast, stellte Astgabeln als Gestell auf und legte den Vogel mit Spieß über das Feuer. Etwas später erfüllte Bratenduft den Lagerplatz und Herrchen und Hunde verspeisten den garen Vogel komplett.

An Schlafen war noch längst nicht zu denken, und Hukan verfolgte mit wachem Blick die Silhouetten der immer näher umher flatternden Insektenjäger. Der Schein des Feuers lockte Nachtfalter, Mücken und andere Plage-Geister, welche die geschickten Flug Künstler eifrig erhaschten. Ab und zu bemerkte der interessierte Beobachter in einiger Entfernung im Licht des fast halbvollen Mondes vorbeihuschende Eulen, die kleinen nachtaktiven Bodenbewohnern des Waldes und gelegentlich auch einer Fledermaus nachstellten.

Hukan dachte an einen Abend mit Bebeh im Moor. In der Ebene gab es auch stellenweise reichlich Fledermäuse. Die versteckten sich dort tagsüber in hohlen Bäumen und schwärmten bei Anbruch der Dunkelheit ebenfalls aus, um Insekten zu fangen. Frösche, Unken und Grillen quakten und zirpten an jenem lauen Abend um die Wette, als er sich mit seiner Freundin eng umschlungen versteckt unter Büschen wälzte. Ihre erregten Körper rieben und drückten einander und brachten ihre Herzen zum Rasen. Mit heißen Küssen bedeckte er ihren Leib und wenn ihre Lippen sich fanden, drohten sie sich gegenseitig in Leidenschaft zu ersticken. Ihre Hände fuhren durch seine blonde Mähne und ihre schlanken, festen Schenkel umklammerten seine Taille voller Hingebung. Beide mussten sich sehr zusammenreißen, um nicht die Beherrschung zu verlieren, denn Geschlechtsverkehr vollziehen durften nur Verheiratete. Bekam eine noch unverheiratete junge Frau ein Kind, so war es ein schwerer Verstoß gegen die Stammesgesetze.

Hukan wusste an diesem Abend: Bebeh war die Frau seines Lebens. An ihrer Seite wurde der wilde Jäger zum zartfühlenden Liebenden. Lange hatten sie dort eng umschlungen gelegen, sich immer wieder küssend. Ungeduldig hatte Packa (Bulan war ja noch als Welpe im Lager geblieben) die Beiden mit der Schnauze angestoßen und mit seufzendem Jaulen zum Aufbruch gemahnt. Schließlich war es bereits lange nach Mitternacht.

Hukan konnte die Tränen bei dieser starken Erinnerung nicht halten, mit dem linken Oberarm bedeckte er sein Gesicht und schluchzte mehrmals hintereinander. Packa hob verwundert den Kopf und blickte ihr Herrchen fragend an. Bulan schob seinen Kopf mit welpenhafter Geste zwischen Hukans Knie und schaute mit Unschuldsmiene zu ihm hinauf. Dabei gab er einen fragend klingenden Laut von sich, der Hukan unwillkürlich lachen ließ.

Auch die Hunde vermissten ihre geliebten Rudel-Angehörigen, doch ihr größtes Glück war die Gegenwart von Hukan selbst.

Allmählich waren die Fleder-Tiere weiter gezogen, es wurde ruhiger. Hukan schob ein paar neue Äste ins Feuer nach, aber so, dass die Flammen nicht mehr stark loderten. Als er gerade einen Ast zerkleinerte, schwenkten die Gesichter beider Hunde ruckartig hinunter, Richtung Bach. Packa und Bulan ließen fast gleichzeitig ein warnendes Knurren hören und dann sprangen sie auf. Grummelnd spurteten sie vom Hügel hinunter zum Bach. Etwas bewegte sich dort im flackernden Feuerschein. Mühsam und schleppend kroch eine menschliche Gestalt auf allen vieren auf das Feuer zu. Hukan erkannte einen fast nackten, weiblichen Körper, mit wilder, dunkler Mähne. Ihre Pelz-Bekleidung hing in Fetzen Ein Bein war blutverschmiert und offensichtlich schwer verletzt, da sie es nachzog. Packa und Bulan standen aufgebracht kläffend links und rechts neben ihr und zwangen sie zum Halten. Entkräftet sank sie zu Boden, die Lippen zitternd flehend bewegend. Hukan sprang den mehr als doppelt-mannshohen Felsen hinunter neben sie, dass die Steine knirschten und befahl den Hunden, zu schweigen. Er streichelte der wesentlich älter als er wirkenden Frau über das Haar und redete beruhigend auf sie ein. Sie fuhr aber fort in einer fremden Sprache zu flehen und zu klagen, so dass Hukan sie schließlich vorsichtig mit starken Armen aufhob und auf seinen Hügel trug. Dort setzte er sie an der Felswand ab, sie fürsorglich stützend.

Die Wärme des Feuers und Hukans beruhigende Worte ließen sie schließlich verstummen.

Der Norsun blickte in eigentümlich fremdartige Gesichtszüge, die aber durchaus angenehm auf ihn wirkten. Über vollen Lippen stand eine relativ große Nase, ausgeprägte Oberaugenwülste beschatteten die dunklen Augen. Die Frau war eine Jägerin, das war Hukan schnell klar. Der auffallend kräftige, muskulöse Körper mit ausgeprägten weiblichen Formen, wirkte jetzt vollkommen erschöpft. Vorsichtig streifte er ihr die Fellfetzen ab. Nicht nur ihr linkes Bein war übel zugerichtet, auch zwischen den Schultern klaffte eine lange Wunde, an der ihr üppiges wildes Haar teilweise klebte. Die Frau hatte vor Schmerz und Erschöpfung ihre Augen geschlossen, ihre Hände hielten Hukans Arm krampfhaft fest. Sanft aber nachdrücklich legte er sie auf den Boden. Dann nahm er ihre einzelnen Verletzungen in Augenschein. Die Rückenwunde war nicht allzu tief, erkannte der Jäger gleich. Offensichtlich hatte ein Raubtier sie mit den Krallen gestreift. Ihr Oberschenkel jedoch war tief aufgerissen, ein handtellergroßes Stück Fleisch hing herab.

Schnell nahm Hukan einen starken Lederriemen und band das Bein dicht unter dem Schritt damit ab. Der Blutverlust war sicher das Schlimmste für sie. Wenn ihre Wunden anschließend zu eitern begännen, würde das für sie den Tod bedeuten. Er nahm sie vorsichtig auf und trug sie zum Bach hinunter. Mit den Händen schöpfte er Wasser und gab ihr zu trinken. Dann wusch er vorsichtig ihre verwundeten Stellen und leckte ihre tiefen Wunden sorgfältig mit der Zunge aus. Gereinigt trug er sie wieder zurück ans Feuer, streifte seinen Fell-Überzieher ab und legte sie darauf. Sorgfältig drückte er den Fleischfetzen an ihren Schenkel und umwickelte ihn mit Weidenblättern und Schnüren aus seinem Korb. Leise stöhnend hob sie kurz die Augenlider, als er ihr Bein schließlich behutsam streckte. Ihr dankbarer Blick traf seine blauen Augen und schwenkte nach kurzem Innehalten seitlich zu den Gesichtern der teilnahmsvoll zuschauenden Hunde. Dann entspannte sich ihr Körper und sie sank in Ohnmacht.

Hukan lehnte sich zurück an den Felsen und betrachtete lange und nachdenklich die fremdartige Frau. Ihm war nicht entgangen, wie irritiert sie trotz ihrer Entkräftung auf sein Äußeres reagiert hatte. So guckten alle, die zum ersten Mal in ihrem Leben einem Blonden in die blauen Augen schauten. Denn blonde und blauäugige Menschen wie die Norsuns, waren noch sehr ungewöhnlich.

Mit Sicherheit war sie nicht allein unterwegs gewesen. Hukan fielen Überlieferungen ein, welche von robusten, fremdartigen Menschen berichteten. Vielleicht gehörte sie zu Nachfahren jenes auffallend anderen, aber schon lange verschwundenen Menschenschlags. Besonders gerühmt wurde ihre ungewöhnliche Körperkraft.

Sollten hier, zurückgezogen in den Bergen, noch welche von ihnen leben?

Die Frau und ihre Jagdkameraden waren vielleicht von einem Raubtier überrascht worden. Sie hatte sich wohl losreißen können aus den Klauen der Bestie und dabei ihren Pelz zerrissen. Vielleicht gab es auch noch weitere Überlebende, die hilflos irgendwo lagen. Hukan beschloss, noch vor Morgengrauen auf Jagd zu gehen, um die Versorgung mit Nahrung zu sichern und dann bei Tageslicht die blutige Spur der Frau mit Hilfe von Packa zurück zu verfolgen.

Nach wenigen Schlafphasen, immer wieder aufwachend um das Feuer zu nähren, nahm Hukan schließlich seine Waffen und machte sich mit Packa auf. Bulan hatte die hilflose Fremde zu bewachen, die, nachdem Hukan ihr einmal Bachwasser aus einem Lederbeutel gegeben hatte, gleich wieder in tiefen Schlaf gefallen war.

Er marschierte und kletterte den Bach abwärts, aus dem Felsen-Tal heraus und gelangte in ein grüneres Tal mit Mischwald und von Gräsen bestandenen Lichtungen. Hier schlich er, immer Deckung suchend, gegen den Wind. Packa folgte, ihr Verhalten brav anpassend.

Zwischen den Baumkronen färbte sich das Dunkel des Nachthimmels bereits heller. Hukan fröstelte leicht, denn er hatte sein Fell ja der Frau überlassen. Bald kamen sie auf eine Fährte, was Packa durch aufgeregtes Schnüffeln mitteilte. Hukan erkannte am Geruch von Losung eindeutig, dass es sich um Wildschweine handeln musste und ertastete mit den Fingern zur Bestätigung die Huf-Eindrücke. Die Rotte musste unmittelbar vor ihnen hierher marschiert sein. Emsig spürte die Hündin mit ihrer Nase weiter. Als sie dabei waren ein Gebüsch zu umgehen, erstarrte Packa in ihren Bewegungen. Hukan spähte angestrengt in die Dunkelheit, konnte aber nichts erkennen.

Dann hörte er leises Schmatzen und Grunzen. Etwa 60 Schritte vor ihnen standen Laubbäume, deren Früchte sie vom Boden fraßen. Hukan konnte nur hoffen, dass die Borsten-Tiere noch eine Weile zu fressen fanden, bis er ausreichend Licht zum zielgenauen Werfen hatte. Endlich konnte er einzelne Tiere unterscheiden. Er schlich wieder zurück, anders herum um das Gebüsch und befahl Packa, zu warten. Dann erstieg er vorsichtig einen einzelnen, schrägen Felsbrocken zwischen den Bäumen. Dort war er sicher vor Attacken des Keilers, hatte aber eine Wurfweite von 30 Schritten zu den nächsten Tieren. Der erste Speer sauste davon, traf ein Opfer am Rücken und prallte ab. Das Tier stieß einen Schrei aus und sprang fort. Packa schnellte hinter dem Gebüsch hervor und vollführte einen Scheinangriff auf die aufgeschreckte Rotte, machte aber sofort wieder kehrt, als der Keiler sie erblickte und auf sie los galoppierte. Hukan staunte immer wieder, welch unglaubliches Tempo solch ein schwergewichtiges Schwein vorlegen konnte. Mit einem scharfen Pfiff hatte er der mutigen Hündin angezeigt, in welche Richtung sie den gefährlichen Wüterich locken sollte. Es wurde auch höchste Zeit für sie, sich hinter dem Felsen in Sicherheit zu bringen, denn einer aggressiven Wildsau im Wald war kein Hund gewachsen.

Das Laub, welches Packas Läufe an der Felsecke aufgewirbelt hatten, war noch nicht wieder auf dem Boden gelandet, als der wuchtige Körper des Keilers heran polterte. Dessen Hauer bohrten sich jedoch kurz darauf in den aufspritzenden Waldboden, statt in Packas Hintern. Hukans zweiter Speer hatte vom Felsen herab seinen Unterleib schräg durchstoßen. Mark erschütternd schreiend wand sich das Tier zappelnd am Boden. Kaltblütig zielte der Jäger aus sicherer Höhe und machte mit seinem dritten Speerwurf ins Herz des Wüterichs dessen Leben ein

Ende. Hukan stieß einen Freudenschrei aus. Glücklicher hätte es nicht ausgehen können. Jetzt hatten sie genug Essen für einige Tage. Die verletzte Frau konnte in Ruhe am Lagerplatz gesunden, während er mit Packa sich auf die Suche nach ihren Jagdgefährten machen würde.

An Ort und Stelle trennte er dem Keiler nur die Halsschlagader auf und trank hastig sein warmes, nahrhaftes Blut.

Während er sich stärkte, überlegte der Jäger, was weiter zu tun wäre. Vielleicht waren die Frau und ihre Gefährten ja ganz in der Nähe von einem dieser Höhlenlöwen angegriffen worden.

Mit mehreren Jägern und Hunden im Team hatten Hukan und seine Gefährten schon öfters Bären erlegt. Einer so großen Raubkatze waren er und sein Hund allein aber sicher unterlegen.

Eilig holte er den ersten, fehl-geflogenen Speer, den er der Einfachheit halber auch in den Körper des Keilers stieß, packte die schwere Beute an einem Hinterlauf und schleifte sie Stück für Stück mühsam durch das Gelände. Der Keiler wog etwa so viel wie zwei Männer. Trotzdem musste Hukan ihn so schnell wie möglich zum Lagerplatz schaffen. Nur am schützenden Feuer konnte er ihn in Sicherheit zerlegen. Packa erkannte ziemlich schnell worum es ging, fasste mit dem Maul den anderen Lauf und zog, sich rückwärts bewegend, mit.

Die Sonne ging schon auf, als sie endlich, weithin hörbar schnaufend, ihren Feuerplatz erreichten. Bulan hatte sie natürlich lange vorher bemerkt, war herbeigestürmt und zog ebenfalls. Die erwachende Fremde schaffte es, ihren Oberkörper aufzurichten und grinste trotz ihrer Schwäche und Schmerzen, als sie die Drei mit ihrer schweren Last keuchend und in Schüben heranahen sah.

Sie zogen das Wildschwein nahe zum Feuer an die

Felswand heran, Hukan streichelte zur Begrüßung kurz seiner Pflegebedürftigen über die wilde Mähne und ging sofort darauf mit Packa und Bulan zum nahen Bach, wo die Drei sich erst mal ordentlich satt tranken. Dann kehrte er mit dem Lederbeutel voll Wasser zur Verletzten zurück, um auch ihr zu trinken zu geben und ihre Wunden zu kontrollieren. Alles sah normal aus, so wie er es von anschließend gut verheilenden Wunden kannte.

Der Holzvorrat war fast aufgebraucht, die Verletzte war in der Lage gewesen, rechtzeitig Äste nachzugeben, die Hukan in ihrer Reichweite geschichtet hatte, bevor er sie verließ. Ein großes Feuer war natürlich jetzt noch dringender vonnöten, weshalb er zunächst neues Brennholz in der näheren Umgebung sammelte. Erst dann begann er mit dem Zerlegen und grillte dabei gleich die ersten Stücke.

Die Frau hatte tatsächlich bereits Appetit und bekam selbstverständlich zuerst zu essen. Das Kauen bereitete ihr große Mühe, der hohe Blutverlust musste in den nächsten Tagen erst nach und nach ausgeglichen werden. Hukan kaute ihr reichlich vor, und fütterte sie aus der hohlen Hand. Bereits nach kurzer Zeit schlief sie ermattet, aber ausreichend gesättigt wieder ein.

Der Jäger gönnte sich selbst noch keine volle Mahlzeit und grillte nur noch schnell die an Blut reichen Innereien, welche er neben die Frau legte. Er wollte so schnell wie nur möglich wieder aufbrechen, um nun endlich nach eventuellen Gefährten der Fremden zu suchen. Zumindest bis zur Stelle, an der das Unglück passiert war, wollte er gelangen. Mit vollem Bauch wäre ihm dies zu schwergefallen. Er befahl Bulan also wieder, zu bleiben und brach mit Packa erneut auf, wobei er, wiederholt auf die noch deutlich sichtbare Blutspur der Verletzten deutend, dem

Hund klar machte, dieser Fährte mit der Nase zu folgen. Packa begriff sofort, schließlich war sie gewohnt, die Spur eines verletzten Wildes in gleicher Weise aufzunehmen. So kamen beide schnell voran.

Zunächst ging es etwa nördlich viele hundert Schritte am Bach entlang, dann an einer flacheren Stelle durch diesen hindurch und schließlich in Richtung Sonnenaufgang. Hier hatte sie gestern wohl sein Feuer gesehen oder gerochen und war darauf zu gekrochen. Die Spur führte zurück anschließend etliche hundert Schritte leicht bergan durch dichten Laubwald. Niedrige Blaubeerensträucher bedeckten weitgehend den Boden. Eine Zeit lang ging es anschließend leicht bergab. Dann wieder bergan. Es wurde immer steiler, immer mehr Steine und Felsblöcke lagen herum, der Baumbestand wurde lückenhafter; schließlich wurzelten nur noch einzelne Fichten zwischen Felsen. Vor ihnen führte die Fährte weiter ansteigend offensichtlich in eine enge Schlucht, deren schroffe, fast kahle Wände höher als die Bäume zu beiden Seiten aufragten.

Instinktiv hielt Packa inne, die Nase hochgereckt, prüfend witternd, die Ohren immer wieder zur Schlucht gerichtet. Hukan war gleichfalls stehengeblieben. Seine Jagderfahrung mahnte ihn zur Zurückhaltung. Sollten sie es wirklich wagen? Es war praktisch windstill und Packa sog weiter prüfend die Luft, den Kopf leicht hin und her bewegend, in ihr sensibles Riechorgan. Schließlich trat sie verlegen mit den Vorderläufen auf der Stelle und schaute sich mit gesträubtem Nackenfell nach ihrem Leittier um. Das bedeutete höchste Vorsicht. Hukan hatte einen Speer stoßbereit in der Rechten, mit der Linken prüfte er nervös den Sitz der Steinaxt. Sie würden auf keinen Fall der Fährte direkt in die Schlucht folgen! Packa hatte etwas ungewöhnliches gewittert, vermutlich ein Raubtier, welches sie noch nicht kannte, das war ihm klar. Außerdem waren sie schon so weit marschiert, dass es ihm bei der Schwere der Verletzungen der Frau schon ungewöhnlich weit vorkam.

Seinem Gefühl nach konnte die Schlucht der Unglücksort sein!

Rechts, unmittelbar vor der Schlucht, stand ein abgesplitterter, halb mannshoher Baumstumpf. Hinter diesem bot der Felsanstieg eine besteigbare Struktur. Dort wollte er hoch, um von oben in die Tiefe der Schlucht zu schauen. Vielleicht war von dort ihr weiterer Verlauf einsehbar.

Doch dazu sollte es nicht kommen. Zunächst einmal zog der Baumstumpf Packas Nase und Hukans Blicke beim Herannahen auf sich. Das splitterige Holz war an der Seite blank gescheuert und an den Kanten und Spitzen hingen grau-braune Haarbüschel. Mit weit vorgestrecktem Kopf beschnüffelte Packa leise knurrend den Stumpf. Es roch so scharf nach Raubtier, dass selbst Hukan das Gefühl hatte, seine Nackenhaare würden sich sträuben. Ein kalter Schauer lief ihm den Rücken hinunter. Vor ihnen in der Schlucht musste das Versteck einer Großkatze sein! Sie standen auf ihrem Zugangspfad! Alle Sinne in höchster Anspannung, schaute er sich vorsichtig um: Er konnte den diagonal zu ihrem Anstieg verlaufenden Raubtier-Pfad trotz des harten Stein- und Geröllbodens deutlich erkennen. Packa und er standen einen Moment lang wie versteinert. Der Jäger überlegte fieberhaft, wie sie sich verhalten sollten. Vielleicht war das Untier gar ein Weibchen und hatte, da die Jahreszeit schon weit fortgeschritten war, größere Junge in ihrem Quartier, ging es ihm durch den Kopf. Noch hatte er solch eine Großkatze nicht gesehen, doch nach allem bisher erlebten, vor allem nach der Größe der Fußeindrücke bei dem gerissenen Hirsch nach zu urteilen, wären Packa und er das passende Spielzeug für solche Katzenkinder.

Auch fiel ihm ein, dass in den mündlichen Überlieferungen der Ahnen sogar behauptet wurde, diese Höhlenlöwen hätten, wie die Wölfe, in Rudeln gelebt und gejagt! Und selbst wenn es sich um einen männlichen Einzelgänger handelte, überlebende Jäger konnte es hier in der Nähe nicht geben! Günstigsten Falls für sie beide, lagen der oder die Räuber satt vom Verzehr der Jagdgefährten der Frau im Versteck.

Vorsichtig, um ja kein Geräusch zu verursachen, wendete er sich um, um gefolgt von seiner treuen Hündin schleunigst den Rückweg anzutreten. Zum Glück blieb es weiter windstill, so dass ihre Witterung nicht in die Schlucht getragen wurde. Trotzdem hielten sie öfters im Fortschleichen inne, um sich vorsichtig zu vergewissern, dass ihnen keine Großkatze nachschlich. Überglücklich erreichten sie schließlich den Bach und nachdem sie diesen durchquert hatten, liefen sie im Dauerlauf, um noch vor Anbruch der Dunkelheit ihr Lager zu erreichen.

5. Kapitel: Der Kampf mit den Bestien

Die Verletzte erwartete sie aufrecht sitzend, war also überraschend schnell wieder leidlich bei Kräften. Sie hatte den Blätterverband von ihrem Oberschenkel entfernt, damit die gut verschorfte Wunde an Luft und Sonne besser heilte. Dankbar trank sie das Wasser, das Hukan vom Bach mitbrachte, denn sie hatte die weichen Innereien bereits verzehrt und war nun sehr durstig. Dann ging der Jäger noch mal zurück zum Bach, das Holz zu holen, welches er am letzten Stück des Weges bereits aufgesammelt und vor dem Trinken und Wasserschöpfen dort abgelegt hatte. Wieder am Feuer befahl er Bulan, der während seiner Abwesenheit brav, aber gelangweilt die Frau bewacht hatte: „Geh, such Stöckchen!“, was der tatendurstige junge Hund auch wieder und wieder eifrig tat und so den Brennholzvorrat nach und nach ergänzte. Vormittags hatte Hukan ja nur wenig gespeist, weshalb er sich nun voller Appetit daran machte, weitere Teile vom Eber zu lösen und zu grillen. Sorgfältig schnitt er auch die Blase heraus, für die Jäger damals der übliche Wasser-Behälter für unterwegs.

Es wurde bereits dunkel, und nun war es auch endlich Zeit, die Fremde näher kennenzulernen. Sie sprachen zwar keine gemeinsame Laut-Sprache, man war es aber allgemein gewohnt, während der Jagd untereinander (um keine Geräusche zu verursachen) und mit fremdsprachigen Fremden durch Gebärden zu Kommunizieren. Weil alle Menschen jener Zeit unter gleichen Umständen lebten und ähnliche Gewohnheiten pflegten, verfügten sie über sehr ähnliche Gebärden. Wesentliche Bedeutung kam bei der Kommunikation auch der allgemeinen Körpersprache sowie der Mimik zu, welche man grundsätzlich sehr bewusst beachtete.

Hukan wartete also nur noch auf einen passenden Moment, eine Unterhaltung zu beginnen.

Die Frau war schon wieder in der Lage, Braten-Stücke selbst zu verspeisen, die Hukan ihr reichte. Beide musterten sich während des Grillens und Essens zunächst immer wieder schweigend, aber offen und wohlwollend. Am meisten beeindruckte den jungen Mann die dunkle, mähnenartige Haarpracht der Frau. Umgekehrt schienen ihr seine schulterlangen, leicht gelockten, blonden Haare und sein (noch recht dünner) blonder Vollbart sehr zu gefallen. Öfters glitten ihre Blicke aber auch verwundert über seine, für sie offenbar ungewohnt schlanke Statur und die fast unbehaarte, nackte Haut.

Die Jägerin wirkte auf Hukan wiederum in ihrer gesamten Erscheinung sehr robust und kräftig. Sie war kleiner, aber breitschultriger und wesentlich muskulöser als er, und am ganzen Körper zart behaart. Die sanften, dunklen Augen und ihre vollen Lippen ließen ihren Gesichtsausdruck trotz der großen, breiten Nase und den Wülsten über den Augen irgendwie anziehend und faszinierend rassig erscheinen. Sie entsprach eigentlich überhaupt nicht den Schönheitsidealen seiner Kultur und doch fand er sie liebreizend, spürte aber, wohl wegen ihres höheren Alters und der daraus zu erwartenden größeren Erfahrung und ihrer vor Kraft strotzenden Proportionen, eine gewisse Schüchternheit ihr gegenüber. Dann plötzlich, als sie sich wieder einmal offen musterten, deutete sie auf sich und sagte selbstbewusst, mit fremdartig klingender Stimme: „Katta!“

Jetzt wurde Hukan auf einmal bewusst, dass er noch nackt war, weil sie sich ja mit seinem Pelz bedeckte und er antwortete, ohne auf sich zu deuten und leicht verunsichert: „Hukan.“ Dann zeigte er nacheinander auf seine

Hunde und sagte: „Packa, Bulan.“ Sofort lächelte Katta, sah die aufmerksame Hündin an, streckte ihr das Stück Braten in ihrer Hand entgegen und sagte nickend: „Packa, tak!“, wozu sich die Angesprochene, instinktiv verstehend, natürlich nicht zweimal auffordern ließ, um sich anschließend genüsslich kauend von Katta hinter den Ohren kraulen zu lassen. Danach war natürlich der bereits gespannt wartende Bulan dran.

Die Hunde hatten natürlich längst begriffen, dass die Verletzte jetzt zum Rudel gehörte, spätestens von dem Moment an, als Hukan ihr die Wunden leckte. Jetzt aber war die Zusammengehörigkeit gefestigt. Einer würde den Anderen mit seinem Leben verteidigen.

Katta und Hukan speisten ruhig und entspannt und erklärten sich gegenseitig mit Gebärden und Laut-Untermalungen in groben Zügen ihre Herkünfte und Schicksale. Dies ging natürlich nicht so flüssig und eindeutig vonstatten, aber es funktionierte einigermaßen. Ungewöhnlich war für beide auch die erheblich unterschiedliche Klangfarbe ihrer Stimmen. Die Laute der Fremden besaßen einen für den Norsun sehr ungewohnten, hohlen Klang.

Katta erzählte, sie sei eine der letzten Überlebenden eines Stammes, der, soweit die Überlieferungen zurückreichten, hier in den Bergen lebte. Sie wären die Nachfahren einer uralten Art, welche dereinst einmal das ganze Land bewohnt hätte. Es habe aber Streit unter den unsichtbaren Mächten gegeben, nachdem sich einige ihrer Vorfahren mit fremden Jägern und deren Frauen eingelassen hätten. Viel Unheil sei über ihre Vorfahren gekommen, weshalb sie sich in die Berge zurückgezogen hätten.

Katta hatte aber nie gehört, dass es Jäger mit hellen

Haaren und blauen Augen gäbe und erklärte dem verdutzten Hukan, als er sie ans Feuer getragen habe, hätte sie geglaubt, er sei eine unwirkliche Lichtgestalt, die sie in eine andere Welt bringen wolle.

Hukan wurde nachdenklich. Er erkannte, dass auch Kattas Vorfahren, die seine Vorväter laut ihrer Überlieferungen die „Starken“ genannt hatten, an übernatürliche Dinge glaubten. Das verwunderte ihn eigentlich nicht, denn vieles, wie zum Beispiel Krankheiten oder Naturgewalten, waren einfach nicht sachlich erklärbar. Man konnte nicht erkennen, was dahinter steckte. Weil diese unerklärlichen Vorgänge aber von so starker Bedeutung waren, ja oft über Leben und Tod entschieden, musste es Erklärungen geben. So nahmen die Menschen eben an, es gäbe unsichtbare Mächte. Er selbst aber zweifelte mittlerweile, ob dies der Wirklichkeit entsprach.

Dem Norsun fiel auch eine Erzählung ein, in welcher behauptet wurde, es habe einmal schwarze Menschen gegeben. Niemand wusste, wie solche Geschichten zu Stande kamen. Was wurde nicht alles erzählt! Niemand konnte letztendlich sicher sagen, was Fantasie, und was Wirklichkeit war. Er selbst hatte vieles nur ungläubig belächelt, nun aber, da er die fremdartige Katta kennengelernt hatte, beschloss er, die Überlieferungen insgesamt ernster zu nehmen, trotz der merkwürdigen Götter-Verwicklungen.

Mittlerweile war über ihr Erzählen bereits die halbe Nacht vergangen. Beide hatten gegessen, soviel sie konnten und spürten jetzt wieder Durst. Hukan erhob sich also, zog einen brennenden Ast aus dem Feuer und ging, ihn in der Hand haltend, mit den Hunden zum Bach um zu trinken, kehrte kurz darauf mit vollem Wasserbeutel zum Feuer zurück und gab auch Katta wieder Wasser. Dankbar schauten ihre dunklen Augen zu ihrem hellblonden Retter auf. Als Hukan den leeren Lederbeutel beiseite legte, fasste sie langsam, aber nachdrücklich seinen Arm und zog ihn dicht neben sich herab. Er verstand ihr Verlangen nach Nähe und fühlte sich auch zu ihr hingezogen, wenngleich er in dem Moment, als er ihre Hand spürte, an Bebeh dachte. Katta faszinierte ihn. Sie strahlte etwas aus, was ihn in ihren Bann zog. Dass es ihr ebenso erging, spürte er. Viele Fragen waren noch offen zwischen ihnen, doch beide fühlten sich jetzt viel zu müde, rückten nackt auf dem Fell aneinander, wobei Hukan einen Arm wie schützend unter ihren Kopf und um ihre Schulter legte und kurz darauf schliefen sie tief und fest.

Diesmal erwachte der Jäger nicht nach einiger Zeit, weil sein Feuer-Instinkt ihn weckte, sondern weil er die Kälte und eine innere Unruhe spürte. Diese Nacht war sternenklar. Nachdem er mehr Holz als gewöhnlich nachgelegt hatte, um das Feuer zu vergrößern und sich wieder an Katta kuschelte, bemerkte er außergewöhnlich viele Sternschnuppen. Wieder und wieder leuchteten ganze Schwärme von ihnen auf. Einzelne Sternschnuppen waren nichts Ungewöhnliches. Niemand bei den Norsuns konnte erklären was sie waren, und sie hatten für die Jäger keine praktische Bedeutung. Doch außergewöhnlich viele, dass man sie schon nicht mehr zählen konnte, bedeuteten nach alten Überlieferungen großes Unheil. Als Kind hatte Hukan davon gehört, konnte sich aber nicht mehr erinnern, was genau eine solche Erscheinung vorhersagte. Wohl wusste er, dass Vater und Großvater ein solches Ereignis nicht erlebt hatten.

Unheil drohte. Einige Zeit lag er noch grübelnd wach. Doch er konnte sich trotz angestrengten Nachdenkens nicht erinnern, welche Art von Unheil. Schließlich schlief er wieder ein.

Katta erholte sich unglaublich schnell. Sie aß fast doppelt soviel wie Hukan und machte jeden Tag deutliche Fortschritte. Schon am dritten Tag krabbelte sie am Lagerplatz umher, das verletzte Bein schlaff hinter sich her schleifend. Mittlerweile hatte sie auf sein Anraten Hukans Reh-Felle übergestreift. Mit gelockerten Schnüren passte es ihr knapp. Hukan pirschte nackt abwechselnd mit Packa oder Bulan in der näheren Umgebung umher, um für weitere Nahrung zu sorgen. Jetzt leistete sein Korb wieder gute Dienste. Massenhaft sammelte er Haselnüsse und brachte sie zum Lagerplatz. Doch Katta schien wenig begeistert von pflanzlicher Kost. Zwar aß sie davon, doch nur geringe Mengen. Lustlos auf ein paar Nüssen kauend, zog sie die neben ihr stehende Packa zu sich heran, ließ deren Halsriemen mit den Bärenzähnen durch ihre Finger gleiten und murmelte bedeutungsvoll: „Brumbatz!“ - „Soso,“ dachte Hukan, „sie hätte also lieber Bärenfleisch! Ganz schön anspruchsvoll die Frau!“

Den Bach aufwärts hatte der Jäger auf einer seiner Erkundungen eine Stelle entdeckt, an der sich mehrere Forellen aufhielten. Deshalb beschloss er am vierten Tag, mit beiden Hunden, zu fischen.

Er hatte Katta bereits einen Speer und eine Steinaxt gefertigt, damit sie sich notfalls verteidigen konnte, denn sie war bereits wieder in der Lage, auf einem Bein zu stehen. Dann schürte er das ständig brennende Feuer, dass die Flammen schön stark loderten und verabschiedete sich. Leider kehrte er einige Zeit später mit nur fünf ausgewachsenen und einer halbwüchsigen Forelle im Korb zurück. Davon bekam Katta zwei Große und die Kleine, Packa, Bulan und er selbst jeweils eine, die sie alle gleich verzehrten. Vom Eber waren bald nur noch Knochen und die Haut übrig, und ohne Bogen war er kaum in der Lage, Kleinwild wie Vögel oder Kaninchen zu erbeuten.

Die Laubbäume hatten sich bereits bunt gefärbt und so dachte Hukan daran, dass jetzt die Brunftzeit der Hirsche sei, falls es hier, in den Bergen auch welche gäbe. Katta bestätigte dies auf seine Frage begeistert. In der Brunft verrieten sich die männlichen Tiere oft durch ihre typischen Rufe, mit denen sie ihren Gebietsanspruch gegenüber konkurrierenden Männchen ausdrückten. Es kam dann zu Revier Kämpfen, denn nur der stärkste Hirsch durfte die Hirschkühe begatten.

In ihren Paarungszeiten waren überhaupt viele Wildarten leichter zu jagen, weil sie sich im Liebesrausch unvorsichtiger verhielten.

Katta kannte die Umgebung natürlich ganz gut, und erklärte Hukan, dass weiter südwestlich ein typisches Hirschrevier sei, weit genug von der Schlucht der Bestien entfernt. Er hatte bisher vermieden, Katta auf ihr Jagdunglück anzusprechen, um sie nicht zu beunruhigen. Denn der Verlust ihrer letzten Stammesgenossen, wie sie indirekt angedeutet hatte, als sie sich gegenseitig ihre Schicksale erzählten, musste ein harter Schlag für sie gewesen sein. Jetzt, nachdem sie wieder ganz gut bei Kräften war, begann sie aus eigenem Antrieb, davon zu berichten.

Dieser Abend war für Hukan ungemein spannend. Wie Katta schilderte, war es tatsächlich so, dass diese Berge für die Großkatzen und ihren Stamm den letzten Überlebensraum darstellten. Wie die Mammuts, die Wollnashörner und die Riesenhirsche, drohten sie für immer zu verschwinden. Die Löwen hatten ursprünglich nur in der früher baumlosen, eiszeitlichen Steppe gelebt, als es noch ständig kalt und sehr trocken war. Als es plötzlich warm und feucht wurde, mit reichlich Regen oder Schnee, verendeten viele an dem ungewohnten Klima. Einige Überlebende zogen sich auf die freieren Höhen der Berge zurück, wo schon die Vorfahren von Kattas Stamm in schützenden Höhlen und leichten Jagd-Unterkünften lebten und machten ihnen diesen Lebensraum streitig. Sie waren direkte Nahrungskonkurrenten, und Menschen passten schon immer ins Beute-Schema der bis zu drei Schritte langen Horr, wie die Starken die Höhlenlöwen nannten. Der Kopf einer solchen Bestie reichte einem Jäger bis zur Brust. Sie lebten und jagten in Rudeln, welches von einem Männchen, erkennbar an den längeren Kopfhaaren, angeführt wurde. Bei schlechter Witterung zogen sie sich in ihre Höhle zurück, welche meistens an einem Berg oder Hügel lag, von wo aus sie ihr Revier, (wie früher in der Ebene) zum Teil überblicken konnten. Männchen ohne Rudel lebten und jagten oft alleine, junge Männchen auch zusammen.

Hukan war fasziniert, er hatte früher nur gehört, dass es solch große Katzen gegeben haben sollte. Er hatte mit seinen Hunden akustisch einen nächtlichen Überfall einer solchen auf einen Hirsch verfolgt und am nächsten Tag ihre Fußabdrücke gesehen und nun am Schlucht Zugang ihren Scheuer-Pfahl. Doch Katta wusste alles über sie. Mehr noch: Ihr Leben war von Anfang an geprägt vom Konkurrenzkampf mit diesen Bestien, den gefährlichsten Feinden der Menschen seit Beginn der Überlieferungen. Mal wurden Mitglieder des Stammes von Bestien getötet und gefressen, mal gelang es den Jägern todesmutig einen, seltener mehrere Löwen zu erlegen.

Die Lage hatte sich in letzter Zeit so zugespitzt, dass die sieben letzten Starken, drei Männer, drei Frauen und ein Mädchen, mit dem letzten Löwenrudel und ein paar einzelnen jüngeren Männchen um die Herrschaft in ihrem letzten verbliebenen Lebensraum kämpften. Zuletzt hatten Katta und die drei letzten Männer ihres Stammes versucht, das ihrer Überzeugung nach allerletzte Löwen Rudel mittels Feuern an beiden Zugängen der Schlucht, in welcher sich die Höhle befand, festzusetzen, um sie dann von den seitlichen Höhen mit Speeren endgültig auszurotten. Sie hatten dazu Regenwetter abgewartet, bei welchem die Bestien nicht umher streifen oder satt auf ihrer Freifläche östlich hinter der Schlucht herumliegen würden, sondern sich erfahrungsgemäß in die Höhle zurückzogen. Bevor sie die Feuer entzünden konnten, wurden sie von den Löwen, einem Männchen und drei Weibchen (mit insgesamt vier Jungen) überrascht, weil bei nachlassendem Regen plötzlich Wind aufkam und ihre Witterung und ihre Geräusche beim Aufschichten des Holzes in die Schlucht trug. Die Jäger vom einen Zugang der Schlucht eilten ihren angegriffenen Gefährten auf der anderen Seite direkt zu Hilfe, was ein großer Fehler war. Denn bei einer offenen Konfrontation hatten sie gegen die riesigen Raubkatzen keine Chance. Katta betonte stolz, alle vier großen Horr seien schwer verletzt worden! Doch keiner kampfunfähig und von den Jägern habe nur sie schließlich flüchten können.

Hukan schwieg betroffen. Dann ging sein Blick besorgt zum Himmel. Wie in den letzten Nächten schon, schien es auch heute wieder Sternschnuppen förmlich zu regnen. Und er wusste das es Unheil bedeutete. Aber nicht, welches.

Dann kehrten seine Gedanken wieder zu Katta und ihrem Stamm zurück. Zwei Frauen und ein Mädchen warteten irgendwo auf die Rückkehr ihrer Löwenjäger, ihren letzten Männern.

Die überlebende Jägerin hatte tief gebeugt, schweigend ins Feuer geblickt. Jetzt richtete sie ihren vor Kraft strotzenden Oberkörper auf, schaute Hukan wild entschlossen, ja fanatisch an und erklärte mit Gestik und Lauten: „Alle Bestien müssen sterben!“

Hukan hielt ihrem Blick stand, erhob sich, und trat nahe an sie heran, fest in ihre dunklen Augen schauend. Legte einen Arm um sie und zog ihr Gesicht mit der anderen Hand sanft gegen seine Brust, ohne irgendetwas zu erwidern. Katta ließ es sich leicht widerstrebend gefallen.

Spät in der Nacht ging ein heftiger Regenschauer nieder, der das zu spärlich brennende Feuer zu verlöschen drohte. Hukan beeilte sich, mehr Holz nachzulegen und bedeckte Katta und sich mit der Wildschwein-Haut, worauf sie eng aneinander geschmiegt weiterschliefen.

Als am Morgen die Sonne aufging, begann der Wald ringsum zu dampfen. Katta machte vorsichtig Beugebewegungen mit ihrem gesundenden Bein und humpelte erstmals mit Hukan und den Hunden hinunter zum Bach, um zu trinken. Anschließend füllte sie die Schweineblase, um am Feuer über Trinkwasser zu verfügen.

Der junge Jäger staunte jeden Tag aufs neue, wie schnell sie genas. Hand in Hand begleitete er sie anschließend zurück zum Feuer, um sich dann mit Packa zur Hirschjagd zu verabschieden.

Katta hatte ihm die Gegend ausreichend genau beschrieben. Hirsche und auch Elche und Rener waren in der abwechslungsreichen Landschaftsstruktur der nördlichen Ebene neben Pferden die beliebtesten Jagdbeuten der Norsuns. Er wusste genau Bescheid über die speziellen Eigenarten und Verhaltensweisen aller dieser Arten und war sich seines Erfolgs sicher.

Problemlos, dank seiner Erfahrung und Packas feiner

Nase, fand er schnell einen Wildwechsel mit den richtigen Hufeindrücken, Fressspuren und so weiter.

So konnten sie in Ruhe vor der Abenddämmerung eine günstige Position einnehmen und lagen hinter einer umgestürzten Eiche an einem ziemlich flachen Hang auf der Lauer. Von ihrem Versteck aus konnten sie eine von Farnen Kräutern und Gräsern bewachsene Hang-Fläche überschauen, an deren Nordseite, wo am meisten Sonne schien, niedrige Sträucher standen. Bereits als es noch normal hell war, hörten sie aus nicht allzu großer Entfernung das Röhren des Platzhirsches. Langsam und bedächtig äsend erschien er dann kurz darauf mit seinem Rudel, von der gegenüber liegenden Seite kommend, auf der Fläche. Wieder hob er den Kopf mit dem imposanten Geweih und röhrte. Hukan wollte schon vorsichtig vorwärts schleichen, als er bemerkte, wie die schärfer hörende Packa ihren Kopf nach links, den Hang abwärts, wandte. Der Jäger schaute angestrengt in die Richtung und erspähte einen weiteren, etwas kleineren und jüngeren Hirsch, der mit stolzem Schritt aufwärts marschierte. Freudig überrascht duckte der Jäger sich wieder vollends. Er wusste, ein Zweikampf würde folgen, in dessen Verlauf er dann vorteilhafter losschlagen könnte. Durch das niedrige Buschwerk schreitend, betrat der Herausforderer die Freifläche. Der Platzhirsch bemerkte ihn sofort, wand sich zu ihm herum und hob und senkte demonstrativ sein weit ausladendes Geweih mit den vielen Enden. Langsam und Eindruck schindend bewegten sich die Kontrahenten aufeinander zu. Auf den ersten Blick hätte man annehmen können, dass der Jüngere gegen den stattlicheren Platzhirsch keine Chance haben würde. Doch Hukan, als sensibler Beobachter, erkannte, dass die Tage des Alten wohl bald gezählt sein würden. Der Jäger nahm erste Anzeichen von Kraft- und Elastizitätsverlust in dessen Bewegungen wahr. Dies empfand wohl auch der junge Herausforderer.

Jetzt bewegten sie sich in erhabenen Bewegungen parallel zueinander. Seite an Seite versuchte einer den anderen, durch protzige Haltung von seiner größeren Stärke zu überzeugen. Noch hielt Hukan still. Keiner der beiden Streitenden ließ sich durch das Gehabe seines Widersachers überzeugen. Ein Kräftemessen musste Klarheit bringen. In dem Moment, wo die Geweihe ineinander krachten schlich Hukan behände vor, gefolgt von Packa. Wieder krachten die Geweihe prasselnd gegeneinander. Jetzt schob der Platzhirsch den jüngeren zurück, wollte kurz zurücksetzen um abermals vorzustoßen. Doch die Geweihe hatten sich ineinander verhakt! Hukan und Packa stürmten los. Panisch stiebte das Rudel davon. Aber die Kämpfenden konnten nicht fliehen, ihre Geweihe lösten sich trotz ihrer Anstrengungen nicht. Aus allernächster Nähe stieß Hukan kaltblütig erst dem größeren und dann dem kleineren Hirsch jeweils einen Speer mitten ins Herz. Zitternd brachen sie nacheinander zusammen.

Noch war es hell. So große Jagdbeuten konnte ein einzelner Jäger natürlich nicht durchs Gelände transportieren. Dazu war es auch viel zu weit zum Lagerplatz. Hukan ging es vor allem um die wertvollen Achillessehnen. Deshalb machte er sich gleich daran, beiden Hirschen die kompletten Hinterbeine vom Rumpf zu trennen. Während er schwitzend schnitt und zog, brach die Dämmerung herein. Der noch ziemlich helle Himmel war klar, doch obwohl bis auf den sehr hellen Abendstern noch längst kein weiterer Stern zu sehen war, nahm Hukan wieder Sternschnuppen wahr, die ungewöhnlich hell aufflammten. Meine Güte, dachte er, was hat das bloß zu bedeuten?

Drei Hirschbeine hatte er abgetrennt, da kam starker Wind auf. Welke Blätter wirbelten herum, ein paar blieben an seinen vom Blut verschmierten Armen und Handrücken kleben. Mächtige, dunkle Wolken zogen von Westen heran. Schlagartig wurde es finster. Hukan konnte das vierte Hinterbein nur noch tastend abtrennen, dann begann es zu stürmen und zu regnen. Hastig band er mit Lederstreifen die erbeuteten Läufe an den Füßen paarweise zusammen, hängte sie sich um den Nacken, nahm seine Waffen und trat den Rückweg an.

Der Sturm war zum Glück nicht so stark, dass er Bäume umstürzen konnte, es war also nicht zu gefährlich, jetzt unterwegs zu sein. Im Gegenteil, bei solchem Wetter blieben normalerweise auch die Raubtiere in ihren Verstecken, sodass er mit dem Blutgeruch wohl weniger wahrscheinlich eines anlocken würde. Aber er sah fast nichts. Jetzt zeigte sich wieder, wie unschätzbar hilfreich es war, einen Hund dabei zu haben. Zielstrebig marschierte Packa voran. Trotz Dunkelheit und peitschendem Regen verlor sie nicht die Orientierung.

Der Rückweg nahm weniger Zeit in Anspruch als der Hinweg, da das Absuchen des Geländes entfiel. Und für die Hündin war es kein Problem, schnurstracks zurückzufinden. So erreichten sie nach etwas mehr als der halben Nacht ihr Feuer, als Wind und Regen bereits wieder etwas nachließen.

Katta hatte noch nicht geschlafen, sondern aus Vorsicht, dass Feuer könne bei dem Unwetter erlöschen, war sie wach geblieben. Sie hatte direkt an der Felswand Äste in den Boden gesteckt und die Wildschwein-Haut wie ein kleines Dach aufgespannt. An der Windseite dienten ihr aufgeschichtete Äste und Zweige als Schutzwand, so dass sie zusammen mit Bulan in einem zwar kleinen, aber halbwegs trockenen Unterschlupf saß. Vor sich das stark lodernde, wärmende Feuer, harrte sie geduldig aus und empfing die Heimkehrenden mit einem Freudenschrei. Hukan erklärte ihr mit wenigen Gesten und Worten, welch großes Jagdglück er gehabt hatte, und zusammen machten sie sich gleich daran, die Sehnen sorgfältig von den Hirschbeinen abzutrennen und zum Trocknen auszulegen. Alle waren nach einem Tag ohne Essen naturgemäß sehr hungrig und konnten es kaum abwarten, die frischen Hirschkeulen zu grillen.

Erst als sie eine davon verzehrt hatten, legten sie sich für den knappen Rest der Nacht gemeinsam schlafen.

Bei Tagesanbruch drückte ein bedeckter Himmel auf die Stimmung der Erwachenden und es war empfindlich kühl. Zu kühl für den immer noch unbekleideten Hukan. Deshalb hielt er sich auch nach dem Frühstück, bestehend wiederum aus einer Hirschkeule für die Vier, in der Nähe des Feuers auf, um endlich seinen Bogen einsatzbereit zu machen. Penibel zerklopfte und zerfaserte er die Hirsch-Sehnen und drehte daraus eine Bogen-Sehne.

Katta war für alle Tätigkeiten am Lagerplatz bereits beweglich genug und voller Tatendrang. Hukan ermahnte sie, ihr Bein nicht zu stark zu belasten. Er befürchtete, ihr Oberschenkel könne wieder aufreißen. Sie versprach ihm, vorsichtig zu sein und machte sich daran, aus der Wildschwein-Haut und den vier Hautstücken der Hirschkeulen einen Überzieher für Hukan zu fertigen. Mit Schnüren setzte sie die Fellstücke so zusammen, dass die Schweinehaut Schultern, Rücken und Po bedeckte und die angefügten Hirschfellteile vorn straff geschnürt werden konnten. Arme und Beine blieben frei.

So bekleidet machte der Jäger anschließend die ersten Probeschüsse. Fertige Pfeile trug er ja schon länger in seinem Fell-Köcher mit sich herum.

Jetzt hatte er Pfeil und Bogen, das wichtigste, weil vielseitigste und effektivste Jagdgerät überhaupt. Damit konnte man kleineres bis mittelgroßes Wild sehr präzise auch aus größeren Distanzen erlegen. Auch größere Fische, wenn sie dicht unter der Wasseroberfläche schwammen. Mit scharfen Pfeilspitzen aus Feuerstein griffen die Norsuns auch Großwild an. Sogar Bären. Gegen eine Gruppe von geübten Bogenschützen hatte ein „Brumbatz", wie Katta Bären nannte, keine Chance.

Besonders mutige und geschickte Jäger erlegten großes Wild mit einem Schuss ins Herz aus nächster Nähe. Vor allem aber erwischte man die vielen kleineren, flinken Waldtiere. Hukan war bis etwa 30 bis 40 Schritte sehr treffsicher. Ein heranschnellender Pfeil war viel kleiner und schneller als ein Speer, und die Beute bemerkte ihn zu spät, um noch ausweichen zu können.

Jetzt, nach den ersten Schüssen, war er sehr zufrieden. Einen Specht und ein Eichhörnchen hatte er spontan erlegt. Kleine Häppchen zwar, aber solche Beute begegnete einem Jäger unterwegs so häufig, dass er sich auf Wanderungen leicht davon ernähren konnte.

Am Nachmittag legte Hukan sich schlafen. Die Anstrengung der letzten Nacht verlangte nach Erholung. Normalerweise hatte er vorgehabt, nochmal zu den erlegten Hirschen zu gehen, um die Häute und so viel Fleisch wie er tragen konnte, zu holen. Er tat es nicht. Einmal, weil er befürchten musste, dass ein größeres Raubtier oder Wölfe vom Fleischgeruch längst angelockt worden waren. Zum anderen, weil Katta mitgehen gewollt hätte, und lange Märsche, schwer bepackt durchs Gelände, wären zum jetzigen Zeitpunkt sicher zu viel für sie gewesen. Sie konnten froh sein, dass sie überhaupt ohne Entzündung oder andere Komplikationen in so kurzer Zeit genesen war.

Als er bei Anbruch der Dunkelheit erwachte, saß Katta schnitzend neben ihm. Sie war mit Bulan fort gewesen, um sich Holz für weitere Speere und eine Speerschleuder zu holen. Nun bemühte sie sich emsig, die frischen Stangen mit steinernen Schabern in Form zu bringen. Gerade schnitzte sie das Ende einer Speerschleuder zurecht. Solch ein spezielles, stangenförmiges Wurfwerkzeug diente praktisch als Armverlängerung des Werfers. Ihr Ende besaß eine kleine Höhlung, um das Ende des Speers darin zu fixieren. Das vordere Ende wurde als Hand-Griff geformt. Der Speer wurde also nicht direkt mit der Hand geworfen, sondern lang auf die Speerschleuder gelegt und mit dieser katapultiert. Treffsicherheit erlangte man nur durch ausgiebiges Üben. Hukan kannte die Speerschleuder auch, die Norsuns benutzten diese aber nicht. Sie waren passionierte Bogenschützen, die einfache Speere und noch etwas größere Lanzen zusätzlich mit sich führten, als Nah-Waffen, um größerem Wild den Todesstoß zu versetzen.

Hukan fiel auf, mit welchem besonderen Aufwand Katta schnitzte und schaute näher hin: Dem Ende der Speerschleuder hatte sie ein Katzengesicht verliehen. Sie hielt dem verdutzten Norsun ihr Kunstwerk vor die Nase und sagte mit eiskalter Stimme: „Mein Horr-Töter!" Dabei blickte sie ihm so entschlossen in die Augen, dass Hukan ein schauriges Gefühl bekam. Seine neue Gefährtin war noch nicht wieder ganz gesundet und dachte trotz der schlimmen Niederlage gegen die Bestien, die mit dem Tod der drei letzten Männer ihres Stammes geendet hatte, daran, den Kampf weiter fortzuführen. Katta schien geradezu davon besessen zu sein, die Menschenfresser ausrotten zu müssen.

Sie hatten ihre Blicke nicht voneinander getrennt und Katta schien Hukans Gedanken zu erraten, denn sie sagte bedächtig nickend, mit beängstigender Ruhe: „Die - oder wir!“

Meine Güte, dachte Hukan, was für einen Plan hat sie? Ihm wollte keine Jagdlist einfallen, mit der sie beide, mit seinen Hunden, ein ganzes Rudel Höhlenlöwen hätten besiegen können. Die List mit ihrer Feuerfalle war schon sehr gewagt gewesen und danebengegangen. Wie konnte man so verbissen sein? Jagen war sowieso schon gefährlich genug. Doch allein von Beeren, Pilzen und Nüssen konnten sich Menschen eben nicht ausreichend ernähren. Sie mussten Tiere töten und deren Fleisch essen, um nicht zu verhungern. Die Jagd war ihre Lebensgrundlage.

Kein Tier sonst jagte allerdings Menschen, um sie zu fressen. Bären und Wölfe gingen den Menschen aus dem Weg, griffen diese nur an, wenn es um Beute ging oder wenn sie von ihnen in die Enge getrieben wurden.

Wie hätten die Norsuns reagiert, wenn sie in der Ebene immer wieder von Löwen überfallen worden wären? Sie kannten die großen Raubkatzen glücklicherweise nur aus Überlieferungen.

Doch jetzt war er, der Verbannte, in einer völlig anderen Situation. Die wilden Berge bildeten nun seinen Lebensraum. Katta, die Hunde und er bildeten die potenzielle Beute der Bestien.

Er schaute wieder in ihre dunklen Augen. „Katta, hast du einen Plan?“

Den ganzen Tag war der Himmel von einer dicken Wolkendecke verhangen gewesen, doch gerade in diesem Moment zeigte sich von Westen kommend eine Lücke, die den Blick auf die Himmelskuppel frei gab. Was die beiden da sahen, verschlug ihnen sekundenlang die Sprache. Das war kein Sternschnuppen-Regen mehr, wie an den Tagen vorher, das war ein Sternschnuppen-Meer, das den Himmel und die oberen Wolkenschichten erleuchtete. Ein seltsames, überirdisches Leuchten.

Die Wolkenlücke kam näher und die ganze Umgebung wurde in dieses überirdische Licht getaucht. In Kattas dunklen Augen spiegelten sich die Leuchtspuren über ihnen. „Ich werde sie alle töten, einen nach dem anderen!“

Hukan fasste voller Beklemmung ihren Arm, wie um sie aus einem schlechten Traum zu reißen. Mit einem Ruck wendete sie ihr Gesicht vom himmlischen Feuerregen ab, ihm zu, dass ihre schwarze Mähne gegen seine Brust wogte. Sie reckte ihren freien Arm zum Himmel: „Siehst du diese Zeichen, Hukan? Es sind die Seelen meiner Ahnen, die von den Bestien gefressen wurden. Unzählige! Sie fordern mich zum Handeln auf! Es muss bald geschehen! Wir haben ihre Unterstützung!“

Wie die Norsuns, so glaubten auch die Starken, dass ihre Toten im Verborgenen weiterlebten. Manche Schamanen behaupteten sogar, mit ihnen Kontakt aufnehmen zu können.

Hukan wand sich innerlich vor Verzweiflung darüber, dass ihm nicht einfallen wollte, was die Erzählungen der Alten über die Bedeutung dieser Himmels-Erscheinung sagten. Es wollte ihm nicht einfallen! Es war zum Verzweifeln! Er war noch ein Kind gewesen, als er davon erzählen hörte. Vielleicht war er während der Erzählung eingeschlafen, hatte deshalb die wichtige Schlussaussage verpasst?

Kurz darauf schloss sich die Wolkendecke wieder. Katta machte sich wieder an die Waffenherstellung. Steine, die sie ebenfalls gesammelt hatte, bearbeitete sie mit anderen Steinen, um scharfe Speer-Spitzen zurecht zu schlagen. Da sie nicht über Feuersteine verfügten, funktionierte dies nur teilweise. Weshalb sie auch Knochensplitter und geschnitzte Geweih-Stücke verwendete. Hukan gab ihr von seinem Pech, mit dem sie die scharfkantigen Teile in die eingekerbten Speer-Spitzen klebte und zusätzlich mit Schnüren sicherte. Der Norsun war in dumpfes Grübeln verfallen, half aber mit. Wie konnte er seine Schicksalsgefährtin von ihrem unvernünftigen Vorhaben abbringen? Er musste eine Alternative bieten.

Andererseits mussten die Menschenfresser ausgerottet werden, das befahl ihm sein Selbsterhaltungstrieb, denn von Anfang an lag die Bedrohung durch die Höhlenlöwen während seiner Wanderung durch die Berge in der Luft.

Aber wie? Vielleicht sollten sie abwarten, ob sie noch andere Jäger trafen, die sie bei ihrem Vorhaben unterstützen würden. Doch nach allem, was er wusste, schien es äußerst unwahrscheinlich, dass sich in nächster Zeit andere Menschen in die Berge begeben würden. Schließlich stand der Winter unmittelbar bevor. Hier, auf den Höhen war es kälter als in der Ebene und es fiel mehr Schnee, manchmal mehr als mannshoch, der unter Umständen das Jagen über mehrere Monde unmöglich, oder zumindest sehr schwierig machte.

Mit Katta und den Hunden in die Ebene ziehen konnte er auch nicht, wegen Kattas Gefährtinnen, die wahrscheinlich bereits ziemlich verzweifelt auf die Rückkehr ihrer Löwenjäger warteten. Sie würden vermutlich nicht allein überleben, denn eine Jägerin wie Katta bildete eine absolute Ausnahme. Außerdem war eine von ihnen bereits im fortgeschrittenen Alter und eine andere noch nicht erwachsen.

Mitten in der Nacht probierte die übereifrige Katta ihre Speerschleuder aus. Einen morschen Stamm in 30 Schritten Entfernung nahm sie im diffusen Schein des Feuers als Ziel. Hukan war tief beeindruckt, mit welcher Wucht ihre Geschosse trafen. Es gab jedes Mal ein zischendes Geräusch, wenn sie die Speerschleuder schwang. Mit dumpfem Knall drangen die Speere in das

Holz ein, ein Reh hätten sie sicher glatt durchdrungen.

Nach einer letzten kleinen Mahlzeit legten sie sich schließlich schlafen. Nur Hukan lag noch kurz grübelnd wach. Dann schmiegte er sich eng an seine Gefährtin, steckte seine Nase in ihre dunkle Mähne und schlief ein.

Zum ersten Mal war in dieser Nacht ihr Feuer erloschen. In der dicken Ascheschicht fand sich allerdings noch genug Glut, sodass die zuerst erwachte Katta schnell wieder Flammen aufflackern ließ. Hukan schlief noch, hatte aber unruhige Träume, bewegte sich ziemlich heftig und murmelte für Katta unverständliche Worte. Schließlich stieg die Sonne in eine Baumlücke und weckte mit direkten Strahlen auf sein Gesicht den Norsun. Verstört richtete er sich auf und schaute um sich. Seine Gefährtin grinste, als sich ihre Blicke trafen. Triumphierend hielt sie einen Vielfraß hoch, den sie mit Hukans Bogen in der Nähe geschossen hatte. Der aufmerksame Bulan hatte ihn bemerkt und die Jägerin durch sein Verhalten auf ihn aufmerksam gemacht. Verwundert fragte Hukan: „Ich dachte, du kannst nicht mit Pfeil und Bogen jagen.“ –„Ich habe es einfach probiert. Er war so nah!“, antwortete sie fast kindlich-naiv. Gemeinsam zogen sie ihm den Pelz ab und nahmen ihn aus.

Die Pelze aller Kleintiere räucherten und sammelten sie gewohnheitsmäßig, um bei Gelegenheit weitere Kleidungsstücke oder Gebrauchsgegenstände daraus zu fertigen.

Anschließend wurde der kleine Räuber gebraten und „verfrühstückt“.

Katta konnte sich schon fast wieder normal bewegen und war voll aktiv, dass Hukan, der von seinen bisherigen Mitmenschen längere Genesungszeiten gewohnt war, sich wieder nur wunderte. Weniger verwunderlich fand er, dass sie schon während des Bratens wieder davon zu Reden begann, dass sie ihren von den Bestien gefressenen Vorfahren und allen kommenden Menschengenerationen gegenüber verpflichtet sei, alle Höhlenlöwen endgültig auszurotten. Er hatte es erwartet. Es war ja wahrscheinlich auch tatsächlich so, dass Katta von allen jetzt lebenden Menschen am meisten Jagderfahrung mit den Großkatzen besaß und auch in der Lage war, gegen sie erfolgreich zu kämpfen, sonst hätte sie wohl kaum den Angriff des Rudels überlebt. So wie sie gesundete und wieder erstarkte, wirkte sie auf Hukan, als besäße sie selbst die Kampfkraft einer Löwin.

Er fühlte, dass es nicht möglich wäre, sie von ihrem Vorhaben abzubringen. Deshalb erzählte er von seiner Idee, die er in seinen unruhigen Träumen gehabt hatte. Es ging natürlich um die Bestien und um Feuer, das Einzige, was diese offenbar fürchteten. Hukan war natürlich (wie wohl allen Jägern) immer schon aufgefallen, dass Fett, welches beim Braten ins Feuer tropfte, besonders gut brannte. Im Traum hatte er angreifende Löwen mit einem brennenden Braten in der Hand abgewehrt. Katta lachte nicht.

Wenn Jäger kurz das Lagerfeuer verließen, zum Beispiel um etwas abseits ihre Notdurft zu verrichten, so sicherten sie sich mit einem brennenden Ast, welchen sie in einer Hand haltend mit sich führten. Äste, selbst besonders harzige, brannten außerhalb des Feuers aber nur kurzzeitig weiter. Seine Idee war nun, einen Ast mit Pelzstücken, die sie dick mit Tierfett bestrichen, am oberen Ende zu umwickeln, damit er länger und stärker brennen würde. Katta blickte ihn ungläubig an und fragte, ob er das schon mal gemacht habe. Sie benutzten in ihrer Höhle Fackelstöcke, die mit zusammengedrückten Bienenwaben umwickelt waren. Hukan ermunterte sie: „Wir machen ein Probe-Exemplar. Wenn es funktioniert, dann lass uns ein langes Gestell aus zusammengebundenen Ästen bauen, in welches wir mehrere davon stecken. Wenn wir dann bei den Bestien sind, stellen wir uns mit dem Rücken an einen Felsen, dass sie uns von hinten nicht angreifen können und stellen das Gestell mit den brennenden Fackeln vor uns auf. Dann werden wir Speere auf sie schleudern und mit Pfeilen schießen, ohne dass sie uns angreifen können."

Hukan hatte überschüssiges Fett seiner Beutetiere in Fellbeuteln gesammelt, zu viel Fett war schwer verdaulich, wurde aber für viele praktische Zwecke, wie zum Beispiel das Einfetten von Häuten, verwendet. Am Lagerplatz hatten sie den Speck des Ebers vorläufig vergraben, der vor dem nahenden Winter schon eine dicke Schicht angesetzt hatte. Als Fackelstock suchten sie einen vertrockneten Ast eines stark harzenden Baums. Am Stamm ausgetretenes Harz kratzten sie ab und sammelten es ebenfalls. Zurück am Lagerplatz beschichteten sie ein kleines Fell, welches halb so breit war wie der Stock lang, trugen auf der Pelzseite dick eine Mischung aus Fett, Harz-Bröseln und trockenen Holzspänen auf, rollten den oberen Teil des Fackelstocks darin ein und banden die Rolle mit Riemen zusammen. Das Ding brannte prasselnd lichterloh und stank fürchterlich.

Also stellten sie eine Kleinserie her. Felle und Fett reichten für 12 Fackeln, die sie am späten Abend im Feuerschein schließlich fertig hatten.

Seit dem Nachmittag war der Himmel von einer dichten Wolkenschicht verhangen und in der zweiten Nachthälfte begann es stark, zu regnen. Katta hatte schon vor zwei Tagen einige Schritte weiter an der Felswand, verdeckt von einem Busch, eine kleine Höhlung entdeckt. Dort hatten sie alle Dinge abgelegt, die trocken bleiben sollten. So auch die Fackeln. Platz für sie selbst oder die Hunde bot die Höhlung leider nicht, sodass sie wieder dicht an die Felswand gekauert vor ihrem Feuer ausharren mussten. Als der Norsun wieder einmal Holz nachgelegt hatte, und sich wieder zu seiner wilden neuen Lebensgefährtin legte, murmelte und gestikulierte sie schlaftrunken: „Die Bestien werden jetzt in ihrer Höhle sein und der Regen wird weiter andauern. Morgen gehen wir zur Schlucht.“

Hukan, der sonst so kühle Jäger, hatte wieder aufregende Träume. In Halbschlafphasen vermischten sich Traum und Realität. Manchmal glaubte er, durch die Wolkendecke riesige Sternschnuppen strahlen zu sehen und fernes Grollen zu hören, ähnlich wie bei einem weit entfernten Gewitter. Er ließ sich von Katta zum höchsten Gipfel führen, kletterte hinauf und versuchte, eine Sternschnuppe zu fangen. Es gelang ihm schon fast, doch da erschien sein verstorbener Großvater in einer Wolke, ermahnte ihn, den Unsinn zu lassen, und wies hinunter, zur weit entfernten Ebene, wo zahlreiche Höhlenlöwen umherflogen.

Er war so aufgeregt, wie damals, bevor sein Vater und andere Jäger seines Stammes ihn, den halbwüchsigen Norsun, zum ersten Mal mit auf eine Bärenjagd nahmen. Da war ihm im Traum schon die Phantasie durchgegangen, dermaßen, dass er erwachend nur den Kopf schütteln konnte. So auch jetzt, als er, noch tief in der Nacht, endlich irritiert die Augen aufschlug. Mühsam zwang Hukan sich zu nüchternem Denken.

Bären waren normalerweise Einzelgänger und verglichen mit Katzen ziemlich träge. Von den Höhlenlöwen wusste er jetzt durch Katta, dass diese die Eigenart besaßen, als Rudel ihre Opfer einzukreisen und sich mit gewaltigen Sprüngen gemeinsam auf sie zu stürzen. Katta hatte einmal gesehen, wie zwei dieser Bestien einen Wolf in zwei Teile rissen.

Hukan war ein Jäger, der sonst kein Wild ausließ. Selbst, nachdem der Wisent ihn damals so übel zugerichtet hatte, war er nach seiner Genesung gleich ungehemmt mit seinen Jagdgefährten wieder losgezogen. Es bereitete ihnen keine Freude, zu töten, aber der Stamm verlangte nach Nahrung, und wenn sie sich an ein Wild anschlichen, erwachte in jedem von ihnen ein Raubtier. So fiel es ihm jetzt auch nicht ein, die wilde Katta davon zu überzeugen, die Bestien lieber unter günstigeren Bedingungen zu bekämpfen. Das Jagdfieber hatte ihn längst gepackt, nur, er hatte solch eine Großkatze noch nicht mal von weitem gesehen. Deswegen spielte seine Fantasie ein bisschen verrückt.

Dann waren da allerdings die vielen Sternschnuppen. Und er wusste gewiss: Ein großes, aber ihm und Katta unbekanntes Unheil nahte!

Es schüttete auch noch in Strömen, als der Tag anbrach. Sie brieten und aßen mehrere kleinere Wald Tiere, die sie gestern auf der Suche nach Fackelmaterial mit dem Bogen erlegt hatten. Die Hunde wussten längst, dass dies kein normaler Morgen war, sondern eine besondere Unternehmung bevorstand. Spannung lag in der Luft, die von ihren Menschen ausging. Katta bewegte sich wie ein hungriges Raubtier, das Blut gerochen hat. Von ihrem Herrchen spürten die sensiblen Vierbeiner eine für sie vollkommen unbekannte Anspannung.

Und ihr Instinkt sagte ihnen, dass große Gefahr drohte. Wären sie allein hier in der Wildnis gewesen, hätten Packa und Bulan längst eine Höhle aufgesucht.

Diese Unruhe in ihnen wiederum bemerkte ihr Herrchen, das sich deshalb in schlimmen Befürchtungen bestärkt, den Kopf zermarterte, was die vielen Sternschnuppen wohl bedeuteten.

Während Hukan schließlich noch ein Gestell für die Fackeln baute, ging Katta bereits daran, diese, bis auf eine, in den Korb zu stecken und sorgfältig mit einer Rehhaut abzudecken und alle weiteren Gegenstände transportfähig zusammenzupacken. Ihr war jetzt absolut nicht mehr anzumerken, wie nah sie noch vor kurzem dem Tod gestanden hatte. Nachdem sie gesundheitlich gut wiederhergestellt war, gab es für sie beide keinen Grund mehr, nach dem Kampf mit den Löwen nochmal hierher zu kommen. Ihr nächstes Ziel lag hinter der Löwenschlucht in südöstlicher Richtung: Es galt, so schnell wie möglich die (neben Katta) drei letzten Überlebenden ihres Stammes aufzusuchen.

Dass sie gegen die Bestien siegen würde, war für die wilde Katta klar, sie war sich der Hilfe ihrer Ahnen aus dem Jenseits sicher. Ihrem sachlicher denkenden Gefährten schien der Erfolg dieser Aktion höchst zweifelhaft. Aber erstens wollte er sie nicht im Stich lassen, zweitens erkannte auch er die Notwendigkeit, die Bestien im Kampf um ihren gemeinsamen Lebensraum so schnell wie möglich auszurotten und drittens wollte er sich als Jäger beweisen, der auch vor den gefährlichsten Tieren nicht zurückschreckte.

Das Wetter entwickelte sich am Nachmittag für sie günstig. Der Regen wurde schwächer, es herrschte kaum Wind und von Westen her hellte sich der Himmel auf.

Hukan hatte sich in den vergangenen Tagen und Nächten immer wieder versucht vorzustellen, wie die Schlucht wohl beschaffen war und hatte Katta bereits wiederholt nach Details der Örtlichkeit befragt. Jetzt kam ihm noch der Gedanke, ob die Höhle nur einen Zugang oder mehrere Öffnungen besitzen würde. Im ersteren Fall hätten sie eventuell auch die Möglichkeit, die Bestien mit einem Feuer im Eingang zu ersticken, falls sich diese noch darin befinden würden. Sie wusste es nicht. Niemand sei bisher direkt an oder gar in der Höhle gewesen, erklärte sie ihm.

Dann nahmen sie ihre Sachen, Katta entzündete eine der Fackeln am noch brennenden Feuer und marschierte zügig voran. Gefahr brauchten sie zunächst nicht zu fürchten. Andere große Räuber hielten sich wahrscheinlich nicht im engeren Revier des Löwenrudels auf, wenngleich dessen bevorzugter Jagdraum auf der anderen Seite der hochgelegenen Schlucht lag, von wo aus die Bestien die dort weitgehend flache und fast baumlose Landschaft weit übersehen konnten. Denn so liebten es diese großen Raubkatzen: Faul herumliegend vorbeiziehende Beute bereits von Weitem erspähen zu können und sie dann gemeinsam zu überfallen. Aber solange es noch regnete, blieben die wasserscheuen Räuber mit Sicherheit in ihrer trockenen Höhle.

Die dritte Fackel war bereits zur Hälfte verbrannt, als sie den oberen Teil des Geröllhangs erreichten, wo der blank gescheuerte Kratz-Stumpf stand. Bereits kurz vorher hatte der Regen aufgehört. Es war aber noch durchgehend leicht bewölkt und am gedämpften Licht erahnte man, dass der Abend bereits nahte. Packa und Bulan beschnupperten angespannt, mit aufgestellten Nackenhaaren den Stumpf und den daran vorbeiführenden Löwen Pfad. Katta entnahm dem Korb auf Hukans Rücken eine weitere Fackel, die sie sicherheitshalber zusätzlich anzündete. Bis auf den Korb mit den Fackeln, dem Fackel-Ständer und ihre Waffen, legten sie alle weiteren Sachen etwas abseits zwischen zwei Felsen. Katta ordnete ihre umgehängten Waffen, während Hukan in seinen Händen derweil die beiden brennenden Fackeln hielt und sich prüfend umschaute. Der sehr leichte Wind stand für Jagdverhältnisse denkbar ungünstig. Sie würden sich von dieser Seite aus mit ihm in die Schlucht begeben. Aber das hatte jetzt keine Bedeutung, denn ihre Taktik war, hinter den vorgehaltenen Feuern als Schutz direkt anzugreifen.

In dem Moment, als er dabei war, seiner Gefährtin die beiden Fackeln zu reichen, erschallte aus der Schlucht, mit mehrfachem Echo des Waldes, ein sich stoßartig wiederholendes, fast wehmütig klingendes tiefes Brüllen, dessen Vibrationen Hukan auf seiner Brust spürte. Katta schaute ihn mit scharfem Blick an und sagte gepresst: „Sie sind schon draußen."

Ohne weitere Worte zu wechseln, bereitete sich das ungleiche Jägerpaar spontan auf den Angriff vor. Hukan legte schnell den Korb ab, zog die Fell Abdeckung beiseite, entnahm die Fackeln, steckte eine nach der anderen in das Gestell und zündete sie an. Katta hatte ihren stärksten Speer bereits auf ihre Schleuder gelegt, die sie in der Rechten hielt. Dann kontrollierte sie die an ihrer linken Hüfte griffbereit in einer Schlaufe aus Riemen hängende Steinaxt und zog die Schlaufe eines weiteren Riemens fest zu, in der fünf weitere Speere so hingen, dass sie deren Enden auf dem Boden hinter sich her schleifte. Ihre linke Hand blieb dadurch frei, um das eine Ende des Fackel Ständers zu tragen. Hukan hatte ebenfalls Steinaxt und Speere an der linken Hüfte hängen, den Pfeilköcher geschultert, trug aber den Bogen in der Linken und nahm das zweite Ende des Fackelständers in seine Rechte. Den Hunden gab er den Befehl, ihm zu folgen und Katta voran, marschierten sie vorbei an einem Holzhaufen, den Katta und ihre Gefährten hier aufgeschichtet hatten, hinein in die Schlucht.

Es war noch hell genug, alles gut übersehen zu können. Nur wenige Sträucher wuchsen auf dem fast durchgehend felsigen Boden. Die etwa 300 Schritte lange, leicht ansteigende Schlucht hatte etwa die Form einer viertel-vollen Mondsichel und erst als sie fast in der Mitte angelangt waren, konnten sie die hintere Hälfte mit dem Höhleneingang an der rechten Seite, am Beginn des letzten Viertels, einsehen.

Die Bestien hatten sie natürlich längst bemerkt. Das Klappern ihrer auf dem Boden schleifenden Speer-Stangen, ihre Gerüche und der Gestank der prasselnd brennenden Fackeln waren für die Horr überdeutliche Alarmsignale. Ein Weibchen und das deutlich größere Männchen, standen bereits vollständig ihnen zugewendet und geduckt 50 Schritte aufwärts, hinter dem Höhleneingang. Ein weiteres Weibchen und die vier halbwüchsigen Jungtiere befanden sich fast schon am oberen Ende der Schlucht und schauten sich um. Sie hätten als erste die hinter der Schlucht liegende Hochfläche erreicht. Vom dritten Weibchen war nichts zu sehen. Ohne zu zögern, bewegten sich die Jäger mit Eindruck schindenden selbstsicheren Bewegungen, sich auf den Schutz ihrer Feuer verlassend, nebeneinander auf die Bestien zu, gefolgt von ihren Hunden.

Das nähere Löwenpaar duckte sich sprungbereit und ließ warnendes Grollen hören, aufgeregt ihre Schwänze hin und her peitschend. Jetzt wendeten auch die zweite Löwin und die vier Jungen und trabten heran. Hukan und Katta befanden sich schon fast auf der Höhe des Höhleneingangs, nur noch 40 Schritte von den Bestien entfernt, stellten ohne Absprache gleichzeitig den Fackelständer auf den Boden und nahmen Pfeil und Bogen und Speer-Schleuder schussbereit in die Hände. Beide hatten den gleichen Gedanken, dass sich nämlich die dritte Löwin noch in der Höhle befinden und jeden Moment ebenfalls heraus preschen könnte. Sie wendeten ihre Gesichter lauernd halb dem Höhleneingang zu.

Was sie erst jetzt wahrnahmen, veranlasste Katta spontan zur Attacke: Im Halbdunkel des etwa zwei Schritte hohen Loches lagen zwei blanke Menschenschädel und verstreute weitere Gebeine. Mit gellendem Schrei schleuderte sie voll zorniger Wut ihren ersten Speer auf das Löwenmännchen. Dieses wich mit einem Sprung zur Seite dem heranzischenden Geschoss aus, drehte den Jägern dabei aber halb die rechte Körperseite zu. Mit hartem „Patsch“ drang ihm Hukans Pfeil in die Schulter. Ein wütendes Brüllen ausstoßend, welches die Luft erzittern ließ, wendete die getroffene Bestie vollends, und startete zum Angriff. Schmerz und Aggression verdrängten die Furcht vor dem Feuer. Bei seiner hektischen Drehung bemerkte der Horr den zweiten Speer der wütenden Katta zu spät, wurde von diesem in die linke Hüfte getroffen und knickte mit dem Hintern seitlich zu Boden. Die Jäger hörten deutlich, wie die scharfe Steinklinge des Speers dumpf knirschend in den Hüftknochen der Bestie einschlug. Vor Schmerz wie wahnsinnig brüllend, versuchte sich das schwere Tier wieder aufzustellen. Nachdem er noch zweimal wieder umgeknickt war, begleitet von halbherzigen Versuchen, Pfeil und Speer abzuschütteln, begann sein Adrenalin zu wirken. Wie von Sinnen brüllend galoppierte er humpelnd auf die Jäger los, gefolgt vom Rest des Rudels. So schnell wie noch nie in seinem Leben schoss Hukan drei Pfeile hintereinander auf die Löwen ab, die zwar allesamt in Kopf oder Brust verschiedener Bestien trafen, aber ohne Wirkung blieben. Kattas dritter Speer verfehlte die vorderste Löwin knapp, flog über diese hinweg und drang einem der Junglöwen dumpf in die Brust, zerbrach krachend, als das Tier sich, auf ihn fallend, überschlug.

Das Jägerpaar kam zu keiner weiteren Abwehr-Reaktion mehr. Ein blendend heller Lichtschein durchdrang die Wolkendecke weit hinter dem oberen Ende der Schlucht. Augenblicke später ließ ein urgewaltiger, dröhnender Knall die Gegend erzittern, dass der Boden unter ihren Füßen schwankte. Felsbrocken lösten sich polternd von den Wänden. Die Bestien kamen nicht mehr dazu, ihren Angriff zu stoppen, hatten ihre schwachen Gegner mit den lächerlichen Feuern schon fast erreicht, da schoss sie heran: Eine gigantische Druckwelle raste aus der Gegend des Lichts auf die Schlucht zu. Eine dunkle Wand aus fortgeschleudertem Material. Jäger und Hunde schafften gerade noch mit Aufbietung aller Kräfte, seitwärts in die Höhle zu stürzen.

Ein Dröhnen, Heulen und Krachen ließ die Luft erzittern. Zersplitterte Bäume, Felsbrocken und riesige Mengen Dreck fegten durch die Schlucht, rissen die Bestien mit sich fort, schleuderten sie durch den zerberstenden Wald unterhalb der Schlucht. Schlagartig war es finster. Mehrere Atemzüge lang hallte das Dröhnen noch nach. Dann herrschte Todesstille.

6. Kapitel: Die Überlebenden

Als Hukan wieder zu sich kam, schmerzte sein ganzer Körper. Es war absolut dunkel, roch verbrannt und viel Staub lag in der Luft. Er fühlte, dass er auf Katta lag. Sie rührte sich nicht, war aber warm und atmete schwach. Er tastete ihren Kopf, dann ihren ganzen Körper ab. Sie schien, wie er, bis auf etliche Prellungen und Hautabschürfungen, unverletzt. Immer wieder sprach er sie an und streichelte ihr Gesicht: „Katta! Katta!" Hustend erwachte sie schließlich, ertastete und umarmte ihn. Sie küssten sich heiß und innig, fühlten gegenseitig ihr großes Glück, überlebt zu haben und liebten sich.

Nach dem Geschlechtsakt lagen sie entspannt nebeneinander auf dem harten Höhlenboden und streichelten sich gegenseitig ihre Körper, als wenn sie ihr Glück, unverletzt zu sein, immer noch nicht richtig fassen konnten. Ein leises Winseln lenkte sie schließlich voneinander ab. Beide erkannten gleich, dass es von Packa kam, die nahe bei ihnen vor der rechten Höhlenwand lag. Hukan krabbelte zu ihr und tastete sie ab. Ihr Kopf war geschwollen und sie hatte erbrochen. Offenbar war sie von der Druckwelle unglücklicher erwischt worden und mit dem Kopf gegen die Wand geschmettert. Sie erlitt eine Gehirnerschütterung. Die Hunde hatten einen Bruchteil eines Augenblickes später das heranrasende Unheil erkannt, und waren noch im Höhleneingang vom Druck erfasst worden und gegen die seitliche Wand geschmettert. Die beiden Menschen dagegen waren geradewegs in die Höhle gewirbelt worden, sie waren in den Hohlraum geflogen, ohne gegen ein Hindernis zu prallen.

Wo war Bulan? Hukan krabbelte weiter an der Wand

entlang Richtung Eingang. Nur vier Schritte weiter lag er. Er war tot.

Katta kroch hinzu, nahm den Kopf des toten Hundes auf ihren Schoß und weinte leise. Hukan hielt die Luft an, richtete sich auf und ging geduckt weiter nach draußen. Es war auch hier absolut finster und die Luft voller Staub, so schlimm, dass Atmen unmöglich war. Hustend machte der Norsun gleich wieder kehrt. Hukan überlegte. Sie mussten weiter in die Höhle hinein, selbst hier, wo Bulan lag, 20 Schritte vom Eingang entfernt, bereitete das Atmen noch Mühe. Aber woher Feuer zum Leuchten nehmen?

Wo war überhaupt die dritte Löwin geblieben? Draußen bei dem angreifenden Rudel war sie nicht gewesen.

Sie hatten alles, bis auf ihre Waffen, unten vor der Schlucht abgelegt. Katta trug nur noch ihre Steinaxt am Körper, hatte Speer-Schleuder und Speere beim Spurt in die Höhle verloren. Hukans Pfeile in seinem Köcher auf dem Rücken waren zerbrochen, seine Axt war weg. Er erinnerte sich, seinen Bogen bis zuletzt in der Hand gehalten zu haben und suchte vorsichtig tastend den Höhlenboden ab. Da lag er, unbeschädigt! Erleichtert legte er ihn um. Sie beschlossen, vorsichtig tiefer in die Höhle einzudringen. Hukan nahm einen der zerbrochenen Pfeile als Stechwaffe in die Faust, einen weiteren zwischen die Zähne. Katta nahm ihre Axt zur Hand, dann fassten sie sich an den freien Händen und tasteten sich langsam und mit äußerster Vorsicht, immer wieder horchend innehaltend, in den dunklen Gang. Ihre Kommunikation erfolgte ausschließlich über ihren Handkontakt, ohne jede Lautäußerung. Erst stieg der Boden leicht an, die Luft wurde mit zunehmender Entfernung vom Eingang sauberer. Dann bemerkten sie Aas-Geruch. Der Gang verbreiterte sich, doch die Decke wurde niedriger. Geduckt tasteten sie sich weiter. Hukan stieß mit dem Fuß gegen etwas. Er ließ Kattas Hand los und tastete den Boden ab: Knochen aller Größen lagen herum. Vorsichtig gingen sie weiter. Der Verwesungsgeruch wurde stärker. Einige Schritte weiter bildete der Gang links eine niedrige Nische. Der Gestank war jetzt ganz stark. Katta zuckte zusammen, sie war mit dem Fuß an etwas Weiches gestoßen! Hukan hielt abwehrend seine Faust mit dem Pfeil vor sich. Nichts rührte sich. Er stieß mit einem Fuß vor und berührte etwas haariges. Nichts rührte sich. Wieder und wieder trat er zu: Keine Reaktion. Jetzt waren sie sicher, dass vor ihnen ein totes Tier liegen müsse und betasteten es. Das riesige Katzen-Gebiss und die Tatzen erfühlten sie eindeutig: Vor ihnen lag der Kadaver der dritten Höhlenlöwin. Katta und ihre Gefährten hatten sie bei ihrem Kampf wohl so schwer verletzt, dass sie hier verendete. Ihr Körper war in Verwesung begriffen, aber komplett. Die Bestien waren also keine Kannibalen.

Jetzt erst trauten sie sich wieder, zu sprechen. „Es plätschert weiter hinten,“ meinte Hukan. –„Ja, ich höre Wasser!“ antwortete seine Gefährtin erfreut. „Gehen wir hin!“ In der kurzen Zeit, seit sie sich kannten, hatten sie sich einen einfachen gemeinsamen Wortschatz angeeignet, der teils aus Wörtern ihrer und teils aus Begriffen seiner Sprache bestand.

Jetzt führte der Höhlengang nach rechts leicht abwärts, und nach zehn Schritten ertasteten sie an der linken Wand eine Quelle. Ein armdicker Wasserstrahl ergoss sich in ein ausgewaschenes Becken von fast einem Schritt Durchmesser im felsigen Höhlenboden. Mit tiefen Schlucken genossen Jägerin und Jäger das klare kalte Nass.

Als Bächlein rann es weiter in den schnell immer enger werdenden Gang und verschwand schließlich in einem nicht mehr begehbaren, engen Spalt im Berg. Ein kühler Luftzug strömte daraus hervor in die Höhle. Irgendwo, weit entfernt, musste das Wasser den Berg offenbar wieder verlassen.

Die Luft wurde beim Durchströmen des Wasserstollens gereinigt. Hier hinten in der Höhle war sie also immer sauber, aber kühl und feucht.

Eine ganze Weile standen sie und atmeten tief durch.

Ihre nächsten Gedanken galten natürlich Packa. Die arme Hündin musste weg vom staubigen vorderen Höhlenbereich, hierher, in die Nähe der Quelle.

Ihrem Gefühl nach konnte inzwischen etwa Mitternacht sein. Die Luft am Höhleneingang war immer noch von Staub gesättigt und es herrschte weiter vollkommene Finsternis. Katta nahm den toten Bulan auf und Hukan trug seine Packa vorsichtig voran, nach hinten. Die Hündin konnte sich immer noch nicht aufrichten. Schlaff hing sie in seinen Armen. Ihr Herrchen legte sie behutsam mit der Schnauze neben das Quellbecken und schöpfte ihr mit den Händen Wasser auf die müde leckende Zunge.

Katta legte Bulan der toten Löwin gegenüber ab und fragte vorsichtig: „Bulan aufessen?" Hukan war entsetzt: „Was?" Wie konnte ihn seine Gefährtin so etwas fragen? Sie, die ebenso wie er zu zarten Gefühlen fähig war, und sogar eben noch geweint hatte, als sie den zerschmetterten vierbeinigen Gefährten fanden? Wegen der Finsternis konnte sie sein entsetztes Gesicht nicht sehen, doch kannten sie sich mittlerweile so gut, dass sie sich gegenseitig sehr gut ihre Mimik nach dem Klang der Stimme vorstellen konnten. Katta machte dem sensibleren Norsun klar, dass ihr Stamm in der Vergangenheit manchmal ganz schlimme Notzeiten nur deshalb überstehen konnte, weil sie ihre Hunde töteten und aßen, ja manchmal sogar verhungerte oder an Krankheit verstorbene menschliche Stammesmitglieder verspeisten. Und dies jetzt sei schließlich eine Notsituation. Oder ob er, Hukan, ihr sagen könne, wie lange sie noch in der Höhle bleiben müssten und ob draußen überhaupt Tiere die Katastrophe überlebt hätten, die sie vielleicht, wenn überhaupt, in wer weiß wie vielen Tagen dann erlegen könnten?

Hukan sagte nichts. Im Grunde hatte sie recht. Draußen waren vermutlich fast alle Tiere im Umkreis von unzähligen Tagesmärschen zu Tode gekommen, würden in den nächsten Tagen von Maden zerfressen und verwesen. Doch er hatte schon einmal mehrere Tage nur Würmer, Insekten und Larven und andere Kleintiere gegessen, die jetzt sicher versteckt im Waldboden überleben würden. Andererseits wusste er um Kattas großen Energiebedarf, der ihrem Schlag wohl eigen war. Schließlich antwortete er mühsam: „Wenn du unseren toten Hund essen möchtest, dann tu es. Ich kann es nicht!“ Dann reichte er ihr die größte seiner Pfeilspitzen als Schneidwerkzeug und hörte, wie sie Bulan herbeiholte und mit der Zerteilung begann.

Hukan war erschöpft eingeschlafen. Er hatte sich dicht neben seine Hündin auf den harten, kalten Boden gelegt und nicht mehr bemerkt, wie Katta sich schließlich satt an ihn kuschelte.

Als er erwachte, musste es seinem Zeitgefühl nach längst lichter Tag sein. Er ging tastend und mit angehaltenem Atem zur Höhlenöffnung. Der feine Staub schwebte immer noch so dicht, dass der Jäger zwar das gedämpfte Tageslicht wahrnahm, aber Luft holen war nach wie vor unmöglich. Außerdem roch es merkwürdig verbrannt, jedoch nicht nach herkömmlichem Feuer.

Hustend kehrte er wieder zurück zur Quelle, um seinen morgendlichen Durst zu stillen.

Katta schlief noch eine Weile. Als sie etwa zur Mittagszeit erwachte, begrüßte sie ihren Norsun mit einem innigen Kuss und stillte gleich anschließend ihren Hunger wieder mit rohem Hundefleisch. Hukan war froh, dass er ein ganz anderer Menschentyp mit ausdauernder und genügsamer Konstitution war. Der Preis für Kattas Bärennatur und Schnellkraft war eben, dass sie ständig entsprechende Kraftnahrung in Form von Fleisch zu sich nehmen musste.

Als sie wieder satt war, trank sie aus der Quelle, krabbelte zufrieden zu ihrem Gefährten und sie liebten sich.

Am späten Nachmittag erhob sich Packa erstmals, trank aus dem Quellbecken, urinierte etwas abseits und legte sich gleich wieder neben ihr Herrchen, das sie tröstend streichelte.

Kurz darauf meinte Katta: „Regnet es?“ Hand in Hand ging das Paar mit angehaltener Luft zum Eingang und stellte freudig fest, dass es so war. Feiner Nieselregen fiel, der in dieser Weise normalerweise länger anhielt. Es bestand also Hoffnung, dass der Staub bald verschwinden würde.

Am zweiten Tag änderte sich weder an der Situation draußen, noch drinnen etwas. Außer, dass der Regen stärker wurde, und Packa zwei Mal trank und pinkelte.

Nachts hörte der Regen auf, Wind trieb aber immer noch zu viel Staub und Rauch herbei. In der Höhle schickte sich Katta an, die letzten Reste Hundefleisch zu verzehren. Packa kam dazu, schnüffelte neugierig an den Überresten ihres Jungen, und wendete sich irritiert ab.

Am vierten Tag war es trocken, doch die Luft draußen roch noch immer so undefinierbar verbrannt, war voller Staub und reizte die Atemwege. In der Höhle herrschte weiter gedrückte Stimmung. Katta hatte Bulan aufgegessen. Hukan sammelte die Knochen, legte sie neben den Löwen-Kadaver und bedeckte sie mit dem Fell seines Lieblings. Seine Überreste sollten hier verbleiben, wo er umgekommen war.

Hukan tröstete sich mit den Gedanken, dass Bulans Fleisch seiner Gefährtin das Überleben ermöglicht hatte und das es seiner Hündin wieder besser ging.

Schnüffelnd erkundete Packa die Höhle, hielt sich länger am Löwen-Kadaver auf und leckte daran herum.

Am fünften Tag schüttete es Wasser vom Himmel. Typisches herbstliches Regenwetter mit scharfem Nordwest Wind trieb frische Meeresluft zu den Bergen. Hand in Hand stand das ungleiche steinzeitliche Jägerpaar vor der Höhle im Regen und sog den frischen, klaren Wind genüsslich in die von Staub, Rauch und Verwesungsgeruch strapazierten Lungen. Neben ihnen stand die immer noch benommen wirkende Packa. Langsam stapften sie die Schlucht aufwärts, Richtung Anhöhe. Kein Strauch und kein Baum standen mehr, alles war entwurzelt oder abgeknickt und fortgerissen worden. Der starke Regen verwandelte den niedergegangenen Staub nun in Schlamm. Überall floss braune Brühe. Katta führte Hukan aus der Schlucht auf die Aussichts-Anhöhe, die er noch nicht kannte. Hier hatten die Bestien an schönen Tagen gelegen und nach Beute ausgespäht. Jetzt, nachdem die Druckwelle, so weit die Sicht reichte, alle Bäume umgeknickt hatte, war die Fernsicht noch beeindruckender. In nordöstlicher Richtung erstreckte sich zunächst eine etwas tiefer liegende, schräg abfallende

Hochfläche, der sich niedrigeres Bergland mit sanft gerundeten Höhen anschloss. Soweit sie sehen konnten, zeigten umgestürzte Bäume mit ihren Wurzel-Enden in die Richtung, aus welcher das grelle Leuchten und die Druckwelle aufgetreten waren. „Was mag das nur gewesen sein?“, fragte Katta verwundert. Hukan zuckte die Schultern und meinte gewichtig: „Auf jeden Fall hatte es mit den vielen Sternschnuppen zu tun.“ Nach einer Pause fügte er hinzu: „Vielleicht ist dort hinten der Himmel aufgerissen und durch das Loch ist ein Sturm heruntergestürzt. Auf jeden Fall ist es vor langer Zeit schon mal passiert, denn meine Ahnen hatten in ihren Überlieferungen davon erzählt.“ Katta schaute ihn vielsagend an: „Es waren die Geister meiner Ahnen. Gemeinsam haben sie überirdische Kraft entwickelt, um die Bestien endgültig zu vernichten.“ –„Das kann ich nicht glauben,“ erwiderte Hukan, „denn dann hätten sie ja zahlreiche Unschuldige mit in den Tod gerissen. Dort, weit hinten (Hukan zeigte mit dem ausgestreckten Arm nach Norden) lebte mein Stamm. Wahrscheinlich sind sie jetzt alle tot!“ –„Sie waren böse zu dir, doch du warst unschuldig an den vielen Todesfällen!“, entgegnete Katta fuchsig. „So wurden sie bestraft!“

Hukan dachte an Bebeh und murmelte leise: „Nicht alle waren böse.“

Dann wendeten sie und gingen durch die Schlucht abwärts, um vielleicht doch noch etwas von ihren Sachen zu finden oder den einen oder anderen toten Löwen zu sehen. Der Waldhang glich einem Trümmerfeld. Es war zeitraubend und mühsam, überhaupt vorwärts zu kommen. Zwar lagen alle Stämme gleich ausgerichtet, aber die kreuz und quer dazwischen starrenden Äste und Felsstücke bildeten perfekte Hindernisse. Tatsächlich fanden sie ihre Sachen wieder. Zwischen den beiden Felsbrocken, wohin sie diese gelegt hatten, waren sie stecken geblieben. Einen darauf liegenden dicken Ast schafften sie mit einiger Mühe beiseite. Der Korb war etwas verformt, aber heil. Leider war der Inhalt jetzt vollkommen durchnässt und voller Schlamm, da das abdeckende Fell beiseite gedrückt worden war. Sie ordneten alles neu, Hukan schulterte ihn und sie machten sich wieder an den Aufstieg zur Schlucht, um ihren Weg in östlicher Richtung fortzusetzen.

Nach den Kadavern der Horr zu suchen, machte bei der zeitraubenden Kraxelei einfach keinen Sinn. Unmöglich hatte einer von ihnen überlebt. Das schien ihnen sicher. Was nicht zerschmettert wurde, war erstickt.

Sie mussten jetzt so schnell wie möglich Kattas drei Stammesgenossinnen aufsuchen. Die Jägerin sah eine gute Chance, dass sie die Katastrophe in ihrer Höhle ebenfalls überlebt hatten, teilte sie sinnierend ihrem Gefährten mit. Die weise Alte hatte sicher auch die vielen Sternschnuppen an den Abenden vorher bemerkt und als Unglücksvorboten gedeutet, hoffte sie. In weiser Entscheidung hatten sie dann die Höhle, deren Öffnung zudem nach Süden lag, wahrscheinlich nicht mehr verlassen.

Ein großes Problem für die drei war dagegen schon vorher die Nahrungsbeschaffung. Die geräucherten Fleischvorräte waren sicher längst aufgebraucht, da sie ständig den gleichen Energiebedarf besaßen wie Katta. Vielleicht hatten sie aber geschafft, die Fallgrube unweit der Höhle immer wieder gut herzurichten, sodass unvorsichtiges Wild dort hinein stürzte. Größerem Wild aufzulauern und mit Waffen zu erlegen, schafften sie auf jeden Fall kaum. Hukan nickte verstehend, denn noch nicht einmal jeder Mann war ein geschickter Jäger, geschweige denn jede Frau. Ein so fähiges Jäger-Paar wie ihn und Katta fand man so schnell kein zweites Mal.

Schon von der Höhe aus erkannte Katta, dass der gewöhnliche Weg, der durch Täler an Bachufern entlang geführt hätte, wegen zu starker Hindernisbildungen sehr ungünstig zu begehen wäre. Freie Bachstellen waren die Ausnahme. Obendrein war das Wasser nun so trübe, dass sie keine Forellen aufspüren konnten. So wanderten sie über eine Kette blank gefegter Bergrücken in etwa östliche Richtung. Auf den Höhen hatte die Druckwelle stärker gewirkt und alles in die Täler gestoßen.

Das Wetter war freundlicher geworden. Kurze Schauer wechselten mit sonnigen Abschnitten, so dass der Schlamm trocknete. Nur in großer Höhe und am Horizont machte sich noch ein restlicher Staubschleier bemerkbar.

Überall herrschte unnatürliche Ruhe. Nur ganz wenige Insekten summten und krabbelten herum. Für die meisten Arten war die Saison ja auch schon vorbei. Soweit das Auge reichte, konnten Hukan und Katta nicht einen Vogel erspähen. Über der Landschaft lag gleichmäßiger Verwesungsgeruch.

Bewaffnung schien vorläufig völlig unnötig. Trotzdem achteten sie auf jede Gelegenheit, ein besonders geeignetes Stämmchen für die Herstellung eines Speers oder besonders gerade Zweige für die Herstellung von Pfeilen mitzunehmen.

Nachmittags nutzten sie eine längere sonnige Phase, zu einer Rast an einer windstillen Stelle. Sie legten ihre klammen Tierhäute ab und liebten sich auf einer weichen Grasfläche in der warmen Herbstsonne, gesichert durch die wieder genesene Packa.

Hukan fand es erstaunlich, dass selbst Füchse, Dachse und ähnliche Tiere in ihren unterirdischen Bauten offensichtlich nicht überlebt hatten. Trotzdem konnte er sich vorstellen, dass vielleicht in anderen Höhlen mit längeren Stollen das eine oder andere Tier, wie sie selbst, keine tödliche Menge verschmutzter Luft abbekommen hatte.

Die Nahrungsbeschaffung gestaltete sich auf ihrem Weg über die ziemlich kargen Höhen schwieriger, als er gedacht hatte. Abgesehen davon, dass größere Tiere nicht mehr lebten oder schon in Verwesung begriffen waren, fanden sich weder Haselnüsse noch ähnliche Früchte tragende Pflanzen.

Nur für Packa war es ein Schlaraffenland. Weil Hundemägen auch Aas vertragen, konnte sie immer wieder unterwegs ein paar schnelle, üppige Happen zu sich nehmen. Ihr war es selbst dann noch der reinste Genuss, wenn ihr die Maden dabei über die Schnauze krochen.

Die Hündin hatte sich gut erholt und wurde nun läufig.

Auch auf den relativ freien Bergen kamen die Wanderer nicht so zügig voran, wie sonst im Unterholz der Wälder, denn sie mussten größere Umwege in Kauf nehmen. Am Abend trafen sie an einem Hang an eine Quelle, in vom Wetter geschützter Lage. Der Korb-Inhalt war im Laufe des Tages leidlich getrocknet, sie schafften es aber wegen der allgemeinen Feuchtigkeit nicht, Feuer zu machen. Dummerweise klärte der nur noch leicht getrübte Himmel auch noch vollständig auf, sodass es fast frostig kalt wurde. Eng aneinander gedrängt saßen sie in einer Mulde und betrachteten zunächst schweigend den herbstlichen Sternenhimmel. Immer noch traten außergewöhnlich viele Sternschnuppen auf, doch Katta und Hukan empfanden es nur noch als schwaches „Nachglühen“

nach der großen Katastrophe. Beiden knurrte der Magen, das würde sich aber vermutlich auch an den folgenden Tagen nicht ändern.

Trotz des anstrengenden, langen Marsches waren sie noch nicht in der Stimmung, zu schlafen. Die außergewöhnlichen Ereignisse der letzten Tage und ihre besondere Lebenssituation führten in dieser plötzlich, trotz aller Widrigkeiten, doch merkwürdig ruhigen und entspannten Lage zu einem tiefen Gedanken- und Gefühlsaustausch zwischen den Beiden. Sie hatten das unwahrscheinlich große Glück gehabt, trotz ihrer schweren Schicksalsschläge und plötzlicher Einsamkeit, in dieser, auch vor der Katastrophe fast von Menschen unbelebten Gegend jemanden zu finden, den sie trotz aller persönlichen Gegensätze liebten. Sie hatten nichts zu essen und besaßen fast nichts, außer ein paar Waffen und wenigen Gebrauchsgegenständen. Aber sie verfügten beide über sehr gute Fähigkeiten als Jäger und hatten einen ausgezeichneten Hund, wie Katta noch keinen kennengelernt hatte. Ihr Stamm hielt sich früher auch schon lange Hunde, doch diese entsprachen mehr zahmen Wölfen, die ihre Menschen vor herannahenden Gefahren warnten und dafür die Reste ihrer Mahlzeiten zu fressen bekamen. Dass ein Mensch, wie ihr Norsun Hukan, mit seinen Hunden ein perfektes Jagdteam bildete, so etwas hatte sie noch nie erlebt.

Riesig und blutrot ging im Osten der Vollmond über der zerstörten Landschaft auf. Katta und Hukan betrachteten das ergreifende Schauspiel Wange an Wange, dicht aneinander geschmiegt. Dann küssten sie sich mit größter Leidenschaft, streiften ihre Kleidung ab und fielen übereinander her.

Als der Mond höher gestiegen war, schliefen beide überglücklich, eng umschlungen.

In weiter Ferne, für Menschenohren kaum vernehmbar, heulte ein einsamer Wolf. Packa antwortete ihm.

Nachts begann es wieder zu schauern. Hukan zog seinen Überzieher aus, kuschelte sich nackt an Kattas Reh-Fell und deckte sie beide mit seinem Kleidungsstück zu. Sogar für Packa gab es noch genug Platz an der Seite, wo sie sich darunter zwängte und der glücklichen Jägerin den Rücken wärmte.

Der Hunger weckte beim nächsten Morgengrauen die Steinzeit-Jägerin. Katta kroch zwischen Packa und Hukan unter der Keiler-Haut hervor und stieg den Berg hinauf. Im Augenblick regnete es nicht und die Luft war klar. Angestrengt suchte sie mit ihren scharfen Augen die Umgebung ab. Kein Tier war erkennbar. Keine Jagdbeute. Die höhere Vegetation war zerstört, so weit ihr Blick reichte.

Hukan kam zu ihr hinaufgestiegen. Schon, bevor er sie erreichte, rief er ihr fragend zu: „Wie viele Tagesmärsche sind es noch, bis zu eurer Höhle?“ –„Normalerweise drei,“ rief sie zurück. „Aber wir werden einen Umweg von einem bis zwei Tagen machen müssen. Ich weiß dort einen See mit großen Fischen. Ich denke, Fische haben überlebt. Oder was meinst du?“ Der junge Jäger bestätigte ihre Auffassung. „Das hoffe ich auch, lass uns gleich aufbrechen!“

Es war nicht einfach für die erfahrene Jägerin, den am wenigsten beschwerlichen Weg zum See zu finden. Ohne den gewohnten Baumbestand war das Bild der Landschaft erheblich verändert und an den Bächen in den Tälern konnte sie sich kaum orientieren, weil diese von Holztrümmern weitgehend verdeckt waren. Einmal entdeckten sie von ihrem „Weg“ aus auf einem Berghang, tiefer unten, den Kadaver eines zerschmetterten Bären. Hukan fand es trotz ihrer prekären Lage lustig, zu sehen, was die hungrige Katta beim Anblick eines verfaulenden Haufen ihres Lieblings-Fleisches für ein dummes Gesicht machte. Wütend boxte sie ihm in die Seite, als sie sein Grinsen bemerkte und fluchte: „So schwache dünne Jäger wie du sollten das ganze Leben lang nur Nüsse zu essen kriegen!"

Hukan spürte natürlich auch „Bären-Hunger", schließlich hatte er noch länger nichts gegessen als sie. Doch er war es eben von klein auf gewohnt, einige Tage ohne Nahrung auszuhalten. Die Norsuns waren ausdauernd und zäh.

Das Wetter zeigte sich von einer freundlichen Seite, die Sonne schien. Nur vereinzelte Wolken zogen vorüber. Auch Hukans Hunger hatte sich mittlerweile zum dominierenden Gefühl entwickelt. Ständig plagte ihn der Drang, etwas zu Essen zu finden. Unter größeren Steinen und Holzteilen suchte er nach Würmern, Insekten und Spinnen. Katta machte es ihm nach. Jeder Laubhaufen wurde von den beiden durchstochert. Oft gingen sie kleinere Umwege, um einen in der Nähe liegenden Busch oder Baum mit essbaren Früchten oder Samen abzusuchen. Alles irgendwie genießbare wurde von den hungernden Jägern verköstigt. Solche kraftraubenden Märsche über Berge und Hindernisse und vor allem auch die immer kälter werdenden Nächte, zehrten Energie. Beide bekamen Angst, bei zu starker Schwächung vielleicht krank zu werden.

Diese mühsame Form der Nahrungssuche hielt sie natürlich noch mehr auf, als die Umwege über die Höhen es ohnehin schon taten. Vormittags rasteten sie an einem Quellbach. Die Sonne schien jetzt nicht mehr so klar wie vorher, sondern war leicht verschleiert und von einem milchigen Ring umgeben. Von Nordwesten her erschienen feine, auseinandergezogene Schleierwolken. Katta betrachtete mit prüfendem Blick den Himmel und sagte besorgt: „Viel Regen kommt morgen!" –„Das Wetter wird schlecht," bestätigte ihr Gefährte. Und setzte fragend hinzu: „Gibt es keinen Unterschlupf auf unserem Weg oder in der Nähe des Sees? Wir stehen kurz vor dem Winter, da kann es auf den Bergen schon ziemlich kalt werden, vermute ich." – Katta schüttelte den Kopf. „Wenn wir im Winter hier gejagt haben, weil es in der Nähe unserer Höhle mal kein Wild mehr gab, mussten wir uns immer einen Wetterschutz aus Ästen oder ein Zelt bauen."

Am Nachmittag begingen sie einen Berghang, von welchem aus sie einen neuen Landschaftsabschnitt überblicken konnten. Die Jägerin wendete sich ihrem Gefährten zu und rief erfreut, mit dem Arm auf einen weiteren Berg vor ihnen deutend: „Dahinter liegt der See, morgen Abend werden wir ihn erreichen!" Hukan zeigte seine Erleichterung, indem er aufatmend in die angegebene Richtung schaute und nickte. „Noch besser wäre, wir würden kurz vor eurer Höhle sein und dann noch ein größeres Wild antreffen." Sein Blick schweifte zum Himmel und besorgt fügte er hinzu: „Es sieht mir jetzt so aus, als gäbe es nicht nur Regen, sondern einen Sturm!" –Katta nickte seufzend: „Das kann einen Kälteeinbruch bedeuten. Im Herbst leider nichts Ungewöhnliches."

Um den Berg, hinter dem der See lag, zu erreichen, galt es, ein breiteres Tal zu durchqueren. Ein Flüsschen strebte, vom See kommend, den es speiste, nach Norden. Das Tal hatte offensichtlich einen hohen Grundwasserspiegel und wurde häufig überflutet. Der hier gewachsene Auwald lag jetzt ebenfalls gefällt auf dem teilweise sumpfigen Boden. Das Vorwärtskommen war sehr mühsam. Schließlich erreichten sie im Gewirr von Stämmen und Ästen das Flussufer. Die Sonne war längst hinter dem zuletzt überquerten Berg verschwunden, deshalb beschlossen sie, hier, neben dem dicken Stamm einer umgestürzten Pappel, zu übernachten. Sie legten ihre Sachen auf dem an dieser Stelle trockenen Boden ab, und weil es noch hell genug war, beschlossen sie, dass Hukan in der Nähe Weidenzweige sammelte, während Katta ein Feuer vorbereitete.

Bereits nach kurzer Zeit kehrte der Jäger aufgeregt zurück, legte schnell einen Packen Zweige ab, nahm hektisch seinen Bogen nebst Pfeilköcher und befahl Packa, ihm zu folgen. „Was ist los“, rief die mit Zündeln beschäftigte Katta ihm schelmisch nach. „Kommen die Mammuts zurück?“ –„Ein Hecht steht an einer etwas freien Stelle im Wasser. Ich versuche, ihn zu schießen!“ - Katta quirlte eifrig weiter ihr Zündholz und dachte: „Wie will er einen Fisch in der Strömung erwischen, ohne Widerhaken und Schnur am Pfeil?“ Weil sie aber neugierig und halb verhungert war, unterbrach sie schließlich das Feuer machen und kletterte den Beiden durch das Holzgewirr nach.

Der ausgewachsene Hecht stand im ruhig fließenden, aber vom Staub der Katastrophe getrübten Wasser, dicht unter der Oberfläche. Der Hund musste an einer freien Uferstelle, drei Meter vom Fisch entfernt, vorsichtig Warteposition beziehen. Dann stieg der Jäger behutsam auf einen schräg über das Wasser ragenden Stamm und schlich unauffällig, um den Hecht nicht zu verscheuchen, in eine günstige Schießposition. Ganz langsam legte Hukan einen Pfeil an die Sehne, zielte und schoss. Schon in dem Moment, als der Pfeil herunter zischte, sprang der lauernde Hund ins Wasser. Der Pfeil durchschlug den Fisch mittig schräg und trieb, mit seinem Ende aus dem Wasser ragend, mit dem noch schwach zitternden Opfer davon.

Mit kraftvollen schnellen Paddel-Bewegungen holte ihn Packa ein, packte die glitschige Beute mit den Zähnen und schleppte sie brav ans Ufer.

Hukan war gleich vom Stamm heruntergesprungen und prallte fast mit Katta zusammen, die gerade noch rechtzeitig eingetroffen war, um die perfekte Teamarbeit zu beobachten.

Der brave Hund wurde von Jägerin und Jäger überschwänglich mit lieben Worten und anerkennendem Streicheln gelobt und durfte die erste gute Mahlzeit seit etlichen Tagen zum Lagerplatz tragen.

Kurze Zeit später teilte sich das Paar den am Spieß gegarten Hecht, die Hündin bekam Kopf und Schwanz.

Katta lobte während des Essens immer wieder Hukans außergewöhnliche Jagdmethode und als beide schließlich einigermaßen satt waren, begannen sie, Zärtlichkeiten miteinander auszutauschen und liebten sich.

Es war längst finster, als Hukan sich anschickte, einen zweiten Korb zu flechten. Katta machte sich daran, aus einer Geweih-Spitze aus Hukans Korb eine Speer-Spitze mit Widerhaken zu schnitzen, um für den Fischfang am See gerüstet zu sein. Beide waren sehr in ihre Arbeit im Schein des Feuers vertieft. Sie tauschten dabei Erfahrungen im Anfertigen von Waffen und Werkzeugen aus, als Katta plötzlich fragte: „Wo ist unser Hund?“

Hukan legte seine Flecht-Arbeit beiseite, erhob sich, und schaute rundherum in das sie umgebende Holzgewirr, konnte Packa aber nicht entdecken. Als sie sich auf sein Rufen schließlich auch nicht meldete, nahm er einen Speer und seine Axt und ging los, die Hündin zu suchen.

Ruhig und lauschend entfernte er sich immer weiter vom Feuer, bis er in gar nicht großer Entfernung ein zweistimmiges Hecheln vernahm. Angestrengt äugte er zwischen kreuz und quer liegenden Ästen und Stämmen hindurch und war perplex, was er im schwachen Flackern des bis hierher reichenden Feuerscheins erblickte: Ein Wolfsrüde begattete seine Packa! Ein Wolf hatte das Inferno überlebt, die Duftmarken seiner läufigen Hündin entdeckt, und sie aufgespürt!

Ruhig wartete der erfahrene Hundehalter ab, bis der Akt beendet war und der Rüde sich von seiner Hündin löste. Hukan klopfte mit dem Speer auf einen Ast, worauf der Wolf erschreckt davonhuschte. Packa kam geduckt und mit angelegten Ohren zu ihm und bat winselnd um Vergebung dafür, dass sie sich heimlich davon gemacht hatte.

„Was hat sie gemacht?“, fragte Katta erstaunt, als sie zum Feuer zurückkehrten. Sie wusste sehr wohl, dass Packa sich normalerweise nicht heimlich vom Lagerplatz entfernte. –„Sie hatte Besuch von einem wilden Verwandten und wird vielleicht Junge bekommen“, antwortete Hukan gelassen. -„Wie schön,“ freute sich die Jägerin, „Hunde wie Packa kann man nicht genug haben!“

Hukan spürte, dass Katta trotz ihrer offensichtlichen Freude mit dem Ablauf der Begegnung nicht zufrieden war, sagte aber nichts.

Nachts frischte der Wind auf. Böen stießen in das Feuer, dass die Funken stiebten. Noch vor dem Morgengrauen hatte es keinen Zweck mehr, das Feuer weiter am Brennen zu halten. Der Wind hatte sich zum Sturm verstärkt, Regen setzte ein und die Drei verkrochen sich hinter ihrem Baumstamm.

Als es hell war, hatte sich der Sturm zum Orkan entwickelt. Regen peitschte über die Flussaue. Von allen Seiten strömte Wasser dem Flüsschen zu. Noch hoffte das Jägerpaar, dass der Orkan bald wieder nachlassen würde.

Am Vormittag begann der Wasserlauf, über die Ufer

zu treten. Die große Windstärke stellte keine Gefahr dar, weil alle Bäume schon flach lagen, doch der starke Regen hielt unvermindert an. Sie mussten so schnell wie möglich auf höheres Gelände und Katta und Hukan waren sich einig darin, nicht wieder zurückzugehen, sondern zu versuchen, das immer reißender anschwellende Flüsschen zu überqueren um den Berg auf der anderen Seite zu erreichen, hinter welchem der See lag.

Ein Stückchen aufwärts lag eine dicke Pappel über dem Wasserlauf. Ihre abseits starrenden Äste konnten beim Hinüber-Balancieren Halt bieten. Voll bepackt wateten sie vom Sturm gerüttelt durch das schon knietiefe Wasser des Ufers und erkletterten den leicht ansteigend liegenden Stamm. Packa hatte schon schwimmen müssen, und Hukan musste die Sachen, die er mit den Händen trug, seiner bereits auf dem Stamm stehenden Gefährtin reichen und die Hündin hinauf heben. Es wurde höchste Zeit, denn der Baum schwamm bereits leicht auf und bewegte sich schlingernd. Der nasse, aber raue Stamm bot den nackten Füßen guten Halt, doch die Sturmböen zerrten an ihren Körpern. Packa hatte es schon geschafft, war ins flachere Wasser am anderen Ufer gesprungen und Katta lehnte Halt suchend, zu ihrem Gefährten zurückblickend, am letzten zu passierenden Ast, als sie sah, dass ein dicker Baum auf die Pappel zutrieb. Aus Leibeskräften schreiend, um das Tosen des Orkans zu übertönen, gebot sie Hukan, sich festzuhalten. Der Jäger begriff die Situation, warf sich flach auf den Stamm und klammerte sich an diesen, seine Speere fest in der einen Hand haltend.

Im Getöse der entfesselten Naturgewalt ging das Krachen des Aufpralls unter, der das massige Holz erzittern ließ. Der Druck des Wassers und der Schub des angeprallten Baumes begannen, die Pappel herumzuschieben.

Sanft rollend bewegte sich das Wurzelende, am von ihnen verlassenen Ufer in die Strömung. Einen Schrei ausstoßend sprang Katta hinunter. Hukan hatte Mühe, auf dem langsam rollenden Baum vorwärts zu krabbeln. Die Speere konnte er nicht mehr halten und ließ sie fallen. Katta verfolgte angstvoll die Szene, bemerkte nicht, wie die Äste der sich drehenden Baumkrone sie zu treffen drohten. Jetzt schrie Hukan ihr zu, vom Baum weg zu fliehen, schnellte hoch, erreichte mit flinken Schritten das Ende über dem Ufer, sprang herunter und arbeitete sich durch das Gewirr des rotierenden Astwerks mit knapper Not hinter Freundin und Hund her aus dem Gefahrenbereich. Langsam, aber mit unwiderstehlicher Macht, zog die Strömung den rollenden Baum vom Ufer und riss ihn mit sich fort.

Es goss und stürmte immer noch unvermindert weiter, als sie am Nachmittag endlich erschöpft am Berghang vor der Flut in Sicherheit waren. Das hinter ihnen liegende Tal glich jetzt einem mit treibendem Holz zugeschütteten See.

Doch neue Gefahr drohte. Katta hatte nach ähnlich heftigen Regenfällen einmal einen Bergrutsch erlebt und trieb zur Eile, die weniger steile See-Seite des Berges zu erreichen. Sie mobilisierten ihre letzten Kräfte, arbeiteten sich bei schwindendem Tageslicht verzweifelt durch Schlamm und Geröll den Hang entlang und schafften es tatsächlich. Bei anbrechender Finsternis erreichten sie eine flache, gegen Wetter geschützte Stelle neben einem überstehenden Felsen. Vollkommen erschöpft sanken sie nieder. Ein Feuer zu machen, war unmöglich. Alles war triefend nass. Der halbwegs trockene Platz unter dem Felsen reichte gerade für die drei. Zitternd vor Kälte drängten Frau, Mann und Hund sich aneinander. Der Sturm ließ zwar langsam nach, doch es regnete weiter.

Niedergeschlagen ertastete Katta Hukans Gesicht, führte es in der Dunkelheit vor das ihre und flüsterte mit matter Stimme: „Der See wird morgen Hochwasser haben, vollkommen voller Holz und vom Schlamm trübe sein. Wir werden nicht fischen können.“ Total entkräftet und niedergeschlagen schliefen sie trotz der Kälte ein.

Hukan träumte, er sei mit Katta auf Mammutjagd. Ein riesiger Mammutbulle ging wütend schnaubend direkt auf sie beide los. Hukan schoss und schoss, doch seine Pfeile bewirkten nichts, blieben schlaff im Fell des Giganten stecken. Katta lachte ihn aus, hob ihren schwersten Speer auf ihr Wurfgerät und schleuderte, dass es nur so zischte... Irritiert wachte er auf. Katta hatte wirklich vier Schritte vor ihm einen Speer geschleudert. Er bekam in der Dunkelheit noch ihre wieder zurückschwingende Bewegung mit. Ein leises Winseln ertönte. Mit der Axt in der Hand sprintete die Jägerin los. Hukan war wie elektrisiert: Das war Packas Winseln gewesen! Was ging hier vor? Sofort war der Jäger hellwach, sprang auf, hörte im Rauschen des Windes, wie Katta zweimal wuchtig, dumpf zuschlug. Wieder Packas Winseln, dann war er aufgebracht zur Stelle.

Eine Wolkenlücke gab den abnehmenden Mond frei, der die Szene schwach beleuchtete. Vor ihm lag seine Hündin, neben ihr, vom Speer durchbohrt und blutüberströmt, mit eingeschlagenem Schädel, der Wolfsrüde. Katta hatte ihn mitten im Geschlechtsakt getötet. Packa winselte wieder. Jetzt begriff er: Sie hatte einen Scheiden-Krampf, der tote Wolf hing mit seinem Glied in ihr fest! Wütend fauchte er Katta an. „Konntest du nicht wenigstens abwarten, bis sie sich voneinander gelöst hatten?“ –„Sein Fleisch wird unser Überleben sichern, ich durfte nicht zögern“, antwortete sie ruhig, mit ungewohnt tiefer Stimme. Wie sie jetzt vor ihm stand, das lange, nasse Haar wirr im archaischen Gesicht, mit der blutenden Steinaxt in der Hand, wirkte sie auf ihn, wie eine Verderben bringende Kampf-Göttin.

Hukan atmete tief durch, um seine Fassung wiederzuerlangen. Dann bückte er sich wortlos zu seiner Hündin und streichelte ihr beruhigend Kopf und Bauch. Es dauerte eine ganze Weile, bis Packa sich entkrampfte. Erleichtert stand sie auf und trottete Richtung Ruheplatz. Katta setzte einen Fuß auf die Seite des Wolfes und zog mit einem Ruck ihren Speer aus seinem Körper. Gemeinsam trugen sie ihn an den Läufen zum Felsen.

Gemeinsam zogen sie ihm auch das Fell ab und aßen gierig vom noch warmen Fleisch.

Die Hündin mochte nichts und schaute teilnahmslos in die Dunkelheit.

Als die wilde Jägerin und ihr zart fühlender Gefährte satt waren, liebten sie sich, so blutig, wie sie an Händen und Mündern waren. Danach deckte Hukan sie mit dem blutigen Wolfsfell zu und sie schlief gleich ein.

Der Norsun saß noch längere Zeit wach. Packa legte sich der Länge nach auf seine Beine, den Kopf auf seinen Schoß, dass er sie bequem streicheln konnte. Er wunderte sich, dass der Wolf es überhaupt geschafft hatte, ihnen zu folgen. Ob er durch das reißende Wasser geschwommen war? Oder hatte er vielleicht einen anderen Baum als Übergang benutzt? Sein Trieb war auf jeden Fall so stark gewesen, dass er ihn zu dieser erstaunlichen Leistung angetrieben hatte.

Grundsätzlich war es sicher richtig, dass Katta ihn erlegt hatte. Doch er hätte es nicht tun können, wäre er an ihrer Stelle erwacht. Hukan empfand starke Gefühle zu Hunden und auch zu den sehr nahe mit ihnen verwandten Wölfen. Er liebte sie. Hunde waren die einzigen Freunde der Menschen, und seine Vorfahren und er hatten es sogar verstanden, sie zu ihren Helfern zu machen.

Hunde und Wölfe standen offenbar so nah zueinander wie Katta und er. Katta war ein anderer Typ von Mensch. Ihre Vorfahren waren vielleicht von den Jägern seines Schlages verdrängt worden. Keine Erzählung darüber war ihm zu Ohren gekommen. Es war ja auch sicher schon unglaublich viele Generationen her, dass sie gemeinsam in der kalten Zeit in der Ebene jagten.

Wie wird unser Kind wohl sein, fragte er sich. Denn Katta müsste jetzt eigentlich bald schwanger werden, so oft wie sie sich liebten. Sicher würde es ein sehr guter, erfolgreicher Jäger, auch wenn es ein Mädchen würde.

Er dachte an Bebeh. Was wäre, wenn sie, die ihm liebste aller Frauen, von ihm schwanger geworden wäre? Ein Kind von ihr, der lieben, zurückhaltenden Bebeh und ihm, dem zartfühlenden Mann, wäre das gar ein viel zu weicher Mensch in diesem harten Leben?

Er seufzte. Wohlig fühlte er Packas warmen Körper auf seinen geschundenen Beinen.

Er wusste: Die wilden Wölfe waren die sensibleren im Vergleich mit den ruppigeren, weniger feinfühligen Hunden. Er hatte es öfter selbst beobachtet und vorher schon von seinem Vater erfahren. Wölfe waren nur wilde Bestien, wenn es darum ging, an Nahrung zu kommen. Im Rudel zeigten sie ein vorbildliches Sozialverhalten. Hunde dagegen konnten unter Umständen ganz schön biestig werden, wenn man sie falsch behandelte. Es kam vor, dass sie Menschen oder andere Hunde, mit denen sie ja schließlich im Rudel zusammenlebten, ganz bösartig bissen. Wölfe würden so was untereinander nie tun. Sie weichen aus, laufen weg, wenn man sie ungerecht behandelt. Bei Rangordnungskämpfen unter ihresgleichen fließt kaum Blut. Welchen Sinn sollte es auch machen, sich gegenseitig zu verletzen?

Deshalb überleben sie erfolgreich in der Wildnis. Weil das Rudel zusammenhält, einer für den anderen da ist. Wenn Welpen ihre Mutter verlieren, nimmt eine andere Wölfin sich ihrer an. Ein verletzter Wolf wird von den anderen gepflegt. Sie lecken ihm die Wunden, lassen ihm von ihren Mahlzeiten übrig.

Vom schlauesten, erfahrensten Tier, nicht vom frechsten und stärksten lassen sie sich führen. Im Rudel, welches in der Regel von einem Elternpaar und deren Nachkommen gebildet wird, dominieren immer die Eltern.

Selbst die Bestien, die nun hoffentlich endgültig ausgerottet waren, führten ein vorbildliches Familienleben, nach dem was Katta ihm alles über sie erzählt hatte.

Eigentlich waren sie auch gar nicht so blutrünstig.

Sie töteten nur soviel Beute, wie sie zum gemeinsamen Sattwerden brauchten.

Aber sie waren die gefährlichsten Feinde der Menschen gewesen.

Hukan dachte an die zwei Hirsche, die er erlegt und sich nur ihrer Hinterläufe bemächtigt hatte.

Jetzt war der Mensch das schlimmste Raubtier.

Endlich ließ der Wind nach, es regnete nur noch schwach. Dicht aneinandergedrängt, sich gegenseitig wärmend, schliefen sie, bis es hell wurde.

Wie Katta vorausgesagt hatte, sah der See chaotisch aus. Von ihrem erhöhten Lager aus hatten sie einen guten Überblick. Die schlammige Brühe stand mehrere Schritte höher als gewöhnlich, totes Holz versperrte den Abfluss und die Ufer.

Zu ihrer Freude war der Himmel heute wolkenlos, ein leichter Wind wehte. Zwar war es nicht gerade warm, sie breiteten aber trotzdem alle ihre Sachen zum Trocknen in der Sonne aus. Dann setzten sie sich nackt daneben und setzten ihre Wolfs-Mahlzeit fort. Es war ein großes Tier, und hatte an den Tagen nach der Katastrophe genug Aas zu Fressen gefunden, war also gut genährt. Packa lag etwas abseits und schaute in die Landschaft. Sie mochte sich nicht an diesem Mahl beteiligen. Hukan verstand sie: Hündinnen haben in der Hitze sowieso meist nicht viel Appetit, und Hunde allgemein, mit ihren sozialen Gefühlen, fressen Artgenossen nur in äußerster Not.

Plötzlich sprang Packa auf und bellte Richtung Himmel, zur anderen Seeseite. Elektrisiert schaute das Jägerpaar hin: Eine Schar Gänse kam in V-Formation über den gegenüberliegenden Berg zum See geflogen. Jetzt hörten auch sie ihre aufgeregten Rufe, verfolgten gespannt, wie sie zwei tiefe Runden über dem unwirtlichen Gewässer drehten, um schließlich in südlicher Richtung weiterzufliegen.

Mit großen Augen, die Gesichter voller Hoffnung, schauten Katta und Hukan sich an: Die ersten Vögel kamen in das Katastrophengebiet! In einiger Entfernung war das Leben also normal weitergegangen! Emsig, wieder neuen Lebensmut schöpfend, machten sie sich nun daran, ein Feuer zu entfachen, um das restliche Fleisch zu garen. Sie würden es sich auf ihrem weiteren Marsch als Proviant gut einteilen.

Endlich, nach langer, mühevoller Zündarbeit, flackerte ein Flämmchen auf. Sie brieten die Reste und knabberten noch ein paar leckere Stücke. Katta brach den Schädel ganz auf und schlürfte genießerisch das Hirn. Als schließlich noch das Fell zum Haltbarmachen im Rauch hing, liebte sich das Paar wieder satt und zufrieden.

Schließlich war es bereits Nachmittag, als sie ausgeruht die Weiterreise antraten.

Sie kamen relativ langsam voran. Der überall sehr stark aufgeweichte Boden erschwerte ihr Fortkommen.

Außerdem merkten sie, dass ihre Fußsohlen in der Nässe des Vortages stark gelitten hatten. Schmerzhafte Schnitte durchzogen die dicke, aufgeweichte Hornhaut. Selbst Packa humpelte.

Im Schlamm rutschten sie oft über darin verborgene, scharfe Kanten von Ästen oder Steinen. Gingen sie ausweichend über festen, felsigen Grund, quälten sie Druckschmerzen.

Ihr Weg führte nun überwiegend abwärts in südlicher Richtung. Dem Jägerpaar fiel auf, dass die Druckwelle immer schwächere Schäden angerichtet hatte, je weiter sie kamen. Die nördlicheren, höheren Berge waren der Katastrophe stärker ausgesetzt gewesen.

Zwei Höhen weiter blickten sie schließlich in ein Tal, in welchem erstmals noch mehrere Bäume aufrecht standen.

Kattas rechter Fuß blutete ziemlich stark aus einem tiefen Schnitt. Deshalb machten sie Rast an einem Felsblock. Sie setzte sich darauf, und Hukan inspizierte mit besorgtem Blick ihre Wunde. „So kannst du nicht weiter laufen!“, befand er schließlich. „Wenn es noch mehr einreißt, riskierst du zu viel Blutverlust. Ich werde dir Stücke von meiner zähen Keiler-Haut um die Füße binden.“

Katta nahm ein größeres Stück Braten aus ihrem Korb und begann, es zu verzehren, während Hukan seinen Überzieher abstreifte und zwei Stücke davon abtrennte, groß genug, dass sie die Füße seiner Gefährtin nach unten und zu den Seiten abdeckten und mit an den Rändern eingeflochtenen Streifen vom Wolfspelz, über Vorderfuß und um die Fessel gewickelt, festgebunden werden konnten. Dies nahm natürlich einige Zeit in Anspruch, während der die Blutung aufgehört hatte und Katta längst satt und ausgeruht war.

„Prima, mein Bester!“, befand sie schließlich, als sie ein paar Schritte mit ihrer neuen Fußbekleidung umherstolzierte, warf sich dem grinsenden Blondschopf an den Hals und küsste ihn. „Ich glaube, so können wir es schaffen, unsere Höhle in spätestens drei Tagen zu erreichen. Ich will endlich Gewissheit über das Schicksal meiner Stammesgenossinnen haben!“ Hukan stimmte natürlich zu, denn je weiter sie sich vom Zentrum der Katastrophe entfernten, desto eher würden sie Wild finden und die Nächte waren zum Übernachten im Freien (wegen ihrer unzureichenden Bekleidung) mittlerweile viel zu kalt. Auch war er natürlich gespannt darauf, weitere Menschen von Kattas Rasse kennenzulernen. Er hatte sich schon darauf eingestellt, mit ihnen den Winter in ihrer Höhle verbringen zu müssen. Im Frühjahr könnte er dann allein oder mit Kattas oder ihrer aller Begleitung weiter nach Süden, zum flacheren Land ziehen, um sich anderen Menschen anzuschließen. In einer größeren Gemeinschaft stiegen die Überlebenschancen.

Die nächste Nacht verbrachten sie an einer etwas windgeschützten Stelle inmitten des größten Holz-Chaos an einem Bach. Sie brachen Zweige und Farn-Wedel ab und schufen mit ihnen und dem darauf ausgebreiteten Wolfsfell, auf dem schlammigen Untergrund einen trockenen Schlafplatz.

Zum Glück blieb es auch am folgenden Tag niederschlagsfrei, sodass der Boden besser begehbar wurde, und sie kamen leidlich gut voran. Trotz schmerzender Füße legten sie nur wenige Pausen ein. Sie schliefen an einem Hang mit Blick nach Südosten und wurden am Morgen von milden Sonnenstrahlen geweckt.

Katta aß das letzte kleine Fleischstück. Hukan hatte an den vergangenen zwei Tage zu ihren Gunsten aufs Essen verzichtet und sie hatte sich den Rest sparsam eingeteilt.

Das Wetter blieb freundlich und sie kamen auch weiterhin verhältnismäßig gut voran. Abends meinte Katta, dass es nun nicht mehr allzu weit wäre und dass sie am besten versuchen sollten, die Höhle noch in dieser Nacht zu erreichen.

Zu ihrem Glück war der Himmel sternenklar. Die Sichel des abnehmenden Mondes spendete zusätzlich Licht, sodass sie sich ganz gut orientieren konnten. Einmal hörten sie in einiger Entfernung eine Eule rufen. Trotz Müdigkeit und wunder Füße schritten sie zügig und hoffnungsvoll voran, kletterten mit neuem Elan zwischen quer liegendem Holz hindurch.

Sogar ihr Hund schien gleiche Empfindungen zu haben. Zielstrebig, gelegentlich witternd innehaltend, trabte Packa munter voraus. Instinktiv schien sie zu spüren, dass Katta sie zu einem besonderen Ziel führte.

Hukan schätzte, dass ein paar Tagesmärsche weiter der Wald größtenteils unbeschädigt geblieben sein müsste.

Weit nach Mitternacht, als die Winter-Sternbilder bereits am Himmel standen und die Mondsichel hinter dem westlichen Horizont verschwunden war, erreichten sie tatsächlich endlich die Nähe der Höhle. Sie hatten zuletzt schon überwiegend dem großen Bach am Ufer folgen können, welcher unterhalb dieser vorbeifloss. Die Vegetation entlang des Wasserlaufs war teilweise unbeschadet. Auch am Berghang, an dessen unterem Drittel die Höhle lag, standen noch einige unbeschädigte, kleinere Bäume. Die Höhlenöffnung befand sich, wie Katta ihrem Gefährten bereits früher berichtet hatte, nach Süden gelegen. Die Öffnung, sonst teilweise von Bäumen verdeckt, lag jetzt frei. Unterhalb am Bach stehend, konnten sie diese im schwachen Lichtschein der Sterne jetzt erkennen. Es war windstill und Packa schnüffelte aufgeregt, mit hochgereckter Nase. Hukan und Katta schauten sich erfreut an und fassten sich erregt bei den Händen:

Es roch nach Feuer!

Die Jägerin hielt ihre Hände zur Ruf Verstärkung an den Mund und stieß einen trällernden Laut aus. Als sie diesen zweimal wiederholt hatte, antwortete es mehrstimmig aus der Höhle. Katta sprang vor Freude mit ihren Schweins-Latschen in die Luft, dass die Steinwerkzeuge in ihrem Korb laut hörbar gegeneinander klackten, rief: „Sie leben!“, und rannte an Stämmen und Ästen vorbei hinauf zur Höhle, gefolgt von Packa.

Hukan stieg langsam hinterher, hörte nach den ersten Freudenschreien der Begrüßung verwunderte Fragen, wohl, als die Frauen den fremden Hund erblickten. Dem dann folgenden Stimmengewirr schloss sich ein großes Wehklagen an. Katta hatte sicher vom Tod ihrer Männer und Stammesgefährten berichtet.

Bedächtig betrat der Jäger die Höhle. Der Zugang war wesentlich kleiner, als jener der Löwen-Höhle. Er musste den Kopf etwas einziehen. Der Gang führte schräg nach links, aber gerade, tiefer in den Berg hinein. Rechts aber befand sich ein größerer, länglicher Hohlraum, in dessen vorderem Teil ein Feuer brannte. Neben diesem knieten, sich umarmend und einen Kreis bildend, die vier Frauen. Endlich verstummte ihr Jammern, eine von ihnen fragte Katta wohl, wo ihr neuer Gefährte denn nun sei (Hukan konnte es nicht genau verstehen), alle gleichzeitig schauten auf, Richtung Eingang und erblickten den brav abwartenden Jäger. Sie standen rasch auf, stellten sich nebeneinander neben das Feuer und Katta winkte ihn heran. Mit großen, verwunderten Augen, aber respektvoller Haltung, betrachteten sie den nähertretenden Norsun. Hukan sah auch ihnen überdeutlich an, dass er der erste blonde und blauäugige Mensch war, den sie in ihrem Leben zu Gesicht bekamen.

Alle Drei waren annähernd gleichgroß und fast so kräftig gebaut wie Katta, hatten auch nahezu gleiche dunkle Wuschel-Mähnen. Lediglich das Mädchen wirkte noch etwas zierlicher, hochgeschossener und schlanker. Die Älteste unterschied sich äußerlich nur durch ihr faltigeres Gesicht von den Jüngeren, keinesfalls durch eine schlaffere Haltung. Katta hatte ihm bereits erzählt, dass in ihrem Volk Männer die Frauen mit einem Kuss auf die Stirn begrüßten, wobei man sich gegenseitig mit den Händen die Unterarme umfasste und zwar immer die Älteren zuerst. Dies tat er jetzt, wobei seine Gefährtin ihm ihre Namen nannte: „Toba, Zetti, Schalla."

Toba, die Älteste wandte sich anschließend der neben Hukan stehenden Packa zu, streichelte ihr über den Kopf und ließ den Riemen mit den Bärenzähnen und -krallen respektvoll durch ihre Finger gleiten. Sie schaute Katta an und fragte mit begleitenden Gebärden, damit auch Hukan sie verstehen konnte: „Hat Hündin eine besondere Position?" –„Sie hat bei der Jagd einen Bären bezwungen. Die Zähne des Bären sollen zeigen, welch gute Hilfe sie für Hukan ist," antwortete die Jägerin. Toba sah Hukan an: „Dann hat euer Stamm andere Bräuche als wir?" – Der Norsun war etwas irritiert und antwortete ausweichend: „Das kann sein." Zetti und Schalla, die beiden jüngeren der Höhlenfrauen kicherten belustigt, als sie Hukans für sie ungewohnte Stimme hörten. Der junge Jäger verstand den Grund und ließ sich dadurch nicht verunsichern.

Als die Alte sich zu Packa beugte, war ihm der Wolfsschweif aufgefallen, der ihr aus dem Haar auf den Rücken hing. Jetzt, da sie ihn fragend anschaute, sah er eine Kette aus zahlreichen Fangzähnen von Wölfen an ihrem Hals. Fragend sah er Katta an: „Sagtest du nicht, du seist die einzige Jägerin eures Stammes? Wieso trägt Toba Jagdtrophäen?" – Jetzt war es Katta, die sich wunderte: „Aber Toba ist doch unsere Stammesführerin!" – „Stammesführerin, eine alte Frau???" Hukan konnte es nicht fassen. Bei den Starken hatte die älteste Frau das Sagen!?

Jetzt fiel ihm auf, dass Katta und er sich über solche Details noch gar nicht unterhalten hatten, wenn sie voneinander erzählten. Beide hatten vorausgesetzt, dass bei anderen Stämmen alles genauso geregelt wäre wie bei ihnen selbst.

Zetti unterbrach sein Nachdenken: „Wie will ein Mann einen Stamm führen können? Männer sind doch viel zu aggressiv und wenig feinfühlig. Sie sind gute Jäger, das ist alles. Wenn sie von der Jagd kommen, sind sie müde oder sogar verletzt. Wir Frauen müssen sie pflegen und auch sonst alles regeln." Und Hukan fest in die Augen schauend fügte sie hinzu: „Oder sind bei euch etwa manchmal Männer Stammesführer?" –„Der beste und erfahrenste Jäger wird in der Regel Stammesführer. Ein Schamane ist sein Berater," antwortete Hukan bestimmt. – „Aber das ist doch unmöglich," antwortete Zetti kopfschüttelnd. Sie fügte fragend hinzu, die Hände herausfordernd auf ihre Hüften gestützt: „Und damit sind eure armen Frauen glücklich?" – Jetzt kam Katta ihrem lieben Gefährten zu Hilfe, indem sie behauptete: „Er ist anders als unsere Männer. Und wahrscheinlich sind noch andere Jäger bei ihnen so wie Hukan."

Alle Frauen wandten sich wie auf Kommando von ihm ab und begannen, miteinander zu palavern. Und zwar so schnell und aufgeregt, dass der müde Jäger ihnen unmöglich folgen konnte. In der großen Höhle klangen ihre fremdartig hohlen Stimmen noch ungewöhnlicher.

Katta musste ihnen alles der Reihe nach berichten.

Hukan legte sich mit Packa auf die andere Seite des Feuers, umarmte seine Hündin und schlief ein.

Als er erwachte, fiel sein Blick auf die von einer dicken Schicht Ruß geschwärzte Höhlendecke über ihm. An dieser Stelle musste wohl ewig schon ein Feuer brennen. Auch jetzt flackerte es ruhig und gleichmäßig, genau wie in der letzten Nacht, als sie hier eintrafen.

Er richtete sich sitzend auf. Hinter ihm und ein ganzes Stück in den Gang hinein, lag an einer Seite Brennholz gestapelt. Bis fast zur Decke. Die Bewohner waren gut bevorratet.

Das Holz brannte nach der langen Lagerung ruhiger und rauchte weniger, als das selten ganz trockene, welches sie draußen oder, im Winter, in den Zelten und Hütten für ihre Feuer verwendeten, stellte der Norsun fest. So war es trotz des fehlenden Rauchabzugs erträglich in der Höhle. Die Tierhaut-Zelte der Ebenen-Bewohner hatten oben in der Mitte, wo sich die Tragestangen kreuzten, eine Rauchabzugsöffnung. Auch die Dächer der Hütten besaßen eine solche.

Er war allein in der Höhle. Um das Feuer herum lagen einzelne runde, flache und ein hohler Stein, typische Unterlagen zum Bearbeiten von Nahrung oder Gebrauchsgegenständen. Daneben zwei größere Baumstamm-Klötze, welche ebenfalls als Arbeitsunterlagen oder Hau-Klötze dienten. Am Feuer wurde meist bis spät in die Nacht hinein geschabt, geschnitzt, genäht und so weiter.

Als sein Blick auf die hintere Wand des Hohlraumes fiel, bemerkte Hukan merkwürdige farbige Muster, die er von seinem Liegeplatz aus nicht richtig erkennen konnte. Neugierig stand er auf, dehnte sich kurz und ging nach hinten. Jetzt erkannte er Tiere, Menschen und ihm unbekannte Symbole, die jemand mit Ruß und roter und gelber Erde gemalt hatte. Fasziniert betrachtete er alle Details. Er hatte wohl gehört, dass es so was geben sollte, aber nie Gelegenheit gehabt, es selbst zu sehen. In ihrem Jagdrevier, in der Ebene, gab es ja keine Höhlen.

Sogar die verschwundenen Mammuts, deren Skelette und langen, geschwungenen Stoßzähnen an verschiedenen Stellen in der Ebene noch vereinzelt lagen, waren als lebende Tiere abgebildet; Jäger mit Lanzen und Speeren, die diese Giganten bedrängten, sowie weitere Tierarten der Eiszeit und auch jetzt lebendes Wild, das er kannte.

Auf einem großen, flachen Stein vor der Wand lagen, sorgfältig angeordnet, kunstvoll geschnitzte Figuren und ähnliches, Gegenstände, deren Bedeutung er nicht erkannte. Gefertigt waren sie aus Knochen, Elfenbein, Holz, Bast, Leder und Stein. Daneben aufgereiht standen an der Wand entlang Körbe, sowie verschieden große Holzgefäße, ausgehöhlte Stamm-Stücke, alle mit Deckeln verschlossen. Rechts neben der Gemäldewand befand sich im Boden eine mehrere Schritte große Mulde, gefüllt mit gut erhaltenen Knochen und Schädeln aller Arten. An der anderen Seite, also links neben den Gemälden führte ein fast mannshoher Spalt in einen weiteren, völlig dunklen Höhlenraum, den Hukan trotz aller Neugier jetzt aber nicht betrat.

Er hörte Stimmen vor der Höhle und ging hinaus. Es war bereits Vormittag, die Herbst-Sonne stand bald mittig vor der Höhlenöffnung und bestrahlte eine ziemlich große, viele Schritte lange und breite Fläche davor. Normalerweise lag diese Fläche wahrscheinlich frei und die Höhlenbewohner verbrachten bei günstiger Witterung hier draußen, worauf mehrere Feuerstellen hindeuteten. Durch die Katastrophe waren jedoch Bäume vom Hang herabgestürzt und lagen sperrig darauf herum. Direkt vor dem Eingang hatten die Frauen bereits Platz geschaffen, den Rest wollten sie wohl nach und nach beseitigen.

Jetzt kehrten die vier Hukan ihre Rücken zu. Mit einer Hand die Augen beschattend, äugten sie angestrengt nach einem Punkt in der Ferne. Packa stand bei ihnen, hörte ihr Herrchen aus der Höhle treten, trabte, mit ihrem Schwanzstummel wedelnd, zu ihm und sprang zur Begrüßung an ihm hoch. Das hörten die Frauen, drehten sich um und Toba meinte lachend: „Hat unser neuer Jäger jetzt genug geschlafen?“ Hukan grinste verlegen und erwiderte schlagfertig: „Ja, habe ich. Sind meine Frauen schon bei der Planung für die nächste Jagd?“ - Zetti antwortete schnell: „Ja, ja! Katta meint, dort hinten klettert eine Herde Gämsen!“ Dabei deutete sie in die Richtung, in die sie gerade gemeinsam so angestrengt geschaut hatten. Der Jäger betrachtete eingehend die paar sich zwischen umgestürzten Bäumen bewegenden Punkte an einem weit entfernten Hang und antwortete: „Dieses Wild gibt es bei uns in der Ebene nicht mehr. Wenn Katta meint, dass es Gämsen sind, so wird sie wohl Recht haben, und wir müssen schnell aufbrechen, um sie zu jagen.“

Doch jetzt hatten alle natürlich erst mal Gelegenheit, sich bei Tageslicht genauer zu betrachten. Die Gesichter der drei daheimgebliebenen Höhlenfrauen waren weicher gezeichnet als jene von Katta, doch waren sie deutlich vom selben Typ, mit markanten Oberaugenwülsten, breiten Nasen, vollen Lippen und dunklen Augen. Allen gemeinsam waren auch die dunklen, mähnenartigen Kopfhaare und deutliche Körperbehaarung.

Zetti war die Hübscheste und Temperamentvollste. Ihre feineren Gesichtszüge wirkten etwas lustig, verschmitzt. Pralle Brüste und der keck abstehende Po spannten ihr sehr sorgfältig gearbeitetes, vorn geschnürtes Fell-Kleid. Alle drei trugen auffallend weiche Fuchs-

Fell-Kleider, die sich, anders als die fast unbehandelten, steifen Tierfelle, welche die Norsuns trugen, den Körperformen anschmiegten und bis zur halben Oberschenkel-Länge reichten. Dazu trugen sie Hals- und Armbänder mit Elfenbein-Schnitzereien, die mit dem Rotfuchs wunderschön kontrastierten.

Staunend befühlte Hukan Zettis Pelz und fragte Katta: „Wie macht ihr eure Pelze so weich?“ Die Jägerin fasste seine Hand, sagte: „Komm mit, ich zeige es dir!“, und führte ihn zu einer etwas abseits am Hang gelegenen Mulde, über die ein aus zusammengebundenen Ästen und einer darauf gespannten Wildschwein-Haut bestehender Deckel gelegt war. Diesen klappte sie hoch, die Grube darunter war mit einer trüben, stinkenden Brühe gefüllt. Mit einem daneben liegenden hakenförmigen Stock tauchte sie stochernd hinein und zog ihr triefendes Wolfsfell daraus hervor. „In dieser Brühe aus Eichenblättern und –Rinde und Pippi muss ein Fell mehrere Tage liegen, und immer wieder mit Stöcken durchgeknetet werden. Dann waschen wir es im Bach, trocknen es langsam in der hinteren Höhle und es ist sehr schön.“

Hukan war beeindruckt. In seinem harten, viel zu kurzen Schweine-Überzieher kam er sich plötzlich sehr schäbig vor. Zu schäbig für diese feine Damengesellschaft.

Sein Blick fiel auf eine Reihe mehrerer flacher, länglicher Steinhügel in etwas mehr als Körpergröße, welche sich an die Gerbe-Grube anschlossen. „Liegen dort eure Verstorbenen?“ – Katta nickte: „Wer in der Höhle oder in deren Nähe stirbt, wird hier bestattet. Wir scharren eine Mulde für den Leichnam und bedecken diesen mit Erde und schweren Steinen, damit die Tiere ihn nicht ausgraben können.“

Die drei Frauen hatten, wie Katta befürchtet hatte, seit vielen Tagen außer Baumsamen und Würmern fast nichts Essbares auftreiben können. Diese, für sie ungewohnte Nahrung, verursachte bei ihnen teilweise sogar Bauchschmerzen.

Da, wie sie vorhin beobachten konnten, das erste neue Wild in das Katastrophengebiet einwanderte, überquerte das Jägerpaar, begleitet von den drei schicken Frauen, den Bach, um die Fallgrube auf der anderen Seite wieder herzurichten. Diese war natürlich leer, zum Glück aber nur von einem kleinen Baum versperrt, den sie mit vereinten Kräften schnell beiseiteschleifen konnten. Bei dieser Aktion hatte der schlanke Norsun Gelegenheit die Kräfte der Höhlen-Frauen zu bewundern. Selbst Schalla, die Jüngste, war mindestens so stark wie er. Als er Katta interessiert nach deren Alter fragte, antwortete sie fröhlich: „Wir zählen unsere Jahre nicht. Wer später geboren wurde, ist im Rang niedriger. Wenn eine junge Frau ihre erste Blutung hatte, ist sie kein Kind mehr und darf begattet werden. Schalla ist noch ein Kind.“ –„Muss eine Frau nicht verheiratet werden?“, wollte Hukan wissen. Katta blickte ihn fragend an: „Was bedeutet „verheiratet“?“ - „Ver-hei-ra-tet?“, fragte Hukan gedehnt. „Das bedeutet, dass man einen Partner des anderen Geschlechts als alleinigen Mann oder Frau nimmt, mit dem man Kinder bekommt und großzieht.“ –„Das gibt es bei uns nicht,“ antwortete die Jägerin kopfschüttelnd. „Wir machen alles gemeinsam.“ Und nach einer längeren Pause, während der sie sich unablässig tief anschauten, fügte sie hinzu: „Welchen Sinn soll das Heiraten haben?“

Jetzt war Hukan dermaßen irritiert, dass er auf diese scheinbar einfache Frage keine spontane Antwort wusste. Er dachte an Sunea und Bebeh und sein Schicksal und erwiderte ausweichend: „Es ist bei uns schon lange so üblich.“

Damit mussten sie das Thema erst mal beenden, denn der nächste Jagdzug sollte besprochen werden. Es galt, möglichst schnell aufzubrechen, um Gämsen zu erlegen. Hin und wieder bemerkten die scharfen Augen des Jägerpaars in der Ferne auch den einen oder anderen Vogel, den sie, mit etwas Glück, unterwegs mit Pfeil und Bogen vielleicht erbeuten konnten. Toba empfahl den sofortigen Aufbruch und außerdem, die junge Schalla mitzunehmen. Das Mädchen besaß etwas Geschick im Führen von Waffen und sollte lernen, Wild aufzuspüren und zu erlegen. Nach dem Verlust ihrer männlichen Jäger war dies jetzt dringend nötig, um die Versorgung der Gruppe langfristig zu sichern. Drei Leute konnten auch mehr Beute heimtragen als zwei.

Kurz darauf wurden die Drei mit feierlichen Gesten von Toba und Zetti vor der Höhle verabschiedet, und machten sich, begleitet von Jagdhund Packa, auf den Weg.

Die ortskundige Katta marschierte leicht humpelnd voran, gefolgt von Packa und Schalla. Der ebenfalls noch von schmerzenden Füßen geplagte Hukan ging zum Schluss. Er wollte vor allem die Fähigkeiten und Verhaltensweisen des jungen Mädchens im Gelände beobachten, um sie bei der Jagd entsprechend anleiten und unterweisen zu können. Schalla bewegte sich geschmeidig und sicher über alle Hindernisse und beobachtete auch selbst aufmerksam die Umgebung. Sein Männer-Herz erfreute sich daran, wie anmutig sie sich in ihrem kurzen Fuchs-Kleid bewegte. Sie war ganz offensichtlich nicht zum ersten Mal mit auf Pirsch. Dass sie auch stark war, hatte Hukan bereits erfahren. Aber wie stand es um ihren Mut? Wie würde sie sich verhalten, wenn sie plötzlich von einem wehrhaften Wild oder Raubtier bedroht würde? Er nahm sich vor, auf jeden Fall auf sie aufzupassen.

Auf der Pirsch redeten Jäger gewohnheitsmäßig nie, und vermieden auch sonst, irgendwelche Geräusche zu verursachen. Wenn sie sich etwas mitzuteilen hatten, geschah das durch Gesten. Erst als sie spät nachmittags an einem Bach rasteten, erkundigte sich Hukan bei seiner erfahreneren Gefährtin aus den Bergen, über die Eigenarten und Verhaltensweisen der ihm unbekannten Gämsen. So erfuhr er von Katta, dass Gämsen nach der Überlieferung ursprünglich auch in der Kälte-Steppe lebten, wo sie, wie fast alle Tiere der Eiszeit, deutlich größer wurden. Nach dem Klimawechsel hatten sie sich in die Berge zurückgezogen und wurden immer noch wesentlich größer, massiger und wehrhafter, als zum Beispiel die neu zugewanderten Rehe. Besonders die Böcke besäßen viel Stoßkraft und seien aggressiv. „Sie rennen dich an und stoßen dich um," ergänzte Schalla. - „Frech wie Keiler!", fügte Katta hinzu. „Schalla war ja schon öfter auf der Jagd dabei, hat sogar einmal eine mit dem Speer erwischt." – Hukan war froh, dies zu hören, denn so konnte er sich selbst mehr auf die Beute konzentrieren. Die Worte der erfahrenen Katta, der er sich nach den Lebensregeln seiner neuen Gruppe unterzuordnen hatte, enthoben ihn von der Last, Schallas Beschützer spielen zu müssen.

Insgesamt fühlte er sich in seinem Lebensgefühl erschüttert. Würde er sich überhaupt an seine Rolle als „Nur-Jäger und ansonsten minderwertiger Mensch", wie Zetti sich über Männer geäußert hatte, gewöhnen können? Oder könnte er es langfristig schaffen, eine andere Stellung einzunehmen, als die Männer der Starken bisher? Vom Alters-Rang her stand nur Schalla unter ihm. Doch sie war noch nicht mal erwachsen und würde ihn spätestens in einem Jahr locker umhauen können. Rein auf Körperkraft bezogen konnte er keiner der vier Frauen etwas entgegensetzen. Dass er anders, feinfühliger, ausdauernder und wohl auch cleverer war als die Männer der Starken, davon hatte er Katta wohl schon überzeugen können. Bei den Norsuns wäre er in einigen Jahren Stammesführer geworden, das war sicher. Schließlich hatte man ihn wegen seiner herausragenden Eigenschaften ausgewählt, Sunea zu heiraten. Wie bei der Hundezucht sollten die Individuen mit den besten Eigenschaften verpaart werden, um leistungsfähigere Nachkommen zu zeugen.

Katta mahnte zum Aufbruch.

Die Tage waren jetzt schon deutlich kürzer als die Nächte. Deshalb brach schon bald die Dämmerung an. Von einer Anhöhe aus schauten sie über die Landschaft und berieten sich. Da sie nach Süden wanderten, wurden die Schäden am Wald auch hier mit schöner Regelmäßigkeit immer geringer. Die Druckwelle hatte nur noch auf den Höhen und den oberen Bereichen der Nordhänge Bäume und Büsche „umgeblasen“. Staub und Rauch waren aber auch hier, trotz der größeren Entfernung zum Katastrophenzentrum, für Tiere und Menschen tödlich gewesen. Die Frauen hatten ihre Höhle ebenfalls erst nach mehreren Regentagen verlassen können.

Auch die weise Toba hatte keine andere Erklärung dafür gewusst, als das der Himmel aufgebrochen war. Sie meinte, dass daraufhin der giftige Atem von Wesen aus dem Jenseits über die Erde geströmt sei.

Toba war also Stammesführerin und Schamanin in einer Person. „Hat sie die Höhlenwand bemalt?“, wollte Hukan wissen. –„Die Zeichnungen stammen zum größten Teil schon von unseren Vorfahren, sie sind unglaublich alt,“ antwortete ihm Katta. „Toba fügt im hinteren

Raum, unserem „Magie-Raum“, manchmal neue hinzu.“ – Schalla ergänzte eifrig: „Manchmal unternehmen wir mit ihr Reisen in eine andere Welt, dann werden die Bilder lebendig.“ –„Ihr alle reist mit?“, fragte der Norsun erstaunt. „Bei uns kann das nur unser Schamane allein. Er berichtet uns hinterher immer, was er gesehen hat.“

Katta hielt es für das Beste, in der Dunkelheit weiterzuwandern, bis zu einem vorspringenden Felsen unterhalb eines Berghanges in der Nähe des Hanges, auf dem sie die Gämsen von fern beobachtet hatten. „Ich vermute, dass die Herde zum Fressen in das grüne Tal neben dem Hang gezogen ist,“ spekulierte Katta. „Wir können unter dem Felsen den Rest der Nacht verbringen. Ich glaube, es gibt bald Regen.“ Hukan stimmte ihr zu, es war relativ mild, doch von Südwesten zogen dicke Wolken auf.

Der Boden war an den meisten Stellen nicht mehr so matschig, doch sie hatten nicht lange Freude daran, denn es begann tatsächlich bald wieder zu regnen. Kurz darauf konnte Katta eine ihrer Schweins Latschen fortwerfen. Leder- oder Fellschuhe hielten bei Nässe nie lange. Das Beste war eben immer noch die eigene, dicke und nachwachsende Hornhaut unter den Füßen.

So schätzten sie sich glücklich, als sie ihr Nachtlager erreichten.

Der Felsvorsprung bot reichlich trockenen Platz für die vier. Ganz rechts saß Katta, Hukan neben ihr, zwischen den beiden Frauen. Schalla alberte noch eine ganze Weile mit der links außen liegenden Packa. Immer wieder spielte das Mädchen Scheinattacken mit ihren Händen auf den Körper der Hündin, welche diese mit vorsichtigem Schnappen nach deren Händen und Armen begegnete.

Hukan hatte sich unterwegs schon wieder viele Gedanken gemacht und fragte Katta nun: „Wieso habt ihr keine

Kinder und keine von euch ist schwanger?“ Denn bei den Norsuns war es normal, dass jede Frau wenige Monde nach einer Entbindung wieder schwanger war. Die Jägerin seufzte und antwortete nach kurzer Besinnung: „Unsere letzten Kinder waren alle nicht lebensfähig. Zetti hatte in meiner Abwesenheit wieder eine Fehlgeburt. Wir letzten unseres Stammes der Maunter sind wohl zu nahe miteinander verwandt. Früher war es üblich, dass Männer und Frauen benachbarter Stämme sich in Gruppen gegenseitig besuchten. Danach gab es immer gesunde Babys. Doch wir hatten zuletzt keine Nachbarn mehr. Die Bestien beherrschten unsere Berge.“

Monoton rauschte der Regen in der Dunkelheit nieder. Müde und matt vom Hunger schliefen sie ein.

Hukan träumte, er sei bei seinem Stamm. Man hatte ihm verboten, weiter mit auf die Jagd zu gehen, weil er so weichherzig geworden war und seine Kameraden ständig daran hindern wollte, Tiere zu töten. Deshalb musste er immer im Lager bei den Frauen und Kindern bleiben und auf alle Babys aufpassen. Er saß nackt in einem Zelt voller quengelnden Nachwuchses, und ständig brachten ihm Frauen neue schreiende Säuglinge und forderten ihn auf, diese an seiner Brust zu stillen. Er war schon vollkommen verzweifelt und stieß mit den Armen wild um sich, um alle Frauen und Babys abzuwehren. „He, Hukan, bist du verrückt? Wach auf!“ Kattas energische Stimme war es, die ihn weckte. Links von ihm stand mit beleidigter Miene Schalla und hielt sich die schmerzende Brust. Rechts kniete seine Jagdgefährtin und umklammerte mit fester Faust sein rechtes Handgelenk, um weitere Attacken auf sich zu verhindern.

Es dämmerte bereits, der Regen hatte aufgehört. Vor ihnen stiegen dichte Nebelschwaden auf. Verstört, mit dem Unschuldsgesicht eines kleinen Jungen flüsterte er: „Verzeihung, ich hatte etwas Schlimmes geträumt.“

Die Gämsen aufzuspüren war kein Problem. Wie Katta vermutet hatte, weideten sie in besagtem Wiesental, fraßen vom hier besonders üppig gedeihenden Gras und knabberten an Büschen herum. Hukan hatte Katta vorgeschlagen, Schalla bei der Jagdaktion das Kommando zu überlassen, damit sie Gelegenheit bekäme, sich weiter zu entwickeln. So hatten die erfahrenen Jäger der Norsuns, vor allem natürlich sein Vater, es mit ihm gemacht. Katta lehnte dies kategorisch ab. Zu wichtig sei es im Moment, Fleisch zu machen. Man dürfe kein Risiko eines Verlustes eingehen.

Kattas Strategie war, die Gämsen von zwei Seiten anzugreifen. Das Tal verlief in Süd-Nord Richtung, so wie auch der Wind wehte. Hukan sollte vom östlichen Hang aus als Erster angreifen, indem er mit seinen Pfeilen, aus einer Deckung heraus, auf die ahnungslosen Tiere schoss. Schalla und sie selbst würden im Abstand von vierzig Schritten am Westhang Aufstellung nehmen und die schließlich dorthin fliehenden Gämsen mit ihren Speeren in Empfang nehmen. So trennten sie sich also, und Hukan schlich mit Packa zu einem Busch am oberen Osthang. Eine Bewegung in der Luft lenkte den Jäger ab: Zwei Adler kreisten in größerer Höhe über dem Tal! Die Versorgungslage verbesserte sich also zusehends. In kürzerer Zeit würden ihnen hoffentlich wieder alle Arten von Wild zur Verfügung stehen. Dass die großen Raubvögel die Gämsen angreifen würden, befürchtete Hukan nicht. Kein Großwild hatte in dieser Jahreszeit frischen Nachwuchs. Die Adler würden nach Kaninchen und anderen Kleintieren spähen, von denen bisher seit der Katastrophe allerdings hier noch nichts zu bemerken war.

Als der Jäger den Busch erreichte, staunte er über die

Größe der Herde. Dreizehn Tiere zählte er. Der Bock befand sich weiter abwärts, nahe der Stelle, wo Schalla Stellung beziehen sollte. Die Gämsen ahnten nichts von der drohenden Gefahr. Der Gamsbock hatte im Fressen innegehalten, und beobachtete mit erhobenem Kopf das über ihnen kreisende Adler-Pärchen. Hukan hielt ein Ende seines Bogens vorsichtig senkrecht über den Busch, das verabredete Zeichen, dass er bereit sei. Bald entdeckte er Kattas Speer-Schleuder aufragend und kurz darauf, etwa vierzig Schritte weiter, Schallas Speer. Ruhig legte er auf die ihm am nächsten befindliche Gämse an und wartete, bis sie ihm optimal die Seite bot. Leise sirrend schnellte der Pfeil von der Sehne und drang mit dumpfem „Patsch" dem Tier ins Herz. Zitternd, ohne einen Ansatz einer Fluchtbewegung brach das Opfer zusammen. Die zweitnächste Gämse, ein jüngeres Tier, hob argwöhnisch den Kopf und hielt im Kauen inne. Da traf sie auch schon der zweite Pfeil des Jägers schräg von vorn in den Hals. Sie stand Hukan halb frontal zugewendet, er konnte ihr Herz so nicht treffen, weshalb er auf den Bereich ihrer Halsschlagader gezielt hatte. Das Tier sprang mit allen vieren senkrecht in die Luft und galoppierte dann, panische Pfiff-Laute ausstoßend, Richtung Talgrund, gefolgt von der hinterherpreschenden Packa. Aufgeschreckt stiebte der Rest des Rudels in die gleiche Richtung. Einen dritten Pfeil schoss der Jäger einem weiteren Tier hinterher, verfehlte es aber.

Jetzt waren die ersten Gämsen in Wurfweite der Jägerinnen. Von Kattas Schleuder getrieben, drang ein Speer schräg in den Körper eines Tieres, blieb mittig in ihm stecken und warf die Beute förmlich um.

Schalla traf ein weiteres Tier in die Brust, welches stürzte und zappelnd liegen blieb. Um einen zweiten Speer besser schleudern zu können, sprang das Mädchen seitlich neben den Busch, welchen sie als Deckung genutzt hatte, erregte dadurch aber die Aufmerksamkeit des ihr nahenden Bocks. Dieser hatte schon seinen Kopf in Richtung der anstürmenden Packa gesenkt, wendete sich jetzt aber der näheren und größeren Schalla zu und galoppierte mit gesenkten Hörnern auf sie los.

Der Busch hatte vorher Schallas Blick auf den Bock versperrt, sie bemerkte ihn erst jetzt. Die Entfernung betrug schon weniger als 20 Schritte.

Kaltblütig warf sie ihren zweiten Speer trotzdem auf das vorher angepeilte Opfer. Sie verfolgte mit ihrem Blick noch vergewissernd die Flugbahn ihres Wurfgeschosses und konnte gerade noch befriedigt mitbekommen, wie dies der Gämse in den Bauch drang und diese zum Straucheln brachte, als sie selbst mit kühnem Satz zurück hinter den Busch hechten musste, um nicht selbst, von den Hörnern des Bocks, aufgespießt zu werden. Das wütende Leittier rannte vorbei und wurde knapp von einem Speer verfehlt, welcher von der aufmerksamen Katta geschleudert, ein paar Schritte weiter ratschend in den Boden drang. Schon hatte der Bock gewendet, um sich auf die sich wieder aufrichtenden Schalla zu stürzen. Wie er die Hörner senkte, knallte ihm Hukans Speer frontal vor den Schädel, prallte aber ab, ohne den wütenden Angreifer im Geringsten aufzuhalten. Da kam der junge Jäger auch schon selbst in vollem Lauf um den Busch herum, gerade als der Bock neben dem mit knapper Not ausweichenden Mädchen ins Leere stieß.

Hukan hatte weiter oben seinen Bogen beiseite geworfen, als er mitbekam, wie Schalla zum Angriffsziel wurde. Seine einzige Waffe war jetzt seine Steinaxt. Laut schreiend, um den Bock vom Mädchen abzulenken, stieß er mit der freien Linken dessen Hinterteil herum und knallte ihm mit der Axt in der Rechten auf den Rücken.

Unbeeindruckt setzte das starke Tier mit blitzschneller Wendung seinen Kopf von vorn unter Hukans, in diesem Augenblick angewinkeltes rechtes Knie und schleuderte den überraschten Jäger zwei Schritte durch die Luft.

Mit ungelenkem Salto landete er hart auf dem Rücken, wich jedoch dem schon wieder angreifenden Bock mittels blitzschneller seitlicher Rolle aus.

Das Schnauben des wütenden Gämsen-Männchens ging in diesem Moment in ein ersticktes Röcheln über. Die flinke Schalla hatte Kattas Speer aus dem Boden gezogen und dem Tier in die Lunge gestoßen. Behände hielt Hukan den zappelnd neben sich liegenden Bock an den Hörnern fest, seine junge Gefährtin zog den Speer wieder heraus und stieß ein zweites Mal zu. Diesmal traf sie sein Herz.

Katta hatte derweil mit ihrem dritten Speer die von Schalla in die Brust getroffene Gämse getötet und war anschließend der von Packa verfolgten hinterhergeeilt. Der Hund erwischte das allmählich langsamer werdende Tier erst ziemlich spät, fast 50 Schritte am Westhang aufwärts, und hielt es am Hinterlauf fest. Katta ergriff es an einem Horn und schnitt ihm mit dem Steinmesser die Kehle auf.

Sie hatten sechs Gämsen erlegt!

Bis auf Hukan, der sich Prellungen zugezogen hatte, war niemand verletzt. Er konnte glücklich darüber sein, dass ihn der Bock nicht mit den Hörnerspitzen erwischt hatte. Sie trugen die Gämsen am Rande des Westhangs zusammen, machten ein Feuer und begannen, das kleinste Tier, dass Hukan in den Hals geschossen hatte, zu zerlegen. Katta äußerte sich zufrieden darüber, dass sie zum ersten Mal in ihrem Leben keinen Angriff von Beute-Neidern befürchten mussten. Trotzdem beeilten sie sich, die komplette Gämse zu braten, und sich satt zu essen.

Danach, es war bereits Nachmittag, deckten sie den Bock mit Ästen und Gesteinsbrocken ab, damit die Adler sich nicht an ihm vergreifen konnten. Katta und Schalla schulterten jeweils ein größeres Tier, Hukan füllte seinen Korb mit den Braten-Resten, nahm ihn auf den Rücken und legte sich dazu die zwei nächstkleineren Gämsen mit zusammengebundenen Läufen um den Nacken. Er wollte den erstaunten starken Frauen endlich einmal zeigen, was in ihm steckte. Zwar konnte er seine Last nur gerade so einigermaßen bewältigen, schaffte es aber tatsächlich, alles bis zur Höhle zu schleppen, wo sie durch Packas Führung bereits kurz nach Mitternacht zur übergroßen Freude von Toba und Zetti eintrafen.

Katta und Schalla waren total entkräftet. Die vier Frauen machten sich gleich über die Braten-Reste vom Nachmittag her. Hukan nahm ein Stück mit den Worten: „Für unterwegs," und verabschiedete sich gleich wieder mit Packa, um noch den Bock zu holen.

Die starken Frauen waren völlig verblüfft, so etwas hatten sie mit ihren Jägern nie erlebt! Sie wollten es absolut nicht glauben, dass ein Mensch so was tatsächlich schaffen könnte. Sie gingen aber, sich gegenseitig heimlich zuzwinkernd, darauf ein, und verabschiedeten den Norsun emsig kauend schließlich. Sie gingen davon aus, dass er sich nur einen Scherz erlauben und nach kurzer Zeit die Höhle wieder betreten würde.

Nachdem die beiden erfolgreichen Jägerinnen halbwegs satt waren, schliefen sie erschöpft ein. Toba und Zetti äußerten Mutmaßungen zueinander, was denn nun mit Hukan wäre, machten sich aber dann unbeirrt daran, alle Beute im Laufe der Nacht und des Vormittags nacheinander zu zerlegen und zu garen, um sie in der hinteren, stets kalten Höhle einzulagern.

Hukan brauchte sich keine Mühe zu machen, das Wiesental wieder zu finden. Packa führte ihn zielstrebig auf ihrer Fährte zurück. Kein Tier begegnete ihnen unterwegs, nur einmal glaubte er, einen Kauz oder eine Fledermaus vorbeihuschen zu sehen. Es wurde bereits hell, als er die Wiese erreichte. Der Bock lag noch unberührt, so wie sie ihn verlassen hatten.

Am Nachmittag war er stolz mit seiner Last zurück an der Höhle. Toba hatte sich immer wieder besorgt zu den anderen geäußert, ob es wohl richtig gewesen war, den jungen Mann so einfach gehen zu lassen. Katta dachte daran, wie er die Hirsche gejagt hatte, und beruhigte sie, er sei ein sehr zäher und ausdauernder Läufer und außerdem habe er seinen Hund dabei, könne sich also nicht verirren. Jetzt feierten sie ihn geradezu und fütterten ihn neckisch gemeinsam draußen vor der Höhle im Sonnenschein.

Es war für Hukan nicht leicht gewesen, diese Ausdauer-Leistung zu erbringen. Besonders seine wunden Füße drohten ihn ständig, zur Aufgabe zu zwingen. Er hatte es auch nur geschafft, weil er ohne Pause, seine Kräfte gefühlvoll einteilend, durchmarschiert war. Seine Erfahrung sagte ihm, dass der menschliche Körper bei großen Anstrengungen Schmerzen unterdrückt. Ja, ein geradezu euphorisches Gefühl hatte ihn vorangetrieben. Jetzt brannten seine Schnitte und Abschürfungen entsetzlich. Er spürte das Verlangen, hinunter zum Bach zu gehen, und seine verschmutzten und blutverkrusteten Füße im kalten, klaren Wasser zu waschen. Als könne sie Gedanken lesen, kam Toba ihm einer Äußerung zuvor, indem sie Zetti auftrug: „Nimm eine Holzschale, hole frisches Wasser und pflege seine Füße!“ Zu Schalla gewandt fuhr sie fort: „Hole von den Pappel Blättern und zwei kleine Häute!“ Die jungen Frauen eilten gleich in die Höhle, Zetti ging anschließend zum Bach und Schalla legte getrocknete Pappel-Blätter und Häute zum Umwickeln bereit.

Hukan grinste geschmeichelt. Die Blätter der Pappel wirken ähnlich wie Weidenblätter schmerzlindernd und entzündungshemmend, das wusste er von Druko. Es war eine der Aufgaben der Schamanen, solche wirksamen Kräuter zu sammeln, und das Wissen darüber an ihre Nachfolger weiterzugeben.

Die Art und Weise, wie die Frauen sich nun um ihn kümmerten, zeigte Hukan, dass er auf dem richtigen Weg war, sie mit seinen Fähigkeiten zu beeindrucken.

Für Zetti war es keinesfalls eine Strafarbeit, seine Füße waschen und einwickeln zu dürfen. Hukan spürte, dass Toba gerade sie, als die Hübscheste, damit beauftragt hatte, um den jungen Jäger zu ehren. Und die flotte Zetti tat es mit offensichtlicher Freude, wurde anschließend gar so ausgelassen, dass sie dem verausgabten Hukan Fleisch vorkaute und unter dem aufgeregten Gekreische ihrer Stammesgenossinnen von Mund zu Mund übergab. Verstohlen schaute er zu Katta, ja, sie freute sich aufrichtig mit. Das Gemeinschaftsgefühl bei den Starken war also tatsächlich ein völlig anderes. Hukan zweifelte nicht daran, dass auch ihre Männer glücklich gewesen waren.

Die Sonne war längst hinter dem Berg verschwunden und der Abendstern aufgegangen. Es wurde langsam dunkel und kühl. Die Frauen wurden ruhiger. Zetti lag lang auf Hukan, ihn immer noch mit bedächtigen Bewegungen mit ihrem Mund fütternd. Als sie merkte, dass er wirklich kaum noch etwas hinunterbekam, setzte sie sich auf ihn und trieb es mit ihm.

07. Kapitel: Das Leben in der Höhle

Als Hukan erwachte, fühlte er als erstes das dicke, weiche Bärenfell, auf dem er nackt lag. Er glaubte, noch nie in seinem Leben so tief und fest geschlafen zu haben. Die permanente innere Anspannung, unter der er seit seinem Ausstoß vom Leben des Stammes gestanden hatte, war endlich gewichen. Seit seiner Kindheit, wenn er behütet auf den Armen seines Vaters einschlief, hatte er nicht mehr ein so tiefes Gefühl der Geborgenheit verspürt, wie in dieser Höhle. Anders als die Zelte seines Nomadenstammes vermittelte die feste Höhle an sich schon ein starkes Gefühl von Beständigkeit und Sicherheit. Dazu kam hier noch der gut organisierte Alltagsablauf unter Führung der sensiblen erfahrenen Toba. Das permanent ruhig und sicher brennende Feuer und der schier unendlich scheinende Holzvorrat waren ihm zwei weitere Sinnbilder für eine Existenz in Geborgenheit. Draußen hatte die gigantische Katastrophe fast alles Leben in großem Umkreis vernichtet. Hier, im Schoß des Berges, war es weitergegangen.

Jetzt, wo sie Fleisch für einige Tage hatten, wollte er sich endlich mit seiner neuen Behausung detailliert vertraut machen.

Um ihn herum war es ruhig, er war allein. Erstmal musste er raus, seine Notdurft verrichten. Lächelnd schälte er seine Füße aus den noch feuchten Fellen und zerbröselten Pappel Blättern, bevor er etwas zaghaft auftrat und hinausging.

Verschlafen sich reckend, blinzelte er vor der Höhle in das späte Morgenlicht. Toba, Zetti und Schalla waren an der Gerbe-Grube dabei, die Gämsen-Felle einzutauchen. Er rief ihnen winkend „Guten Morgen“ zu, was sie fröhlich erwiderten. Katta und Packa konnte er nicht entdecken. Dann verschwand er zunächst an der linken Hangseite, wo sie über eine weitere Grube ein Stämmchen gelegt hatten, auf dem sie sitzend ihre Notdurft verrichteten. Anschließend wusch und erfrischte er sich unterhalb des Berges im Bach und löschte seinen Durst mit dem klaren Nass.

Plötzlich kam Packa hereingesprungen und begrüßte ihn hechelnd. Forschend blickte er zur Seite, woher sie gekommen war. Und richtig: Zwei Speere in der Hand haltend, näherte sich gemütlich schlendernd seine Jagdgefährtin. Sie trug einen zweiteiligen Fell-Anzug, den Hukan noch nicht gesehen hatte.

„Guten Morgen, du Nichtermüdbarer!“, begrüßte sie ihn lachend. –„Guten Morgen, du stärkste Jägerin der felsigen Berge!“, grüßte Hukan ebenfalls lachend zurück, stieg aus dem Bachbett und umarmte und küsste seine wilde Freundin. „Du warst schon mit unserem Hund unterwegs?“ – „Ich habe die Falle kontrolliert,“ antwortete sie lächelnd. „Sie ist natürlich noch leer, aber ich sah eine Maus unter einen Stamm flitzen, bald sind sicher wieder alle Tierarten hier“, fügte sie mit wichtiger Miene hinzu. – „Was hast du für schöne Kleidung an?“, fragte er sie bewundernd. Er erkannte natürlich, dass ihr Anzug, der Arme und Beine ebenfalls bedeckte, aus glatthaarigen Gämsen-Fellen gefertigt war. Sie drehte sich trippelnd auf der Stelle. „Das ist mein Jagdanzug für die kalte Jahreszeit! Bei Frost trage ich noch hohe Schuhe aus Bärenfell, mit dem Pelz nach innen. Und bei strenger Kälte zusätzlich einen flauschigen Umhang mit Kapuze, vom Luchs. Damit habe ich sogar schon mal im Schnee draußen geschlafen.“ Sie konnte ihren Stolz nicht verbergen.

Katta fasste ihn an beiden Händen und schaute ihn treu an: „Wenn die neuen Gämsen-Felle fertig sind, machen wir dir auch solch einen Anzug." - Hukan küsste sie leidenschaftlich auf den Mund. Danach flüsterte er dankbar: „Ich bin froh, dass wir uns begegnet sind."

Hand in Hand gingen sie hinauf zur Gerbe-Grube. Nachdem Katta ihrer Ältesten kurz berichtet hatte, wandte sich Toba Hukan zu: „Ich glaube, dass Wichtigste ist jetzt, dass ich dir die Höhle und alles Wichtige darin zeige. Katta und Schalla sollten derweil den Berg besteigen und in Ruhe nach Wild Ausschau halten. Mittags werden wir zusammen speisen und uns anschließend mit unserem neuen Jäger aus der Ebene über Jagdmethoden, Waffen und Wild austauschen. Ich glaube, wir können voneinander lernen."

Hukan stimmte natürlich zu. Genauso hatte er es sich auch gedacht.

In der Höhle zündete Toba eine Fackel am Feuer an und führte ihn als Erstes durch den Spalt neben der hinteren, mit Malereien verzierten Wand in den Raum dahinter. Boden, Decke und Wände bestanden aus glatten, offensichtlich von Menschenhand behauenen und trockenen Felsen. Der Boden hatte etwa die Form eines Dreiecks, mit der längsten Spitze am einen und einen halben Schritt hohen Eingangs-Spalt. Er war vom Eingang bis zur Hinterwand mit Tierfellen aller in den Bergen lebenden Arten ausgelegt. Obwohl die Felle teilweise schon ziemlich alt sein mussten, herrschte ein deutlicher Wildgeruch. Auf einer Länge von 15 Schritten erweiterte sich der Raum in der Breite auf etwa sechs Schritte an der hinteren, zu den Seiten und nach oben gewölbten Wand. Dort lag, in der Raummitte, ein Höhlenlöwenfell mit Schweif und Schädel, den geöffneten Rachen zum Eingangsspalt gerichtet. Die maximale Höhe betrug über diesem Fell, in der Mitte der Deckenwölbung, fast zwei und einen halben Schritt. Ihre Stimmen klangen in diesem Raum merkwürdig unnatürlich. An den hinteren Seitenwänden standen jeweils links und rechts, fünf Schritte vor der Hinterwand, auf dem Boden, drei behauene Steine so zusammengestellt, dass eine Fackel zwischen sie gesteckt werden konnte. Die gesamten Wände und die Decke waren mit Malereien verziert. Es waren nicht nur die Malereien an sich, die Hukan seltsam berührten, sondern auch die Art und Weise, wie sie in dem Raum mit den nach hinten fliehenden Wänden angeordnet waren und die Geometrie des Raumes selbst. In der Gesamtheit bewirkten sie eine unwiderstehliche Entrückung in eine irreale Gefühlsebene.

Er hätte lange gebraucht, alle Details zu betrachten. Toba stellte sich dicht vor ihn, dass er ihr zerfurchtes Gesicht nah vor sich hatte und sagte mit weit geöffneten Augen und fremdartigem Unterton in der Stimme: „Dies ist unser Magie-Raum. Unsere Schwelle zum Reich des Unsichtbaren. Du wirst es noch kennenlernen!“ Bedächtig führte sie den von dumpfen Gefühlen umfangenen Hukan an der Hand hinaus.

Der lange Gang führte vom großen, vorderen Höhlenraum tief in den Berg hinein. Gleich am Anfang, vom Feuer abgewandt, befand sich rechts in der Wand eine kühle und trockene Spalte, in der sie ihre Fleischvorräte auf Regalen aus zusammengebundenen Stangen lagerten. Vorbei an dem längs aufgestapelten Brennholz erreichten sie den weiteren Gang-Verlauf, der ebenfalls zum Lagern aller erdenklichen Materialien genutzt wurde. Dem Brennholz schlossen sich mehrere Haufen und Körbe gefüllt mit Birkenrinde für die Pech-Gewinnung und unbearbeiteten Steinen zur Herstellung von Waffen und Werkzeugen an. Von da ging es steiler bergab und Luft und Wände wurden immer kühler und feuchter. Auf weiteren Gestellen lagerten ein paar rohe Felle, gefolgt von auslagerndem, unbearbeitetem Holz zur Herstellung von Waffen und Werkzeugen.

Dann wurde der Gang eng, schroff und schwer begehbar. Die Luft war hier kalt und Decke und Wände nass. Noch tiefer unten tropfte schließlich Wasser herab; der Gang teilte sich auf in viele Spalten. Eiszapfen ähnelnde Gebilde hingen an der Decke, von denen es ständig tropfte. Dort, wo die Tropfen auf den Boden trafen, hatten sich umgekehrt stehende Zapfen gebildet.

„An diesen Tropfen hatten wir unseren Durst gestillt, als wir die Höhle wegen des Staubs nach der Katastrophe nicht verlassen konnten," erläuterte Toba. „Mehr Wasser gibt es leider auch noch weiter unten nicht. Ein Stück dahinter gehen die Gänge wieder aufwärts, werden aber so eng, dass man nicht weiter kommt."

Hukan benetzte einen Zeigefinger in seinem Mund und hielt ihn prüfend empor: „Es weht ein leiser Luftzug nach oben, wie in der Löwen-Höhle. Sonst hättet ihr hier wohl auch nicht überlebt," klärte er die staunende Weise auf. – „Du meinst, es gibt einen weiteren Zugang? Dann wäre der Staub aber doch auch von dort in die Höhle gelangt und hätte uns erstickt!" –„Staub bleibt an den feuchten Wänden in den langen Gängen hängen," klärte der schlaue Bursche die Alte auf. „Ich habe schon öfter beobachtet, dass Regen zum Beispiel auch den Staub aus der Luft holt. Wenn im Frühjahr in der Steppe die Luft voller Blütenstaub ist, dass man öfter niesen muss, ist nach einem längeren Regen die Luft rein, man kann besser atmen." –„Kannst du solche Zusammenhänge erkennen?", fragte Toba staunend. „Dann kannst du sicher auch manches rätselhafte Verhalten von Tieren erklären?" –„Ja das kann ich," antwortete der Norsun stolz. „Deshalb kann ich auch mit Hunden besser umgehen, als jeder andere Mensch!" –„Jetzt übertreibe mal nicht, mein Junge!“, versuchte die Weise ihn zu mäßigen, „aber ich will gerne ein offenes Ohr für alle deine Vermutungen haben.“ Sie gingen wieder hinauf.

Oben, vor der Höhle, war Zetti damit beschäftigt, Sehnen, die sie von den Beinen der Gämsen beim Zerlegen abgetrennt hatten, sorgfältig von anhaftendem Körpergewebe zu reinigen. Toba hockte sich dazu und half ihr. Hukan fragte brav die Älteste, ob er sich an den Materialvorräten bedienen dürfe, um einen neuen Bogen zu fertigen, was Toba freudig bejahte. Er suchte sich passende Steinwerkzeuge zum Bearbeiten und alles Weitere, setzte sich neben Zetti und begann sein Werk.

Dabei dachte er nicht nur an die eigene Bewaffnung. Katta war nach der Hirschjagd an ihrem Genesungs-Lager doch mit seinem Bogen auf Anhieb zurechtgekommen und hatte einen Vielfraß erlegt. Er wollte einen weiteren Bogen fertigstellen, damit sie und Schalla unter seiner Anleitung damit üben könnten.

Die Maunter hatten, wie vielleicht die meisten der Starken, gewohnheitsmäßig mit Speerschleudern gejagt. Sie besaßen eine wesentlich größere Schnellkraft als der andere, schlankere Menschentyp, wie die Norsuns und waren damit sehr erfolgreiche Jäger. Wohl bevorzugten sie diese Waffe auch, weil sie traditionell, wegen ihres größeren Fleischbedarfs, größeres Wild bevorzugten.

Hukan war gespannt auf ihre Unterhaltung nach dem Essen, wo Toba alle diese Dinge zur Sprache bringen wollte.

Als die Sonne ihren Höchststand erreichte, trug Toba Zetti und Hukan auf, gleich schon mal Fleisch aus der Vorratsspalte für alle herauszuholen. Sie stieg zu Katta und Schalla den Berg hinauf, um sich einen aktuellen Eindruck vom Zustand der Natur zu verschaffen.

Der Norsun und die hübsche Starke legten ihre Arbeiten beiseite und gingen gemeinsam hinein zum Vorrat. Wie sie nah beieinander vom reichlichen Fleisch nahmen, überkam beide die Leidenschaft und sie liebten sich spontan und kurz auf dem harten Höhlengang. Anschließend trugen sie die Portionen hinauf und legten sie auf die Anrichte-Steine am Feuer. Kurz darauf kamen die drei anderen Frauen mit Packa, die lieber mit Katta draußen unterwegs war, als gelangweilt an der Höhle herumzuliegen, vom Berg herunter. „Die Sicht ist heute besonders gut," erklärte Toba. „Leider sehe ich mittlerweile nicht mehr so gut wie früher. Weit im Süden, wo unsere felsigen Berge aufhören, scheint der Wald noch intakt zu sein. Das habt ihr ja auch auf der Gämsen-Jagd bereits festgestellt. Auf eine noch größere Entfernung können natürlich auch Kattas noch sehr scharfe Augen keine Tiere erkennen. Weil aber das Unglück vom nördlichen Himmel kam, wird es am sinnvollsten sein, alle weiteren Jagdzüge im Süden auszuführen. - Und jetzt lasst uns erst mal essen." Jeder nahm sich ein dampfendes Stück Fleisch, und sie setzten sich alle vor der Höhle nieder und ließen es sich schmecken.

Katta bemerkte das Handwerkszeug und fragte Hukan kauend: „Hast du schon mit was Neuem begonnen?" - „Ja, natürlich," bestätigte der Jäger. „Ich denke, Schalla und du, ihr solltet so schnell wie möglich beginnen, den Umgang mit dem Bogen zu üben. Wir werden auch viel Kleinwild jagen müssen." –„Wir haben aber auch ohne Pfeil und Bogen bisher viele Kaninchen und Füchse gefangen," wendete Schalla ein. –„So," horchte Hukan auf, „wie denn?" –„Mit unseren Steinkugeln!", antwortete das Mädchen. „Jagt ihr in der Ebene nicht mit Steinkugeln und Schleudern aus Riemen?" –„Du meinst, ihr werft sie mit Steinen tot?", fragte der Norsun erstaunt, der Steinschleudern nur als Kinder-Spielzeug kannte.

„Das versuchen wir als Kinder, wenn wir noch keine richtigen Waffen führen können." – Jetzt klärte Katta ihn auf: „Kleine Pelze erbeuten wir gerne unbeschädigt, damit wir schöne Kleidung daraus nähen können. Mit Speeren und Pfeilen gibt es doch Löcher!" – Hukan grinste. Das war für die schicken Frauen natürlich ein Argument. Und gab zu: „Mit der Jagdmethode habe ich keine Erfahrung. Aber ich schätze doch, weil die Nahrungsbeschaffung im kommenden Winter sehr schwierig werden wird, werden wir mit Pfeil und Bogen erfolgreicher sein. Es wird hauptsächlich um Fleischbeschaffung gehen, auch um solches von Vögeln. Ich kann aber auch spezielle Pfeile mit schwerer, stumpfer Spitze fertigen, mit denen man Kleintiere präzise und so unbeschädigt erlegen kann, wie mit Steinkugeln." - „Wahrscheinlich hast du Recht," pflichtete Katta ihm bei, „Pfeil und Bogen sind eine sehr gute Waffe, und wir Frauen sind im Umgang mit der Steinschleuder auch zu ungeschickt, selbst wenn die Steine schön rund geschliffen wurden.. Nur zwei unserer umgekommenen Männer beherrschten sie gut."

Toba hatte aufmerksam zugehört und war nachdenklich geworden. Nach einer Weile, während der alle still aßen, meinte sie: „Vielleicht wäre es sogar besser, unsere Höhle noch vor dem Winter zu verlassen und im unbeschädigten Wald im Süden eine andere zu suchen oder eine Holzhütte zu bauen. Ich wage nicht abzuschätzen, ob in der Umgebung unserer alten Höhle bald wirklich wieder genug Wild einwandern wird. Bei den vielen herumliegenden Bäumen ist das Vorwärtskommen so schwierig. So schnell verlässt das Wild seine alten Reviere nicht und kommt hierher in das unwegsame Gelände. Oder was meinst du, Hukan?" Der junge Jäger fühlte sich sehr geschmeichelt, dass die weise Alte ausgerechnet ihn um seine Meinung fragte. Aber schließlich hatten

Katta und er ja auch am meisten von der Zerstörung gesehen. Selbst am oberen, weiter nördlich gelegenen See oder Fluss zu fischen war auf absehbare Zeit unmöglich. Es würde sicher viele Jahre dauern, bis das Holz überall vermodert wäre. Ausweichend antwortete er: „Mein Gefühl sagt mir, dass wir weiter südlich auf jeden Fall mehr Wild finden werden. Aber ich kenne die Jagdgründe hier so gut wie noch gar nicht. In der Ebene konnten wir uns immer darauf verlassen, dass zum Beispiel die Wisent- und Pferdeherden auf ihren alten Wanderpfaden ziemlich zuverlässig wieder erscheinen. Katta weiß hier sicher besser Bescheid, aber ich glaube, hier in den Bergen wandern überhaupt keine Herden, zumindest nicht so wie in der Ebene. Und so wie die Landschaft jetzt aussieht, ist ein Durchwandern größerer Tiere wohl wirklich sehr unwahrscheinlich." Katta sagte nichts. Alle schwiegen betroffen, weil sie spürten, dass der junge Norsun wahrscheinlich recht hatte.

Nach einer Weile murmelte Toba seufzend: „Früher, in der Eiszeit muss die Nahrungsbeschaffung für unsere Ahnen in der Ebene wirklich herrlich gewesen sein. Es war trocken, wenig Schnee fiel, der die Jagd behindert hätte, und die Mammuts gaben große Mengen Fleisch, welches beim dauernden Frost noch nicht mal schlecht wurde."

Nach einer Pause fügte sie hinzu: „Wir werden heute Abend die Geisterwelt befragen!"

Hukan, Katta und Schalla verbrachten den Nachmittag damit, gemeinsam den Bogen zu fertigen und gerade Zweige vom Wolligen Schneeball oder ähnlichen Büschen in der Umgebung zu suchen, aus denen sie Pfeile machen konnten. Hukan sammelte dazu noch Grasbüschel, die er zu einem Ball zusammenband, den sie am nächsten Tag als Ziel beim Bogen-Schießen verwenden sollten. Zetti zerkleinerte in Höhlennähe liegende Äste und Stämmchen zu Brennholz. Toba war in der Höhle mit Vorbereitungen für die Zeremonie am Abend beschäftigt.

Zwischendurch schoss Hukan einen Specht, der sich durch sein Hämmern verraten hatte und von Schalla entdeckt wurde. Das Mädchen rupfte und briet ihn am Abend in der Höhle und jeder durfte davon probieren, bevor man sich ans Hauptmahl machte.

Dem jungen Jäger entging nicht, dass die Frauen sich in eine besonders lebhafte Stimmung steigerten. Eine gewisse Aufregung bemächtigte sich ihrer während des Mahls. Sie redeten mehr als sonst, ziemlich schnell und fast ohne Gebärden, sodass er nur wenig verstand. Auf jeden Fall war die Stimmung nicht bedrückt, wie er es aufgrund der ungewissen Aussichten für den Winter eigentlich erwartet hätte.

Typisch für Hukan, machte er sich aber wieder seine Gedanken. Er fragte sich merkwürdigerweise erst jetzt, wie es überhaupt möglich war, dass Katta eine so erfahrene und erfolgreiche Jägerin hatte werden können, wo seiner Erfahrung nach Frauen doch laufend schwanger wurden. Zumindest war dies bei seinem Stamm der Fall. Eigentlich war das der Hauptgrund, weshalb es bei den Norsuns nur männliche Jäger gab.

Plötzlich machte ihm die Vorstellung Angst, Katta könnte von ihm schwanger sein. Bei ihrer ohnehin schon schwierigen Lage wäre es unmöglich für ihn, sie alle, nur mit Schallas Unterstützung, mit Fleisch zu versorgen.

Das Mahl ging bereits dem Ende zu und Toba holte feierlich aus der hinteren Ecke der Höhle eine Schädel-

Schale, in der eine Brühe schwappte. Hukan war überrascht: Es handelte sich eindeutig um einen Menschen-Schädel. Druko, der Schamane der Norsuns, benutzte bei seinen Ritualen eine Holz-Schale, wenn er aus Tierblut oder Kräutern etwas mischte. Tote wurden von ihnen vergraben, damit die Raubtiere sich nicht des Leichnams bemächtigten und aus Ehrfurcht nicht wieder angerührt. Deshalb fragte er die neben ihm sitzende Katta: „Woher stammt der Schädel?“ – „Er ist von Maxa, unserer vorhergehenden Stammesführerin. Es ist bei uns so üblich, den Kopf der Schamanin nach drei Wintern wieder auszugraben, um den Schädel für Zauber zu verwenden,“ gab ihm seine Gefährtin ungerührt, bereitwillig Auskunft.

Der Schädel wurde reihum gereicht, jeder tat einen kleinen Schluck. Die gelblich-graue Mixtur schmeckte sehr süß, mit einem etwas eklig-bitteren Nebengeschmack. Honig war auf jeden Fall ein Hauptbestandteil, erkannte Hukan. Toba rührte ein paar Mal um, tat wieder einen kleinen Schluck und reichte weiter.

Alle waren jetzt still, blickten versunken in die tänzelnden Flammen des Feuers in ihrer Mitte. Wieder wurde der Schädel herumgereicht. Die Flammen begannen, lebhafter zu werden. Einzelne bekamen eine rundliche Form, wie Blasen, lösten sich ab und begannen, durch den Raum zu tanzen. Das Knistern der brennenden Äste wuchs zu einem sanften Brausen, das mehr und mehr die Höhle erfüllte. Wieder wurde der Schädel herumgereicht. Er war jetzt ganz leicht, schwebte zwischen den tanzenden Feuerblasen hindurch von der einen Person zur nächsten.

Die eklige und doch gleichzeitig angenehm wirkende Flüssigkeit strömte breit und intensiv in Hukans Mund, beim Schlucken stieg ein Teil von ihr direkt hoch in sein

Gehirn. Augen und Ohren erweiterten sich. Intensiver leuchtete das Rot und Gelb der Flammen, darin erschienen knisternd blaue, lustig tanzende Geister, die ihm zuzwinkerten.

Die Alte nahm eine Knochen-Flöte und setzte sie an die Lippen. Eine ergreifende Melodie schwebte durch den Raum, versetzte die Körper der Anwesenden in schwingende Bewegungen. Das Feuer pulsierte im Rhythmus der Flöte auf und ab, die schummrig beleuchteten Höhlenwände mit ihren tanzenden Schatten näherten und entfernten sich. Hukan fühlte sich so leicht - so sicher – das wärmende Feuer im schützenden Schoß des Berges – nie wieder geboren werden – verstoßen in die grausame, kalte, erbarmungslose Wirklichkeit hinaus – nie wieder... -.

Schwingen – ganz leicht – die Töne voll zarter Energie, beschwingend und angenehm – hoben den Körper an, – höher – höher –. Alle erhoben sich in Trance.

Katta (sie wirkte auf Hukan nicht wirklich, nicht greifbar) hatte zwei Fackeln am Feuer entzündet und bewegte sich mit schwerelos scheinenden, schwingenden Bewegungen, der Flöte nachfolgend, durch den Spalt in den Magie-Raum. Der Raum saugte sie eine nach der anderen in sich auf, Hukan im Sog hinterher, flutschte hinein, schwebte vorbei an galoppierenden Wildpferden und im Passgang schreitenden Mammuts auf die Weite der Ebene, einem unendlich scheinenden Traumland voll Wild.

Auf dicken, weichen Wolken, mitten in der Weite, klangen mit der Flöte ihre Bewegungen aus und sie sanken nieder.

Entspannung.

Erfüllung, Zufriedenheit,...

...Ausatmen, Schwerelosigkeit,...

...ein Gefühl unendlichen Glücks.

Fürchterliches Krachen, Zerbersten von Felsen, polternd nieder-donnernd, schreckte sie auf. Die vorn sitzende Toba hatte zwei Steine gegeneinander geschlagen und gegen die Wand geworfen. Sie sprang auf, fuhr herum, wuchs vor ihnen zu gigantischer Größe, in den Händen den Kopf einer fauchenden Bestie mit weit geöffnetem Rachen.

Dunkelheit.

Die Schamanin hatte die Fackeln gelöscht.

Lähmende Angst, - alle je erlebten Bedrohungen stiegen aus dem Inneren empor, waren übermächtig gegenwärtig.

Hukan sah Bebeh, hilflos nach ihm rufend. Sie rannte um ihr Leben, stürzte, stand wieder auf, rannte weiter, auf ihn zu, schrie seinen Namen, wollte sich mit weit geöffneten Armen an ihn klammern, Hukan wollte sie halten, beschützen, sie warm und weich spüren, ihren Duft inhalieren, griff nach ihr --- Bebeh, meine Liebste --- eine unsichtbare Macht trieb sie von ihm fort, riss sie brutal nieder, schleifte sie über den felsigen Boden fort, dass ihre Kleidung zerriss, ---fort---fort – Hukan fiel von Schwindel und Schwäche gelähmt, in ein weites, dunkles Loch, stürzte rückwärts in einen finsteren Stollen ohne Ende.

Hukan schrie, schrie, schrie. Die Höhlenwände reflektierten seine Schreie, potenzierten sie ins Unerträgliche. Die Körper der Höhlenfrauen und des Jägers bildeten ein verschlungenes Knäuel, klammerten sich verzweifelt an und umeinander. Seine Schreie erstarben, gingen über in haltloses Schluchzen.

Die Fackeln flammten wieder auf. Toba, die Schamanin, stand an der großen Wand und malte.

Katta, Zetti und Schalla hielten Hukan fest umklammert. Mit Armen und Beinen umschlangen sie ihren Jäger, drückten ihre Gesichter fest an ihn: Ihre Hoffnung, ihre Zukunft. Sie hielten ihn nicht brutal, sondern hingebungsvoll, aber bestimmt. Das Schicksal hatte sie zusammengeführt. Ihn, der die Heirat einer anderen, als seiner großen Liebe verweigert hatte und deshalb von seinem Stamm verstoßen worden war und sie, die letzten Frauen eines Stammes, eines Menschentyps, die ihre letzten Männer im Kampf gegen die Bestien verloren hatten.

Der Norsun spürte ihre starken, aber Hilfe suchenden weiblichen Körper, ihre Lippen, Brüste und Schenkel. Sie begannen, ihn zu küssen und zu streicheln. Er trieb es erst mit der wild nach ihm verlangenden Katta, nach kurzer Ruhepause, während der sie ihn unablässig küssten und streichelten, mit Zetti.

Toba malte in Trance. Gefühle und Eingebungen lösten sich in ihrem Innern, führten ihre Hände und schufen Spiegelbilder ihrer verborgenen Regungen.

Ihre Ahnen hatten dies schon seit undenklichen Zeiten so praktiziert. Menschen in Not suchten Rat bei Übersinnlichem oder versuchten Krisen oder ausweglos erscheinende Situationen durch Befragung oder Aktivierung mystischer Kräfte zu beeinflussen.

Die Wirkung der Drogen ließ langsam nach, als die Fackeln schließlich abgebrannt erloschen. Die Frauen und Hukan waren durch die Energie zehrenden Gefühlssteigerungen entkräftet und fielen auf den weichen Fellen in tiefen Schlaf.

Packa hatte gar nichts mehr verstanden. Ihre Menschen verhielten sich nach dem Essen so merkwürdig, dass der Hund es vorzog, Wachposition am Höhleneingang zu beziehen. Träge liegend blinzelte sie ins Freie. Es begann zu schneien.

Zum ersten Mal seit langer Zeit war das Feuer in der Höhle erloschen. Toba erwachte zuerst. Der Tag hatte bereits begonnen, aber irgendwie wirkte das in die Höhle einfallende Licht anders. Sie blickte hinaus, sah die weiße Bescherung und schüttelte den Kopf: Keiner von ihnen hatte den drohenden Wetterumschwung erkannt. Vor allem sie nicht, mit ihrer Erfahrung. Dabei war sie doch mittags noch auf dem Berg gewesen! Wenigstens hatte es wieder aufgehört zu schneien. Sie ging ein Stück durch den knarrenden Schnee. Oh großes Glück, der Wind kam aus Westen und es war kein Frost. Also wohl nur ein vorübergehender Zauber. Sie beugte sich nieder zu Packa, die ihr gefolgt war, kraulte ihr Nackenfell und küsste die Hündin auf die feuchte Nase: „Hast du brav aufgepasst, als wir hinten waren?“ Packa schloss bejahend kurz die Augen und leckte ihre Hand. „Hunde verstehen zwar nicht alles was die Menschen treiben, sind aber von Natur aus sehr tolerant und akzeptieren so einiges,“ murmelte die Schamanin.

Als Hukan erwachte, war ihm speiübel und im schmerzenden Kopf spürte er jeden Herzschlag. Er benötigte eine ganze Weile, zu begreifen, was passiert war. Das merkwürdige Getränk, die eigentümliche Musik und wie sich alles zu verändern und zu bewegen begann. Wie sie wie auf Wolken über die weite Ebene mit den vielen Tieren liefen und – die schreckliche Begegnung mit Bebeh. Plötzlich war er überzeugt davon, dass sie irgendwie Krankheit und Katastrophe überlebt hatte, jetzt irgendwo seine Hilfe brauchte. Die größte Sehnsucht, die er je verspürt hatte, bemächtigte sich seiner, schnürte ihm die Kehle zu. Tastend befühlte er im Dunkeln die Felle um sich herum. Hart bemuskelte Frauenkörper mit wilden Mähnen lagen neben ihm. Katta und Zetti, sie schliefen noch. Ja, er fühlte sich auch für sie verantwortlich. Trotz ihrer körperlichen Überlegenheit waren sie doch eben Frauen, die seinen Beschützer-Instinkt weckten. Und seinen Sexualtrieb. Niemals hätte er sich vorher solch eine Situation vorstellen können.

Was für ein unglaublicher Lebensumstand! Es war vollkommen ungewiss, in welcher Entfernung von ihnen sich die nächsten Menschen befanden. Der Knall am Himmel hatte seinem Eindruck nach über der nördlichen Ebene, von der er stammte, stattgefunden. Dort existierte allem Ermessen nach kein Mensch und kein Tier mehr. Und wo weiter südlich oder in den anderen Richtungen jemand lebte, hatten ihm die Höhlenfrauen selbst nicht sagen können. Ihrem Stamm war hier in den Bergen schon sehr lange niemand mehr begegnet. Die Maunter, als die letzten Starken, waren die Einzigen, die in diesem harten Lebensraum noch den Menschen fressenden Bestien trotzten.

Jetzt stand der Winter bevor, der mit Sicherheit die größte Herausforderung seines Lebens werden würde. Immerhin konnte er sehr dankbar dafür sein, sich überhaupt wieder in menschlicher Gesellschaft zu befinden. Und er hatte noch seine treue Hündin. Eine unschätzbare Errungenschaft in diesen schweren Zeiten.

Er ging hinaus um seine Notdurft zu verrichten und war geschockt, als er den Schnee sah.

Toba und Packa tollten herum, als seien sie wieder jung geworden. Die Alte warf der Hündin Schneebälle zu, welche diese mit dem Maul fing. Die Drogen hatten bei ihr anscheinend keine negativen Nachwirkungen. „Toba, was zu allem Unheil hast du uns verabreicht?“, rief Hukan ihr zu. „Mir geht es jetzt sehr schlecht!“ – „Oh, das tut mir wirklich leid,“ antwortete die Schamanin und Stammesführerin und klatschte Packa wieder einen Schneeball vor die Schnauze. „Das kommt selten vor. Weil du so schlank bist, hättest du vielleicht kleinere Schlucke nehmen sollen als wir. Im Mixen habe ich schon sehr lange Erfahrung, normalerweise passiert nichts. Ich benutze einen Giftpilz und verschiedene Pflanzen und Früchte, die ich in gärendem Honig zerreibe."

Hukan musste sich beeilen, zur Grube zu gelangen und übergab sich.

Als er wieder zurück kam, waren alle Frauen draußen und tobten mit der Hündin. Packa hatte großen Spaß daran, dass alle versuchten, sie zu fangen. Wie eine Verrückte raste sie durch den Schnee hin und her, den kreischenden Frauen im Galopp zwischen den Beinen hindurch, rutschte in engen Kurven weg, rappelte sich wieder auf, biss rennend übermütig in den Schnee, fing immer wieder Schneebälle, welche die Frauen nach ihr warfen.

Hukan hatte Kopf- und Leib-Schmerzen und ihn fror. Gebeugt, sich den verkrampften Bauch haltend, schlich er in die Höhle und stocherte in der Asche herum, um das Feuer wieder zu entfachen. Er war nicht mal in der Lage, in die Glut zu pusten und legte sich schließlich einfach, am ganzen Körper zitternd, daneben.

Zetti war es beim Toben nicht entgangen, dass es ihrem Jäger schlecht ging. Sie brach das Spiel ab, folgte Hukan in die Höhle und ließ das Feuer wieder aufflammen. Die Wärme tat dem Verkaterten gut. Zetti setzte sich neben ihn, nahm seinen Kopf auf ihren Schoß und streichelte ihm die langen, blonden Locken. „Das geht schnell vorüber, nachher geht es dir wieder besser." Hukan nickte stumm.

Nach einer Weile kamen auch die Anderen völlig außer Atem mit der heftig hechelnden Hündin herein und stellten sich mit teilnahmsvollen Mienen um das Feuer herum. Packa leckte ihrem leidenden Herrchen das Gesicht. Toba erhob das Wort: „Es ist nichts Schlimmes, unserem Jäger wird es nachher wieder besser gehen. Für uns ist es jetzt ganz wichtig, ständig darauf zu achten, ob Wild in unsere Nähe kommt. Wenn es hell ist, muss stets eine von uns auf dem Berg Ausschau halten. Am besten richtet ihr es immer so ein, dass diejenige, die zwischendurch von anstrengenden Arbeiten Pause machen muss, die Aussicht übernimmt. Wir können uns ja alle Zeit lang abwechseln. Katta, möchtest du die erste Wache übernehmen? Vorher solltest du natürlich wieder die Fallgrube kontrollieren. Heute Abend, wenn es dunkel ist und Hukan wieder fit, können wir uns wieder im Magie-Raum treffen und das Ergebnis unserer magischen Reise besprechen." Nach einer kurzen Pause fügte sie noch hinzu: „Was den Schnee betrifft, so glaube ich, dass er morgen wieder getaut ist. Es wird hoffentlich noch keinen Frost geben."

Damit begaben sich alle an eine Beschäftigung. Appetit verspürte heute Morgen wohl niemand. Offenbar eine Folge des Rausches.

Auch Zetti hatte natürlich zu tun. Sie und Schalla setzten sich mit Handarbeiten an die andere Seite des Feuers und unterhielten sich dabei leise. Toba räumte weiter Holz vor der Höhle beiseite und lagerte es im Gang ein. Packa war Katta auf den Berg gefolgt.

Hukan schloss die Augen. Nie wieder würde er solch ein Giftzeug schlucken. Er war froh, dass er kein Schamane sein musste. Druko, bei seinem Stamm, hatte sich bei jedem Vollmond so was gemixt. Danach machte er dann immer Prophezeiungen, wie das Wetter wohl werden würde, welches Wild zu jagen sei, ob sie mit ihren Zelten weiter ziehen sollten und ähnliches. Letztendlich entscheiden musste natürlich Tann, ihr Stammesführer. Bei den Norsuns und ihren verwandten Stämmen war der Schamane immer nur Heiler und Berater. Er behandelte eiternde Zähne, Verletzungen und so weiter, war deshalb oft unterwegs um wohltuende Kräuter zu sammeln, und er deutete Träume.

Hukan schlief ein.

Lautes Stimmengewirr weckte ihn abrupt. Katta hatte aufgeregt die Höhle betreten und etwas berichtet. Als sie sah, dass der Jäger aufwachte, trat sie an ihn heran, hielt ihm seinen Bogen entgegen und redete auf ihn ein: „Hukan, schnell, kannst du aufstehen und mitgehen? Ganz viele Krähen sind von Osten gekommen und sitzen jetzt an der anderen Seite des Baches auf der großen Erle, die stehengeblieben ist. Wir müssen welche schießen!“ Mühsam richtete sich der junge Mann auf. Verstört und schlaftrunken blickte er seine Gefährtin an, sagte aber pflichtbewusst: „Ja, natürlich, ich gehe mit.“

Barfuß eilten sie durch den knarrenden Schnee, hinunter zum Bach. Katta trug zwar ihren Jagdanzug, verzichtete im Nassschnee aber lieber auf ihre Pelz-Schuhe, weil diese sich sowieso mit Wasser vollsaugen und ziemlich schnell kaputtgehen würden.

Hukan besaß immer noch ausschließlich seinen Keiler-Überzieher. Jetzt war er vom Feuer noch gut durchwärmt und solange sie sich flott bewegten, fror er nicht.

Der Norsun kannte Krähen gut. In der Ebene hatten sie zwar noch nie nötig gehabt, welche zu jagen, er wusste aber, dass es sehr aufmerksame und intelligente Vögel waren. Sie wählten deshalb ihren Weg so, dass sie sich mit ausreichender Deckung anschleichen konnten.

Der größere Teil saß auf dem Baum, einige pickten

darunter auf dem Boden herum. Der Jäger beschloss, zunächst auf einen zu schießen, der etwas abseits am Boden Samen fraß. Geduckt hinter einem umgestürzten Stamm legte er langsam den schussbereiten Bogen an. Katta hielt dicht neben ihm die nächsten Pfeile in ihren Händen, Packa lag hinter ihr unter dem Stamm.

Sein Kopf war noch längst nicht wieder klar und Hukan fühlte sich noch schwach, schießen konnte er aber selbst in der schlechtesten Verfassung mit großer Präzision. Er spannte die Sehne nur so stark, dass der Pfeil in den Körper des Vogels eindringen konnte, ohne zu viel Geräusch und Bewegung zu verursachen. Ganz still war es zum Glück sowieso nicht, weil die Krähen auf dem Baum mit zwanglosem Krächzen miteinander kommunizierten. „Zapp“, - der erste Vogel fiel tot auf die Seite. Schon zischte der zweite Pfeil von der Sehne. Diesmal zuckt der Getroffene noch ein paar Mal, was die nächsten Krähen bemerkten. Misstrauisch hielten sie im Picken inne.

Eine stolzierte langsam auf den Getroffenen zu, um ihn zu inspizieren. Dabei ließ sie einzelne, misstrauische „Krächzer“ hören. Alle am Boden waren gewarnt, dass etwas nicht stimmte. Jetzt musste es ganz schnell gehen, den nächsten Schuss würden alle bemerken.

Drei Pfeile schwirrten schnell nacheinander los. Der Erste traf den Hukan am nächsten stehenden, worauf ein vielstimmiger Warnschrei alle am Boden zum Auffliegen veranlasste. Der zweite Pfeil traf eine Krähe, die gerade abhob und der Dritte traf eine fliegende Krähe von unten in die Brust, als der ganze Schwarm mit wildem Geschrei vom Baum flüchtete. „Gratuliere!“, tönte Katta begeistert, „besser konnte es nicht ablaufen.“

Packa sprang los, um die erlegten Krähen zusammenzutragen.

Die Aktion an der frischen Luft trug dazu bei, dass es Hukan schnell wieder besser ging.

„Ein Vogel für jeden," sagte Katta, als sie die Höhle wieder betraten, und überreichte Toba, Zetti und Schalla jeweils eine Krähe.

„Geht es dir schon wieder so gut, dass du so prima schießen kannst?", fragte Toba Hukan anerkennend. Katta antwortet schnell anstelle ihres immer noch blassen Jagdgefährten: „Im Schießen war er der Beste seines Stammes. Vor allem sind seine Pfeile auch so wunderbar gerade, sie fliegen sehr präzise!"

Weil sie mittlerweile alle wieder Hunger verspürten, rupften und brieten sie ihre Vögel gleich gemeinsam, wobei sie sich übers Jagen unterhielten. Katta und Schalla baten Hukan, gleich anschließend endlich den zweiten Bogen fertig zu stellen und Schießen zu üben.

Toba stimmte dem zu und merkte noch an: „Wenn die Krähen von Osten hierher kommen, wird es meistens bald kälter. Katta, Schalla und Hukan sollten morgen zum Bärental aufbrechen, um vielleicht noch einen Brumbatz zu erlegen, bevor die sich alle in den Winterschlaf begeben. Das Tal liegt doch so weit südlich, dass dort vielleicht mehr Tiere die Katastrophe überlebt haben, nicht wahr, Katta?" Katta blickte sogleich freudig auf: „Oh ja, das habe ich auch schon gedacht. Aber Hukan braucht dafür noch bessere Bekleidung. Wir müssen nachher sehen, was von unseren Sachen wir für ihn entbehren können."

Der Jäger war sich noch gar nicht so sicher, ob er am nächsten Tag tatsächlich wieder so erholt sein würde, wie es ihm alle tröstend prophezeiten. Schließlich erlebte er es zum ersten Mal. Trotzdem stimmte er zu. Er verfügte über ein starkes Zusammengehörigkeitsgefühl und die Höhlenfrauen waren auf ihn angewiesen.

Katta sicher auch allein in der Lage gewesen, einen Bär zu erlegen. Aber je mehr gute Jäger ein großes Wild zusammen jagten, desto geringer war das Risiko. Und der Bär, der je nach Alter und Geschlecht soviel wog wie drei bis fünf Jäger, sollte auch anschließend zur Höhle geschafft werden! Eine Arbeit, welche bei den Norsuns, wo alle stets mit umher zogen, entfiel.

Hukan erfuhr von Katta, dass sie im Bärental und weiter südlich schon öfter Bären erlegt hatten, schließlich hatte es von ihren Vorfahren vor langer Zeit schon diesen Namen bekommen. Weiter nach Norden hatten sich aber auch große Brumbatze nie getraut, weil hier das Jagdrevier der Bestien lag. Diese jagten meistens im Rudel, und gegen ein Rudel Höhlenlöwen zog auch der größte Bär den Kürzeren.

Jetzt, als Katta ihm dies alles berichtete, fiel Hukan der einzelne Löwe ein, dessen Überfall auf einen Hirsch er und die Hunde nachts gehört und dessen Spuren er am Tag darauf gesehen hatte. „Katta, was wohl aus der einzelnen Bestie geworden ist, von der ich dir erzählte. Sie war ja unterwegs zum Nordrand der Berge. Ob sie wohl auch wirklich bei der Katastrophe umgekommen ist? - Oder weißt du überhaupt sicher, ob es nicht vielleicht noch mehr Männchen außerhalb des Rudels gab?“ Katta sah in groß an und antwortete: „Sicher gab es noch mehr Männchen, die das Leittier nicht bei sich duldete. Aber sie lebten auch alle hier in den Bergen, wo die Katastrophe alles zerstört hat. Sie werden alle tot sein.“

Sie aßen ihre Krähen komplett auf. Übrig blieben nur Federn, Därme, Klauen und Schnäbel. Packa bekam natürlich von jedem ein Probier-Häppchen ab.

Schalla konnte kaum erwarten, endlich auch einmal

mit einem Bogen zu schießen. Zweifellos hatte das Mädchen Jägerblut. Wenn sie auch nicht Kattas wildes Temperament besaß, so konnten ihr zurückhaltenderes Wesen und ihre nüchternere Denkweise bei der Jagd auch durchaus von Vorteil sein. Leider war sie nun schon relativ alt, denn bei den Norsuns bekamen die Jungen ihren ersten kleinen Bogen schon in die Hand, sobald sie herumliefen.

Katta hatte schon mehrmals Gelegenheit gehabt, Hukan bei der Fertigung von Pfeilen zuzuschauen. Jetzt führte der Jäger auch Schalla vor, wie er mithilfe zweier flacher, rauer Steine Pfeil-Stöcke glatt zog. In jeden Stein hatte er eine gerade Rinne gekratzt, sodass diese Steine einen Pfeil von zwei Seiten umschlossen, wenn man diesen zwischen sie legte. Beim Hindurchziehen wurde der Pfeil-Rohling schön gerade glatt abgezogen.

Schalla bewies gleich sehr viel Geschick und ein sehr genaues Auge bei der anschließenden Sichtkontrolle, als sie es selbst probierte. Sehr präzise geformt sein mussten natürlich auch die Pfeilspitzen. Besonders scharfkantige Steinklingen oder Geweih Spitzen, in die man zusätzlich Widerhaken für die Fischjagd schnitzen konnte, kamen in Frage. In eine Kerbe am Schaft-Anfang wurden sie mit Pech eingeklebt und zusätzlich mit umwickelter Sehne gesichert.

Für das Erlegen größeren Wildes benutzten die Norsuns entsprechend schwerere Pfeile mit seitlich geschärften Spitzen. Diese drangen besonders tief in die Beute ein, sodass ein guter, erfahrener Schütze in der Lage war, auch ein massiges Tier, wie einen Bär oder Wisent, mit einem einzigen Schuss ins Herz auf der Stelle zu töten.

Besonders gute Flugeigenschaften erhielt ein Pfeil durch zusätzliche Befiederung am Schaft-Ende. Das präzise Einkleben der Federn, die zusätzlich mit spiralig gewickelten Nessel-Fäden gesichert wurden, erforderte ebenfalls sehr viel Geschick.

Da Hukans Pech-Vorrat zu Ende ging, bot Toba sich an, draußen vor der Höhle neues zu brennen. Wegen des beißenden Gestanks machten sie dies immer im Freien. Die erfahrene Frau beherrschte die Prozedur so perfekt, dass sie bereits am späten Nachmittag einen großen Klumpen der wertvollen Substanz gewonnen hatte.

Als sie endlich genügend Pfeile gefertigt und den Bogen mit einer Sehne bespannt hatten, bauten sie draußen einen Schneemann, den sie beschossen. Das bereitete Katta und Schalla soviel Spaß, dass sie schließlich auch Toba und Zetti mit ihrer Begeisterung ansteckten. Alle machten mit und meinten einstimmig, auch unbedingt so ein Schussgerät zu brauchen.

Längst war es dunkel, als sie endlich mit schmerzenden Fingerspitzen ihre Schießübungen beendeten.

Sie hatten natürlich Riesen-Appetit und es gab gebratene Gämse bis zum Abwinken. Auch Hukan konnte wieder normal essen.

Satt versammelten sie sich anschließend im Magie-Raum. Als Hukan im Schein der Fackeln auf die hintere Wand zuging, erschien vor seinem geistigen Auge unwillkürlich wieder seine verzweifelt nach ihm schreiende Bebeh. Die Frauen bemerkten wie er um Fassung rang. Katta und Zetti traten an seine Seiten, fassten ihn beruhigend an den Armen und streichelten tröstend seine Wangen.

Ihre Blicke fielen auf die Mitte der Hinterwand. In Gesichtshöhe befand sich aus Ahnenzeiten die Darstellung einer Frau mit übergroßen Brüsten und riesigem Beckenumfang. Ihr zu Füßen, viele kleiner gezeichnete, tanzende nackte Männer und Frauen. Neben diese „Über-Mutter“

hatte Toba gestern, aus ihrer Vision heraus, etwas kleiner, einen dünnen Jäger mit blondem Haar und übergroßem Penis gezeichnet. Mit der Rechten einen Bogen hoch streckend, in der Linken etwas, was wie eine Reuse aussah. Ihm zu Füßen drei rücklings liegende, also tote Tiere: Ein Fisch, ein Vogel und ein Reh, jedes mit einem Pfeil im Körper. Neben ihm: Ein Hund mit einem Kaninchen im Maul. Noch weiter rechts: Ein Berg mit dunkler Höhlen-Öffnung.

Als Toba sicher war, dass alle die gezeichnete Offenbarung betrachtet hatten, sagte sie mit tiefer, ernster Stimme: „Mir wurde eingegeben, dass wir den Fähigkeiten unseres neuen Jägers vertrauen können und mit ihm in unserer Höhle überleben werden.“

Anschließend saßen alle noch am Feuer beratend beisammen. Sie beschlossen, dass die drei Jagenden am nächsten Morgen bei Tagesanbruch zum Bärental aufbrechen sollten, welches sie spätestens am Ende des dritten Tages erreichen wollten. Der „Weg“ dorthin führte mehr in südöstlicher Richtung als bei der Gämsen Jagd. Hukan meinte, als Bekleidung würden ihm wohl seine alten Reh-Felle unter der Keiler-Haut reichen. Für den Fall, dass es starken Frost geben sollte, würden sie alle ein Paar Fell-Schuhe mitnehmen. Toba, die fast so große Füße wie Hukan hatte, wollte ihm die ihrigen leihen. Katta und Schalla würden selbstverständlich ihre warmen Jagd-Anzüge tragen, zusätzlich, zur Sicherheit Pelz-Umhänge mitnehmen, in die gehüllt, sie notfalls auch ohne Feuer in Tiefschnee nächtigen konnten.

Als sie sich zur Nachtruhe legten, nahmen Katta und Zetti den Norsun in ihre Mitte. Nacheinander trieben sie es mit ihm. Voller Hoffnungen für die Zukunft schliefen alle, bis auf Toba, in dieser Nacht tief und fest. Die alte Stammesführerin hatte, wie schon öfter in letzter Zeit,

Kopfschmerzen, konnte deshalb nicht schlafen und übernahm allein die Feuerwache.

Wie Toba vorausgeahnt hatte, war am nächsten Morgen der Schnee fast weg-getaut. Ein milder Südwest-Wind brachte eine verhältnismäßig angenehme Temperatur. Obendrein schien die Sonne.

Katta, Schalla und Hukan nahmen als Bewaffnung natürlich auch den neuen Bogen und zusätzlich zwei Lanzen mit. Letztere waren deutlich länger und stabiler als Speere, wie diese mit scharfen Steinspitzen versehen, und dienten als Stoßwaffen im Nahkampf mit größeren, wehrhaften Tieren. Ihre Vorfahren hatten Lanzen schon erfolgreich zum Töten von Mammuts und Wollnashörnern eingesetzt. Bei der Bärenjagd eigneten sie sich besonders dafür, sich solch einen massigen Brumbatz vom Leib zu halten.

Die beiden Jägerinnen trugen praktische Fell-Rucksäcke, Hukan schulterte wieder seinen Korb, an den er sich so gewöhnt hatte. Proviant nahmen sie nicht mit, denn von der Höhle aus sahen sie in ihrer Marschrichtung mehrere Krähen-Schwärme, teils auf umgestürzten Bäumen sitzend, teils in der Luft kreisend, nach Fressbarem Ausschau haltend. Das Trio umarmte und küsste Toba und Zetti zum Abschied und machte sich optimistisch auf den Weg.

Noch in Sichtweite der Höhle stellte Packa einen Fuchs. Dieser konnte gerade noch rechtzeitig unter einem umgestürzten Baum vor den Hundezähnen Zuflucht suchen, wurde aber sofort darauf von der eifrigen Schalla, von der anderen Seite aus, mit einem Pfeil erlegt. Das Mädchen bekam einen ganz roten Kopf vor Stolz und Freude, hielt die Beute schwenkend in die Höhe und rief so laut, dass die beiden Zurückgebliebenen vor der Höhle es hörten: „Meine erste Beute mit Bogen!“

Hukan schickte Packa los, den Rotrock zur Höhle zu bringen und ihnen dann wieder zu folgen, was der brave, verständige Hund mit sichtlicher Freude tat.

Katta hatte also vor zwei Tagen Recht gehabt: Den ersten Mäusen folgten auch bald die Mäuse-Jäger.

Jetzt war ihrer aller Motivation noch größer. Trotz des schlammigen Bodens schritten sie munter vorwärts, überkletterten scherzend quer liegende Stämme und alberten herum. Einen besonders dicken Stamm attackierten Schalla und Hukan mit den Lanzen, wobei sie riefen: „Mach Platz, du dickes Ungetüm!“ Schließlich musste Katta die beiden jungen Menschen ermahnen, mit den Albernheiten aufzuhören, denn sie seien auf Jagd. Schalla aber hatte so stark der Übermut gepackt, dass sie trotzig erwiderte: „Sei du doch still, alte, wilde Ober-Jagdmutter.“ Dann sprang sie dem verblüfften Hukan an den Hals, küsste ihn auf den Mund und sagte dreist: „Bald treiben wir es auch miteinander, nicht wahr?“ Hukan schob sie verlegen grinsend von sich weg, gab ihr einen Klaps auf den Hintern und erwiderte: „Erst, wenn du eine richtige Frau bist, sonst verstoßen wir gegen die Stammes-Regeln!“ Katta war zu den beiden getreten, nickte ihrem jungen Jagdgefährten anerkennend zu, und mit den Worten: „So ist es!“, packte sie Schalla bei den Haaren, drückte sie mit dem Gesicht so kräftig gegen ihre Brust, dass sie quiekte und fauchte von oben herab: „So, Kleine! Für dein Essen sorgst du heute alleine! Sieh zu, wovon du satt wirst!“, und stieß sie weg.

Ab sofort war das Mädchen ruhig und ging eifrig spähend voran.

Katta zwinkerte Hukan heimlich grinsend zu, um ihn zu beruhigen. Sie nahm seine Hand, zog ihn zu sich heran und raunte ihm zu, dass Schalla es nicht hörte: „Sie wird bald Frau werden. Da sind Mädchen etwas durcheinander. Das ist normal. Aber sie muss respektieren, dass es bei der Jagd um unser Überleben geht.“ Hukan nickte. Er erinnerte sich noch zu gut daran, dass er in Schallas Alter ähnlich aufmüpfig gewesen war. Er hatte sich bei der Wisent-Jagd nicht im Hintergrund gehalten, wie ihn Tann, der Stammesführer angewiesen hatte. Er, Hukan, hatte sich damals in der Führung seiner Waffen und seiner Schnelligkeit so überlegen gefühlt, dass er die Anweisung als reine Schikane empfand. Was sollte ihm, dem schnellsten Läufer, so ein plumper Wisent schon antun können?

Er wagte sich viel zu weit vor und bevor die älteren Jäger den Koloss mit ihren Pfeilen und Speeren stoppen konnten, hatte dieser ihn mit einer blitzschnellen Wendung, die er solch einem massigen Tier niemals zugetraut hatte, mit dem Schädel erwischt und zu Boden gedrückt. Hukan hatte noch riesiges Glück gehabt, denn zu einem zweiten, gezielten Stoß mit seinen kurzen Hörnern kam das Tier nicht mehr, weil es tödlich getroffen zusammenbrach. Der Beckenbruch, den er dabei erlitten hatte, war dem jungen Jäger aber eine Lehre fürs Leben.

Von weit links hörten sie einen Specht hämmern, worauf Schalla gleich Pfeil und Bogen zur Hand nahm und Katta fragend anschaute. Die alte Jägerin schüttelte jedoch den Kopf und gab Zeichen, weiter zu gehen, weil der Vogel den Umweg nicht wert sei. Kurz darauf, als sie gerade einen kleineren Bergrücken überquerten, deutete Schalla aufgeregt nach vorn: Ein Krähen-Schwarm kreiste dreimal über einer Stelle und ging dann in etwa 500 Schritten Entfernung nieder. Katta nickte. Sie wies das Mädchen mit Gebärden an, sich weiter geradeaus anzuschleichen. Hukan, als weiteren Bogenschützen, dirigierte sie nach links. Sie selbst, gab sie zu verstehen, würde von rechts kommen und Steine als Wurfgeschosse benutzen. Als Zeichen für den gemeinsamen Angriff, nach dem Muster von Hukans Krähen-Jagd, von der sie in der Höhle allen selbstverständlich ganz genau berichtet hatten, gälte das Meckern einer Gämse.

Packa folgte instinktiv Schalla. Die erfahrene Hündin handelte immer nach eigenem Ermessen, wenn Hukan ihr nicht ausdrückliche Befehle erteilte. Schalla war die schutzbedürftigste der drei, also schloss der Hund sich ihr an, um die Sicherheit und den Zusammenhalt des „Rudels“ zu gewährleisten; sicherzustellen, dass dem Mädchen nichts zustieße.

Auch wenn die Anschleichenden wegen der Geländestruktur die Vögel nicht sehen konnten, ihr aufgeregtes Krächzen war unüberhörbar. Es musste dort irgendwas besonderes zu Fressen geben.

Hukan kam an ein Flüsschen, dessen Verlauf er nur zu folgen brauchte, um von links zur Vogelschar zu gelangen. Geduckt, ständig Deckung suchend und jedes Geräusch vermeidend, schlich er weiter, Bogen und angelegten Pfeil in der Linken haltend. Je mehr er sich annäherte, desto tiefer musste er sich ducken. Die noch stehenden Bäume und Büsche waren von Laub frei, boten deshalb kaum Deckung, deshalb war er genötigt, sich entlang von dicken, umgestürzten Stämmen voran zu arbeiten. Er bemerkte, dass alle Vögel gebannt auf eine Stelle am Boden, mitten in ihrer Ansammlung starrten.

Endlich konnte er zwischen zwei Stämmen hindurch diese Stelle sehen. Dort lag ein graues Tier auf der Seite, ein Wolf. Keiner der blau-schwarz gefiederten Räuber saß auf oder an ihm, er lebte also noch. Die Vordersten umringten ihn in engem Kreis. Da! - Der Wolf hob mit matter Bewegung seinen Kopf, es sah so aus, als wolle er noch einmal drohend seine Zähne zeigen. Doch es blieb bei einem schlaffen Anheben der Lefzen, dann sank er wieder nieder. Hukan suchte mit seinem Blick das Gelände rechts und gegenüber ab, um Schalla oder Katta vielleicht zu entdecken. Von dem Mädchen sah er ein Bein, sie kniete, wie er, an einem Stamm. Hinter ihr, flach auf den Boden geduckt, Packa. Von Katta erspähte er nichts, so sehr er sich auch anstrengte. Aus seiner Blickrichtung, frontal zu den Vögeln, verbarg sie sich perfekt. Eine Bewegung im Kreis der den sterbenden Wolf umzingelnden Räuber fesselte Hukans Aufmerksamkeit. Eine Krähe stolzierte von hinten auf den Kopf des Wolfes zu, schnellte vor und hackte ihm ein Auge aus. Das sterbende Opfer war gerade noch zu einer letzten, verzweifelten Abwehrbewegung mit seinem Fang, begleitet von einem schwachen „Aufjaulen“ fähig, dem der dreiste Vogel mit flatterndem Sprung rückwärts ohne Mühe auswich. Triumphierend den Schnabel hochreckend, verschluckte die Krähe das Auge, für ihre Artgenossen das Zeichen, sich gierig von allen Seiten auf ihr Opfer zu stürzen.

In der Nähe ertönte das Meckern einer Gämse.

Pfeile und Steine gingen in dichter Folge auf den wimmelnden Pulk der auf den zuckenden Wolfskörper einhackenden schwarzen Räuber nieder. Gleichzeitig flatterten weitere Krähen von allen Seiten heran. Bis die gierigen Vögel in dem Durcheinander merkten, dass sie selbst aus dem Hinterhalt angegriffen wurden und mit wildem Geschrei flohen, hatten die Jäger siebzehn von ihnen erlegt.

Besonders Schalla war natürlich außer sich vor Freude. Sie behauptete, fünf der Vögel erwischt zu haben.

Nicht alle getroffenen Krähen waren sofort tot, einige nur verletzt. Es war die Aufgabe der Hündin, diese mit schnellem Biss in Hals oder Kopf, begleitet von kräftigem Schütteln zu erledigen. Hukan sammelte alle sechzehn verschossenen Pfeile ein, von denen drei nicht getroffen hatten. Vier Vögel hatte Katta also erfolgreich mit Steinen erwischt.

Ihr Hauptinteresse galt jedoch erst mal dem Wolf. Dieser hatte einen Pfeil und wahrscheinlich mehrere Steinwürfe abgekriegt und war endlich tot. Der Fellfärbung nach handelte es sich um kein sehr altes Tier und ohne äußerlich erkennbare, ältere Verletzung. Er war aber stark abgemagert, also offensichtlich verhungert. Die von Nordwesten kommende Fährte ließ erkennen, dass er sich noch zum Trinken bis ans Ufer schleppen konnte und dann entkräftet zusammenbrach. Als einzelner Überlebender war er nach der Katastrophe offenbar auf Dauer nicht in der Lage gewesen, erfolgreich Beute zu machen. ‚Oder hatte er in seinem Versteck zu viel Staub eingeatmet?', dachte Hukan. Der aufgeweckte, junge Jäger beschloss, beim Zerlegen seiner Vermutung auf den Grund zu gehen.

Hier, direkt am Flüsschen, war der Boden zum Lagern zu schlammig. Also trug Katta Schalla und Hukan auf, alle Beute etwas weiter aufwärts zu bringen, wo sie neben einer umgestürzten Pappel ein Feuer entfachte. Weil es bereits Nachmittag war, hielt die erfahrene Jägerin es für das Beste, wenn sie hier alles braten, sich ordentlich satt essen und die Nacht verbringen würden. Das Fleisch könnte für den gesamten Weg zum Bärental reichen. Etwas rohe Eingeweide sollte Hukan in seinem Korb mit sich führen, um mit deren Geruch vielleicht einen „Brumbatz" anzulocken. Ohnehin konnten sie wegen ihrer Beute und der immer intakteren Landschaft damit rechnen, einem Raubwild zu begegnen.

Als Hukan sorgfältig die Lunge des Wolfs öffnete, bestätigte sich seine Spekulation. Die hellroten Bläschen der Innenseite waren zum großen Teil mit grau-gelbem Staub überzogen. Den Dreien wurde jetzt deutlich, welcher tödlichen Gefahr sie noch in ihren Höhlen entkommen waren.

Lustig wurden sie wieder beim Rupfen der vielen Vögel, als das Wolfsfleisch in Stücken über den Flammen briet. Hukans Stamm in der Ebene betrieb oft auch Jagd auf Wasservögel, weshalb diese Arbeit dem Norsun geläufig war. Die Höhlenbewohner hatten einzelne Vögel ab und zu erbeutet, hauptsächlich wegen der Federn. Ernähren taten sie sich hauptsächlich von Großwild. Die beiden Frauen fanden deshalb diese Menge toter Krähen so erheiternd, dass sie mit den Federn ihre Späße trieben. Erst kitzelten sie sich gegenseitig beim Rupfen damit an den Nasen. Dann steckte Schalla sich rundum die kleinen schwarzen Federn in die Nähte ihres Anzugs und begann, ausgelassen zu krächzen. Schließlich rannte sie vor Lachen prustend und krächzend mit flatternden Armen um das Feuer herum.

Die Sonne war währenddessen bereits hinter dem Horizont verschwunden. Es dämmerte. Als Schalla wieder „Flügel schlagend“ und krächzend eine ausgelassene Runde drehte, sprang Packa plötzlich knurrend auf. Ihre Nackenhaare sträubten sich in höchster Erregung. Hukan fuhr darauf ebenfalls hoch, bat die Frauen zischend und mit den Armen abwinkend um Ruhe.

In der Ferne brüllte eine Bestie.

Wieder. Katta und Hukan schauten sich betroffen an. Kein Zweifel, es war ein Höhlenlöwe, der sich auf einen nächtlichen Raubzug einstimmte. Mindestens einer dieser riesigen Räuber lebte also noch. Ein Horr, wie die Starken sie nannten, das einzige Tier, das Jagd auf Menschen machte. Schalla wurde leichenblass, begann hektisch in der Nähe weiteres Brennholz aufzusammeln. Die innere Anspannung, der die Frauen in all ihren Jahren ausgesetzt gewesen waren, stellte sich wieder ein.

Packa hatte die Richtung, aus der das Brüllen kam, eindeutig geortet. Der Hund stand, mit immer noch gesträubtem Nackenhaar, mit dem Gesicht nach Osten. Katta und Hukan gingen aufgeregt im näheren Gelände auf und ab, prüften an verschiedenen Stellen sorgfältig die Windrichtung. Eine milde Brise wehte immer noch aus Südwest. Es war zum Verzweifeln. Auf eine Entfernung, in der sie sein Brüllen hörten, würde seine feine Raubtiernase ihr Fleisch sehr wahrscheinlich wittern können.

Zerknirscht scharrten sie, weit genug von der Wärme des Feuers entfernt, eine Vertiefung in den Boden, warfen alles Fleisch, das sie gleich anschließend nicht mehr würden essen können, mitsamt den paar noch nicht gerupften Krähen hinein, breiteten das Wolfsfell darüber und bedeckten es mit einer dicken Schicht Erde. Dann aßen sie, so schnell sie konnten, alles Restliche auf und warfen die übrigen Knochen und die mit Blut getränkte Erde in das Flüsschen und wuschen sich.

Katta setzte sich, eine Lanze und ihre Steinaxt griffbereit neben sich, mit dem Rücken zum Stamm ans Feuer, starrte in die Flammen und fluchte leise. Hukan lehnte seinen Bogen an die Pappel, damit er auf dem Boden keine Feuchtigkeit ziehen konnte und setze sich daneben, die zweite Lanze und seine Speere griffbereit zur Linken. Schalla sammelte immer noch Brennholz. Packa legte sich etwas abseits, vom knisternden Feuer entfernt, den Kopf nach Osten gerichtet. Der Hund hatte das furchtbare Erlebnis in der Löwenschlucht noch gut in Erinnerung.

Lange sprach niemand. Katta und Hukan stellten sich innerlich auf ihre veränderte Lage ein. Die Bärenjagd fand nun unter ganz anderen Voraussetzungen statt. Einen Brumbatz zu erlegen, war ein Kinderspiel gegen den Kampf mit einem Höhlenlöwen. Ein von Jägern bedrängter Bär griff zwar auch an, bot seinen Widersachern aber meistens durch sein Aufrichten eine gute Angriffsfläche. Solch eine heimtückisch schleichende Großkatze aber hatte eine viel schnellere Reaktionsfähigkeit und sprang seine Gegner an. In ihren riesigen Rachen passte der komplette Kopf eines Jägers. Mit einem einzigen Hieb ihrer scharfen Krallen konnte sie einem Menschen die Därme aus dem Leib reißen. Oft hatten Bestien ahnungslos umherziehende Jäger aus dem Hinterhalt angegriffen und getötet.

All diese Dinge wurden den Beiden jetzt wieder gegenwärtig.

Ihnen war auch klar, dass sie auf Schalla, beim Angriff einer Bestie nicht zählen konnten. Das Mädchen hatte oft verängstigt den Erzählungen ihrer Jäger am abendlichen Feuer gelauscht und noch nie einem größeren Raubtier bei der Jagd gegenübergestanden. Ihr junger, weiblicher Körper würde einfach nicht genug kalte Wut aufbauen können, um gegen eine Bestie anzutreten.

Schließlich brach die Jägerin das Schweigen: „Hukan, die alte Gefahr, mit der unser Stamm immer leben musste, ist wieder da. Wir werden jetzt wieder sehr vorsichtig sein müssen. Aber wir werden weiter machen wie geplant. Ich glaube, dass wir jetzt die aufmerksame Packa dabei haben, macht uns der Bestie überlegen. Mein Stamm hätte sich auch solche Hunde züchten sollen, statt sich nur immer auf unsere Kraft, unseren Mut und unsere Waffen zu verlassen."

Das Holz, welches Schalla mittlerweile angehäuft hatte, hätte theoretisch für mehrere Tage gereicht. Die Nachwuchs-Jägerin gab sich nicht die Blöße, ihre Angst einzugestehen, machte aber den Vorschlag, ein zweites Feuer zu entfachen, sodass sie zwischen zwei Flammenfronten würden sicherer schlafen können. Dem stimmte das erfahrene Jäger-Paar zu. Um das Mädchen noch zusätzlich zu beruhigen, legte Katta ihren Arm um ihre Schultern und sagte mit leiser, ruhiger Stimme: „Mein Schatz, wir haben jetzt einen Hund, der viel besser hört und riecht als wir. Packa wird uns rechtzeitig warnen, wenn sich der Horr an unser Lager schleichen sollte. Du selbst kannst schon so gut schießen, dass, falls wir trotz aller Vorsicht in einen Kampf mit einer Bestie verwickelt werden, du aus einer sicheren Position heraus gut mitkämpfen kannst. Nun geh und mach ein zweites Feuer!"

Hukan hatte natürlich mitgehört und war überrascht. So kannte er seine wilde Katta gar nicht. Ihm kam ein Verdacht und er fragte sie unverblümt: „Sag mal, ist sie etwa deine Tochter?" Die Jägerin nickte: „Ja, ich habe sie geboren. Aber so sind wir alle immer mit unseren Jungen umgegangen. Egal wer wen ausgetragen hatte, jeder war für alle zuständig."

Hukan schmunzelte. So wie die Starken zusammengelebt hatten, wo jeder es mit jedem trieb, war es wohl zweitrangig, wer wessen Eltern war, aber Muttergefühle hatte Katta doch. Auch wenn sie es selbst nicht so empfand oder nicht zugeben wollte.

Jetzt stellte er eine weitere Frage, die ihn schon länger bewegte: „Sag mal, Katta, wie oft habt ihr Frauen eigentlich Kinder bekommen? Jedes Jahr eins, wie bei uns?" Die Jägerin schaute ihn mit großen Augen an: „Jedes Jahr eins? Seid ihr Männer nicht normalerweise meistens zu erschöpft vom Jagen? Und wollen eure Frauen so viele Kinder?" Hukan zuckte mit den Schultern: „Ja, theoretisch hätte ein Paar 15 oder 20 Kinder, wenn alle am Leben blieben. Unsere Frauen sind praktisch immer schwanger." Katta schüttelte den Kopf, dass ihre dunkle Mähne im Schein der Feuer eindrucksvoll hin und her wogte. „Wir hatten in unserer Höhle immer nur so viele Kinder, wie wir ohne weiteres beaufsichtigen und ernähren konnten. Bei zu viel Stress haben wir einfach keine Lust auf Sexualverkehr. Ich verstehe nicht, wie eure Frauen das verkraften! Wie kann man alle Arbeiten machen, wenn man dauernd schwanger ist und dabei noch so viele Kinder versorgen? Und hast du nicht erzählt, ihr würdet mit all' eurer Habe ständig umherziehen?" - „Es funktioniert bei uns," antwortete der Norsun. „Viele Kinder gelten bei uns als großes Glück."

Katta schaute eine ganze Weile nachdenklich in die Flammen und meinte schließlich: „Ihr seid wirklich ganz außergewöhnliche Menschen, dass ihr so viel leisten könnt. Deshalb nimmt eure Zahl immer weiter zu."

Hukan legte einen Arm um sie und streichelte ihre Wange, um sie zu trösten. Ihm war nicht der traurige Unterton in ihrer Stimme entgangen. Wie schrecklich musste ein Mensch sich fühlen, dessen Rasse ausstarb! Unvermittelt sah sie ihn an und bat mit flehender Stimme: „Hukan, du musst bei uns bleiben!" Der schlanke junge Mann drückte seine starke Freundin fest an sich und sagte bestimmt: „Natürlich, wir sind jetzt eine Gemeinschaft!" Sie küssten sich.

Schalla hatte zuletzt abseits, bei Packa gestanden und mit dem Hund in die Nacht hinaus gelauscht. Einen Speer in der Hand, kam sie jetzt nachdenklich herbei geschlendert, setzte sich neben Katta und lehnte sich an sie. Ohne ein Wort sank sie schließlich nieder, legte ihren Kopf auf den Schoß ihrer Mutter und schlief ein.

Katta und Hukan hatten sich beim Wachen abgewechselt und Schalla schlafen gelassen. Die Nacht war störungsfrei verlaufen, der Horr hier nicht vorbeigekommen. Der Jäger streichelte und lobte seinen Hund, der durch das schlaflose, angestrengte Wachen sichtlich erschöpft schien. Als die Sonne aufging und die Menschen Wolfsfleisch wieder ausgruben, um sich vor dem Aufbruch noch mal richtig satt zu essen, fiel Packa endlich schnarchend in Tiefschlaf.

Doch mit dem Ende der Nacht war die Bedrohung durch die Bestie nicht vorüber. „Ich frage mich, ob der Horr Beute gefunden hat und jetzt schläft," meinte die erfahrene Jägerin sinnierend. „Wenn nicht, streift er jetzt weiter umher und könnte unser Fleisch wittern, falls wir etwas mit uns führen." Hukan schaute sie fragend an: „Wie habt ihr das gemacht, ihr musstet doch auch immer Jagdbeute zur Höhle transportieren, trotz der ständigen Bedrohung durch Bestien?" – Katta nickte ernst: „Wir sind mindestens zu fünft gegangen. Drei konnten Beute tragen und zwei mussten ständig Waffen bereithalten, einer vorn und einer hinten. Wobei der Hintere sich oft umschauen musste, ob sich nicht eine Bestie hinterrücks anschlich. Etwas sicherer fühlten wir uns bei Regen, weil die Horr bevorzugt bei Trockenheit jagten." – „Und halten die Horr keinen Winterschlaf, wie Bären?", wollte Hukan wissen. – „Nein. Bären ziehen sich wohl nur deshalb zurück, weil sie überwiegend Pflanzen fressen, die sie im Winter nicht ausreichend finden," vermutete Katta. – „Das sehe ich auch so," gab ihr der junge Jäger recht. „Ja, ja, Luchse jagen ja auch das ganze Jahr."

Sie hatten das zweite Feuer schon verlöschen lassen und aßen sich im Schutze des anderen in Ruhe satt.

Dann musste Katta, als die Älteste und Einzige mit echter Löwen-Erfahrung, eine Entscheidung treffen. „Wir nehmen das restliche Fleisch mit. Schalla und ich müssen jeden Tag essen. Wir können nicht marschieren und Kraft fürs Jagen haben, wenn wir nichts essen, so wie du, Hukan. Ich werde mit Packa vorgehen, Schalla in der Mitte und du Hukan, als der Größte und Ausdauerndste, der am meisten Überblick hat und am wenigsten ermüdet, wenn er sich oft umschauen und uns wieder einholen muss, am Schluss. Auf jeder Anhöhe werden wir etwas länger verweilen und nach allen Seiten ausgiebig Ausschau halten. Einverstanden?“ Die beiden Jüngeren nickten. Während sie alles zusammenpackten, bekam die wieder erwachte Hündin noch ein paar Happen zu fressen und dann setzten sie ihren Weg, Richtung Bärental, fort.

Es war sonnig und mild, doch Schleier-Wolken kündigten eine baldige Wetteränderung an. Ihr Marsch war nun geprägt von der Furcht um eine Begegnung mit einer Bestie. Die Anspannung verhinderte auch die kleinste Ausgelassenheit. Alle Sinne waren aufs Äußerste geschärft.

Die gestern noch so lebenslustige Schalla litt nun unter einer starken, unterschwelligen Angst, die ihr Gemüt lähmte. Am liebsten hätte sie sich hinter dem Feuer in ihrer Höhle verkrochen, bewacht von starken Jägern am Eingang. Hatte sie Hukan bisher mit ihren anmutigen Bewegungen erfreut, so machte sie dem jungen Jäger nun Sorgen, so verkrampft bewegte sie sich durchs Gelände. Umso stärker regte sie seine Aufmerksamkeit dadurch an. Mit perfekter Regelmäßigkeit blieb der Norsun an passenden Stellen stehen, wandte sich um und beobachtete viele Augenblicke die Landschaft hinter ihnen. Meistens musste er anschließend schnell aber ruhig schreitend wieder Anschluss an die Frauen gewinnen, die, umsichtig gesichert von der ständig witternden und horchenden Packa, ihre Aufmerksamkeit nach vorn und zu den Seiten richteten.

Dadurch, dass sie sich weiterhin vom Punkt der Katastrophe entfernten, zogen sie durch eine immer intaktere

Landschaft. Wie vorher bei der Gämsen-Jagd, so standen auch hier in den Tälern und an den Südhängen, weitgehend noch die Bäume, die allerdings zum großen Teil schon laubfrei waren. Felsige Abschnitte durchsetzten immer wieder die Berge, es gab aber immer häufiger grüne Hänge und Wiesen-Täler. Von einem Berg aus bemerkten sie einen einzelnen männlichen Hirsch, welcher sie längst gewittert hatte und mit weiten Sätzen in südöstlicher Richtung flüchtete. In Ruhe aßen sie von ihrem Proviant und beobachteten dabei argwöhnisch die Umgebung. Außer zwei Krähen-Schwärmen und einzelnen anderen Vögeln konnten sie aber nichts Auffälliges entdecken. Als sie satt waren, setzten sie ihren Weg fort.

Im nächsten Tal entdeckten sie eine ältere Bärenfährte, die ihren Weg kreuzte. Sie stammte von einem großen Tier, das, so vermuteten Katta und Hukan übereinstimmend, einen oder zwei Tage vor dem Schnee hier gegangen sein musste. Katta hielt es nicht für sinnvoll, ihr zu folgen. Sie meinte, ihrer Erfahrung nach würden sie sowieso bald in der Nähe des Bärentals auf weitere Exemplare treffen und befahl, in der alten Richtung weiter zu gehen. Schalla allerdings wäre der Spur am liebsten gefolgt. Sie gab zu, sich in der Nähe eines ausgewachsenen Bären sicherer zu fühlen, weil sie davon ausging, dass Bär und Höhlenlöwe gegenseitig ihre Nähe meiden würden und ein Bär sie Menschen sowieso nicht angriff. Sie hatte auf den Jagden, auf denen sie ihre Jäger und Katta begleiten durfte, mehrmals Bären vor ihnen flüchten sehen und war sich dessen sicher.

Doch die erfahrene Alt-Jägerin Katta widersprach ihr. Sie stellte klar, dass ein hungriger Bär, der ihr Fleisch wittern würde, je nach Charakter des Individuums, durchaus versuchen könnte, es ihnen zu rauben. Andererseits sei eine hungrige Bestie fähig, einen Bären zu überfallen. Die Horr hätten der Überlieferung nach lediglich vor ausgewachsenen Mammuts Respekt gehabt, in Notlagen aber sogar alte oder geschwächte Einzelgänger dieser Wollhaar-Elefanten im Rudel angegriffen. Alle anderen Tiere und natürlich auch die Menschen, zählten zu ihrer regulären Beute.

Im Grunde hatte das Mädchen dies alles gewusst, in ihrer Angst suchte sie aber nach Möglichkeiten, die Bedrohung durch den Horr abzuschwächen, vermutete der sensible Hukan. Aber es gab keine Ausflüchte. Sie mussten jeden Moment darauf gefasst sein, dass die Bestie Zähne fletschend auftauchen würde.

Am Nachmittag trafen sie wieder auf das Flüsschen. Katta erklärte Hukan, dass, weil die Berge immer niedriger würden, alle Wasserläufe südlich ihrer Höhle nach Süden fließen würden.

Kurz darauf machte Packa nach vorn witternd einen langen Hals und schaute sich bedeutungsvoll nach ihrem Herrchen um. Katta, der dies natürlich nicht entging, gebärdete ihren Gefährten, dass sich das Flüsschen bald zu einem See verbreitern werde. Dort musste also irgendetwas zu erbeuten sein. Und richtig: Deutlich vernahmen sie bald darauf Gänse schnattern. Auf Kattas Anweisungen hin schlichen sie in einem Bogen, mit einigem Abstand zueinander, durch das Gelände auf das Ufer zu. Einzelne Bäume waren mit ihrem Astwerk ins Wasser gestürzt, das nachgiebige Schilfrohr hatte der Druckwelle getrotzt und stand noch aufrecht.

Die Gänse rupften Gras auf einem etwas erhöhten Uferbereich, den die Jäger schleichend umzingelten. Büsche standen so günstig, dass sie sich den ahnungslosen Wasservögeln bis auf wenige Schritte nähern konnten. Auf Kattas Zeichen hin schossen Schalla und Hukan zwei Pfeile ab, worauf sich alle, einschließlich Packa, auf die aufgeschreckte Schar stürzten. Jedem gelang es, einen der trägen Vögel zu packen und ihm den Hals zu brechen.

Hukans Pfeil hatte mit der gewohnten Präzision getroffen, Schalla jedoch verfehlte trotz der geringen Entfernung ihr Ziel, was die beiden Älteren betroffen zur Kenntnis nahmen. Das Mädchen erklärte, beim Spannen der Sehne sei ihr der Pfeil aus den Fingern geglitten.

Katta drängte darauf, sofort weiter zu ziehen. Ihr schien das Gelände bei einer eventuellen Konfrontation mit einem Horr zu ungünstig.

Still folgten sie zunächst dem Ufer und fanden eine Stelle, an der ganz offensichtlich vor kurzem eine Rotte ein Schlammbad genommen hatte. Kattas und Hukans geübte Augen erkannten an den Spuren, dass die Wildschweine aufgeschreckt worden und vom Wasser weg geflüchtet waren.

Kurz darauf, an einer weiteren Uferstelle fanden sie auch den Grund: Ein Luchs hatte dort eine Gans geschlagen. Verstreut liegende Federn, Blutflecken und Tatzen-Eindrücke im Schlamm sprachen eine deutliche Sprache. In dieser Gegend waren also entweder nicht so viele Tiere ums Leben gekommen oder bereits etliche neue zugewandert.

Hinter dem See mündete ein größerer Bach in das Flüsschen und verbreiterte dieses zu einem ausgewachsenen Fluss, der sich nahe einer steilen Bergwand dahinschlängelte.

Es dämmerte bereits und so beschlossen die Drei, hier, am Geröll Ufer, zu nächtigen. Totes, trockenes Treibholz lag in Mengen herum, weshalb sie wieder zwei Feuer entfachten. Die Rupf-Arbeit und das nachfolgende Braten und Essen vollzogen sie diesmal in gedämpfter Stimmung, aber zufrieden. Normalerweise hätten sie vielleicht den Schweinen nachspüren sollen und mit genügend Beute wieder den Rückweg zur Höhle antreten können. Diesen Vorschlag machte Hukan. Katta aber wollte ihr ursprüngliches Ziel nicht aufgeben. Sie meinte, anderes Wild könnten sie den ganzen Winter über noch hier jagen. Es wäre auf jeden Fall gut zu wissen, dass es hier, nicht allzu weit von der Höhle entfernt, genug gäbe. Doch zunächst sollten sie noch mal die Gelegenheit nutzen, einem Brumbatz den Pelz zu löchern, bevor die sich alle verkriechen würden.

Der Abend verlief ausgesprochen ruhig. Die unbegehbare Bergwand schützend im Rücken, das Flüsschen gut einsehbar vor sich und jeweils ein Feuer an den Seiten, fühlten sie sich so sicher, dass sie nach Einteilung der Wachen-Folge (auch Schalla hatte Wache) satt und zufrieden schliefen.

Bewölkung war aufgezogen, der Wind kam nun von Nordwesten.

Hukan, der die letzte Wache hielt, hatte unruhige Träume gehabt und seitdem Schalla, die er ablöste, ihn weckte, nur an Bebeh und seinen Stamm gedacht. Er hatte wieder dieses ungewisse, aber starke Gefühl, dass sein Mädchen ihn brauchte. Vielleicht hatte sie durch irgendwelche glücklichen Umstände die Katastrophe überlebt. Vielleicht war auch der ganze Stamm, nachdem sie ihn verstoßen hatten, wegen der Krankheit viel weiter weggezogen als sonst und noch mehrere oder vielleicht sogar alle hatten überlebt.

Wenn dem tatsächlich so wäre, könnte es nicht sogar sein, dass Druko die Katastrophe als Strafe für seinen Ausstoß deuten würde und sie nun bereit wären, ihn wieder bei sich aufzunehmen?

Es dämmerte, Katta erwachte, sah Hukan neben sich

sitzen und welches Gesicht er machte und wusste gleich, was ihren sensiblen Blondschopf bewegte. Sie umarmte und küsste ihn, zog ihn an seinen Haaren sanft aber nachdrücklich auf den Rücken, ohne ihre Lippen von den seinigen zu lösen, zog ihre Beinkleider aus, setzte sich auf ihn und trieb es mit ihm. Beide bewegten sich schließlich so heftig und leidenschaftlich, dass Schalla durch ihre Geräusche erwachte und ihnen schlaftrunken zuschaute.

Erschöpft blieben sie schließlich noch eine Weile aufeinander liegen und liebkosten sich. Erst als leichter Sprühregen einsetzte, stand Katta auf und zog sich wieder an. Sie blickte zum Himmel, schüttelte den Kopf und meinte: „Es wird nicht viel geben. Lasst uns in Ruhe essen, bevor wir weiterziehen."

Während der Mahlzeit beobachteten sie drei Kaninchen, die seelenruhig am anderen Ufer Gras und Kräuter mümmelten und sich gelegentlich um die fettesten Halme balgten. Diese idyllische Szene brachte endgültig Schallas gute Laune wieder zurück. Sie vergaß die Bedrohung und begann, mit Hukan zu schäkern. „Sag mal, Norsun, sind eure Frauen eigentlich auch alle blond?" – „Bei unserem Stamm fast alle, nur ein paar sind nicht ganz so hell. Aber bei anderen Stämmen in der Ebene gibt es nur selten so helle Menschen wie bei uns", antwortete Hukan.

„Ich glaube, du magst auch lieber blonde Frauen, oder?", fragte das Mädchen weiter. Katta schaute etwas argwöhnisch zu ihrem Jagdgefährten, denn sie befürchtete, diese Frage könne ihn wieder empfindlich berühren. Sie wollte schon etwas sagen, um weitere unangenehme Fragen des kessen Mädchens an ihn zu verhindern, als der Jäger gelassen erwiderte: „Ist das nicht egal, welche Haarfarbe ein Mensch hat? Wesen und Charakter sind wichtiger. Oder denkst du anders?" – „Ich finde deine hellen Haare toll," antwortete Schalla grinsend. „Du wirkst damit so besonders, irgendwie überirdisch. Darf ich sie mal anfassen?" – „Natürlich, wenn es dir Spaß macht. Aber lass mir noch ein paar dran, ich brauche sie noch, schließlich wird 's Winter!" Tatsächlich stand das Mädchen auf, kniete hinter ihn und ließ seine Locken durch ihre vom Gänsefleisch fetten Finger gleiten. Dann umfasste sie seinen Oberkörper, drückte ihn an sich, schmiegte ihre Wange an seine Haare und flüsterte in sein Ohr: „Ich will nicht mehr länger warten!" Hukan versuchte, sich aus ihrer Umklammerung zu winden, beide fielen auf die Seite. Schalla schob sich auf ihn, umfasste mit eisernen Griffen seine Handgelenke und drückte seine Arme seitlich zu Boden. Er war ihrer Kraft kaum gewachsen, zog deshalb seine Beine mit seitlicher Drehung an seinen Körper, streckte sie mit einem Ruck wieder aus und schnellte mit blitzschneller Streckung unter ihr weg. Schalla klatschte lachend lang auf den Boden und rief: „Du bist wie ein Fisch, ich fange dich später!"

Katta hatte die Szene ruhig weiter essend beobachtet. Sie wollte die gelöste Stimmung der Heranwachsenden nicht gleich wieder zerstören und verzichtete auf eine Zurechtweisung. So war es immer noch besser, als wenn das Mädchen wieder so verkrampft mit ihnen ziehen würde wie am Vortag, wo ihr der Pfeil beim Schießen aus den Fingern glitt. In solch einem Zustand sollte man keinem Bär gegenübertreten.

Als Proviant blieben ihnen zwei komplette Gänse, die sie in Hukans Korb stopften.

Als sie aufbrachen, hatte der Nieselregen aufgehört, die Wolkendecke war etwas aufgelockert. Mit der gleichen Vorsicht wie am Vortag setzten sie ihren Weg fort. Katta schätzte, dass sie, wie vorausgeplant, am Abend die Nähe des Bärentals erreichen würden.

Der Fluss machte bald eine Biegung nach Osten. Trotz des Umwegs entschied die führende Jägerin, ihm zu folgen. „Das Wasser wird bald flacher. Am Kies-Grund legen große Fische in der Zeit von Spätherbst bis Winteranfang ihre Eier ab und sterben dann. Etwas weiter abwärts müssen sie steinige Stromschnellen überwinden. Die Stelle ist nicht weit vom Bärental entfernt. Dort fangen die Brumbatze oft welche und fressen sich noch mal satt. Vielleicht überraschen wir einen von ihnen beim Fischen."

Hukan hatte natürlich, wie bereits am See, öfter einen Blick in die noch etwas trüben Fluten geworfen und mit Freude festgestellt, dass es Fische gab. Nahrungsprobleme würden sie in den kommenden Monaten also kaum bekommen, vorausgesetzt, es gäbe nicht zu viel Frost und Schnee.

Bereits am Vormittag sichteten sie einen Bär. Vermutlich war es der Gleiche, dessen Fährte sie gesehen hatten. Von einer Anhöhe aus sahen sie ihn, etwa 3.000 Schritte weiter, wartend am Ufer des Flusses stehen. Dort befanden sich die Stromschnellen, die Katta angekündigt hatte. Freudig rief sie: „Den werden wir uns packen. Er wird den ganzen Tag dort verbringen. Machen wir, dass wir hinkommen!"

Zunächst verloren sie beim Weitermarsch die Stelle aus den Augen. Sie folgten auch nicht dem Wasserlauf, sondern kürzten den Weg ab, indem sie geradeaus gingen. Die Vegetation schien hier fast gar nicht mehr geschädigt. Die übliche Anzahl umgestürzter Bäume lag hier und da, wie sie eben immer normalen Stürmen zum Opfer fallen. Überwiegend Fichten wuchsen in geringer Dichte. Als sie sich dem Fluss wieder näherten, gab

Katta ihre Jagdanweisungen. „Hukan und ich schleichen uns von dieser Seite an und attackieren ihn. Schalla, du gehst mit Packa weiter unterhalb der Stromschnellen rüber, damit er euch nicht wittern kann und versteckt euch am anderen Ufer. Dort zeigt ihr euch erst, falls er verletzt dorthin vor uns flüchten will. Benutze aber nicht den Bogen, sondern Speer und Lanze. Pass aber auf, dass du den Hund nicht verletzt, falls er sich auf den Bären gestürzt haben sollte!“ Zum Abschied drückte sie ihre Tochter an sich und küsste sie auf die Stirn. „Wir werden es genau so machen, wie du es schon mal gesehen hast. Normalerweise kann dir nichts passieren.“ – Schalla nickte. Hukan umarmte sie ebenfalls, küsste sie auf die Stirn, gab ihr einen Klaps auf den Po und befahl Packa, mit ihr zu gehen.

Das Jägerpaar konnte sich nun Zeit lassen, gemeinsam an das Ufer zu schleichen. Der Bär hatte wohl gerade einen Fisch verspeist, denn er leckte sich genüsslich die Schnauze und wendete sich dann wieder dem über die Steine strömenden Wasser zu.

Als sie Schallas Lanze über einem Busch aufragen sahen, gingen sie langsam, gebückt über das steinige Ufer zum Bär. Nur noch etwa 20 Schritte von ihm entfernt machten sie dann absichtlich Geräusche und richteten sich auf, damit er sie bemerkte. Der Bär wendete sich überrascht ihnen zu und ließ ein warnendes Brummen hören. Nebeneinander gingen sie langsamen Schrittes, ihn provozierend anstarrend, auf ihn zu. Katta hielt ihre Schleuder mit Speer zum Wurf bereit, Hukan hatte Pfeil und Bogen schussfertig. Ein erneutes ärgerliches Brummen und der braune Koloss richtete sich drohend auf den Hinterbeinen auf, um sich einen Überblick über die Situation zu verschaffen. Jetzt betrug der Abstand weniger als zehn Schritte. Witternd blinzelte er umher. Weit holte Katta vorsprintend mit der Speer-Schleuder aus, mit zischendem Geräusch sauste das spitze Geschoss los und knallte ihm mit solcher Wucht in die Brust, dass er tödlich ins Herz getroffen auf den Rücken plumpste.

Hukan war sprachlos. Dass ein so massiges Tier mit einem einzigen Wurf getötet wurde, hatte er noch nie erlebt. Was hatte diese Frau für eine gewaltige Schnellkraft, gepaart mit unglaublicher Treffsicherheit! Bei ihr war es zweitrangig, ob sie eine Rippe traf oder nicht. Ihr Speer schlug durch, drang auf jeden Fall ins Herz. Was war das bei ihnen in der Ebene immer für eine Ungewissheit, ob ein Pfeil oder Speer glücklich ins Lebenszentrum traf. Wenn mehrere Jäger gleichzeitig schossen, war die Wahrscheinlichkeit eines sofort tödlichen Treffers natürlich größer. Aber oft mussten sie ihre Beute mit vielen Schüssen und Hieben förmlich niederkämpfen.

Schalla und Packa hatten brav versteckt auf der anderen Seite abgewartet. Jetzt, als Katta mit ihrer Lanze dem Brumbatz prüfend gegen den Bauch stieß und er sich wirklich nicht mehr rührte, stieß das Mädchen einen Freudenschrei aus, sie und die Hündin sprangen auf und eilten durch das flache Wasser und von Stein zu Stein springend herbei. Katta setzte einen Fuß auf die Bärenbrust zog mit kräftigem Ruck ihren Speer heraus und ein dicker Strahl hellrotes Blut quoll aus der Wunde. Erleichtert fielen die drei sich in die Arme und beglückwünschten die erfolgreiche Alt-Jägerin.

Der Bär war ein Männchen und so schwer, dass sie es nicht schafften, ihn mit vereinten Kräften vom Wasser wegzuziehen. Sie mussten also hier, auf dem steinigen Ufer, ihr Lager errichten und ihn an Ort und Stelle zerteilen. Hukan fragte sich, wie sie zu dritt soviel Fleisch zur

Höhle schaffen könnten. Allein das Fell gab einem Jäger schwer zu schleppen.

Der Wind hatte auf Ost gedreht und alle Wolken vertrieben, die kommende Nacht würde also vermutlich frostig werden, dachte der Jäger. Außerdem blieb eine Ostwind-Wetterlage meistens viele Tage stabil. Seiner Erfahrung nach würde das also für die kommenden Tage Dauerfrost bedeuten, der schlammige Boden also hart werden und auch am Ufer gut begehbar sein.

In der Ebene benutzten sie ausgehöhlte Baumstämme oder mehrere nebeneinander gebundene Stämme oft auf Seen und Flüssen als schwimmende Transportmittel.

Sie waren auf ihrem Weg von der Höhle hierher immer wieder auf den gleichen Wasserlauf gestoßen. Das Gefälle war meistens so gering, dass es nicht sehr schnell floss. Es musste also theoretisch möglich sein, einen Stamm schwimmend bis in die Nähe der Höhle zu schieben. Einige umgestürzte Bäume bildeten zwar Hindernisse, müssten aber in den meisten Fällen mit vereinten Kräften zu beseitigen oder zu umgehen sein. Vielleicht könnten sie also zumindest den weitaus größten Teil des Weges, wenn auch nicht bis hinauf zur Höhle, wo der Bach noch ziemlich flach war, ihre schwere Beute auf dem Wasser transportieren.

Er teilte Katta seine Gedanken mit. Ungläubig versuchte sie, sich die Umsetzung vorzustellen. Schließlich meinte sie: „Wenn du mit so was Erfahrung hast, können wir es versuchen. Es wäre natürlich schön, wenn wir alles Fleisch zur Höhle schaffen könnten. Es wäre auch nicht schlimm, wenn unser Weg dann ein paar Tage mehr in Anspruch nähme. Ich glaube, es gibt Frost, sodass das Fleisch sich lange halten wird.“ Prüfend blickte sie noch einmal zum Himmel, um ihre Prognose zu bestätigen und fügte fragend hinzu: „Und was müssen wir dann als Nächstes tun?“ – „Ich werde ein Stück flussaufwärts gehen, wo der Stromschnellen-Bereich endet und mich dort nach einem geeigneten Stamm umsehen. Vielleicht haben wir Glück“, antwortete Hukan. „Ihr könnt ja schon mal ein Feuer machen und mit der Zerteilung beginnen.“ Katta und Schalla nickten und Hukan machte sich mit Packa auf den Weg.

Nach mehr als 1.000 Schritten, dort, wo der Fluss die Biegung machte, welche sie geradeaus abgekürzt hatten, lag ein Baum, der nach Hukans Einschätzung bei nicht zu großem Arbeitsaufwand als Einbaum geeignet zu sein schien. Die mehr als einen Schritt dicke Pappel war schon vor längerer Zeit entwurzelt worden. Sie hatte offensichtlich an Stammfäule gelitten. Der astfreie untere Teil war ein Stück aufgeplatzt und innen morsch, also sicher relativ leicht auszuhöhlen. Mit ein paar Hieben seiner Steinaxt testete Hukan die Bearbeitbarkeit. Der obere Teil des Stammes und die Wurzelreste ließen sich gut einschlagen. Die Steinaxt würde zwar nicht über die gesamte Arbeitsspanne halten, sodass er sich zwischendurch eine oder auch zwei neue würde fertigen müssen, insgesamt aber schätzte er, den Baum in zwei Tagen schwimmfähig zurechthauen und aushöhlen zu können. Er lag auch nah genug am Wasser, dass sie ihn anschließend mit vereinten Kräften hinein rollen oder hebeln können würden. Er würde genügend Auftrieb besitzen, einen Bär zu tragen, schätzte der Jäger.

Wegen seiner lauten Klopf-Geräusche rechnete Hukan nicht damit, hier jetzt ein Wild zu sehen zu bekommen und war deshalb überrascht, als Packa leise, aber erregt jaulte. Die Hündin schaute mit angehobener Vorderpfote zur gegenüberliegenden Flussseite, ihre typische Haltung, wenn sie ein Wild erspäht hatte: In etwa 300 Schritten Entfernung, schräg gegenüber, trollte sich eine dicke Bärin gemächlich flussabwärts. Sie hatte ihn und die Hündin natürlich schon längst bemerkt und schaute hin und wieder zu ihnen herüber. Diese Entfernung reichte ihr aber offensichtlich als Fluchtdistanz.

Es sah nicht so aus, als ob sie von ihrem getöteten Artgenossen und den Jägerinnen schon Wind bekommen hatte.

Sicherheitshalber und weil er den Baum schon ausreichend inspiziert hatte, entschloss sich Hukan, zu seinen Gefährtinnen zurückzueilen. Die Bärin wirkte nicht ausgehungert, aber man konnte nie wissen. Manche Exemplare waren ziemlich scheu und mieden generell die Konfrontation mit Menschen, es gab aber auch aggressivere Individuen, die kein Risiko scheuten, anderen Fleischfressern Beute abzujagen. Und dass Bären tote Artgenossen nicht verschmähen, wusste der Jäger.

Schalla war gerade dabei, das Feuer mit herbeigezerrtem Astwerk zu nähren, als sie erst die Zurückkehrenden und als Hukan mit den Armen hinüber wies, auch die Bärin auf der anderen Seite bemerkte. Katta zog gerade die Innereien aus dem Leib ihrer Beute, als Schalla sie aufgeregt, aber still anstieß und auf den Besuch aufmerksam machte. Sofort wusch die Jägerin mit ruhigen Bewegungen ihre schmierigen Hände in einer Pfütze neben sich ab und krabbelte langsam auf Händen und Füßen zu ihren unweit liegenden Waffen. Bedächtig bedeutete sie Schalla, sich ganz ruhig zu verhalten und nahm in geduckter Haltung Schleuder und Speer. Auch Hukan duckte sich darauf mit Packa nieder.

Spannende Momente vergingen. Die Bärin wahrte die sichere Distanz, machte witternd mit pendelnden Kopfbewegungen einen langen Hals zu ihnen herüber und verschwand dann plötzlich mit schnellen Schritten zwischen den Bäumen auf der anderen Seite. Sie war argwöhnisch geworden. Vielleicht hatte sie schon schlechte Erfahrungen mit Jägern gemacht. Es war auf jeden Fall kein junges, unerfahrenes Tier. Katta ließ ärgerlich ihre Waffen fallen und schimpfte: „Es wäre ja auch zu schön gewesen, wenn sie uns angegriffen hätte. Aber wahrscheinlich hatte sie keinen großen Hunger, und es kann sein, dass wir uns schon mal begegnet sind.“

Hukan war mittlerweile hinzugetreten und grinste: „Ja, ja, Tiere sind gar nicht so dumm und haben vor allem ein gutes Gedächtnis.“ Dabei blickte er seine Hündin an und sagte anerkennend: „Nicht wahr, Packa?“ Worauf ihn das Tier dankbar mit treuesten Augen ansah.

Den Rest des Nachmittags verbrachten sie damit, den Bär zu zerlegen und Stück für Stück zu braten. Katta war natürlich in allerbester Laune, endlich gab es mal wieder ihr Lieblingsfleisch. Immer wieder hielt sie Hukan ein Stück zum Probieren unter die Nase: „Und jetzt dies erst mal, vom Hinterschenkel, los probiere!“ So und ähnlich ging es die ganze Zeit. Hukan konnte gar nicht schnell genug kauen. Es nützte ihm gar nichts, mit vollem Mund mühsam immer wieder zu beteuern, dass er früher nun wirklich schon oft genug Brumbatz gegessen habe. Auch Schalla langte ordentlich zu. Die vom Vortag übriggebliebenen Gänse waren erst mal Nebensache.

Als es dunkel war, entzündeten sie zur Sicherheit wieder ein zweites Feuer. Wirklich wurde es nun frostig und auf den Pfützen am Ufer bildete sich Eis.

Längst waren sie satt, hatten aber immer noch mit dem Zerlegen zu tun. Hin und wieder tauchten die reflektierenden Augenpaare neugieriger, kleinerer Tiere abseits unter den Bäumen im Dunkeln auf, verschwanden aber meistens schnell wieder, wenn Packa warnend knurrte.

Einmal aber wurde es der Hündin zu bunt. Mehrere

Augenpaare trauten sich, vom Duft des Fleisches angelockt, ziemlich nah heran, dass die Jäger schon die dunklen Umrisse ihrer Körper im weit reichenden Schein der flackernden Feuer erkennen konnten. Da stürmte die Hündin mit wütendem Gebell los und vertrieb die vorwitzigen kleinen Räuber.

Bis kurz vor Mitternacht, als die Winter-Sternbilder schon am Zenit standen, waren sie emsig beschäftigt. Hukan machte noch ordentlich Lärm, als er verschiedene Steine für die morgige Holzarbeit zurechtschlug und schliff. Katta tauschte die im Körper des Bären abgesplitterte Speer-Spitze gegen eine Ersatzspitze aus, von denen sie immer mehrere mit sich führte. Als ihnen die Hände nach der vielen Arbeit schließlich überanstrengt den Dienst versagten, teilten sie sich die Wachen ein und hielten Nachtruhe.

Leider verlief die Nacht ziemlich unruhig. Immer wieder kamen Kleinräuber in die Nähe des Lagers. Erst wurden sie wiederholt von Packa verscheucht. Dann beschloss Hukan, die Verteidigungstaktik in eine Jagdstrategie umzuwandeln. Er achtete darauf, wenn seine aufmerksame Hündin wieder einmal ein Tier bemerkte, was er an ihrem Aufhorchen unschwer erkannte, gebot ihr dann aber, still zu sein und ließ es in Ruhe näherkommen. So erlegte er einen Vielfraß und einen Fuchs.

Als Schalla ihn ablöste, erklärte er ihr seine Vorgehensweise und wie sie sich mit Packa verhalten sollte. Tatsächlich hatte auch das Mädchen Jagdglück. Sie schoss einen Fuchs und ein Tier, das sie noch nicht kannte, welches aber am anderen Ufer ziemlich plump und unbeholfen flussaufwärts humpelte. Hukan identifizierte es am Morgen als einen Biber, die in den Flüsschen der Ebene bereits häufig vorkamen, der Überlieferung nach aber erst nach dem Ende der Kaltzeit dort eingewandert waren. Es war ein junges, verletztes Tier, das durch irgendwelche Umstände, so kurz vor dem Winter, wohl weiter abwärts seinen Bau verloren oder sonst wie zu Schaden gekommen war.

Schon bei Beginn der Dämmerung gingen Katta und Hukan am Ufer aufwärts, um den Baumstamm zu bearbeiten. Schalla hatte mit Packa die Beutetiere zu bewachen. Katta hackte zunächst kräftig mit, ermüdete aber ziemlich schnell, sodass sie wesentlich öfter Pausen einlegen musste, als Hukan. Mittags hielt sie es schließlich für besser, zum Lager zurückzukehren. Es wäre auch zu schade gewesen, wenn ein weiterer Bär oder ein plötzlich auftauchendes Wolfsrudel Schalla und Packa vertrieben und ihnen die viele Beute streitig gemacht hätten.

Hukans Schaffenskraft dagegen war nicht zu bremsen. Zwischendurch aß er ein Stück Fleisch, das er mitgebracht hatte. Ansonsten unterbrach er seine Arbeit nur gelegentlich, um am Fluss zu trinken. Der junge Mann war eben, wie die meisten Männer seines Stammes, nicht nur ein guter Jäger und Fischer, sondern auch ein ausdauernder und geschickter Handwerker.

Auch in der Mittagszeit blieb es frostig, was Hukan bei seiner Schweiß treibenden Schwerarbeit aber nicht verspürte. Er höhlte mit Hieben seiner zweiten Axt, deren Steinklinge er quer geformt hatte, den Stamm aus und hieb das obere Ende, welches er mit Kattas Hilfe vom beasteten Teil des Baumes getrennt hatte, kielförmig zurecht. An einer Seite hatte er einen Aststummel und am unteren Ende einen Wurzelansatz belassen, als Stützen für einen zweiten, kleinen Stamm, den er längs des Dicken anbinden wollte, damit das Baumboot im Wasser nicht kippen könnte. Zwischendurch musste er immer wieder seine Äxte reparieren, weil die Steinklingen sich wieder und wieder im Holzschaft lockerten. Manchmal machte er mit einfachen Faust-Steinen weiter, die er ebenfalls scharfkantig zugeschlagen hatte und zweihändig führte.

Seine Hände waren blutig zerschrammt und ein Fingernagel eingerissen, als er vor Anbruch der Dunkelheit wieder zum Lager zurückging. „Bist du gut vorangekommen?“, empfing ihn Katta bestens gelaunt. – „Ja,“ antwortete der Handwerker. „Morgen Vormittag müssen wir zu dritt den Einbaum ins Wasser schaffen, damit ich einen kleinen Stamm seitlich anbringen kann. Das heißt, im Laufe des Morgens müsstet ihr alles nach und nach zum Boot schaffen. Die morgige Nacht müssen wir dann an unserem beladenen Gefährt am Ufer verbringen und können voraussichtlich, wenn nichts dazwischen kommt, übermorgen früh den Rückweg antreten. - Aber wo sind Schalla und unsere Hündin?“ – Katta schmunzelte: „Wir haben vorhin weiter abseits Rehe gesehen, denen die Beiden nachstellen. Unser Mädchen scheint vergessen zu haben, dass es noch eine Bestie gibt.“ – „Ich weiß, du vermutest ebenso wie ich, dass der Höhlenlöwe sich zurzeit woanders aufhält,“ nickte Hukan. „Wenn es dunkel ist, wird sie schon zurückkommen.“

Katta leckte ihm liebevoll die wunden Hände und dann liebten sie sich auf dem frischen Bärenfell.

Als es gerade dunkel war, war Hukan dabei, sich erst einmal richtig satt zu essen. Wie er vermutet hatte, kam Schalla dann mit der Hündin zurück, ein Reh auf den Schultern. „Meine Güte, was bist du für eine tüchtige Jägerin!“, begrüßte Katta sie. „Hoffentlich klappt das mit unserem Wasserweg-Transport.“ Schalla lud ihre Beute am Feuer ab. „Mein Pfeil traf es nur am hinteren Oberschenkel, aber Packa hat es dann auf seiner Flucht schnell erwischt.“ – Hukan lobte seine Hündin und gab ihr das Stück Fleisch, in welches er gerade den ersten

Biss getan hatte. Schalla setzte sich neben ihn auf das Fell und lehnte sich mit übertrieben gespielter Müdigkeit an ihn. Katta reichte ihnen beiden Gebratenes und alle drei aßen gemeinsam. Schallas Sache war es dann anschließend, wieder das zweite Feuer zu entfachen, während Katta das Reh ausnahm.

Hukan lag rücklings auf dem Fell und betrachtete den Sternenhimmel. Während seiner heutigen Arbeit waren ihm wieder Erinnerungen an das Leben bei seinem Stamm gekommen. Mit Bebeh zusammen war er vor einigen Jahren im Winter einmal in einem Einbaum auf einen See hinausgefahren. Er hatte oberhalb ihres Lagers, am Einlauf des Flüsschens, am Vortag eine Reuse aufgestellt, die sie gemeinsam entleerten. Als sie losfuhren, waren am Ufer schon Eisflächen und auf ihrer Rückfahrt, fast mitten auf dem See, blieben sie stecken. Erst hatte er mit Paddel und Stange die dünne Eisschicht vor ihnen immer wieder zerstoßen können, doch dann verließen ihn die Kräfte und sie froren fest.

Eng umschlungen, sich gegenseitig wärmend, mussten sie drei Tage im Boot verbringen, bis die Eisdecke dick genug war, sie beide zu tragen und sie zu Fuß zum Lager zurückgehen konnten. Hungern und dursten brauchten sie ja nicht, denn sie aßen die rohen Fische und lutschten Eis. Jeder von ihnen trug, außer seiner üblichen Fell-Kleidung, einen zusätzlichen Pelzumhang, was sich gerade so als ausreichend erwies, denn es wehte ein bitterkalter Ostwind. Die meiste Zeit schneite es feine, weiße Flocken, sodass sie das Ufer nicht sehen konnten. Um ihre Leute zu beruhigen, riefen sie morgens, mittags und abends mit vereinten Kräften: „Haalooo, wir leebeen!“ Worauf es dann immer vielstimmig gegen den Wind zurück schallte: „Jaaa, wir hööören euch!“

Sie hatten schon von klein auf viel Zeit miteinander verbracht. Bebeh ging natürlich nie mit zum Jagen, während Hukan sich schon als junger Jäger bewähren musste. Doch wenn er zurückkam, wartete sie schon auf ihn und er erzählte ihr alles. Oft saßen sie abends eng umschlungen abseits von den anderen und tauschten gegenseitig ihre Gefühle aus, sprachen über eine gemeinsame Zukunft. Sie wollten weiter immer füreinander da sein und gemeinsam tüchtige Nachkommen bei ihren Lieben im Stamm großziehen. Geschlechtsverkehr hatten sie nie, denn keine Frau durfte ein Kind bekommen, bevor sie verheiratet war. Die Stammesgesetze waren streng und sie hielten sich daran.

Und dann kam für beide der Schock: Hukan, als bester junger Jäger, sollte Sunea, das schönste und perfekteste Mädchen, heiraten. Beim Fest der Sonnenwende. So war es Brauch.

Hukan schüttelte den Kopf, Tränen liefen ihm über das Gesicht. Er konnte es immer noch nicht begreifen, dass das Schicksal, oder besser gesagt, die Menschen, so grausam sein konnten.

Müde von seinem Tagewerk und vom reichlichen Essen, schlief er ein.

Seine beiden Gefährtinnen hatten ihn schlafen gelassen. Katta wusste, welch schwere Arbeit er geleistet hatte und so lösten Schalla und sie sich gegenseitig zweimal zur Nachtwache ab. Auch in dieser Nacht verhielten sich die beiden Jägerinnen gegenüber den kleinen, nächtlichen Räubern so, wie Hukan und Schalla in der Vornacht es schon praktiziert hatten. Ihr Haufen Wildfleisch diente praktisch als Lockmittel, welches ihnen neue Beute vor die Pfeile trieb.

Katta war diesmal noch weiter gegangen, indem sie

Därme und Knochenreste etwas weiter vom Feuer abseits deponierte, was die kleinen Räuber noch dreister werden ließ. Neben zwei weiteren Füchsen und einem Dachs schossen sie diesmal auch einen Uhu, als der Nachtvogel sich einen jungen Fuchs krallen wollte, der sich auch zu ihren Ködern schlich. Das Füchschen allerdings konnte aufgeschreckt entkommen.

Der sonst so pflichtbewusste Hukan war natürlich etwas verlegen, als er nach durchschlafener Nacht bei Tagesanbruch erwachte. In Gedanken aber weilte er sowieso gleich wieder bei ihrem Boot, sodass er sich nach einer kurzen Fleischmahlzeit sofort wieder zu seiner Arbeitsstelle aufmachte. Wobei er diesmal gleich so viel Beute mitnahm, wie er tragen konnte.

Es dauerte nicht lange und die Frauen erschienen, begleitet von Packa, abwechselnd bei ihm am Boot, um Wild dort abzulegen. Schalla entzündete natürlich hier ebenfalls ein Feuer. Hukan wurde in dieser Situation, umgeben von so viel Fleisch, wieder besonders deutlich, welche Macht der Mensch dadurch bekam, dass er als einziges Lebewesen die Ur-Angst vor Flammen überwinden und kontrolliert damit umgehen konnte.

Mittags war der Lagerwechsel abgeschlossen. Hukan hatte ein glattes Stämmchen als Ausleger fertig und mit vereinten Kräften schoben und rollten sie den jetzt erheblich leichteren, weil ausgehöhlten Stamm zum Wasser. Sie ließen den Einbaum so weit hinein, dass er schwamm und Katta legte einen Felsbrocken daneben, dass er nicht fortgetrieben werden konnte. Gemeinsam befestigten sie das Stämmchen mit Riemen und Schnüren an der Seite und die Frauen beluden ihn. Hukan suchte noch einen fünf Schritte langen frischen Ast, mit hakenförmigem Ast-Ansatz am einen Ende, durch dessen anderes Ende er ein kurzes Querholz trieb. Das ergab eine Zugstange, die sie an der inneren Vorderkante des Einbaums einhaken konnten, um ihn zu zweit am Ufer gehend zu schleppen. Einer von ihnen sollte nebenher gehend mit einer Lanze verhindern, dass das schwimmende Gefährt ans Ufer trieb.

Am frühen Nachmittag wagten sie den Start. Dank Hukans Erfahrung funktionierte es tatsächlich. Der Stamm hatte die richtige Größe und lag stabil in der Strömung. Sie beschlossen, sich reihum an Zug- und Schub-Stange abzuwechseln und zogen voller Optimismus los. Packa war so aufgeregt, dass sie eine ganze Zeit lang die auf dem Wasser treibenden Stämme voller Wild verbellte. Erst nach etwa 50 Schritten beruhigte sich die Hündin und widmete sich auf die Ermahnungen ihres Herrchens hin ihrer Absicherung nach außen.

Schon bald erreichten sie die erste kritische Stelle, an der Sträucher bis direkt ans Wasser wuchsen und ihnen so den Weg am Ufer versperrten. Hukan bestieg rittlings den Einbaum und versuchte, ihn mit einer Lanze am Grund abstoßend, gegen die Strömung anzutreiben. Er schaffte es nicht. Sie versuchten es mit Katta im Baum und ihn im hüfttiefen Wasser schiebend. Es ging. Langsam und mühsam zwar, aber sie kamen voran. Anschließend wechselten sie wieder an Land.

Auf diese Weise, so schätzte Katta, könnten sie nach etwa fünf Tagen die Nähe der Höhle erreichen.

Das klare Wetter hielt an. Ein kalter Ostwind verhinderte, dass die Sonnenstrahlen am Tage den gefrorenen Boden auftauten. Hukan machte es nichts aus, immer wieder kurz ins Wasser steigen zu müssen und anschließend nass bis zu den Hüften weiter zu gehen. Solange sie Zug- und Schiebe-Arbeit leisteten, blieb er warm. Wenn sie sich Stellen näherten, an denen sich seinem Jäger-Instinkt nach Fische aufhalten konnten, überließ er jedes Mal den Frauen kurz die Kontrolle über ihren Transporter, nahm seinen Bogen und ging mit Packa voraus. Das Wasser war wieder relativ klar und so schoss er im Laufe des Nachmittags drei große Fische, die Packa brav ans Ufer apportierte.

Als es dunkel wurde, machten sie den Einbaum an der nächstbesten Stelle am Ufer fest und entzündeten ein Feuer. Hukan hatte sich mehrere tiefe Schnitte an den aufgeweichten Füßen zugezogen, legte sich deshalb zum Trocknen und Aufwärmen neben die Flammen und hielt die Füße hoch, um die Blutungen schnell zu stoppen. Katta entschuppte die Fische und nahm sie aus, um sie anschließend zu grillen. Schalla und Packa trugen aus der Nähe Brennholz herbei. Nach dem Essen, als Hukans Wunden verschorft waren, meinte Katta mitleidsvoll zu ihm: „Mit deinen Füßen wirst du an den kommenden Tagen aber Probleme bekommen.“ – Hukan grinste verschmitzt und entgegnete: „Ich habe schon eine Idee: Ich werde gleich flache Holzplatten schnitzen, die unter meine Füße passen. Mit Lederriemen binde ich sie fest, sodass ich ohne Verletzungsgefahr über die scharfen Steine im Wasser laufen kann.“

Mit seiner Steinaxt hieb er größere flache Stücke von einem Baumstumpf in der Nähe ab, die er anschließend im Schein des Feuers mühsam in die passende Form schabte und an den Unterseiten vorn und mittig mit Kerben versah, in denen umlaufende Lederriemen Halt finden konnten. Als er fertig war, band er diese Holz-Latschen an seinen Füßen fest und ging klappernd auf und ab. „Nicht gerade zum Anschleichen geeignet, aber Fußsohlen schonend,“ stellte er zufrieden fest. Schalla tat begeistert und plapperte aufgeregt: „Machst du mir morgen auch welche? Ich hätte sie eigentlich immer schon gebraucht!" – „Sobald ich Zeit habe, natürlich meine Süße," antwortete der Norsun lächelnd.

In dieser Nacht war es auffallend ruhig. Dieser Flussabschnitt schien bei den Tieren nicht beliebt zu sein.

Am nächsten Tag zogen und schoben sie zügig weiter aufwärts, Richtung See. Nachdem sie den größeren Bachzulauf passiert hatten, war der Wasserstand deutlich geringer, so gerieten die Schiebe-Passagen für Hukan bedeutend weniger anstrengend und sein Unterleib wurde nicht mehr nass. Bevor sie den See erreichten, schlug Katta vor, anzulegen. Hukan und Schalla sollten mit ihren Bogen voran pirschen, denn es stand zu erwarten, dass sich wieder Gänse dort aufhalten würden. Die Alt-Jägerin blieb an einer dicht bewachsenen Uferstelle, die für große Raubtiere unzugänglich schien, auf dem Einbaum zurück. Hukan zog seine Holzsandalen aus und das junge Jägerpaar schlich mit Packa Richtung See davon.

Katta hatte sich nicht getäuscht, es waren wieder Gänse dort. Allerdings noch deutlich mehr als letztes Mal. Fast alle hielten sich diesmal am Ostufer auf, wo Schalla und Hukan gingen. Unmittelbar am Ufer schwamm bereits eine Eisschicht. Die meisten Gänse spazierten in Ufernähe, nach Nahrung suchend, ein großer Teil saß ruhend an Land. Letztere waren wohl schon satt, denn immerhin hatten sie schon Mittag. Insgesamt schätzte Hukan die Zahl auf über 40 Stück. Er schlug seiner jungen Gefährtin vor, diesmal möglichst oft aus ihrer Deckung heraus zu schießen. Dafür mussten sie natürlich die ersten Vögel sofort tödlich treffen, damit diese nicht die anderen warnen könnten. Das klappte nicht gut. Bereits der dritten getroffenen Gans gelang es, im Todeskampf noch zu flattern und Warnschreie auszustoßen, sodass die Jäger und ihre Hündin sich dann sofort auf die nun flüchtende Schar stürzten. Packa gelang es diesmal sogar, zweien kurz hintereinander den Hals durchzubeißen, sie erlegten also insgesamt acht.

Nachdem sie zu Katta zurückgekehrt waren, schoben sie kurz darauf ihren Einbaum auf die noch eisfreie Seemitte. Wegen des zu dünnen Eises konnten sie ihn am Rand nicht manövrieren. Hukan setzte sich deshalb wieder auf und stakte ihn über die Wasserfläche. Den am Ufer marschierenden Jägerinnen gelang es, noch zwei weitere Gänse zu erlegen, da diese nach ihrer Flucht wieder zurückgekehrt waren. Am Zulauf trafen sie etwas später wieder mit Hukan zusammen. Schalla hatte noch ein großes Bündel Schilf geschnitten, das sie für verschiedene handwerkliche Zwecke mit zur Höhle nehmen wollte und ebenfalls auf den Einbaum lud.

Der weitere Verlauf ihrer Rückkehr verlief ohne bedrohliche Ereignisse. Allerdings hatten sie immer öfter Probleme mit über oder in das Flüsschen gestürzten Bäumen oder hinüber ragenden Ästen, weil, je weiter sie nach Norden kamen, die Waldschäden wieder zunahmen. Zweimal mussten sie den Einbaum komplett entladen und mühsam ein Stück übers Land schleifen und hebeln.

Sie ernährten sich unterwegs fast ausschließlich von Fischen, die auch Schalla nun öfters schoss. Gelegentlich erlegten sie auch einen Vogel oder Nager. Die Wild-Dichte hatte sich aber noch nicht entscheidend gebessert. Hukan hatte Schalla auch ein Paar Holzlatschen gemacht, weshalb sie jetzt mit ihm zusammen schob. Aber nur, wenn es unbedingt nötig war, denn sie musste jedes Mal ihre Hosen ausziehen, bevor sie ins eiskalte Wasser stieg.

Die ganze Zeit über herrschte Dauerfrost.

Am Nachmittag des sechsten Tages kamen sie in die Nähe ihres Höhlen-Berges. Der Wind wehte nun von Nordwesten, Bewölkung war aufgezogen, und es begann, zu schneien. Katta und Hukan hatten richtig geschätzt, dass der Wasserstand etwa 500 Schritte vor ihrer Wasserstelle unterhalb der Höhle für den Einbaum zu niedrig sein würde. Sie setzten ihn also fest und Katta und Schalla, beide bepackt mit Wild, machten sich, voller Vorfreude auf die staunenden Gesichter von Toba und Zetti, auf zur Höhle. Hukan blieb mit Packa als Wächter zurück. Mittlerweile schneite es kräftig kleine, feine Flocken. Es würde also keinesfalls bald milder werden.

Alle Frauen gemeinsam sollten anschließend den Einbaum entladen.

Schalla kam allein, völlig aufgelöst, weinend zurück gerannt. Sie war total außer Atem und nicht in der Lage, zu sprechen. Hukan nahm sie in den Arm und streichelte ihr über den Kopf: „Schalla, beruhige dich, was ist passiert?" Das Mädchen schluchzte und schluchzte und bekam kein Wort heraus. Schließlich nahm er sie energisch bei der Hand und zog sie mit sich den Berg hinauf, zur Höhle. Packa blieb unaufgefordert allein zurück. Schalla hatte keine Angst, wieder zur Höhle zu gehen, es drohte also keine unmittelbare Gefahr mehr. Vor dem Eingang stockte dem Jäger der Atem. Der Schnee lag hier, im Windschatten des Berges noch nicht dicht, sodass er noch deutlich die blutige Löwenspur erkennen konnte, die hinaus führte.

Die Bestie war in ihrer Höhle gewesen! Wie war das möglich?

Er ließ Schallas Hand los und eilte hinein. Es war finster.

Das Feuer war aus!

Wie konnte das passieren? Wo waren Toba und Zetti?

Wo war jetzt Katta? Tastend ging er durch den großen Höhlenraum, rief: „Katta, Katta, wo steckst du?"

Der Fußboden war klebrig. Er kannte das Gefühl nur zu gut: Dickes, fast eingetrocknetes Blut.

Aus dem langen Gang, tief im Berg, ertönte Kattas Stimme: „Ich bin hier, ganz unten. Komm schnell! Schalla soll wieder Feuer machen und mit einer Fackel nachkommen!" Hukan wandte sich zu Schalla um, die im Halbdunkel des Eingangs geknickt und immer noch schluchzend an der Wand lehnte. „Hast du gehört? Mach Feuer und komm mit einer Fackel nach!" Nach diesen Worten tastete er sich in den Gang hinunter. Ganz unten, wo er schon krabbeln musste, stieß er auf seine zwischen Tropfsteinen liegende Gefährtin. „Zetti hat sich hier verkrochen. Es geht ihr ganz schlecht!" – Hukan tastete sich an Katta vorbei und befühlte Zettis Körper. Sie lag dort eng zusammengekauert, war ganz kalt und reglos. Er konnte keine Atmung spüren, tastete am Handgelenk ihren Puls. Ihr Herz schlug ganz langsam, kaum fühlbar. In der Dunkelheit streichelte er über ihr Gesicht, flüsterte: „Zetti! Zetti! Der Horr ist fort. Wir sind wieder da, entspann dich!" Während er weiter ihren Kopf streichelte und sie immer wieder küsste, zog Katta sanft, aber mit Druck ihren verkrampften und unterkühlten Körper auseinander, in eine gestreckte Haltung und massierte sie.

Endlich kam Schalla mit Licht. Zetti war leichenblass, ihre weit geöffneten Augen schauten seelenlos ins Nichts. Behutsam schleiften sie ihren Körper in den Bereich des Gangs, wo sie gebückt gehen konnten. Dort ergriffen Katta und Hukan sie an Händen und Füßen und trugen sie eilig nach oben.

Schalla zog ein Bärenfell so nah wie möglich neben das Feuer und sie legten sie darauf. Katta und Hukan schauten sich fassungslos an, ohne ein Wort zu sagen, das Mädchen legte schluchzend weiteres Holz ins Feuer. Hukan beugte sich nieder und fühlte Zettis Puls. Ihr Herz schlug jetzt etwas kräftiger und sie begann, stärker zu atmen. Katta fasste ihn an der Schulter und sagte behutsam: „Wir müssen jetzt erst so schnell wie möglich alle Beute heraufholen, kommt!“

Packa war froh, als ihre Menschen endlich wieder erschienen, erleichtert strich die Hündin ihnen um die Beine und beschnüffelte aufgeregt deren Füße. Als sie dann, nach mehrmaligem Gehen alles hinaufgetragen und den Einbaum umgestürzt hatten, durfte sie endlich mit zur Höhle. Als sie vor dem Eingang die Fährte der Bestie witterte, stutzte sie zunächst vorsichtig, raste dann kreuz und quer durch die Höhle, knurrend alles absuchend, hielt sich in höchster Aufregung längere Zeit intensiv schnüffelnd an der großen Blutlache auf, rannte kurz zu Zetti, beschnüffelte diese von unten nach oben, leckte ihr hektisch das Gesicht, schaute kurz ihr Herrchen an und eilte, die Nase auf der Löwenfährte, hinaus in das Schneetreiben.

Nach kurzer Zeit kam sie stark hechelnd wieder herein gerannt und legte sich in Wach-Haltung neben den Eingang.

Katta, Hukan und Schalla setzten sich wortlos ans Feuer und rupften Gänse. Keiner machte auch nicht die kleinste Bemerkung über Toba. Es konnte keine Hoffnung geben. Das Mädchen rang lange nach Fassung und weinte leise vor sich hin.

Als Hukan eine Gans fertig hatte, schaute er wieder nach Zetti. Sie fühlte sich endlich warm an, hatte wieder Farbe im Gesicht aber atmete noch ziemlich flach. Er streichelte wieder ihre Wangen und richtete sie auf: „Guck, was wir alles mitgebracht haben! So viel Wild! Bär, Reh, Fuchs, Gans, sogar einen Biber! Kennst du Biber? Schalla zeige ihn ihr mal!“ Schalla brachte den Biber herbei und Hukan legte ihn auf Zettis Schoß. „Fühl mal, wie weich sein Pelz ist!“ Bei seinen Worten führte er Zettis Hand über den dicken Nager.

Katta hatte ebenfalls eine Gans gerupft, legte den nackten Vogel beiseite und stellte das neue, zusammengerollte Bärenfell als Stütze hinter den Rücken ihrer Stammesgefährtin. Hukan hielt sie weiter im Arm. Endlich bewegte Zetti sich zitternd. Erst begann sie zu schluchzen, immer heftiger. Dann bäumte sie sich in Hukans Umarmung auf und schrie: „Er hat sie gefressen! Er hat sie gefressen!“

Sie klammerte sich schluchzend an Hukan. „Er hat sie gefressen!“ Der Jäger drückte sie behutsam an sich und ermunterte sie nach einer Weile, als ihr Schluchzen leiser wurde: „Wie konnte das passieren, kannst du es uns erklären?“ Wieder schluchzte sie eine ganze Weile, wurde endlich ruhiger, schaute Hukan lange an. Dann wanderte ihr Blick langsam zu Katta, weiter zu Schalla, zurück zu Hukan. Seufzend holte sie noch einmal tief Luft und berichtete mit leiser Stimme: „Als ihr fort wart, hatte Toba immer öfter Kopfschmerzen. Nach ein paar Tagen konnte sie manchmal nicht mehr richtig reden. Sie schaute mich an, wollte mir etwas sagen, konnte es aber nicht. Oft saß sie still abseits und hielt sich den Kopf. Manchmal, wenn sie durch die Höhle ging, machte sie Pippi, im Gehen, ohne es zu wollen. Oft wollte sie etwas Bestimmtes tun, ging irgendwo hin - und hatte es vergessen. Dann war sie auch mal wieder klar im Kopf, kam zu mir, schaute mich mit großen Augen an und fragte: „Was war vorhin? Ich kann mich an nichts erinnern.“ Ich konnte mich nicht mehr auf sie verlassen, musste nachts immer allein wachen und das Feuer versorgen. Es war schrecklich.“ Zetti machte eine Pause, begann wieder zu schluchzen und drückte ihr Gesicht an Hukans Brust. Dann heulte sie laut los und stotterte schluchzend: „Ihirgend... wwann b... bin ich ein... ge... schlafen...“ Hukan drückte sie fest an sich und küsste sie auf den Kopf. Sie schluchzte weiter, brachte mühsam hervor: „Dann ist wohl das Feuer ausgegangen,... ich wurde vom Brüllen der Bestie geweckt,... hörte in der Dunkelheit, wie sie sich auf Toba stürzte und... ihr die Knochen zermalmte...“ Von der Erinnerung überwältigt, schluchzte die junge Frau wieder so heftig, dass sie eine ganze Zeit lang unfähig war, weiter zu reden. Auch Schalla, Katta und Hukan ließen ihren Tränen freien Lauf.

Sie hatte es geschafft, in den untersten Gang zu flüchten, wohin der Horr ihr noch brüllend so weit folgte, bis es für ihn zu eng wurde. Lange hatte er sie fauchend bedroht und versucht, sie mit seinen Tatzen zu erreichen. Vom Hunger getrieben, ging er dann endlich wieder zu seinem ersten Opfer hinauf und fraß von der Schamanin.

Zetti hatte jegliches Zeitgefühl verloren und wusste nicht, wie lange sie sich dort unten versteckte oder wann der Horr mit dem angefressenen Leichnam der Schamanin die Höhle verlassen hatte. Denn Knochen von Toba waren nicht zurückgeblieben.

Das Sitzen am warmen, sicheren Feuer und die Gegenwart ihrer vertrauten Menschen ließen Zetti ihren Schock langsam überwinden. Als alle aßen, nahm sie auch die ihr dargebotenen Stücke und speiste mit zunehmendem Appetit. Katta schätzte, dass sie wohl eine Nacht und einen Tag in ihrer Angst-Starre verharrt hatte.

Nun beunruhigte natürlich alle die Frage, wo der Horr sich jetzt aufhalten würde. In der Nähe war er sicher nicht, das war klar, sonst hätte er sich wohl gleich bei ihrer Ankunft bemerkbar gemacht oder Packa hätte ihn aufgespürt. Hukan vertrat die Ansicht, die Bestie müsse ein anderes Ziel haben, vielleicht Artgenossen suchen, sonst wäre sie mit ihrer Beute in der Höhle geblieben. Katta stimmte dem zu, vor allem auch, weil die Bestien keine nasse Witterung mochten. Ihr kam es auch seltsam vor, dass der Horr nicht weiter nach Süden gezogen war, wo die Natur noch intakter war und es noch Wild gab. Hukan ahnte, was nun folgen würde und versuchte, seine Wilde und Zetti auf andere Gedanken zu bringen, indem er lustige Geschichten von jungen Hunden erzählte. Es nützte nichts, Katta verfiel ins Grübeln, machte schließlich den gleichen verbissenen Gesichtsausdruck, wie vor einiger Zeit, nachdem er sie gesund gepflegt hatte und platzte plötzlich mit dem Satz heraus: „Wir müssen ihn töten!" – „Meine allerliebste Freundin," entgegnete ihr der zurückhaltendere junge Jäger und bemühte sich um einen ernsten, tiefen Tonfall. „Der Schnee hat jetzt alle Spuren zugedeckt. Vermutlich ist er nach Norden unterwegs, wo es für uns wahrscheinlich noch kein Wild zur Ernährung gibt. Natürlich hast du Recht, dass Beste wäre, wenn die Bestien für immer ausgerottet wären. Aber ihm jetzt zu folgen, wäre einfach unklug. Beim letzten Mal hat nur die große Katastrophe verhindert, dass wir selbst gefressen wurden." Katta schien nicht beeindruckt, deshalb fügte er noch hinzu: „Jetzt haben wir zwar genug Fleischvorrat, aber wir dürfen Zetti noch nicht allein lassen und werden, auch wenn es ihr wieder gut geht, ohne Schalla in unserem südlichen Revier jagen müssen."

Ganz allmählich wich der verbissene Ausdruck aus Kattas Gesicht.

In der Nacht kam Zetti zu Hukan gekrochen und kuschelte sich Schutz suchend an ihn. Das überraschte den jungen Mann. Bei der bisher von den Höhlenfrauen gepflegten Hierarchie müsste nach Tobas Tod jetzt eigentlich Katta die Führung übernehmen, und er hatte stillschweigend erwartet, dass sich die Älteste fürsorglich um die verstörte Gefährtin kümmern würde. Sie tat es nicht und auch Schalla hielt sich zurück. Warum trösteten das Mädchen und die jüngere Frau sich nicht gegenseitig? Machten sie ihn jetzt stillschweigend zum „Leittier", das für ihren Schutz zu sorgen hatte? Versagten die jüngeren Frauen Katta diese Rolle, weil sie zu wild und unbeherrscht war?

Sanft streichelte und liebkoste er Zetti, bis sie eingeschlafen war.

Am nächsten Morgen reichte der Schnee Packa bis zum Bauch. Es hatte aufgehört zu schneien, blieb aber frostig. Hukan bestieg mit Katta und seiner Hündin den Berg, um Ausschau zu halten. Sie wollten es weiter so machen, wie Toba es vor ihrer Jagd geboten hatte, jetzt aber sicherheitshalber nur noch zu zweit die Höhle verlassen und ihr Ausschauen auf mehrere Male am Tag beschränken.

Die weiß verzauberte Landschaft bot einen unerhörten Vorteil: Sie konnten Wild auf große Entfernung gut erkennen. So sahen sie auch jetzt weit entfernte Rehe oder Gämsen. In der Nähe aber ließ sich nichts Größeres blicken. Anschließend kontrollierten sie die Falle auf der anderen Seite des Baches. Sie war unberührt, die Abdeckung gab unter der Schneelast etwas nach, die Schneeschicht aber erhöhte die Wahrscheinlichkeit, dass sie nicht bemerkt wurde.

An den nächsten Tagen änderte sich das Wetter nicht, außer, dass der frostige Wind nun von Nordosten wehte. Es ließ sich auch kein größeres Wild in Höhlennähe blicken. Bei dieser Schneehöhe Kleintieren nachzustellen machte keinen Sinn. Sie übten sich in Geduld, vor allem um Zettis Gemüt noch zu schonen und zehrten von den Vorräten.

Eines Abends aber schlug Packa am Höhleneingang aufgeregt an. Von der Falle her tönten mehrstimmiges Grunzen und Quieken herauf. Die Hündin in wilder Erregung voran, stürmten Katta, Hukan und Schalla mit Speeren und Lanzen bewaffnet, hinunter. Zwei Wildschweine waren in die Grube gestürzt. Sie töteten sie mit den Lanzen, richteten die Falle wieder her und trugen die zwei ausgewachsenen weiblichen Tiere hinauf zur Höhle. Die starke Katta bewältigte eines allein, Hukan und Schalla trugen das Zweite gemeinsam. Als sie die Höhle betraten, stand Zetti verängstigt hinter dem Feuer, in den Händen zwei Speere. Sie hatte ihren Schock also noch nicht vollständig überwunden. Die Jäger legten die Schweine ab und Hukan ging lächelnd zu ihr. Sanft löste er die Speere aus ihren verkrampften Händen und nahm sie in den Arm.

Die Tage verstrichen. Zu tun gab es immer, auch wenn sie nicht auf Jagd gingen. Die Frauen gerbten Felle, stellten Riemen und Bänder her und Hukan bekam endlich einen Jagd-Anzug. Der Jäger selbst befasste sich hauptsächlich mit der Herstellung von Waffen und Werkzeugen. Einen dritten, sehr großen und starken Bogen fertigte er speziell für Schalla. Da das Mädchen viel Kraft besaß, konnte sie die durchschlagstarke Waffe gut handhaben. Sie bauten wieder einen Schneemann und übten jeden Tag Schießen, bis zur Ermüdung.

Als sie in der Handhabung sicher war, ging er mit ihr auf Jagd. Sie trugen ihre Jagd-Anzüge plus Umhang und Fell Schuhe. Es hatte hin und wieder etwas geschneit, sodass die Schneehöhe jetzt mehr als einen halben Schritt betrug. Ihre Hündin ging natürlich mit, kam aber nur in ihren Spuren voran. Auch das Anschleichen funktionierte bei dieser Schneehöhe kaum. Sie waren gezwungen, aus größerer Entfernung zu schießen. Aus zwei großen Krähenschwärmen trafen sie nur fünf Exemplare. Vögel hatten kaum Möglichkeiten, auf schneefreien Boden zu gelangen und hielten sich fast nur auf stehenden oder umgestürzten Bäumen auf. Hukan traf einen tief fliegenden Habicht.

Das Marschieren durch den Tiefschnee war sehr anstrengend, weshalb sie öfter Pause machten. Dem sensiblen Hukan fiel auf, dass sich seine junge Gefährtin anders benahm als sonst. Sie wirkte auf ihn nicht mehr so mädchenhaft schnippisch oder frech, sondern irgendwie weicher und zurückhaltender. Er fand sie plötzlich sehr anziehend und verführerisch. Als sie während einer weiteren Verschnaufpause nebeneinander unter den ausladenden Zweigen einer stehengeblieben Fichte auf dem zart „gepuderten“ Waldboden saßen, trafen sich ihre Blicke und sie flüsterte: „Ich bin jetzt eine Frau.“ Während eines unendlich langen, leidenschaftlichen Kusses zogen sie hastig ihre Anzüge aus und liebten sich auf den piksenden Baumnadeln.

Nachmittags streiften sie auf ihrem Rückweg den Bach entlang und schossen einen Marder und mehrere Fische, die Packa folgsam aus dem kalten Wasser apportierte.

Katta hatte während ihrer Abwesenheit öfter auf dem Berg Ausschau gehalten und in Höhlennähe mit Schallas altem Bogen einen Fuchs erlegt. „Und stellt euch vor, was sich in unserer Gegend aufhält,“ fragte sie die Heimkehrenden. Das junge Jägerpaar blickte sie fragend an. „Nun, was?“, fragte Hukan neugierig. – „Ein Wolfsrudel!“, antwortete die Alt-Jägerin gewichtig. „Ich sah sie über den übernächsten Berg im Südwesten streifen. Sieben Tiere!“ Hukan holte tief Luft: „Welch ein Glück! Wir legen sofort Köder aus!“ Sie legten etwa 20 Schritte vor der Höhle, wo der Schnee durch ihre Aktivitäten schon flach getreten war, frische, stark riechende Innereien, den abgezogenen Fuchs und das größte Stück rohes Wildschwein aus, das sie noch hatten. Da der Wind immer noch aus Nordost wehte, mussten die grauen Räuber einfach angelockt werden. Zumal Katta erzählte, dass sie im Winter sowieso regelmäßig immer „Besuch“ von Füchsen, Wölfen und anderen kleinen Fleischfressern bekamen, die vom Gestank ihrer Abfallgrube etwas abseits des Höhleneingangs, angelockt wurden. Im Sommer vergruben sie ihre Abfälle im Wald, damit die Fliegen in Höhlennähe nicht überhand nahmen.

Abends war es sternenklar und der Halbmond ging im Osten auf. Es war also relativ hell über der Winterlandschaft. Alle in der Höhle wurden von Aufregung erfasst, auch die Hündin schien zu ahnen, was bevorstand. Die Norsuns in der Ebene hatten ebenfalls im Winter mit ausgelegten Ködern Wölfe gejagt. Wenn ein Rudel bei Schnee ausgehungert umherstreifte, verhielten sich die intelligenten Tiere unvorsichtiger als sonst und scheuten nicht die Nähe der Menschen.

Wirklich ertönte schon bald in geringer Entfernung vielstimmiges Wolfsgeheul, mit dem das Rudel seinen Revier-Anspruch kundtat.

Die Jäger legten in Eingangsnähe ihre Waffen parat, löschten das Feuer und hockten sich in Lauerstellung. Selbst Zetti nahm einen Speer und setzte sich in die Reihe der Wartenden neben Hukan. Sie hatte schon öfter eine solche Jagd an der Höhle erlebt und wusste, dass sie sich auf die Treffsicherheit ihrer Jäger verlassen konnte.

Und wo Wölfe waren, war keine Bestie.

Vorsichtig näherte sich das erste Tier, fraß etwas von den Innereien, packte sich den Fuchs und verschwand. Alle verhielten sich still, die Waffen schussbereit.

Zügig kam der Rest des Rudels herbei, machte sich über die Innereien her und zerrte an dem Stück Wildschwein. Katta hatte es mit dem größten Felsbrocken, den sie tragen konnte, festgeklemmt, sodass die Räuber es nicht fortschleppen konnten.

Als die Jägerin ihren Speer zischend aus der Höhle schleuderte, schossen Hukan und Schalla ihre Pfeile ab und auch Zetti schleuderte einen Speer, so gut sie konnte. Um nicht zufällig alle auf das gleiche Tier zu schießen, hatten sie vorher ausgemacht, gemäß der Position ihrer Aufstellung auf die Wölfe zu zielen. Wegen des guten Lichtes über der Schneedecke und der dicht gedrängt stehenden Wölfe trafen alle. Kattas Speer durchschlug mit der Spitze einen Rüden, der sofort tot war, Hukans und Schallas Pfeile drangen jeweils einer Wölfin ins Herz und streckten sie nieder. Zettis Speer drang dem rechts außen stehenden Rüden in den Hinterleib, worauf auch dieser zappelnd und jaulend zusammenbrach. Die nicht getroffenen Wölfe stiebten durch den Schnee davon, zum Bach hinunter. Alle stürzten hinaus, bis auf Zetti, die in der Höhle blieb, um gleich wieder das Feuer zu entfachen.

Packa voran, verbiss sich in der Kehle des noch lebenden, von Zettis Speer getroffenen Tieres, das röchelnd verendete. Den anderen zertrümmerten die Jäger sicherheitshalber noch mit ihren Steinäxten die Schädel.

Trotz des Getümmels hörten sie deutlich, wie die Fallgrube einbrach. Katta und Hukan zogen eilig die zwei Speere aus den Wolfsleibern und stürmten mit Packa hinunter. Schalla holte eine Lanze und eilte hinterher.

Zwei Wölfe waren in die Grube gestürzt. Bevor sie nahe genug waren, gelang es einem, hinaus zu springen und mit weiten Sätzen durch den Tiefschnee zu entkommen. Den Zweiten streckte Kattas Speer in der Grube nieder.

Als die fünf toten Wölfe vor dem Feuer in der Höhle lagen, betrachtete Hukan ihre Jagdstrecke mit gemischten Gefühlen. Im Grunde waren Wölfe, wie die übrigen Wildarten auch, Beute, Fleisch, Pelz und so weiter, was die Menschen zum Überleben brauchten. Viele seiner Stammesgenossen und auch die Starken hassten sie obendrein, denn sie waren die erfolgreichsten Nahrungskonkurrenten. So wie Kattas Stamm die Bestien, so hassten manche Stämme in der Ebene die Wölfe und töteten welche, wann immer sie konnten. Doch Wölfe waren schlau, genügsam und ausdauernd. Nicht so schlau wie Menschen natürlich, aber schlauer als die meisten anderen Tiere. Und sie lebten, wie die Menschen, in einer Gemeinschaft, in welcher man einander beistand. Das machte sie ebenfalls so erfolgreich.

Für Hukan waren sie aber auch die Ahnen seiner geliebten Hunde. Der besten Freunde des Menschen. Noch längst nicht alle seiner Zeitgenossen begriffen, welch große Vorteile das Zusammenleben mit diesen Vierbeinern bieten konnte. Die meisten verstanden das Wesen dieser schlauen und aufopfernden Gefährten nicht und wussten nicht mit ihnen vorteilhaft umzugehen. Aber Hukan durchschaute Hunde mit allen ihren sozialen Eigenschaften und deshalb standen ihm auch die Wölfe nahe.

Die Höhlenfrauen waren in ausgelassener Stimmung. So eine erfolgreiche Jagd! Trotz der Schäden, welche die Katastrophe angerichtet hatte, schien dieser Winter längst nicht so schlimm zu verlaufen, wie sie befürchtet hatten. Wäre das Unglück mit Tobas Erkrankung und dem überlebenden Horr nicht passiert, hätten sie kaum Anlass zur Klage gehabt. Schalla meinte, als sie mit großen Augen Hukan, ihren Bogen-Lehrer und die erlegten Wölfe vor dem Feuer betrachtete: „Die alte Toba hatte wohl recht mit ihrer Prophezeiung, dass wir mit Hukans Hilfe den Winter in der Höhle überstehen werden.“

Katta, Zetti und Schalla traten mit strahlenden Gesichtern zu ihrem Jäger, legten ihre Arme um seine Schultern und nahmen ihn in ihre Mitte. Ausgelassen lachend drückten und küssten sie ihn. Packa, die abseits liegend das Geschehen beobachtete, sprang bellend hinzu und hüpfte auf den Hinterbeinen an dem Menschenknäuel hoch. Katta und Schalla öffneten darauf noch lauter lachend ihren Kreis und nahmen die aufrecht stehende Hündin in ihre Mitte.

Hukan fiel zum wiederholten Male auf, dass nach dem schlimmen Ereignis keine der Frauen auch nur ein Wort über böse oder gute Geister und dergleichen fallen gelassen hatte. Bei seinem Stamm hätten der Schamane und viele andere zum Beispiel Tobas Erkrankung mit Sicherheit damit erklärt, dass sie von einem bösen Geist besessen worden sei und der Grund dafür mit irgendeinem Fehlverhalten zu erklären wäre. Denn, dass eine Bestie in die vermeintlich so sichere Höhle eindringen könnte, schien normalerweise undenkbar. Hinter einer solchen unglücklichen Verknüpfung von Ereignissen mussten nach allgemeiner kleingeistiger Denkweise einfach überirdische Mächte stehen.

Auch hatte Katta bisher kein Wort darüber verschwendet, dass sie nun vielleicht Tobas Rolle als Schamanin einnehmen müsse. Hatte Toba sie überhaupt als ihre zukünftige Nachfolgerin in ihre Geheimnisse eingeweiht? Oder kam die Jägerin charakterlich überhaupt nicht dafür in Frage? Fehlte schlicht und einfach eine passende Nachfolgerin?

Bei den Höhlenfrauen schienen Hukan auf jeden Fall nun übersinnliche Dinge gar keine so tiefe Bedeutung mehr zu haben.

Oder scheuten sie diese Themen, nachdem er im Magie-Raum seinen Gefühlsausbruch gehabt hatte, um ihn, ihren einzigen Mann, nicht zu verlieren? Es konnte ihm nur recht sein, denn nach dem Ausstoß aus seinem Stamm sah auch er das Leben und alle Ereignisse wesentlich sachlicher. Seiner Meinung nach machten die Menschen es sich ziemlich einfach damit, alles, was sie nicht erklären konnten, überirdischen Mächten zuzuschreiben. Besonders fatal war dies dann, wenn die Schuld an unerklärlichen Dingen Mitmenschen angelastet wurde, so wie es ihm selbst widerfahren war.

Während sie gemeinsam die ersten zwei Wölfe zerlegten und sich dabei die ersten gebratenen Happen schmecken ließen, bemerkte Hukan, als sein Blick auf seine ihm gegenüber sitzende Hündin fiel, dass deren Bauch etwas dicker war als gewöhnlich. Er schaute genauer hin: Kein Zweifel, auch ihre Zitzen hatten an Umfang zugenommen. Packa war trächtig!

Als er seine Gefährtinnen auf seine Entdeckung aufmerksam machte, stand die verdutzte Hündin plötzlich vollkommen im Mittelpunkt. Sie wurde gestreichelt und gehätschelt und bekam mehr Leckereien zugesteckt, als sie so schnell fressen konnte.

Zetti wollte wissen, wann es denn wohl soweit sein würde. Katta und Hukan schauten sich fragend an, beide konnten sich nicht exakt erinnern, wie viele Tage seit den Begegnungen mit dem einsamen Wolf vergangen waren. So konnte der Norsun nur sagen, dass, weil die Tragzeit bei Hündinnen durchschnittlich 63 Tage dauerte, es erst in vielen Tagen passieren würde.

In der übernächsten Nacht wurde es plötzlich sehr mild und der Schnee schmolz. Der Westwind brachte obendrein leichten Regen, der Bach schwoll an und wurde zum reißenden Flüsschen. Hukan fiel ihr Einbaum ein, mit Katta und Schalla machte er sich nachmittags auf, ihr Wasserfahrzeug zu sichern. Packa musste bei Zetti in der Höhle bleiben.

Der Boden am Bachufer war schon stark aufgeweicht und sie hatten Schwerarbeit zu leisten, den Einbaum ein Stück höher zu wuchten. Das schafften sie nur, indem sie mehrere glatte Stämme aus der Höhle als Gleitschienen an den schlammigen Hang legten und drei weitere Stangen als Hebel benutzten.

Da es noch einige Zeit bis zum Anbruch der Dunkelheit dauerte, streiften Hukan und Schalla anschließend durch die Landschaft, während Katta auf dem kürzesten Weg zurück zu Zetti ging. Das Jägerpaar stapfte barfuß durch den knarrenden Schnee und bemerkte bald ganz in der Nähe wieder einen der häufigen Krähen-Schwärme. Hier in den Bergen fanden die Rabenvögel offenbar reichlich Baumsamen und andere Nahrung. Sicher auch den einen oder anderen Kadaver von Tieren, die wegen der Schneedecke nicht genügend Nahrung fanden und verhungert waren. Als Hukan und Schalla den Schwarm erreichten, saßen fast alle Vögel auf Bäumen oder kreisten aufmerksam in der Luft, weshalb sie nur zwei Stück erlegen konnten.

Kurz darauf entdeckten sie eine frische Hirsch-Fährte und angefressene Bäume, von denen das hungernde Tier die Rinde abgenagt hatte. Vorsichtig folgten sie weiter der Fährte, mussten jedoch bald darauf feststellen, dass der Hirsch sie wohl bemerkt hatte. Hukan konnte an den

Spuren deutlich erkennen, dass er geflüchtet war.

Mittlerweile hatten sie sich so weit von der Höhle entfernt, dass sie sich auf den Rückweg machen mussten. Nur zu zweit und ohne Packa wollten sie sicherheitshalber nicht zu weit im Dunkeln gehen.

An diesem Abend hatten Katta und Zetti die Höhle dekoriert. Grüne Zweige von Nadelbäumen und Stechpalmen mit den leuchtend roten Beeren waren rundherum an den Wänden aufgestellt. Es duftete nach Kräutern und erhitzten Fichtennadeln. Während Schalla anscheinend sofort wusste, was das zu bedeuten hatte, denn sie begann sofort strahlend zu lächeln, schaute Hukan ziemlich überrascht, zumal Kattas Haar ebenfalls ein grüner Kranz mit roten Beeren schmückte. Schalla legte Waffen und Rucksack beiseite, ging zu Katta und umarmte und küsste sie auf herzlichste Weise. Zetti nahm dem verwunderten Jäger seine Sachen ab, sah ihn bedeutungsvoll an und sagte strahlend: „Katta ist schwanger! Auch du musst ihr Glück wünschen!“ Hukan fühlte, wie ihn eine innere Schwäche überkam. Natürlich hatte er damit gerechnet. Jetzt, da er es aber so unverhofft erfuhr, erwachten zu viele Gefühle in ihm. Die wilde, starke Katta bekam ein Kind von ihm! Er, der ausgestoßene Norsun wurde Vater! Erst spürte er weiche Knie, als er auf seine Jagdgefährtin und Freundin zuging, dann, als sie sich umarmten und küssten, wurde ihm ganz heiß.

Ein ganz neues Verantwortungsgefühl erwachte in ihm.

Zetti hatte schon Fleisch bereitgelegt, mit dem sie nun abwechseln die werdende Mutter fütterten. Hukan fühlte, wie viel es seinen Höhlenfrauen bedeutete, endlich Nachwuchs zu bekommen. Er wollte fragen, ob sie traditionell jede Schwangerschaft so feierten, doch um die Stimmung mit einer so banalen Frage nicht zu stören, unterließ er es. Offensichtlich aber bedeutete eine Schwangerschaft bei ihnen mehr, als er es von seinen Stämmen kannte. Und ihm war natürlich klar: Die letzten drei Frauen der aussterbenden Starken hofften, dass es doch noch weiterginge.

Als sie alle gesättigt waren, fuhren sie mit den Zeremonien fort. Zetti und Schalla entzündeten jeder eine Fackel und führten die Schwangere in den Magie-Raum. Sie steckten die Fackeln an den Seiten zwischen die Haltesteine und geboten dem Jäger, dazwischen, mitten im Raum, Platz zu nehmen. Dann führten sie Katta vor die Rückwand, zu der Zeichnung von der weiblichen Gestalt mit den „Über-Proportionen“. Schalla begann Flöte zu spielen und Zetti entkleidete Katta. Dann tanzten sie langsam etliche Male um sie herum. Schließlich legte sich Katta auf den Rücken in Gebärstellung, Zetti kniete sich neben sie und berührte mit der Spitze ihres Zeigefingers Kattas Bauchnabel. Zu den an- und abklingenden Tönen der Flöte strich sie bedächtig spiralförmig vom Nabel weg über den Bauch, dann mit den Fingerrücken beider Hände hinauf bis zu den Brüsten und mit den Fingerspitzen hinunter zur Scheide, wieder hinauf zu den Brüsten und hinunter zur Scheide. Insgesamt neun Mal. Dann nahm sie Kattas Hände und legte sie ihr wie schützend auf den Bauch. Mit ihren eigenen Händen hielt sie anschließend sanft der Schwangeren die Augen zu. Zum Abschluss murmelte sie etwas, was Hukan nicht verstand. Schalla beendete das Flötenspiel, Katta kleidete sich wieder an und gemeinsam verließen sie im Schein der Fackeln den Magie-Raum.

Der Norsun war froh, dass es diesmal ohne Drogen vonstatten gegangen war. Eigentlich war es ja auch keine

Beschwörung gewesen oder dergleichen. Sonst hätte es ja ein Schamane zelebrieren müssen. Der Jäger empfand es mehr als eine Einstimmung auf das „Mutter-Werden“. Die Schwangere und auch alle anderen sollten sich auf die besondere Situation einstellen, denn zu oft gab es mit Mutter und Kind gesundheitliche Komplikationen. Es war alles andere als selbstverständlich, dass alles immer glatt verlief. Aber Nachkommen waren unbedingt notwendig, sonst funktionierte die lebenswichtige Sozialgemeinschaft nicht.

Zurück am Feuer setzte Katta sich neben Hukan. Weil der Jägerin bewusst war, dass ihre Kulturen unterschiedlich waren, fragte sie ihren Lebensgefährten: „Ist es bei euch auch so, dass eine Schwangere keinen Geschlechtsverkehr haben darf?“ – „Nein,“ antwortete Hukan überrascht. „Ist das bei euch so?“ – „Ja, sicher, nichts soll das Kind im Bauch stören!“ – „Und was musst du jetzt sonst noch beachten?“ – „Ich muss jetzt die Mondphasen zählen. Nach dem Ende des siebten Mondes, nach dem Ausbleiben meiner Blutung, darf ich mich nicht mehr außer Rufweite von unserer Höhle entfernen. Sonst nichts.“ – „Du wirst das Kind also zum Sommeranfang gebären. Das ist natürlich gut. Wir werden sehen, wie sich unsere Situation bis dahin entwickelt. Wahrscheinlich sind wir bis dahin in eine an Wild reichere Gegend übergesiedelt.“ Sie küssten sich lange und innig.

Hukan begann, sich in seine Vaterrolle hinein zu fühlen. Obwohl die Starken ja eigentlich ein Familienleben als Gruppe pflegten. Aber er war ja jetzt der einzige Mann.

Er dachte an Bebeh.

Im Augenblick verfügten sie noch über genügend

Fleischvorräte. In ihrer kühlen Vorratsnische hielt sich das Gebratene selbst im Sommer einige Tage.

Hukan schlug vor, dass er jeden Tag abwechselnd mit Katta oder Schalla kleinere Streifzüge durch die nähere Umgebung unternehmen sollte, wenn sie nicht bei ihrem Ausblick vom Berg ein bestimmtes Wild erspähen würden. Morgen wollte er mit Schalla und Packa noch mal dem Hirsch nachspüren, der ihnen heute entkommen war.

Wenn in einigen Tagen das Eis auf dem See vermutlich geschmolzen, dass Hochwasser zurückgegangen und der Schlamm getrocknet oder wieder gefroren sei, könnten Katta und er mit dem Einbaum wieder zum wildreichen Gebiet am Bärental fahren, um dort zu jagen. Die Frauen stimmten seinen Vorschlägen zu, und nachdem sie die Reihenfolge der Feuerwachen bestimmt hatten, legten sie sich schlafen.

Auf Zetti fiel die erste Wache. Als sie das Feuer versorgt hatte, ging sie zu Hukan und verkehrte mit ihm. Ebenso machte es später Schalla.

Am nächsten Morgen stieg das junge Jägerpaar gleich bei Tagesanbruch auf den Berg. Es war immer noch sehr mild und nur noch an den Nord-Seiten der Berge lagen Schneereste. In einem nördlichen Tal entdeckten sie einen Luchs, der seelenruhig umher streifte. Das Auftreten dieser Katze machte Hukan sicher, dass der Höhlenlöwe nun weit entfernt sei.

Die attraktivere Beute war für die Jäger aber der Hirsch, den sie zwar nicht sahen, der sich aber erfahrungsgemäß nicht allzu weit entfernt haben dürfte, weil er nach dem Abtauen des Schnees nun in dieser wildarmen Gegend genug Nahrung finden würde.

Nachdem sie sich verabschiedet hatten, überquerten sie an einer anderen Stelle, weiter aufwärts, über einen umgestürzten Baum den reißenden Bach und kontrollierten routinemäßig die Fallgrube, die sich aber leider noch in unberührtem Zustand befand. Als sie vormittags die Stelle erreichten, wo sie am Vortag die Hirschfährte verlassen hatten, nahm Packa die Witterung auf und führte sie zügig weiter. Schließlich merkte der Jäger an den erregter werdenden Reaktionen der Hündin, dass er nicht mehr allzu weit entfernt sein konnte. Um sich einen Überblick für das optimale Anpirschen zu verschaffen, bestiegen sie einen vom Wind abgelegenen Hügel und spähten nach ihm.

Mittag war längst vorüber, als Schalla ihn entdeckte, wie er sich an einem Hang zwischen Bäumen niederließ und wiederkäute. Sich anzuschleichen und ihn mit ihren Pfeilen niederzustrecken war für sie Routine. Es handelte sich um ein junges Männchen, welches sein Geweih noch nicht abgeworfen hatte. Sie beschlossen, ihn zur Höhle zu tragen und erst dort zu zerlegen. Sie banden ihm die Hufe zusammen, steckten ein Stämmchen zwischen den Läufen hindurch, banden sein Geweih hoch, dass es nicht auf dem Boden schleifte und trugen ihn so auf ihren Schultern. Durch den sehr aufgeweichten Boden war es eine sehr große Anstrengung für die beiden. Sie mussten vier längere Pausen einlegen, weil Schalla nicht mehr konnte und erreichten die Höhle erst, als es schon auf Mitternacht zuging. Zetti hatte sich schon Sorgen gemacht, aber Katta kannte ihren umsichtigen Blondschopf und die zuverlässigen Qualitäten seiner Hündin zu gut und wusste, dass sie sicher wieder heimkehren würden.

Die Jägerin hatte mittags vom Ausblick aus wieder den Luchs gesichtet und beobachtet, wie er einen großen Vogel erbeutete, den sie wegen der großen Entfernung jedoch nicht genau identifizieren konnte. Sie vermutete, dass es ein junger Auerhahn gewesen sein könnte.

Schalla hatte unterwegs mit Hukan nur kleinere Mahlzeiten zu sich genommen. Jetzt verblüffte sie den Norsun mit dem gleichen Essvermögen, mit dem ihn Katta schon immer beeindruckt hatte. Danach war sie so geschafft, dass sie nach dem letzten Bissen gleich in Tiefschlaf fiel. Daraufhin einigten sich die anderen, sie von der Nachtwache auszunehmen und durchschlafen zu lassen. Hukan dagegen aß langsam und ließ sich dabei von Zetti den Rucksack zeigen, den sie ihm heute gefertigt hatte. Sie hatte mehrere kleine Innentaschen mit ihren Elfenbein-Nadeln eingenäht. In eine davon hatte sie eine Schweineblase eingearbeitet, für seine Feuer Utensilien, damit diese vor Nässe geschützt waren.

Derweil war Katta auch bereits eingeschlafen. Hukan, der die erste Feuer-Wache hatte, legte sich zu Zetti und nachdem sie eine ganze Weile Zärtlichkeiten ausgetauscht hatten, verkehrte er mit ihr.

Von Anfang an war Packas Schlafplatz im Höhleneingang. Den Kopf nach draußen gerichtet, schlief sie auf einem kleinen Bärenfell, welches Katta ihr dort ausgelegt hatte.

In dieser Nacht weckte sie ihr Herrchen, indem sie ihm mit der Nase ins Gesicht stieß. Zetti hatte Wache und der schlaue Hund wusste, dass Jagen nicht zu ihren Aufgaben gehörte. Zwei Dachse wühlten nämlich in ihrer Abfall-Grube. Hukan begriff sofort, dass Wild in der Nähe sein musste und folgte mit Pfeil und Bogen dem Hund zum Eingang; sofort hörte er die Grabgeräusche und schlich näher. Es war ziemlich dunkel, deshalb wartete er einen Moment, bis eine Wolkenlücke die Mondsichel freigab. Er schaffte es, so schnell hintereinander zu schießen, dass er den zweiten, flüchtenden Dachs auch noch und zwar in den Hintern traf, sodass es für Packa kein Problem war, den langsam forthumpelnden Gesellen zu packen.

Er brachte die Beute in die Höhle, legte sie auf den Hirsch und lobte seine Hündin ausgiebig. Zetti kam hinzu, begutachtete die beiden Dachse und tauschte mit Hukan Zärtlichkeiten aus. Hukan spürte, dass er nicht gleich würde wieder schlafen können. Deshalb schlug er der Hübschen vor, schlafen zu gehen, er selbst wollte den Rest der Nacht bis zum Morgengrauen wachen. Er führte sie zu ihrem Schlafplatz, küsste sie noch einmal leidenschaftlich und versorgte daraufhin das Feuer. Schließlich setzte er sich zu Packa auf deren Bärenfell am Eingang.

In rascher Folge trieb der milde Westwind einzelne Wolkenfelder vorüber. Eine einzelne Sternschnuppe zog ihre Leuchtspur. Hukan fühlte auch die Anstrengungen der Hirschjagd in seinen Gliedern. Sein Geist aber war hellwach. Normalerweise hätte er mit seinem Schicksal zufrieden sein können. Zusammen mit seinen drei Lebensgefährtinnen bildete er zwar nur eine kleine Gemeinschaft, aber sie hatten Packa und zwei der Frauen konnten jagen, weshalb er für sie alle leidlich gute Überlebenschancen sah.

Im nächsten Winter würden voraussichtlich mehrere Kinder zu betreuen sein. Zetti und eine der Jägerinnen mussten sowieso auf jeden Fall immer zusammen in ihrer Höhle oder einer anderen Behausung bleiben, und Packas halbwüchsiger Nachwuchs würde dann schon mit wachen. Es könnte also ganz gut funktionieren. Aber, wenn nur zwei der Jagenden von ihnen gleichzeitig erkrankten, wären sie schon aufgeschmissen.

Er nahm sich vor, sich nicht zu viele Sorgen zu machen, damit sein Kopf immer frei bliebe, um stets wachsam zu sein.

Aber dann war da noch diese Unruhe tief in seinem Inneren: Die Ungewissheit und Sorge um Bebeh. Seine Gefühle zu ihr würden wohl nie vergehen. Seinen Vater, seinen Bruder und die Anderen vermisste er kaum, dafür beanspruchten ihn seine drei Lebensgefährtinnen zu sehr. Sie verlangten nach seiner vollen Lebensenergie und er liebte sie alle drei. Das Schicksal hatte sie zusammengeschweißt. Aber Bebeh blieb in seinem Herzen präsent. Seine Liebe zu ihr war von Anfang an das stärkste Gefühl, das er jemals gespürt hatte und noch immer verspürte. Nur seine neuen Verpflichtungen, denen er sich als sensibler Mensch nicht einfach entziehen konnte und die widrigen Umstände, hinderten ihn daran, einfach aufzubrechen und nach seiner großen Liebe zu suchen.

Wäre es vielleicht möglich, im Frühjahr langsam mit seinen Gefährtinnen Richtung Ebene zu ziehen? Unmöglich. Sie würden sehr lange brauchen, durch die zerstörten Wälder der Berge zu wandern und könnten vermutlich unterwegs nicht genug Wild erbeuten, um sich zu ernähren. Dazu bestand die große Wahrscheinlichkeit, der Bestie zu begegnen, deren Lebensraum sie dabei durchqueren müssten. Und die war in dem nun wildarmen Revier sicher stets besonders hungrig und gefährlich.

Wenn sie der Hunger zwingen würde, die sichere Höhle zu verlassen, würde ihr Weg nach Süden führen. Dort war vermutlich auch die Wahrscheinlichkeit am größten, Menschen zu treffen.

Die Sehnsucht nach seiner Bebeh ließ Hukan in dieser Nacht nicht mehr los. Wehmütig verfolgte sein Blick den Morgenstern, der am Osthorizont emporstieg und den baldigen Sonnenaufgang ankündigte. Seine Hündin im Arm, den Blick in die Ferne gerichtet, schlief er ein.

8. Kapitel: Unerbittliches Schicksal

Die Strahlen der aufsteigenden Sonne weckten den Norsun im Höhleneingang. Alle anderen waren natürlich längst wach und beschäftigt. Zetti und Katta zerlegten in der Höhle den Hirsch und Schalla war mit Packa auf den Berg gestiegen. Da vernahmen sie die junge Jägerin etwas vom Berg herab rufen, begleitet von Packas aufgeregtem Gebell. Als sie aus der Höhle ins Freie traten, hörten und sahen sie auch selbst aus welchem Grund: Es war nicht mehr so mild wie an den Vortagen, denn der Wind brachte nun klare Luft aus Nordost. Mit diesem Wind kam eine große Gänseschar geflogen. Mit lautem Tröten schwebten sie vorüber, dem Bachlauf aus der Luft folgend, ließen die Jäger-Herzen höher schlagen.

Sie schauten ihnen nach, bis sie hinter dem nächsten Hügel verschwanden.

Da kam auch schon Schalla mit der Hündin den Berg herunter gerannt und rief, noch bevor sie den Höhlenvorplatz erreichte: „Ich glaube, sie sind auf dem See gelandet! Hukan, wir müssen sofort dorthin aufbrechen!“ Der Jäger fing sie mit seinen Armen auf und bremste mit einer Drehung ihren Schwung ab. Lachend erwiderte er: „Immer langsam, junge Frau. Ich glaube, am liebsten wärst du gleich hinterher geflogen.“ Schalla befreite sich mit einem Ruck aus seiner Umarmung und boxte ihm mehrmals schnell hintereinander mit ihren Fäusten gegen den Bauch. „Los, Jäger Blondschopf! Oder bist du noch nicht richtig wach?“ - Hukan nickte gewichtig. „Während du heute Nacht durchgeschlafen hast, haben Packa und ich schon wieder für neues Fleisch gesorgt.“ – „Ja, die beiden fetten Dachse, habe ich gesehen. Aber wer weiß, wie lange die Gänse auf dem See verweilen und es sind besonders viele, mindestens 300!“ – „Natürlich hast du Recht, wir starten gleich." Hukan packte alles Notwendige in seinen neuen Rucksack, sie holten ihre Waffen und verabschiedeten sich für die nächsten vier bis fünf Tage.

Der Bach führte unverändert reißendes Hochwasser, deshalb war längst noch nicht daran zu denken, den Einbaum zu benutzen. Die beiden gingen trotzdem nicht den kürzesten Weg, dem sie mit Katta zum Bärental gefolgt waren. Hukan lag daran, im Hinblick auf seine größere Jagd mit Katta, den Bach von der Stelle an, wo ein seitlicher Zulauf ihn zum Flüsschen vergrößerte und wo also der Einbaum lag, auf seinen befahrbaren Zustand zu kontrollieren. Da bei einem Hochwasser in der Regel viel Treibgut mitgeschwemmt wird und nach der Katastrophe sowieso erhebliche Mengen Holz am Fließgewässer lagen, befürchtete er, dass sie den Einbaum vielleicht gar nicht mehr würden nutzen können. Dann könnte der weit entfernte Jagdzug mangels Transportmöglichkeit für ihre Beute entfallen. Zumindest wollte er mit Schalla versuchen, an der einen oder anderen Stelle das Fahrwasser von Hindernissen zu befreien, damit er mit Katta demnächst freie Fahrt haben würde.

So konnten sie auf ihrem heutigen Weg tatsächlich mit Hilfe von Stangen zwei Holz-Staue lösen. An einer anderen Stelle, wo sie nach der Bären-Jagd mit dem Einbaum über das Ufer ausweichen mussten, setzten sie einen schräg über dem Flüsschen liegenden Stamm auf dem Hochwasser in Bewegung, sodass er fort trieb.

Unterwegs schossen sie zwei Rallen und einen Auerhahn, Packa fing ein Kaninchen. So waren sie am Abend gut versorgt. Sie lagerten etwas vom Bach entfernt unter Fichten, weil dort der Boden trockener war.

Hukan hatte unterwegs vermieden, die Bestie zu erwähnen. Er war überzeugt, dass der Höhlen-Löwe sich weit entfernt in den nördlichen Bergen aufhalten würde. Sein Instinkt sagte ihm sogar, dass er nach dem Überfall auf ihre Höhle hinauf zur alten Löwen-Höhle gezogen sei. Dort war er nach seiner Einschätzung geboren worden und dort war nach dem Ende der Eiszeit das Lieblingsgelände der Bestien: Das gut übersehbare Hochplateau oberhalb der Löwenschlucht. Eine Ebene in Miniatur Format. Nur, es hatte ihn der alte Rudel-Führer von dort verjagt. Nun war er aber selbst groß und stark und wollte sich ein eigenes Rudel erobern. Der Jäger war froh, dass Katta noch nicht darauf gekommen war, obwohl sie ja die Höhlen-Löwen-Expertin war. Er hatte diese Details über die Horr doch erst von ihr erfahren!

Jetzt, als sie in der Dunkelheit draußen saßen und nicht in der schützenden Höhle, kam bei Schalla wieder die beklemmende Angst vor dem Menschenjäger. Bei der Zubereitung der Beutetiere schaute sie öfter nervös auf, lauschte in die Dunkelheit oder blickte zu Packa, sich vergewissernd, dass die Hündin aufmerksam wachte. Nach dem Essen rückte sie Schutz suchend an Hukan heran. Sie wirkte verkrampft und verängstigt. Hukan zog sie an sich, und um sie zu zerstreuen, erzählte er ihr die Legende von den fetten Jägern. Eine Überlieferung, welche die Norsuns, über die Starken erzählten, die sie ausgestorben glaubten.

„Während der langen Kaltzeit waren Mammuts die Lieblings-Beute der Jäger. Wenn sie nur eines dieser riesigen Tiere mit ihren Lanzen erlegten, hatten sie mehrere Wochen lang genug zu essen. Aus den Stoßzähnen und Häuten bauten sie Zelte und das Fleisch blieb wegen des Dauerfrostes lange genießbar. Aber es waren wehrhafte Herdentiere und es war sehr anstrengend und gefährlich, sie zu jagen. Als die Eiszeit zu Ende ging, taute überall der vereiste Boden auf und es begann, zu regnen. Die dicken, langhaarigen Felle der Riesen saugten sich mit Wasser voll, sie froren, wurden krank und schlapp. Im mehrere Schritte tiefen Schlamm blieben sie stecken und starben. Überall lagen nun riesige Mengen Fleisch herum, an denen sich die Menschen nur zu bedienen brauchten. Die Jäger wurden dick und träge. Nach mehreren Wochen hatten sie so dicke Bäuche, dass sie sich nicht mehr zum Holzsammeln bücken konnten und ihre Feuer erloschen. Da kamen die Löwen und Wölfe und fraßen die fetten Menschen auf."

„Soll das wirklich so passiert sein?", fragte die junge Frau ungläubig. „Einen so dicken Menschen habe ich noch nie gesehen. Ist das überhaupt möglich?" – Hukan nickte. „In der Ebene lebte bei einem Stamm einmal ein Schamane, der immer fauler wurde und sich alles nur noch ins Zelt bringen ließ. Wenn der Stamm weiterzog, mussten sie ihn tragen, weil er beim Gehen nicht mehr genug Luft atmen konnte und seine dicken Oberschenkel aneinander wund scheuerten. Als er dann im Sommer beim Essen vor einer Wespe wegrennen wollte, fiel er nach wenigen Schritten um und war tot." – Schalla schüttelte den Kopf. „Ich dachte, nur eine Frau kann dick werden, weil sie schwanger ist." – „Irrtum," antwortete Hukan, „Menschen werden am ganzen Körper dick, wenn sie ständig viel essen und sich nicht mehr bewegen." – „Am ganzen Körper? Wie soll das gehen? Wie sollte am Arm oder im Gesicht ein dicker Bauch wachsen?" – „Schalla! Wie bei manchen Tieren, wenn sie sich vor dem Winter Speck anfressen, bildet sich bei Menschen auch unter der Haut, an den Gliedmaßen eine Speckschicht, wodurch man dicker wird," belehrte Hukan sie. „Bei Tieren sitzt der Speck allerdings nur am

Rumpf, nie an den Beinen, weil sie sonst nicht mehr flüchten oder jagen könnten." Die junge Frau schüttelte den Kopf. „Bei uns war noch nie jemand dick. Unsere Jäger hatten dicke Arme und Beine, weil sie so große Muskeln hatten!" Während sie dies sagte, schaute sie den Norsun beschwörend mit ihren schönen, treuen Augen an. – „Ich glaube es dir," antwortete Hukan. „Wenn ihr Frauen schon so muskulös seid, waren eure Männer sicher stark wie Bären." Er küsste ihre jugendlichen, vollen Lippen.

Er hatte es geschafft, ihre beklemmende Angst zu vertreiben. Für Schalla war Hukan ein Mann, der weit herumgekommen war, sehr viel wusste und obendrein viel Verständnis zeigte für die Nöte und Gefühle anderer. Leidenschaftlich verlangte sie nach ihm. Sie vergaß alles um sie herum und erlebte mehrere Höhepunkte hintereinander.

Vollkommen entspannt war sie nach ihrem langen Liebesakt, gehüllt in ihren und Hukans Pelze, eingeschlafen. Hukan aber lag wieder einmal wach. Jetzt, wo er allein mit der jungen, schutzbedürftigen Frau in der Wildnis unterwegs war, erwachten wieder alle natürlichen Instinkte in ihm. Er konnte sie ruhig schlafen lassen. Sein Instinkt weckte ihn, wenn es Zeit war, Holz nachzulegen. Sein Instinkt ließ ihn fühlen, dass im Moment keine Gefahr drohte. Seine und Packas Instinkte verbanden seine Hündin und ihn zu einem Doppel-Wesen. Zwei relativ schwache Einzelwesen, die in Symbiose ihre guten Eigenschaften addierten und so auch den gefährlichsten Räubern und Katastrophen gewachsen waren.

Wie schrecklich musste es für die drei Höhlenfrauen sein, alle ihre Männer, ihre Angehörigen, ja fast ihre ganze Rasse verloren zu haben. Alle anderen Menschen waren ganz anders als sie, die Maunterinnen.

Waren sie wirklich die letzten ihres Menschen-Typs? Vielleicht gab es doch noch, irgendwo in der Wildnis, einen männlichen Starken, der verzweifelt nach einer gleichartigen Frau suchte?

Sie waren äußerlich und in ihren Gewohnheiten anders als die Frauen seiner Rasse, aber für den sensiblen Hukan doch typische Frauen.

Allein, dass Katta von ihm schwanger geworden war, bewies doch, dass sie, die Starken und die Menschen, zu deren Rasse Hukan gehörte, so unterschiedliche Wesen gar nicht sein konnten. Es war ähnlich wie bei Hunden und Wölfen. Äußerlich und im Verhalten gab es große Unterschiede, aber im Kern handelte es sich um dasselbe Wesen in unterschiedlichen Varianten.

Er betrachtete Packa. Ja, ganz offensichtlich war sie trächtig. Wie vorteilhaft wäre es gewesen, wenn er sie mit einem Hunde-Rüden mit ähnlichen Eigenschaften verpaart hätte! Nun würde sie Nachkommen mit dem wilderen, scheuen Charakter der Wölfe bekommen. Ein Schritt zurück in der Hundezucht. Aber erfahrungsgemäß müssten wenigstens ein oder zwei Junge überwiegend Packas Eigenschaften besitzen. Ein paar Nachkommen dagegen würden sich für die Haltung in Lebensgemeinschaft mit Menschen als untauglich erweisen. Davon konnte er ausgehen. Sein Großvater und sein Vater hatten ihm dieses Wissen weitergegeben.

Die Hündin schaute ihn mit schläfrigen Augen zufrieden an. Fühlte sie, dass er über sie und ihre werdenden Jungen nachdachte? Zumindest hatte sie die Gewissheit, dass ihr Herrchen sie liebte, ihre Bedürfnisse berücksichtigte und ihr Schutz und Sicherheit bot. Es ist für Hunde von grundlegender Bedeutung, dies zu fühlen, dachte Hukan.

Der Jäger schlief ein. Aber wie bei einem wilden Tier waren seine Sinne scharf. Geist und Körper in Bereitschaft, sofort hellwach zu reagieren.

Das Wetter blieb klar und kalt. Nachts hatte es leicht gefroren, die tief wandernde Sonne aber bemühte sich, auch die letzten Schneereste zu tauen. Das Jägerpaar setzte seinen Weg zum See ohne besondere Vorkommnisse fort. Mittags passierten sie im schlammigen Flussgrund eine Stelle, die offensichtlich schon wiederholt von Schweinen zum Suhlen genutzt worden war. Eine weitere Stelle, wo sie demnächst einmal ihr Jagdglück versuchen könnten. Als sie sich nachmittags dem See näherten, hörten und sahen sie schon von weitem ein großes Gänse Spektakel. Ständig kreisten einige der Vögel in der Luft. Auf dem sumpfigen Ufer und dem eisfreie Teil der Wasserfläche herrschte fast schon Gedränge. Selbst auf dem schneebedeckten Eis, welches immer noch den größten Teil des Sees ausmachte, watschelten oder lagen sie herum. Die wachsamen und intelligenten Vögel ließen sich jedoch keinesfalls nach Belieben abschießen. Die Jäger mussten sich nach jeder Attacke längere Zeit gedulden, bis unter den aufgeschreckten Gänsen wieder Ruhe eingetreten war, und konnten sich erst dann erneut anschleichen.

Bis es dunkel war, hatten sie 15 Stück erbeutet. Sie errichteten eine Lagerstelle nahe dem Zulauf, wo sie den schlammigen Boden mit einer Schicht aus Schilf und Rohrkolben bedeckten.

Sie waren nicht die einzigen Jäger, die von den eingewanderten Wasservögeln an den See gelockt worden waren. Immer wieder vernahmen ihre geübten Ohren kleinere, durch Überfälle von Füchsen und anderen Kleinräubern verursachte Tumulte unter den Gänsen.

Schalla erwies sich den ganzen Tag über als passable Jägerin. Auf ihren gemeinsamen Streifzügen hatten Katta und Hukan sie bei jeder Gelegenheit unterwiesen und die junge Frau hatte begierig gelernt. Und zu seiner großen Freude teilte sie sich ohne Anzeichen von Angst die Nachtwache mit ihm.

Am nächsten Morgen wäre der Jäger am liebsten mit ihr noch zum anderen Ende des Sees gegangen, um den von Treibholz versperrten Auslauf frei zu machen. Sie konnten aber nicht ihre Beute allein der Aufsicht ihrer Hündin überlassen und machten sich nach ausgiebigem Frühstück deshalb gleich auf den Rückweg. Von den erbeuteten Gänsen hatten sie zwei verspeist, die übrigen knüpften sie paarweise an den Hälsen zusammen und hingen sie über ein Stämmchen, welches sie als Tragestange schulterten. Weil sie jetzt so schnell wie möglich zurück wollten und sich nicht mit Jagen aufzuhalten gedachten, legten sie ihre Holzsandalen jetzt an. Auf dem Hinweg und bei der Jagd am See hatten sie ihre Hornhäute bereits stark lädiert.

Am Abend des fünften Tages nach ihrem Fortgang erreichten sie mit wund gescheuerten Schultern und total geschafft, aber überglücklich mit ihrer schweren Beute die Höhle.

Den nächsten Tag verbrachten die erfolgreichen Gänse-Jäger fast ausschließlich in der Höhle, um sich zu erholen. Katta besorgte wieder die Aussicht auf dem Berg und unternahm mit Packa kleinere Streifzüge in der Nähe. Sie hatte am Vortag wieder den Luchs gesichtet. Diesmal war er in geringerer Entfernung aufgetaucht und Katta wollte ihm nachspüren. Sie bekam ihn jedoch nicht zu Gesicht, brachte nur ein Kaninchen und zwei Krähen zur Höhle. Eine sehr unbefriedigende Jagdstrecke, weshalb alle vier gemeinsam abends Überlegungen anstellten, wie sie an den nächsten Tagen wohl weitere Nahrung beschaffen könnten.

Der Wasserstand des Baches hatte sich wieder normalisiert und Hukan und Katta brachen mit Packa am nächsten Morgen zur „Wildschwein-Furt" auf. Sie ließen den Einbaum zu Wasser und erreichten in flotter Fahrt noch am selben Nachmittag die Nähe der Stelle. Sie gingen nicht direkt hin, sondern bestiegen gegen den Wind einen nahen Hügel, um zunächst die Gegend zu überblicken. Sie ließen sich Zeit, denn eine solche Gelegenheit fanden sie so nah wohl kaum wieder. Außer zwei Kaninchen, die sie schossen, ließ sich aber überhaupt kein Wild blicken. Da aber wieder fliegende Gänse in Seenähe von da aus zu sehen waren, beschlossen sie, weiter dorthin zu fahren.

Die Tage waren jetzt kurz und so begann es schon zu dämmern, als sie wieder im Einbaum saßen. Zum Glück war es aber wolkenlos und da auch keine belaubten Bäume das Flüsschen beschatteten, hatten sie genügend Sicht. Nur einmal mussten sie eine von Holz blockierte Stelle passierbar machen und erreichten bald die Stelle, wo Hukan mit Schalla auf den Schilfhalmen übernachtet hatten. Dort entzündeten sie auch jetzt wieder ein Feuer und verbrachten eine ruhige Nacht.

Das Wetter blieb günstig. Leichter Frost herrschte den ganzen folgenden Tag. Jetzt zeigte sich, welch gute Ausnahme-Jägerin Katta war. Im Anschleichen konnte sie wohl keiner übertreffen. Schon kurz nach Mittag hatten sie den Einbaum mit 28 Gänsen gefüllt und traten zügig wieder den Rückweg an.

Bald musste der Jäger wieder zum Schieben ins Wasser. Dabei erwies sich seine Hose als unpraktisch. Damit sie auf keinen Fall nass wurde und ihn anschließend wieder wärmen konnte, zog er sie deshalb jedes Mal aus.

Nach einer Übernachtung erreichten sie bereits am nächsten Abend spät wieder die Höhle.

Hukan hatte vor ihrer Fahrt schon damit begonnen, eine Fisch-Reuse zu flechten. Am nächsten Tag, den sie alle gemeinsam in der Höhle verbrachten, stellte er sie fertig und positionierte sie nachmittags mit Schalla und Zetti zusammen an einer günstigen Stelle des Baches in Höhlennähe. Sie zeigten kein besonderes Interesse, er ermahnte sie aber, sie sollten sich an den nächsten Tagen mit deren Handhabung vertraut machen, bevor er mit Katta zum Bärental aufbrechen wollte.

Abends, beim gemeinsamen Gänsezubereiten, bewunderten alle Packas Bäuchlein, das zunehmend runder wurde. Auch ihre Zitzen waren bereits deutlich dicker, und ab und zu bemerkten die Menschen einzelne Milchtropfen daraus hervorquellen. „Schade, dass wir Erwachsenen keine Milch mehr vertragen," bemerkte Zetti, „Milch schmeckt so gut, ich würde gern mein Leben lang welche trinken."

Hukan schaute verstohlen zu Katta. Bei der Jägerin allerdings war äußerlich von ihrer Schwangerschaft noch nichts zu bemerken.

Hukan vermutete, dass die Winter-Sonnenwende bereits vorüber sein müsste, die sie in der Ebene immer feierten. Über die Bestimmung solcher Tage, hatte Druko, ihr Schamane Bescheid gewusst. Sie wanderten zum Sommeranfang sogar immer zu den weisen Steinen und feierten dort am längsten Tag ihre Hochzeiten. Diese behauenen, aufragenden, bis zu eineinhalb Schritt hohen weisen Steine waren auf einem Hügel so aufgestellt, dass man anhand ihrer Schatten Länge und angebrachten Markierungen erkennen konnte, wann der kürzeste und der längste Tag waren. Katta wusste über dieses Thema nicht Bescheid und meinte, auch von Toba nichts darüber gehört zu haben. Die Starken orientierten sich überhaupt nicht am Ablauf von Jahreszeiten anhand des Sonnenstandes. Schwangere zählten wohl die Mond-Zyklen, um sich auf den Zeitpunkt ihrer Geburt vorzubereiten.

Alles andere richtete sich nach dem aktuellen Wetter, ergänzt durch Beobachtungen des Verhaltens der Tiere. Wenn Kröten und Molche zu Tümpeln und Teichen wanderten, konnten sie zum Beispiel sicher sein, dass der Winter vorüber war. Viele überlieferten Erfahrungen aus der Eiszeit waren längst hinfällig geworden und mussten durch neue ersetzt werden.

Seit der großen Klimaänderung hatte sich in den letzten Jahren aber manches im Kleinen schon wieder verändert. Katta wusste, wie Hukan auch, dass viele neue Vogelarten normalerweise im Herbst Richtung Süden flogen und im Frühjahr, wenn alles wieder grün wurde, zurück kehrten. Nachdem in den letzten Jahren aber öfters die Winter so mild waren, dass es ständig grünes Gras zu fressen gab und an sonnigen Tagen sogar Insekten zu beobachten waren, flogen viele gar nicht mehr fort. Im Gegenteil: Es kamen, wie jetzt, Krähen von Osten und Gänse von Norden, wo es offenbar kälter war, denn von dort wehten auch immer die kalten Winde, hierher. Katta meinte, Toba hätte auch oft geschimpft, dass vieles, was über das Wetter überliefert worden war, einfach nicht mehr stimmte. Die Schwankungen waren teilweise extrem.

Es hatte auch nie etwas genützt, wenn sie Zaubereien und Beschwörungen zelebrierten. Deshalb hätten die

Maunter sich angewöhnt, sich hauptsächlich nach dem Verhalten der Tiere zu richten. Das war letztendlich das Wichtigste, weil die Tiere ihre Nahrung waren. Genau das hielt Hukan auch für richtig. Dieser Götter-Kult bei seinen Stämmen und die vielen Bräuche waren ihm schon immer nicht als sehr sinnvoll erschienen.

Wie zur Bestätigung ihrer Gedanken am Abend, drehte in der Nacht der Wind auf Südwest. Am nächsten Vormittag war es dann so mild, dass Mücken im Sonnenlicht am Bach tanzten. Alle gemeinsam erklommen sie ihren Berg, um die laue Luft zu genießen. Weit im Süden erkannten sie wieder umher kletternde Gämsen. Eindeutig war also der richtige Zeitpunkt für eine Fahrt zum Bärental gekommen. Hukan kontrollierte mit Zetti und Schalla die Reuse, in der sich mehrere mittelgroße Fische verfangen hatten und ging dann allein zum Einbaum um ihn zu kontrollieren und noch ein paar Verbesserungen vorzunehmen. Bei der Herstellung hatte er ihn in der Eile nur sehr grob behauen, weshalb er die Form noch nacharbeitete, damit er sich leichter schieben ließe.

Am nächsten Morgen packten Katta und Hukan ihre Sachen, verabschiedeten sich von Zetti und Schalla und gingen in bester Laune zu ihrem Fahrzeug. Ihre komplette Winter Ausrüstung schleppten sie natürlich mit. Auch die Hündin fand es wieder großartig, auf dem Wasser zu fahren. Als Welpe hatte Hukan sie schon bei Wasserfahrten mitgenommen, um sie frühzeitig daran zu gewöhnen. Der jetzige, klotzige Einbaum war zwar kein schönes Boot, durch den angebundenen dünneren Stamm lag er aber relativ sicher im Wasser, was auf dem unruhigen Berg-Flüsschen wichtig war. Es war auch ein Glücksfall für sie, dass ihr Flüsschen ein zwar nicht sehr breites, dafür aber verhältnismäßig tiefes Bett besaß.

In flotter Fahrt erreichten sie am späten Nachmittag

ihre alte Lagerstelle vor dem Zulauf am See. Die Gänse hatten schon alles abgefressen und waren fast alle wieder weitergezogen. Nur einzelne davon und ein paar andere Vogelarten hielten sich noch hier auf. Es gelang ihnen, noch mal zwei der „Schnatterer“ und einen Haubentaucher zu erbeuten, genug Nahrung für ihren Aufenthalt.

Während sie später am Feuer die Vögel zubereiteten, planten sie den Ablauf ihres Jagd Zuges. Sie kamen darin überein, diesmal zunächst das Bärental selbst aufzusuchen. Hukan sollte es endlich kennenlernen und wegen seiner üppigen Vegetation und der Nähe zum Fluss erwartete Katta, dort viele Wildarten anzutreffen. Dass es so mild war, bedeutete für sie einerseits Glück, denn bei Schnee und Kälte ließ sich alles schwerer erjagen. Andererseits war es keine verlässliche Wettersituation. Falls der Wind auf Nord oder Ost drehen würde, könnte es schnell wieder kälter werden, was im Extremfall eine Rückfahrt unmöglich machen würde. „Hättest du vielleicht besser doch vorher die überirdischen Mächte fragen sollen?“, wollte der Jäger von seiner Gefährtin wissen. – „Ich weiß, dass du selbst nicht mehr an überirdische Mächte glaubst, warum erwartest du von mir, dass ich sie befrage?“, war Kattas überraschte Antwort. – „Nun, als du zur Löwenschlucht ziehen wolltest, um die Bestien zu töten, sprachst du davon, dass deine Ahnen uns dabei helfen würden. Dann, als die Katastrophe geschehen war, hattest du diese damit erklärt, dass die Geister deiner Ahnen den Himmel aufgebrochen und damit die Druckwelle verursacht hätten. Bei unserer magischen Reise mit Toba schienst du ebenfalls vom Sinn dieser Handlung überzeugt zu sein,“ war Hukans Begründung. Beide saßen nah nebeneinander und schauten sich tief in die Augen. – „Natürlich glaube ich, dass unsere Ahnen in einer anderen Welt weiter leben. Niemand ist ganz weg, wenn sein Körper zerfallen ist. Unsere starken Gefühle, unsere Liebe und wie wir als Menschen sind, dies alles lebt weiter," antwortete Katta ruhig und im Ton tiefster Überzeugung. „Aber ich glaube nicht, dass eine unserer Schamaninnen auch nur einmal wirklich die Zukunft vorhergesagt hat. Es war einfach nur Zufall, wenn es so geschah. Oft passierte es ganz anders. Und an gute und böse Geister haben wir sowieso nie geglaubt." – „Ich habe gefühlt, dass du so denkst, wollte es nur von dir hören," antwortete Hukan bewegt. „Aber Tobas Vorhersage, dass wir in der Höhle den Winter gut überleben werden, scheint sich doch zu bewahrheiten?" – Katta wiegte zweifelnd den Kopf hin und her. „Ich glaube, dass wir es schaffen, aber noch ist der Winter nicht vorbei. Wer weiß, was noch passiert? Wir können nur weiter kämpfen und versuchen, alle Herausforderungen zu bestehen, welche die Natur an uns stellt."

Hukan war von ihrer weisen Haltung beeindruckt. Sie umarmend bekräftigte er: „Ich bin froh, dass wir uns so gut verstehen und ergänzen. Ich weiß nicht, ob ich überhaupt noch leben würde, wenn wir uns nicht begegnet wären." – Katta nickte. „Ohne dich hätte ich nicht überlebt!"

Sie drückten sich fest aneinander und küssten sich.

Eng umschlungen legten sie sich anschließend auf ihre Pelzumhänge und betrachteten den Sternenhimmel. Hukan fiel auf, dass einer der Sterne in letzter Zeit immer größer oder heller zu werden schien. Auch seine Position änderte sich. Vor ein paar Wochen stand er noch nahe bei einem anderen, rötlichen Stern. Jetzt war er näher an einen weiß-bläulichen herangerückt.

Früher war ihm schon mal aufgefallen, dass der hellste und größte Stern des winterlichen Nachthimmels im Laufe von vielen Tagen seine Position änderte. Dieser war zurzeit überhaupt nicht zu sehen!

Den absolut hellsten Stern überhaupt, der mal vor der Sonne aufging, immer näher an sie heranrückte, anschließend einige Zeit nicht erschien und dann nach vielen Tagen nach ihr unterging, den kannte jeder, das war der Morgen- und Abendstern.

Aber wieso veränderten sich ein paar von ihnen, während unzählbar viele andere stets gleich standen, dass man sich auf nächtlichen Streifzügen sicher nach ihnen orientieren konnte? Und wieso war der Mond mal rund, schrumpfte dann in Sichelform immer mehr, bis er irgendwann nicht mehr zu sehen war und wuchs dann umgekehrt wieder sichelförmig zu voller, runder Größe? Wieso war sein Licht so schwach und kalt und das der gleichgroßen Sonne so hell und warm?

Hukan war nicht der einzige Jäger, der sich über solche Beobachtungen Gedanken machte. Auf ihren Streifzügen rätselten die Männer oft über solche Dinge.

Auch jetzt leuchtete ab und zu eine Sternschnuppe auf. Ihre Häufigkeit schwankte im Laufe der Zeit. Vor der Katastrophe waren es viel mehr geworden, bis es dann so gewaltig knallte.

Hukan seufzte. Offensichtlich hatten alle Lichter am Himmel eine bestimmte Bedeutung, welche die Menschen nicht kannten. Aber sie waren ja auch unglaublich weit entfernt. Höher als die höchsten Wolken. Selbst sehr hoch fliegende Vögel schienen der Sonne nicht näher zu kommen.

Katta war in seinem Arm bereits eingeschlafen. Hukan dachte an ihr gemeinsames Kind, welches, jetzt noch sehr klein, in ihrem Leib wuchs. Er beschloss, sie in dieser Nacht schlafen zu lassen. Er konnte sich auf seine Instinkte verlassen und würde das Feuer allein versorgen und mit Packa zusammen wachen.

Nachdem sie am nächsten Morgen die Reste verspeist hatten, stakten sie über den See und machten den Einbaum am gegenüberliegenden Ufer, nahe dem Auslauf, fest. Sie hatten längere Zeit zu tun, die verkeilten Äste und Stämme beiseite zu räumen. Auch Packa half fleißig mit, indem sie Äste mit den Zähnen packte und rückwärts aus dem Wasser zog.

Flott trieben sie anschließend weiter und erreichten nachmittags den steinigen Flachwasserbereich des Flusses, wo sie den Einbaum gefertigt hatten. Unterwegs hatten sie bereits mehrmals verschiedenes Wild in einiger Entfernung gesehen und vom Einbaum aus zwei Enten und einen Hasen am Ufer geschossen, welche Packa brav herbeischleppte.

Ihr Gefährt aufs flache Ufer zu schieben, war kein Problem und zügig marschierten sie noch ein Stück Richtung Bärental. Da der Wind immer noch aus Südwest wehte, suchten sie sich bei Anbruch der Dunkelheit an Ort und Stelle, an einem Felsen zwischen Fichten einen Lagerplatz. Dieser lag an einem Hang, einen Hügel vor ihrem Ziel gelegen. So würden sie im Morgengrauen gleich gegen den Wind auf Pirsch gehen können.

Als sie sich später die frisch gebratenen Enten und einen Teil des Hasen schmecken ließen, hörten sie ganz in der Nähe Wölfe heulen. Der Jäger hielt seiner Hündin schnell die Schnauze zu, um sie am Antworten zu hindern.

Katta schimpfte. „Die Biester werden uns doch hoffentlich nicht das Wild vertreiben. Sie sollen uns bloß nicht in die Quere kommen, sonst verspeisen wir sie!“ Hier, in ihrem Lieblings-Jagdrevier, war sie wieder ganz die wilde Jägerin. Hukan nickte: „Wenn sie uns heute Nacht zuvorkommen und wir morgen kein Wild mehr vorfinden, jagen wir sie."

Zu ihrem Ärger hörten sie später tatsächlich aus einiger Entfernung Geräusche, die nach einer Hetzjagd klangen. Hufgetrappel, brechende Äste und Gekeuche. Das Wolfsrudel brachte das Bärental in Aufruhr!

In dieser Nacht wechselte sich das Jägerpaar bei der Wache ab. Katta verhielt sich so, wie Hukan sie auf Jagd kannte: Sie mutierte zum Raubtier. In ihrem Verhalten war nichts mehr, was auch nur entfernt an eine schutzbedürftige werdende Mutter erinnerte.

Am Morgen verzichteten sie auf eine weitere Mahlzeit und brachen bei Anbruch der Dämmerung gleich auf. Schon bald trafen sie auf eine Fluchtfährte. Die Wölfe hatten Hirsche gehetzt. Hukan schätzte anhand der Fußabdrücke die Anzahl der Individuen auf sieben Hirsche und sechs Wölfe. Sie folgten den Fährten jedoch nicht, sondern schlichen mit gedämpfter Erwartung weiter gegen den Wind zum Tal hinunter. Katta kannte jeden Baum, jeden Felsen, jedes von den verschiedenen Tieren bevorzugte Nahrungsvorkommen. Alles, was sie sichteten, waren Fährten fliehenden Wildes: Rehe, Gämsen, Hasen, Dachse und so weiter; alle waren vor der hungrigen Meute geflüchtet.

Doch so schnell gab das Jägerpaar nicht auf. Katta führte ihren Gefährten auf eine Anhöhe, von der aus sie den größten Teil des Tales überblicken konnten. Die Berge dieser Gegend erhoben sich nicht so schroff gegen den Himmel, wie jene weiter nördlich. Die höchsten Gipfel hatte das Paar auf seinem Weg von der Löwenschlucht zu jenem Fluss passiert, wo sie vom Unwetter überrascht wurden und wo Packa sich mit dem einsamen Wolf gepaart hatte. Das üppig bewachsene Bärental wurde von sanft gerundeten, überwiegend von Laubbäumen bewaldeten Höhen gerahmt. Ein flacher, sehr weiträumiger Talgrund, von einem sich anmutig schlängelnden Bächlein durchflossen, lud in den warmen Jahreszeiten alle Vegetarier mit seinem vielseitigen Grün zum Sattfressen ein. Selbst jetzt im Winter, wo alle einjährigen Gewächse ihre oberirdischen Triebe aufgegeben hatten und die nicht winterharten Büsche und Bäume ihre kahlen Zweige wie dürre Finger gen Himmel streckten, gab es für die Wiederkäuer unter den Pflanzenfressern genug zu knabbern. Nur anspruchsvollere Grün Fresser, wie die Bären, überbrückten, ihrem Instinkt folgend, die karge Jahreszeit durch einen Winterschlaf in einem Versteck.

Die Strahlen der flach stehenden Sonne schafften es an diesem milden Winter-Vormittag, zahlreiche Insekten aus ihren Verstecken ins Freie zu locken. Sanft glitzernd plätscherte das Bächlein zwischen grünen Ufern dahin. Silbrig-weiße Weidenkätzchen reckten sich keck ins Licht.

Aber weit und breit zeigte sich kein Wild.

Katta seufzte vor Enttäuschung und selbst die unterwegs sonst so muntere Packa lag gelangweilt dem ausspähenden Jägerpaar zu Füßen. Hukan und Katta schauten sich wortlos an und nickten sich gleichzeitig zu. Stumm brachen sie auf, um die Wolfsfährten zu verfolgen. Vielleicht hatten sie Glück und konnten ihre Nahrungskonkurrenten in nicht allzu weiter Entfernung stellen. Hier im Tal Wild aufzulauern würde erst nach ein paar Tagen wieder Sinn machen.

Die Hündin voran, bewegten sie sich zügig auf die Stelle zu, wo sie die Wolfsspuren gekreuzt hatten. Wie sie den Talgrund durchschritten, bekam Packa plötzlich von irgendetwas Wind. Sie stand wie angewurzelt und reckte ihre Nase intensiv schnüffelnd in die Höhe. Hukan fasste seine Begleiterin am Arm und mahnte sie mit erhobenem Zeigefinger zu erhöhter Wachsamkeit. Dann hatte Packa Gewissheit. Sie schaute aufgeregt ihr Herrchen an und als sie sah, dass er ihr seine Aufmerksamkeit schenkte, bewegte sie sich langsam los, ständig weiter in der Luft schnüffelnd. Vorsichtig schlichen sie auf einen dicht bewachsenen, sanft ansteigenden Hang zu. Büsche und abgestorbenes Unterholz standen immer enger. Speer-Schleuder und Speer in der Rechten griffbereit, die Ersatz-Speere in der Linken, arbeitete sich Katta behutsam, um keine Geräusche zu verursachen, Packa folgend, durch das dichte Gestrüpp; hinter ihr Hukan, Pfeil und Bogen in der Rechten, Speere ebenfalls in der Linken.

Der Jäger bemerkte, wie sich seiner Hündin das Nackenfell sträubte, es musste sich also um ein gefährliches, wehrhaftes Wild handeln. Er tippte seiner Gefährtin mit dem Bogen auf die Schulter und mahnte sie erneut zur Vorsicht. So behutsam sie sich auch durch das Gebüsch voran arbeiteten, sie machten Geräusche und das oder die Tiere mussten sie längst bemerkt haben. In einer dicht von Büschen gesäumten Mulde am Fuß des Hanges blieb Packa mit vorgerecktem Kopf und angehobener Vorderpfote, aber sichtlich nervös stehen. Vor ihr im Hangboden erkannte Hukan ein mehr als einen Schritt messendes, ovales Loch. Er fuhr zusammen: Eine Bären-Höhle! Und sie befanden sich viel zu dicht davor, eingeengt von Buschwerk, sodass sie kaum ihre Arme zur Führung ihrer Waffen bewegen konnten. Er packte mit dem Bogen in der Hand mit zwei Fingerspitzen Kattas Pelzjacke und wollte sie sanft aber nachdrücklich zur schnellen Umkehr bewegen. Es war zu spät!

Ohne jede Vorwarnung schoss fauchend ein braunes Ungetüm aus dem Loch, ignorierte die beiseite springende Hündin und preschte durch krachend berstendes Buschwerk hindurch auf Katta los. Die Jägerin hatte weder Raum noch Zeit, einen Speer zum Wurf zu erheben, sondern schaffte es gerade noch, mit blitzschnellem Reflex den Speer in der Rechten von unten dem angreifenden Bär entgegen zu strecken, sodass er ihm seitlich in den Bauch drang. Da traf sie auch schon mit großer Wucht ein gewaltiger Prankenhieb auf die Schulter. Der rückwärts ins Astwerk zurückprallende Hukan hörte ihre Knochen bersten. Kattas schlagartig erschlaffter Körper war noch nicht auf den Boden gesunken, als der Bär schon vor Schmerz wütend brüllend den nach seiner Steinaxt greifenden Jäger fokussierte. Zwei Schritte vor einem Angreifer im einengenden Gebüsch blieb die Axt die einzige noch praktikable Waffe.

Der Bär schnellte wieder vor. Kurz bevor er Hukan mit seiner Pranke erreichte, sprang ihm Packa auf den Rücken und verbiss sich in seinem Nacken. Ärgerlich brüllend schüttelte sich der Bär, um den Hund loszuwerden. Das gab dem Jäger Gelegenheit, beidhändig einen verzweifelten Hieb gegen den Kopf des Wüterichs zu führen. Blitzschnell versuchte der Bär, die auf ihn niedersausenden Fäuste mit der Axt mit seinem Fang zu packen. Die Axt krachte auf seine Schnauze und brach dabei in Stücke.

Ein kaum zu beschreibende Getümmel und Getöse folgten. Hukan, Packa und der Bär bildeten ein schreiendes, brüllendes, wildes Knäuel. Abbrechende Äste flogen über das Buschwerk, Blut und Dreck spritzten. Der Jäger hatte Mühe, den Pranken und Zähnen des Bären auszuweichen. Ein mächtiger Prankenhieb traf ihn schließlich am Brustkorb und schleuderte ihn durch die Luft. Kopfüber verfing er sich bewegungsunfähig in einem Busch. Wie von einem magischen Zauber gebannt, ermattete der Bär. Sein Schütteln, um die wieder an seinem Nacken verbissene Hündin loszuwerden, geriet zu einem trunkenen Taumeln. Kattas Speer in seiner Seite war während des Getümmels tiefer gedrungen und schließlich in seinem Körper zersplittert, ein dicker Strahl hellrotes Blut ergoss sich pulsierend aus der Wunde. Das berstende Holz hatte seine Bauchschlagader zerrissen. Ausgeblutet brach er schlaff zusammen.

Jetzt erst ließ die Hündin los, rannte zu ihrem reglos im Astwerk hängenden Herrchen und leckte ihm mit bluttriefender Schnauze jankend das Gesicht. Nur langsam fand Hukan seine Bewegungsfähigkeit wieder. Jeder Atemzug verursachte ein Gefühl, als würde sein Brustkorb platzen. Nur mit sehr großer Mühe schaffte er es, sich aus seiner Lage zu befreien. Stöhnend kroch er mit dem Kopf nach unten aus dem Geäst auf den Boden. Vorsichtig, noch immer vom Schlag benommen, krabbelte der Jäger durch die dampfende Blutlache des Bären zu seiner leblos daliegenden Gefährtin. Sie hatte keine offene Wunde, aber ihr Kopf lag unnatürlich stark abgewinkelt an ihrer verschobenen Schulter. Augen und Mund waren weit geöffnet. Der Schlag hatte Katta mit tödlicher Wucht Schulterknochen und Genick gebrochen.

Packa war am ganzen Körper blutverschmiert, schien aber unverletzt. Besorgt umschnüffelte sie ihr totes Frauchen und leckte ihr jaulend Hände und Gesicht. Hukan setzte sich, zog sich zitternd, mit schmerzverzerrtem Gesicht und stöhnend aus und untersuchte seinen Körper. Erst jetzt bemerkte er, dass er an der linken Hand stark blutete. Sein kleiner Finger fehlte. Bei seinem verzweifelten Bemühen, die Schnauze des Bären abzuwehren, hatte dieser ihn bis auf einen kleinen Stummel abgebissen. Fahrig wühlte der Jäger ein Stück Riemen aus seinem Rucksack und band den Finger-Stummel damit ab. An der linken Hüfte hatte er drei tiefe, handlange und ebenfalls stark blutende Krallen-Schnitte. Seine Hose war an der Stelle natürlich zerfetzt. Die stärksten Schmerzen bereitete ihm jedoch der geprellte Brustkorb. Vorsichtig tastete er ihn ab. Mindestens fünf Rippen waren gebrochen. Bis auf zahlreiche, schwächer blutende Schrammen und Prellungen am ganzen Körper war er sonst unverletzt.

Hukan begann zu zittern und ihm wurde flau. Schnell legte er sich auf die rechte Seite, weil er schon erlebt hatte, dass schwer verletzte Jagdkameraden erbrachen und in Rückenlage fast erstickten. Er schaffte es noch, sich halbwegs mit seinen Kleidungsstücken zu bedecken, dann wurde ihm schwarz vor Augen.

Lange lag er nicht bewusstlos. Seine Hündin wusste instinktiv, wie gefährlich solch ein wehrloser Zustand in der Wildnis war. Das viele Blut würde rasch große und kleine Räuber anlocken. Unaufhörlich leckte und stupste sie sein Gesicht, bis er wieder bei Sinnen war. Wegen seiner guten Kondition schaffte er es dann langsam, den Schock zu überwinden und sich aufzurichten.

Er musste Feuer machen!

Die einzige halbwegs freie Stelle war die Mulde vor der Höhle; ringsum würde sonst das Gebüsch in Flammen aufgehen. Er nahm seinen Rucksack und krabbelte dorthin. Unbeholfen wie ein kleines Kind, trug er etwas trockenes Holz zusammen. Jede Bewegung schmerzte und drohte ihn wieder in die Ohnmacht zu treiben. Noch nie in seinem Leben musste er so kämpfen. Zwischendurch schloss er immer wieder kurzzeitig die Augen, um Energie in seinem Innern zu mobilisieren. Einmal brach er kurz zusammen, als es ihm nicht gleich gelang, seine Feuer-Utensilien dem Rucksack zu entnehmen.

Beim intensiven Quirlen des Zündholzes zwischen seinen Handflächen begann der Fingerstummel wieder stark zu bluten. Aber er musste es schaffen! Das Wolfsrudel konnte jeden Moment hier auftauchen und dann würden sie ihn und Packa zerreißen. Kalter Schweiß trat auf seine Stirn. Bei der Anstrengung geriet das heftige Atmen zu einem gigantischen Akt der Selbstüberwindung. Er schrie aus Leibeskräften und quirlte wie verrückt. Er dachte an Zetti und Schalla, die ohne ihn und seine Hündin keine Überlebenschance besaßen. Wieder wurde ihm schwarz vor Augen, er drohte umzusinken. Er schrie und schrie, fluchte auf dieses schwere Leben, steigerte sich in eine solche Wut, dass er fast keine Schmerzen mehr spürte. Er quirlte und quirlte.

Zarter Rauch stieg auf, der Zunder begann zu glimmen. Unter starkem Schwindel pustete Hukan sacht weiter, bis das erste Flämmchen züngelte.

Am ganzen Körper zitternd ließ er sich entkräftet mit dem Rücken gegen den Rand der Höhlenöffnung sinken und stierte in die zaghaft wachsenden Flämmchen. Die Hündin trug einen Zweig herbei und legte ihn darauf.

Aus der Höhle erscholl leises Fiepen. Packa hielt wie elektrisiert in ihrer Bewegung inne und stellte den Kopf schief. Wieder fiepte es. Jetzt war die Hündin nicht mehr zu halten. Sie verschwand im Loch. Wenige Herzschläge später trug sie ein nacktes, blindes Bärchen, so groß wie eine Menschenhand, am Nacken heraus und legte es ihrem Herrchen auf den Schoß. Schnell verschwand sie wieder und eilte mit einem zweiten herbei, das sie ebenfalls Hukans Obhut übergab. Die kleinen, warmen Dinger kuschelten sich fiepend an seinen nackten Bauch. Der Fürsorge-Trieb der trächtigen Hündin erwachte vollends. Sie trug Hukans Pelzumhang herbei, legte ihn neben ihr Herrchen, halb unter die Höhlenöffnung, bettete die Kleinen darauf und legte sich dazu. Sofort suchte sich jedes der Bärchen mit der Schnauze tastend eine Zitze und begann zu saugen.

Hukan war kaum zu einer Regung fähig. Alle Wahrnehmungen erreichten sein Gehirn wie durch einen langen nebligen Tunnel. Mühsam konzentrierte er sich. Vor ihm knisterte das wärmende und schützende Feuer, dahinter lag Kattas Leichnam, dahinter der Bär.

Totenblass legte er mit mechanischen Bewegungen Holz nach. Zwischendurch hielt er die Augen geschlossen. Erst als es längst dunkel war, kehrte das normale Lebensgefühl in seinen Körper zurück. Und mit diesem, pochende und brennende Schmerzen.

Seine äußeren Wunden waren verschorft. Er musste sich wieder anziehen. Mit zusammengebissenen Zähnen quälte er sich in seine Sachen. Seine Zunge klebte in der ausgetrockneten Mundhöhle. Er hatte viel Blut verloren. Beim Glut-Reiben waren alle Wunden voll aufgegangen. Aber die Anstrengung hatte sein müssen. Das Wichtigste wäre jetzt, etwas zu trinken. Der Bach floss etliche hundert Schritte entfernt, für ihn jetzt unerreichbar. Das Blut des Bären war bereits im Boden versickert.

Packa hatte die Wunde ihres toten Gegners aufgerissen und bereits von ihm gefressen. Hukan krabbelte hin, kniete sich vor den massigen Leib, langte mit dem unverletzten Arm hinein, ertastete die Leber, zog sie so weit wie möglich heraus und aß von ihr. Gierig schlürfte er den beim Kauen herausquellenden Lebens-Saft, drückte sein blutverschmiertes Gesicht tief in die Bauchöffnung um alles zu erreichen. Er aß sie fast ganz auf. Zum Schluss hielt er nur noch den Rest mit der Gallenblase in der Hand und hörte, notdürftig gesättigt, auf.

Noch immer war er nicht in der Lage, aufzustehen. Mühsam, unter wahnsinnigen Schmerzen kroch der Jäger umher und sammelte Holz. Anschließend tat er es den Bärchen gleich und nuckelte Hunde-Milch. Packa ließ ihn mit gleichgültiger Miene gewähren.

Dies wurde die längste Nacht im Leben des jungen Norsun. Schon vor Mitternacht kamen die Wölfe. Er sah ihre bernsteingelben Augen rundherum lauernd durch die Zweige funkeln. Packa zog das Fell mit den Bärchen in die Höhle und ließ immer dann ihr tiefstes Knurren hören, wenn einer der Grauen sich zu nah heranwagte. Zwar hatten sie Angst vor dem Feuer, aber der Geruch des Blutes enthemmte sie. Der Kadaver des Bären lag nur drei Schritte vom Feuer entfernt. Immer wieder schlichen sie durch die Büsche heran und rissen an der dem Feuer abgewandten Seite an ihm herum.

Hukan war ruhig und konzentriert. Er vermied jede unnötige Bewegung, um seine Verletzungen zu schonen, beobachtete aber eiskalt jede Bewegung um sich herum. Sitzend an den Rand der Erdhöhle gelehnt, hielt er locker mit der verletzten Linken seinen Bogen, in der Rechten einen Pfeil. Bald würde er wieder Holz holen müssen, im Umkreis von zehn Schritten lag nichts mehr. Äste abzubrechen oder mit Kattas Axt abzuschlagen, dazu fehlte ihm noch die Kraft. Behutsam, sich an der Böschung abstützend, brachte er sich in eine kniende Stellung. Er legte den Pfeil an die Sehne, hob vorsichtig den Bogen und spannte ihn: Die Schmerzen bei diesem Bewegungsablauf waren erträglich. Er kniete sich so, dass er gut auf den größten, astfreien Bereich, ein paar Schritte neben dem Kadaver, schießen konnte. Dann wartete er geduldig, bis ein Wolf sich hinter dieser Lücke bewegen würde. Die Flammen wurden schon niedriger, mit dem Ende des Bogens schob er einen nahen Ast weiter hinein.

Die Wölfe waren ständig in Bewegung, die Gier machte sie aggressiv. Doch nur die ranghöchsten Tiere durften zunächst an das Fleisch heran. Bisher war es aber offenbar noch keinem gelungen, auf ihrer Seite den Pelz aufzureißen, denn jedes Mal, wenn der Kadaver sich durch ihr Bemühen bewegte, sprang Packa wütend vor und scheuchte sie zurück. Endlich kam ein Tier in Hukans Schusslinie. Der Jäger traf schlecht, der Pfeil drang in den hinteren Brustkorb. Der verletzte Wolf rannte jaulend fort, verschwand in der Dunkelheit.

Das Feuer bestand schon nur noch aus einem Haufen Glut, aus dem hin und wieder ein Flämmchen zuckte.

Hukan zählte seine Herzschläge, die er deutlich in der Brust spürte. Dann endlich war der Angeschossene offensichtlich verendet und die Meute machte sich hörbar über ihn her. Alle wandten sich vom Bär ab und verschwanden aus seiner Nähe. Hukan biss die Zähne zusammen, trug, so schnell er konnte, ein paar Zweige auf die Glut, damit wieder Flammen aufloderten und sammelte krabbelnd in der Gegenrichtung, also am Hang hinter sich, soviel Holz, wie er in ungefährlicher Entfernung finden konnte.

Bei Tagesanbruch verschwand die Meute. Irgendwie hatte der Jäger den Eindruck, dass es sich um ein anderes Rudel gehandelt haben müsste, als jenes, welches in der Nacht vorher im Tal für Unruhe gesorgt hatte.

Hukan kroch wieder zum Bären. Diesmal nahm er seine Steinklinge und schaffte es, ein größeres Stück Fleisch herauszutrennen, um es am Feuer zu braten. Nach ihm fraß sich Packa wieder satt.

Am Ende seiner Mahlzeit überkam den Norsun schwere Müdigkeit. Er musste schlafen! Körper und Geist des angeschlagenen Jägers verlangten übermächtig danach. Hukan ließ sich aber nicht einfach vom Schlaf überkommen, sondern konzentrierte sich innerlich stark darauf, unbedingt wieder aufzuwachen, bevor das Feuer niedergebrannt war. Erst als er sich wirklich sicher war, dass es funktionieren würde, schloss er die Augen. Allen routinierten Jägern war die Brenndauer eines Feuers so im Unterbewusstsein verankert, dass ihre innere Uhr verlässlich darauf geeicht war. Bei einem Schwerverletzten konnten diese fast schon unwillkürlichen Mechanismen jedoch versagen.

Aber zu seiner Sicherheit war ja auch noch seine Hündin da. Und Packa war energiegeladen. Und zusätzlich schärfte der Schutztrieb für die Kleinen ihre Sinne.

Er erwachte rechtzeitig. Als er Holz nachgelegt hatte, stand Packa auf, ging ein paar Schritte Richtung Talgrund und schaute ihr Herrchen an. Hukan verstand: Sie wollte zum Bach, um zu trinken. Er nickte und sagte mit matter Stimme: „Geh, Wasser trinken!“ – Packa verschwand.

Langsam begriff der Verletzte, was überhaupt mit ihnen geschehen war.

Katta war tot!

Wie konnte ihnen das passieren?

Er krabbelte um das Feuer herum zu ihrem Leichnam. Liebevoll richtete er ihren Kopf und ihre Gliedmaßen gerade, schloss ihr Augen und Mund, legte sich neben sie und nahm sie in den Arm.

Wie konnten sie so versagen?

Er wusste, dass Bärinnen während ihrer Winterruhe Junge zur Welt brachten und diese mit höchster Aggressivität verteidigten. Katta musste es ebenfalls gewusst haben! Wieso hatten sie bei ihrer Pirsch durch das Gebüsch, hier im Bärental, nicht an die Möglichkeit gedacht, dass der Hund sie an eine Höhle mit einer hellwachen Bärenmutter führen könnte?

Er konnte es nicht fassen.

Er konnte es nicht fassen.

Packa kam zurück, kurz stand sie vor ihm, betrachtete ihn mit seiner toten Freundin im Arm - und ging zu ihren Bärchen.

Es begann leise zu schneien. Hukan hatte noch nicht bemerkt, dass das Wetter umgeschlagen war.

Er betrachtete seinen Finger-Stumpf. Der Riemen musste nun ab, sonst könnte das Gewebe darunter absterben. Er löste ihn und beobachtete einen Moment abwartend, was passieren würde. Es kam kein Blut. Vorsichtig stand er auf. Mühsam zwar, aber es ging. Langsam zog er seine teilweise verklebten Kleidungsstücke aus, um seine übrigen Wunden zu kontrollieren. Die Risse an seiner Hüfte hatten nachgeblutet, würden aber schon wieder werden. Seine Brust war blau-schwarz verfärbt. Er würde sich noch einige Tage schonen müssen. Die restlichen Schrammen waren nicht der Rede wert, alltägliche Verletzungen.

Er beugte sich noch einmal zu Katta, schaute ihr in die friedlich wirkenden, toten Gesichtszüge, küsste ihre kalten Lippen und heulte.

Der Schnee fiel stärker. Eine dicke Flocke landete auf ihrer blassen Wange, eine weitere auf der Stirn. Schnell begannen sie, ihr Gesicht zuzudecken. Sie schmolzen nicht auf ihrer kalten Haut.

Hukan fror. Er musste sich wieder ankleiden, Holz suchen.

Nach einiger Zeit staunte er, wie viel er vor der Höhle zusammengetragen hatte. Der Schnee lag nun schon mehrere Finger stark. Er aß davon, um seinen Durst zu stillen und wusch sich Hände und Gesicht.

Als ihm der Holzhaufen groß genug schien, schnitt er sich wieder ein ordentliches Stück Fleisch ab, briet und aß es. Längst war es Nachmittag und er musste wieder eine Feuer-Spanne schlafen.

Katta und die Bärin lagen unter einer dicken, weißen Decke. Kein Blut war mehr zu sehen. Der Platz vor der Bärenhöhle sah jetzt so friedlich aus. Drinnen nuckelten zwei neugeborene Bärchen warme Milch.

„Wieso vertrage ich eigentlich Milch?“, ging es dem Norsun durch den Kopf.

Über dem Feuer lösten sich die dicken, herabschwebenden Flocken in nichts auf.

Hukan setzte sich neben die Höhle, konzentrierte sich kurz und schlief ein.

Er träumte von einer endlosen Wanderung durch ein flaches, tief verschneites Land. Über ihm ein grandioser Sternenhimmel, bis weit hinunter zum Horizont. Der Schnee reichte ihm bis zu den Knien. Packa hatte Mühe, ihm zu folgen. Und noch jemand folgte ihm: Katta. Doch sie ging nicht, sondern schwebte. Mit dem glücklichsten, strahlendsten Gesicht, das er je bei ihr gesehen hatte, folgte sie ihm und seiner Hündin. Ihr Körper war in ein unwirkliches, bläulich schimmerndes Licht gehüllt und sie trug keine Waffen. Immer, wenn er sich zu ihr umdrehte, nickte sie ihm aufmunternd zu. Er trug seinen und ihren Rucksack. Er hatte Hunger, holte drei Stücke Bärenfleisch heraus, ein großes für sie, eines für ihn und eines für Packa. Doch Katta schüttelte lächelnd ihren Kopf mit der wogenden schwarzen Mähne und küsste ihn.

Vor ihm, in der tief verschneiten Landschaft, tauchte ein Berg mit einer Höhle auf, in der hungernd Zetti und Schalla am Feuer saßen.

Ganz, ganz weit am Horizont, unendlich weit entfernt, stand Bebeh und blickte sehnsüchtig und verzweifelt in seine Richtung.

Packa knurrte. Hukan öffnete automatisch die Augen. Ein paar Rehe staksten vorsichtig durch die Büsche, beäugten neugierig den am Feuer sitzenden Jäger. Als er sich bewegte, um Holz nachzulegen, sprangen sie davon. Es schneite immer noch. Kleine, feine Flocken, die ein frostiger Wind in den kahlen Wald trieb. Hukan fühlte wieder Kraft in seinem Körper und die brennende Pein hatte nachgelassen. Vorsichtig atmete er tiefer ein. Stechende Schmerzen ermahnten ihn, seine Brust nicht zu strapazieren. Vorsichtig erhob er sich, ging langsam zu Kattas Leichnam, drehte den steifen Körper auf den Bauch, nahm ihr den Umhang ab und legte ihn sich um. Dann drehte er sie wieder auf den Rücken und zog sie vorsichtig, um sich nicht zu sehr anzustrengen, an den Füßen in die Höhle. Sie sollte nicht von wilden Tieren zerrissen werden.

Die von der Bärin gegrabene Erdhöhle war natürlich ziemlich klein und mit einer bewohnbaren Felsenhöhle bei weitem nicht zu vergleichen. Es war eben nur ein Loch, in das ein Bär mit ein paar Jungen passte.

Mit Eifer bemühte er sich darauf, soviel Fleisch wie

möglich vom Kadaver abzutrennen, bevor die Wölfe wiederkommen würden. Er rechnete fest mit ihrem Erscheinen, sobald die Dunkelheit hereingebrochen wäre.

Es war wieder eine harte Arbeit für den Verletzten, da der „Fleischberg“ äußerlich schon gefroren war. Alles, was er losbekam, deponierte er ebenfalls in der Höhle.

Die Dunkelheit brach über den verschneiten Wald herein und die Wölfe kamen wieder. Hukan schob das Feuer nach links und rechts auseinander, sodass zwei entstanden. Selbstsicher legte er seine Waffen griffbereit und begann seelenruhig, Stück für Stück seinen Fleischanteil zu braten. Sie sollten sich an dem großen Rest des Bären satt fressen und ihn in Ruhe lassen. Er wusste, wie gelehrig sie waren. Er hatte ihnen gestern gezeigt, dass mit ihm nicht zu Spaßen war. Spätestens übermorgen würden sie alles geschafft haben und für einige Tage gesättigt, zufrieden abziehen. Bis dahin würde er wieder fit genug sein, unbescholten von ihnen den langsamen Rückweg zur Höhle der Maunter anzutreten.

Sie trauten sich nicht an die bereits geöffnete, den Feuern zugewandte Seite des Bärenkadavers heran und begannen, ihn an der anderen, von Hukan abgewandten Seite aufzureißen. Sie merkten schnell, dass der Jäger und sein Hund sie gewähren ließen und wurden mutiger. Erst fraß das Eltern-Paar sich satt, dann die restlichen drei Tiere. Es hatte sich in den letzten Tagen offenbar doch um ein und dasselbe Rudel gehandelt. Hukan glaubte, die Individuen nun, da er wieder klarer bei Verstand war, wiedererkennen zu können. Wahrscheinlich waren sie bei ihrer nächtlichen Hetzjagd erfolglos gewesen und deshalb noch so hungrig. Ihr von Hukan getöteter Artgenosse hatte für fünf ausgehungerte Wölfe nur eine Zwischenmahlzeit dargestellt.

Als sie alle satt waren, entfernten sie sich außer Sichtweite. Der Jäger war aber sicher, dass sie später, sobald sie ihre erst Mahlzeit halbwegs verdaut hätten, wieder zurückkehren würden. Er selbst und Packa waren ebenfalls gesättigt. Sie hatten genug Holz, um die Feuer bis in den nächsten Tag hinein zu nähren und Schnee, um ihren Durst zu stillen. Hukan konnte leidlich zufrieden sein und verbrachte den Rest der Nacht ungestört, mit den gewohnten Schlafintervallen.

Der Schneefall stoppte in der zweiten Nachthälfte. Als der Jäger am nächsten Morgen von Packa begleitet neues Holz sammelte, reichte ihm die weiße Pracht bis zur Wadenmitte. Es war lockerer Pulverschnee und er würde morgen gemächlich ohne zu große Anstrengungen seinen Rückweg antreten können.

Der Tag verging ohne größere Ereignisse. Zwei Füchse und ein Vielfraß holten sich nacheinander einen Anteil von der Bären-Mahlzeit. Ein Krähenschwarm, der nachmittags über dem Wald kreiste, landete auf den umstehenden Bäumen, aber traute sich nicht näher heran. Hukan sammelte noch mal Holz, briet weiteres Fleisch und flickte seine Hose. Abends kamen die Wölfe wieder und setzten ihr Mahl fort. Langsam wurde das Gerippe des Bären freigelegt.

„Sie kommen nachts, weil sie hoffen, dass der Mensch dann schläft," dachte Hukan.

Am nächsten Morgen füllte er seinen Rucksack mit gebratenem Bärenfleisch, packte die Bärchen in Kattas Rucksack, bettete ihren Leichnam in die Höhle, als wenn sie dort schlafen würde, legte ihre Speer-Schleuder und ihre Speere zu ihr und verfüllte den Eingang möglichst sperrig und dicht mit Astwerk und Schnee. Hier, in ihrem Lieblingsrevier sollte sie in der Höhle der Bärin, von der sie getötet wurde, ihre letzte Ruhe finden.

Dann brach er die Fangzähne aus den Kiefern des Bärenschädels, steckte sie ein, nahm alle seine Sachen und machte sich mit Packa auf den Weg.

Da er den Bogen, den das Flüsschen beschrieb, abkürzen wollte, hielt er sich zunächst einfach an die Himmelsrichtung. Überhaupt hätte es ihm nichts gebracht, dem Wasserlauf zu folgen. Er war sich sicher, den Weg wieder zu finden, den er mit Katta und Schalla bei ihrem ersten Marsch hierher genommen hatte. Nur das letzte Stück konnte er ja nicht kennenlernen, weil sie bei der Aussicht den Bär am Fluss gesichtet hatten und dorthin gepirscht waren. Notfalls, wenn er sich doch verirren sollte, konnte er sich ja nach rechts wenden und würde so zwangsläufig auf das Flüsschen oder weiter oberhalb auf den Bach treffen. Die Sonne schien und jeder Jäger, nicht nur Hukan, konnte sich sehr gut an ihrem im Tagesverlauf wechselnden Stand orientieren und die Marschrichtung halten.

In diesem trockenen Schnee trug er natürlich seine Pelz Schuhe, in denen Hukan gut über Berg und Tal voran kam. Er ging so langsam, dass er nie zu tief Luft holen musste, um die Heilung seiner Rippen nicht zu beeinträchtigen. Wenn die Bärchen Hunger bekamen und sich fiepend meldeten, legte er sie auf seinen ausgebreiteten Pelz-Umhang, damit Packa sie säugen konnte. Der Jäger aß von seinem Fleischvorrat und ruhte sich etwas aus. Anschließend verschlang die Hündin auch ein paar Bissen und sie gingen weiter.

Rechtzeitig, bevor es dämmerte, suchte Hukan einen passenden, relativ schneefreien Lagerplatz unter Nadelbäumen, wo er genug loses Brennholz vorfand. Das Anquirlen der Glut war immer noch sehr schmerzhaft, weil er dabei die Brustmuskeln anspannte, für den abgehärteten Jäger aber mittlerweile erträglich.

An diesem Abend hatte er endlich Muße, die Bärchen genauer zu betrachten. Sie waren keinesfalls ganz nackt, wie es bei flüchtiger Betrachtung den Anschein machte, sondern ihre Haut war von fast unsichtbarem, zartem Flaum bedeckt. Hukan war sich sicher, dass die Übernachtung draußen am Feuer auf dem Fell, an die Hündin gekuschelt, ihnen genauso wenig ausmachen würde wie der Transport im Rucksack, den er zusätzlich mit einem Stück vom Pelz ihrer Mutter ausgeschlagen hatte.

Packas Bauch war mittlerweile prall und rund, sicher würde sie in wenigen Tagen werfen. Ob sie dann, neben ihrem eigenen Wurf, auch noch die Bärchen ausreichend würde säugen können, bezweifelte Hukan. Er wusste auch nicht, in welchem Alter Bärenkinder in der Lage waren, feste Nahrung zu sich zu nehmen. Er würde sehen. Zunächst waren Packas Adoptivkinder jedenfalls keine nennenswerte, zusätzliche Belastung.

Mehr bewegte ihn die Frage, ob die beiden letzten überlebenden Höhlenfrauen noch wohlauf waren. Schalla konnte sich aus Sicherheitsgründen und aus Rücksicht auf Zetti, nicht weit von der Höhle entfernen und nur in der Nähe jagen. Weiter waren da noch die Fallgrube und die Fisch-Reuse als mögliche Nahrungsquellen. Er hatte ihr noch den Tipp gegeben, ihre Fisch- und Fleischabfälle möglichst auffällig auf der freien Fläche vor der Höhle zu verteilen, um Krähen und andere Aasfresser anzulocken und dann mit Pfeil und Bogen zu erlegen.

Hukan selbst nahm an, dass der einzelne überlebende Horr jetzt in der alten Höhle seiner Sippe in der Löwenschlucht neben der Hochfläche Quartier bezogen hatte und auch nur noch dort jagen würde, also keine Gefahr mehr für sie darstellte.

Nichts belästigte sie in dieser Nacht. Die ständigen Schlafunterbrechungen, um das Feuer zu versorgen, waren auf Dauer zwar stressig, die Nächte zudem lang und so hoffte Hukan, die Tage bis zum Erreichen der Höhle durchhalten zu können.

Im Laufe des nächsten Vormittags kam dem Jäger seine Wanderung durch den tiefen Schnee endlos vor. Er hatte den Eindruck, sich doch verlaufen zu haben. Zwar war er mittlerweile in dem Bereich, wo die Waldschäden deutlich wurden und immer öfter musste er Hindernisse überklettern, er erkannte aber immer noch keine markanten Landschaftsmerkmale. Um sich zu schonen, war er bisher nur den Tälern gefolgt. Wohl oder übel musste er eine Höhe ersteigen, um sich zu orientieren.

Langsam, mit vielen Pausen, damit er seine gebrochenen Rippen nicht strapazierte, schleppte er sich auf die nächste Erhebung. Als er die freie Kuppe erreichte, von der aus er einen fast perfekten Rundum-Blick hatte, musste er sich beherrschen, um nicht laut zu lachen: Es war der Berg, von dem aus man den Flachwasserbereich des Flüsschens sehen konnte. Wäre der Schnee nicht gewesen, hätte er den Einbaum am Ufer erkennen können.

Weiter war er noch nicht gekommen! Er hatte sich haargenau auf dem richtigen Weg befunden, nur sein Tempo total überschätzt. Jetzt musste er davon ausgehen, dass er mindestens noch sechs Tage bis zur Höhle benötigen würde. „Na ja," dachte Hukan, „das Wichtigste wäre wohl, er würde überhaupt ankommen."

Bisher sah alles nach einer guten Heilung aus und da er sich nicht sehr anstrengte, aß er auch nicht viel, sodass der Fleischvorrat auf jeden Fall reichen würde. Nur Packa fraß deutlich mehr als sonst. Er nahm sich also vor, sicherheitshalber das nächste Kleinwild in seiner Reichweite zu schießen.

In Ruhe sah er sich ausgiebig um. Da fiel ihm auf, dass die Sonne plötzlich stark verschleiert wurde. Ihr schmutzig-milchiges Licht wirkte sogar bedrohlich auf den einsamen Wanderer. Mit Sicherheit zog ein Unwetter heran.

Der Wind kam noch immer von Nordosten. Als Hukan in diese Himmelsrichtung blickte, verfinsterte sich sein Gesicht. Am fernen Horizont zeichnete sich ein pechschwarzer Streifen ab:

Ein Schneesturm zog heran!

Das war mit das Schlimmste, was ihm jetzt passieren konnte. Im dichten Schneetreiben verlor man schnell die Orientierung und die Schneehöhe würde auf ein Maß anwachsen, das ihm ein Weiterkommen über die vielen Hindernisse weiter nördlich unmöglich machen würde. Nordostwind brachte obendrein erfahrungsgemäß weitere Kälte, sodass der Schnee auch vorläufig liegenbleiben würde. Er brauchte dringend einen Unterschlupf! Aus Stämmen und Ästen sich einen solchen zu errichten, dazu war er noch zu schwach. Er durfte sich noch nicht zu sehr anstrengen. Er sah nur eine Möglichkeit: Er musste zurück zur Bärenhöhle.

Hukan und Packa schauten sich an. Die Hündin spürte, dass etwas Schwieriges bevorstand, weil ihr Herrchen plötzlich so besorgt wirkte. Obendrein erwachte in der hoch-trächtigen Hündin der Nest-Trieb. Ihre Hormone stimmten sie auf den Wurf ein.

Hukan fluchte. Es hatte keinen Zweck noch irgendetwas abzuwarten, mit hartem Winterwetter war nicht zu spaßen. Es hatte schon manche unvorsichtige Jäger das Leben gekostet. Er kehrte um.

Längst hatten die Bärchen sich fiepend im Rucksack gemeldet. Doch Hukan und Packa durften jetzt keine Zeit verlieren. Als der Berg außer Sichtweite geriet, kam scharfer Wind auf und die ersten Flocken fielen. Hukan ging schon zu schnell. Sein heftiges Atmen bereitete ihm starke Schmerzen. Der Wind entwickelte sich zum heulenden Sturm und es wurde finster, obwohl es erst früher Nachmittag war. Die vorangetriebenen kleinen Flocken wirkten auf der Haut wie Dornenstiche. Wäre der Sturm von vorn gekommen, hätten sie ihre Augen kaum offenhalten können. Noch erkannte er ihre eigene Spur, doch kurz darauf, wurde alles verweht, und das immer dichter werdende Schneetreiben raubte ihm vollständig die Sicht. Der Jäger wurde orientierungslos, doch die alten, wölfischen Instinkte in Packa ließen sie den Weg nicht verlieren.

Auch für die Hündin, mit ihrem dicken Bauch, wurde das Gehen durch den immer tieferen Schnee beschwerlich, doch für Hukan geriet der Marsch zur übermäßigen Anstrengung. Immer öfter musste die Hündin auf ihr stolperndes Herrchen warten, um ihn im Schneesturm Chaos nicht zu verlieren.

Der Jäger hatte die Vorzeichen richtig gedeutet, es war ein langer, mächtiger Sturm. Ohne Pause kämpften sie sich zurück und erreichten gegen Mitternacht die Höhle. Das dichte Buschwerk und die Lage der Öffnung nach Westen, hatten den Zugang relativ freigehalten. Mit letzter Kraft zog Hukan das Geäst heraus, schichtete es gegen den Wind als Schutzwand daneben und sie krochen hinein.

Der Schneesturm tobte bis zum Vormittag. Erst als das Heulen verstummte, erwachte Hukan. Er hatte Fieber, alle Glieder schmerzten. Neben ihm in der linken Ecke wimmelte es von Leben. Packa hatte im Laufe der Nacht fünf Wolfs-Hunden das Leben geschenkt. Sie waren ziemlich groß, nicht viel kleiner als die Bärchen. Rechts neben ihm lag Kattas Leichnam. Er hatte sie bei der Ankunft im Finstern ganz nach hinten geschoben.

Jetzt, im schwach einfallenden Tageslicht, erkannte er mit Grausen, dass Kleintiere ihr Gesicht angefressen hatten. Eine Backe und die Nasenspitze fehlten.

Gequält schob er sich durch die Schneewand ins Freie. Hier, zwischen den Büschen lag die weiße Pracht nur kniehoch. Weiter außerhalb hatte der Wind den Schnee mannshoch aufgetürmt. Da würden auch die Wölfe nicht durchkommen. Ein Feuer erübrigte sich deshalb; wie sollte er auch genug Holz finden? Das, was noch neben dem Eingang lag, würde nur für kurze Zeit reichen. Sobald es ihm wieder besser ginge, könnte er was von den Büschen abbrechen oder mit der Axt abhacken.

Vom Bär war natürlich nichts mehr zu erkennen, unter der dicken Schneewehe lagen vermutlich nur noch Pelz und Knochen. Er verrichtete seine Notdurft, aß etwas Schnee und legte sich wieder in die Höhle. Zum Essen fehlte ihm der Appetit; er gab Packa etwas und schlief wieder ein.

Hukan fieberte so stark, dass er am Nachmittag nassgeschwitzt erwachte. Es war sehr kalt. Um sich nicht den Tod zu holen, musste er die Leiche entkleiden und sich umziehen. Dann aß er wieder etwas Schnee, gab Packa zu fressen und schlief weiter.

Als er nachts erwachte, schneite es wieder. Es war fast windstill, aber feine Flocken rieselten in starker Dichte. Hukan fühlte sich sogar zu schwach, sich darüber zu ärgern. Apathisch knabberte er etwas Fleisch, gab seiner Hündin ebenfalls davon und schlief wieder ein.

So vergingen mehrere Tage. Es war ständig bewölkt. Ab und zu fielen wieder ein paar Flocken und es blieb bitterkalt. Packa und ihrem eigenen und dem adoptierten Nachwuchs schien es blendend zu gehen. Sorgfältig leckte sie ihre Kleinen und das Pelz-Nest sauber und verließ nur ab und zu die Höhle, um sich in einem Stollen, den sie im Schnee gegraben hatte, zu lösen.

Irgendwann war das Fleisch aufgebraucht. Hukan schüttelte die letzten Brösel vor der Hündin aus dem Rucksack und sagte: „Alle!“

Packa schaute ihr Herrchen lange an. Dann ging sie hinaus, grub sich durch den Schnee zum Bärengerippe und kam nach kurzer Zeit, den Pelz voller Schnee, mit einer Tatze mit anhaftenden Fleischresten wieder herein.

Mehrere Tage ernährten sich Herrchen und Hund von Überresten des Bären. Hukan zerschlug alle Knochen, um an das nahrhafte Mark zu gelangen. Manchmal blieb die Hündin auch etwas länger draußen und kehrte dann mit einer erbeuteten Maus in der Schnauze zurück.

Die kleinen Nager waren unter dem Schnee ebenfalls auf Nahrungssuche und ab und zu gelang es Packa, eine von ihnen zu fangen. Hukan fand es mühsam, einem so kleinen Bissen das Fell abzuziehen und überließ sie deshalb der Hündin. Packa verspeiste sie komplett und würgte das Fell zusammen mit unverdaulichen Knochensplittern des Bären am nächsten Tag wieder aus.

Nach acht Tagen hatte Hukan kein Fieber mehr und am zehnten Tag lauerte er zeitweise vor der Höhle und schoss mehrere Vögel und einen Marder, die er dann mühsam herholte.

Welpen und Bärchen hatten nun die Augen geöffnet und der Jäger fand Spaß daran, sie gelegentlich auf seiner nackten Haut, unter seinem Pelz herumkrabbeln zu lassen und auch sonst wie mit ihnen zu spielen.

Kattas Leichnam bedeckte er nach und nach mit Feuerholz, das er hereingeholt und zerkleinert hatte und so trocken lagerte.

Ihr großes Glück war der Tierreichtum des Bärentals. Zahlreiche Vogelarten suchten an den Büschen und Bäumen über dem Schnee nach Nahrung und Marder stellten ihnen nach. Nachts glitten Eulen lautlos vorüber.

Ohne die Schießkunst des Jägers wären sie nach einiger Zeit verhungert. Nur wenige Pfeile gingen im Laufe der Tage verloren. Mühsam gestaltete sich nur immer das Herbeiholen der Beute im Tiefschnee zwischen den Büschen.

Am 35. Tag kam endlich milderer Westwind und in der Nacht regnete es etwas. Mittags klärte es auf, Hukan entkleidete sich und trat nackt in den nassen Schnee ans Sonnenlicht, um seinen Körper zu kontrollieren. Er erschrak, wie dünn er geworden war. Hüftknochen und Knie standen krass heraus. Tief atmete er ein und aus und drückte seine Rippen. Nichts schmerzte mehr, alles war gut verheilt. So dünn er war, er fühlte sich voll leistungsfähig. Jetzt konnte er endlich wieder Holz abbrechen und schlagen.

Mit den Händen schaufelte er nachmittags den Schnee von der Feuerstelle vor der Höhle und genoss wenig später die Wärme der Flammen.

Wie es Zetti und Schalla wohl ging?

Nachts hörte er in der Ferne Wölfe heulen.

Wieder vergingen viel zu viele Tage, in denen langsam, aber sicher der Schnee bis auf einen knöcheltiefen Rest verschwand. Von den Schneeverwehungen blieb natürlich noch einiges. Hukan pirschte im tiefen Schlamm der näheren Umgebung umher und es gelang ihm, nach vielen Tagen Klein-Wild, endlich, ein Reh zu schießen.

Während er jagte, drehte der Wind auf Ost und in der Nacht gab es wieder Frost.

Der Tag zum Aufbruch war endlich gekommen.

9. Kapitel: Ungewohntes Fleisch

Der Jäger und sein Hund hatten sich am Vorabend endlich wieder einmal richtig satt gegessen. Hukan schätzte sich überdies unendlich glücklich, dass, obwohl die Gegend wieder gut begehbar war und es lecker nach Reh-Braten roch, keine Wölfe auftauchten.

Sie erlebten eine erstaunlich ruhige Nacht. Kopfzerbrechen bereitete dem Norsun dagegen die Frage, wie er Welpen, Bärchen, Ausrüstung und Fleischproviant würde tragen können. Die Kleinen hatten sich so prächtig entwickelt, dass sie beide Rucksäcke für sich in Anspruch genommen hätten. Schließlich kam ihm die Idee, aus Kattas Umhang einen Beutel, mit Stöcken zur Versteifung am Boden, zu formen, den er sich vor den Bauch binden würde um den Nachwuchs darin zu transportieren. Schnell setzte er die Idee um und schnitt den Pelz zurecht. Probeweise hing er sich den so entstandenen Bauchbeutel um den Hals und packte unter Packas aufmerksamen Blicken die sieben Kleinen einen nach dem anderen hinein. Es funktionierte.

Hukan hatte Kattas Leichnam nach dem Ende seines Fiebers wieder mit ihrem Jagdanzug bekleidet. Diesmal verschloss er das Bären-Höhlen-Grab mit Steinen, die er an den letzten Tagen nach und nach herbeigeschafft hatte und brach nach kurzer Gedenkzeit auf.

Es taute auch tagsüber nicht, der Boden blieb fest und sie kamen mit normalem Tempo voran. Er gönnte sich und den Kleinen nur zwei Futterpausen, da ihnen nachts sowieso genug Zeit zum Nuckeln zur Verfügung stand. Die Tage waren bereits wieder deutlich länger, sie brauchten zum Jagen nicht vom Weg abzuschweifen, weil ihm mehrere Kaninchen praktisch vor die Pfeile liefen und erreichten am späten Abend des vierten Tages den Berg mit der Höhle.

Packa eilte voraus, den Berg hinauf. Überglücklich hörte der Norsun die Freudenschreie der beiden überraschten Frauen. Sie lebten noch! Natürlich liefen sie ihm mit einer Fackel in der Hand entgegen. Ihre Freude schlug in Betroffenheit um, als sie ihn allein, ohne Katta kommen sahen. Da ihnen schon länger klar war, dass etwas Schlimmes passiert sein musste, reagierten sie aber sehr gefasst, als Hukan fürs erste knapp erklärte: „Ein Bär hat sie getötet."

Schon beim Schein der Fackel fiel ihm auf, wie stark abgemagert auch Zetti und Schalla waren. Eingefallene Backen betonten spitze Wangenknochen und die lose schlabbernde Fellkleidung ließ ihn ahnen, wie dünn sie am ganzen Körper sein mussten.

Als der Heimkehrer in der Höhle seine Sachen ablegte, war ihre Freude über den Hunde-Nachwuchs groß. Noch größer aber war ihre Verwunderung über die beiden Bären-Kinder und Hukan musste sofort das tragische Jagderlebnis berichten.

Kopfschüttelnd, mit weit aufgerissenen Augen hörten sie ihm zu. An der Stelle, wo er schilderte, wie er nach dem Tod des Bären Katta erschlagen vorfand, brachen sie alle drei in Tränen aus und fielen sich schluchzend in die Arme.

Sie machten ihm keine Vorwürfe, denn Katta selbst war ja eigentlich die Erfahrenere gewesen.

Dann schilderte er in allen Einzelheiten seinen weiteren Überlebenskampf, bis zu seiner Rückkehr. Zetti und Schalla konnten nicht ganz nachvollziehen, warum Hukan sich so fürsorglich um die verwaisten Bärchen gekümmert hatte, äußerten aber auch keinen Hass auf sie. Dann wollten sie alles ganz genau über seine Verletzungen wissen, ließen sich von ihm den Fingerstummel und seine Narben zeigen.

Vollends beruhigten sie sich, als er zwei Kaninchen und ein paar Fleischreste auspackte, über die sie sich gleich hermachten. Dabei berichteten sie ihm, welche Not sie in seiner Abwesenheit gelitten hatten. Fallgrube und Reuse waren nach dem Schneesturm nicht mehr zugänglich gewesen und Schalla hatte während der hohen Schneelage vor der Höhle nur ab und an ein paar Vögelchen geschossen.

Während der Schneeschmelze hatte der reißende Bach dann auch noch die Reuse fortgerissen und die Grube war voll Wasser gelaufen. Schalla hatte in den letzten vier Tagen nur ein Eichhörnchen, drei Krähen und einen Specht getroffen. Ihr fehlte mittlerweile einfach die Kraft, erfolgreicher zu sein. Allein beim Anstieg auf den Berg wurde ihr schon flau. Wie sollte sie noch erfolgreich Wild nachstellen können?

Immerhin waren sie beide, trotz des Hungers, gesund geblieben.

Obwohl Hukan von seiner Wanderung sehr müde war, fühlte er, dass er zunächst keinen Schlaf finden können würde. Deshalb ließ er Zetti und Schalla zunächst ruhen und hatte sich zusätzlich bereit erklärt, noch die letzte Wache zu übernehmen. Nach der ersten richtigen Mahlzeit seit langem waren die beiden Frauen sehr müde und stimmten froh zu.

Vor allem war es das Nahrungsproblem, welches den Jäger beunruhigte. Fleisch musste her, damit Schalla wieder Kraft bekam, mit ihm zu jagen, beziehungsweise

Zetti und die Höhle und die darin gelagerten Vorräte in seiner Abwesenheit zu verteidigen. Das größte Problem blieb, dass es hier seit der Katastrophe und dem Schneesturm einfach nicht mehr genug Wild gab. Das würde sich wohl auch erst im Laufe der nächsten Jahre langsam bessern. Die großen Tiere mieden wohl die Kletterei über die vielen umgestürzten Bäume, die ihnen ja auch eine schnelle Flucht unmöglich machten und kamen nur zögernd hierher.

Blieb zu hoffen, dass der Winter nicht mehr lange dauern und der Frühling bald in den Bergen einziehen würde. Erfahrungsgemäß müsste dies bald schon der Fall sein. Dann wären auch die kleinen Hunde groß genug und sie könnten zum unzerstörten Süden wandern. Dort gab es wahrscheinlich keine Felsenhöhlen, aber er würde an geeigneter Stelle, an einem fischreichen Fluss oder See, umgeben von größerem Wald, für den Winter eine festere Hütte aus Stämmen und Schilfmatten bauen, wie es sein Onkel Hapo weit im Osten der nördlichen Ebene getan hatte.

Hukan war als Junge einmal mit seinem Klan dorther gezogen. Alle waren sehr beeindruckt gewesen. So eine Hütte machte natürlich nur Sinn, wenn man länger dort blieb. Nur durch Jagen und Sammeln konnte man normalerweise nicht lange an einem Ort seine Ernährung sichern. Hapo aber hatte sich an einer der wenigen Furten des Stromes Woo niedergelassen, in welchem es von großen Fischen wimmelte. Obendrein war die Furt im Umkreis von vielen Tageswanderungen die einzige Möglichkeit, den sehr breiten Fluss zu durchqueren, ohne gefahrvoll schwimmen zu müssen.

Seit undenklichen Zeiten nutzten die Wisent- und Pferde-Herden die Stelle auf ihren Wanderungen. Immer schon lauerten Jäger diesen dort auf, was bei der großen

Anzahl der Tiere eine zeitweise sehr ergiebige Jagd bedeutete. Um die Fleischversorgung länger zu sichern, hielt Hapo manchmal mit Stricken lebend gefangene Pferde als Fleischvorrat. Er und sein Klan hatten hinter der Hütte Büsche als Einfriedung so dicht gepflanzt und Lücken mit Stämmen und Ästen geschlossen, dass sie eine Barriere bildeten, welche die Tiere nicht überwinden konnten.

Zusätzlich aber lebten sie vom wichtigen Tauschhandel. Dort an der Flussfurt kamen öfters Jäger und Sammler vorbei. Hapo bekam manches Seltene, das es in der Ebene nicht gab. Vor allem natürlich Feuersteine zum Funken schlagen und zur Herstellung von besonders guten Pfeil- und Speer-Spitzen und Klingen. Davon hatte Hapo immer einen Vorrat. Er und sein Klan besaßen im Gegenzug außergewöhnliches Geschick, Schnüre zu Stricken zu flechten. Mit diesen Stricken konnte man unter anderem Schlingen zum Fangen von Wild knüpfen oder damit Stämme zu Flößen verbinden und vieles mehr. Hapo wusste auch immer Interessantes aus anderen Gegenden, was Wandernde ihm zugetragen hatten.

Hukan seufzte, als er sich an dies alles erinnerte. Nun lebten Zetti, Schalla und er in der Abgeschiedenheit der Berge nur noch zu Dritt! Schon der nächste Schicksalsschlag könnte sie in schlimmste Existenznot stürzen.

Am Besten wäre es deshalb, sie würden auf Menschen treffen, denen sie sich anschlossen.

Aber zunächst mussten sie den Rest des Winters in der Höhle überleben. Morgen würde er als Erstes eine neue Reuse bauen und im Bach anbringen. Danach müssten sie unbedingt Tiere in der Nähe aufspüren.

Hukan ging während der letzten Feuer-Wache, lange vor Tagesanbruch, schon nach draußen. Die trockene Ostwind-Wetterlage hielt an und es war sternenklar und frostig. Kaum etwas regte sich. Wo waren jetzt eigentlich all die Fledermäuse, die im Spätsommer zu Hunderten zwischen den Felsen umher flatterten, als er in die Berge flüchtete? Waren sie, wie manche Vogelarten, davongeflogen, um im Frühjahr zurückzukehren, wenn es wieder Insekten gab? Das müsste normalerweise auffallen, denn dann würden sie sich doch sicher, wie die Vögel, in Schwärmen sammeln und in Scharen fliegen. Auch im Dunkeln müsste so etwas auffallen. Oder hielten sie vielleicht eine Winter-Ruhe? Wenn ja, wo? Er konnte sich nicht vorstellen, dass sie sich mit ihren Flughäuten im Boden eingruben, wie Kröten, Schlangen oder Bären.

Irgendwo mussten sie stecken. Viele Möglichkeiten gab es nicht. Dass sie in Baumhöhlen schliefen, konnte er nicht glauben, denn dann würden sie sicher von Mardern und Eulen gefressen.

Er hatte beobachtet, wie sie nach Sonnenuntergang aus einer Felsspalte heraus flatterten, damals, bevor er die verletzte Katta fand.

Wenn sie darin tagsüber schliefen, hielten sie dort vielleicht auch Winterschlaf?

Er nahm sich vor, an den nächsten Tagen mit einer Fackel die Felsspalten in der Umgebung zu untersuchen. Vielleicht dienten sie auch anderer Beute als Versteck. Sie mussten jede Möglichkeit wahrnehmen um nicht zu verhungern.

Als es dämmerte, weckte er Zetti und Schalla und bestieg den Berg, um nach Wild zu spähen. Nichts regte sich, außer einem Krähenschwarm in größerer Entfernung. Dies entmutigte Hukan nicht, voller Motivation stieg er zum Bachufer hinab und holte Weidenzweige für die Reuse. Diesmal steckte er mit den Frauen gemeinsam solch eine Fischfalle zusammen. Jetzt, da sie zu verhungern drohten, zeigten auch die Höhlenfrauen sehr großes

Interesse daran. Sie waren in besseren Zeiten aufgewachsen und gewohnt, Fleisch zu essen. Jetzt kam ihnen alles Essbare recht. Schalla sprach sogar davon, nachmittags, nach dem Anbringen der Reuse, Hukans Korb mitzunehmen. Denn jetzt, da der hohe Schnee fort war, könnten sie doch Nüsse und ähnliche Baumsamen sammeln, falls noch welche genießbar wären. Hukan stimmte natürlich zu und weihte die junge Jägerin in seinen Plan ein, Felsspalten zu untersuchen. Packa sollte zu Zettis Schutz in der Höhle bleiben.

Der Wasserstand des Baches hatte sich wegen des Dauerfrostes fast wieder normalisiert. Diesmal banden sie die Reuse mit einem Lederriemen zusätzlich an einem Ast am Ufer fest. Anschließend zogen sie mit Waffen, Korb, glimmendem Zunder und Fackel los. Ihr Ziel war endlich einmal die Hukan bisher fast völlig unbekannte, weil steile und unwegsame, vom Bach abgewandte Seite des Berges.

Um den gesamten südwestlichen Fuß des Berges herum standen, unterbrochen von hervortretenden Felsen, dichte Haselnuss Sträucher. Ihr Korb war bald zum Viertel mit deren Früchten gefüllt.

Dann endlich fand der Norsun, was er noch suchte: Felsspalten. Die Erste war breit genug, dass man sich hineinzwängen konnte, endete aber zu seiner Enttäuschung nach vier Schritten. Die Zweite entdeckte er erst, nachdem er sich durch dichtes Gebüsch gezwängt hatte, etwa fünf Schritte weiter. Der sehr kleine Zugang lag perfekt verborgen. Überraschend erweiterte sich der anfangs sehr enge und niedrige Spalt, machte zur tieferen Erkundung eine Fackel nötig. Während Schalla zündelte, blickte Hukan den Hang hinauf. Wenn er richtig schätzte, musste der tiefe Gang ihrer Höhle ungefähr in die

Richtung dieser Spalte führen. Vielleicht drang durch diese die Frischluft bis hinauf in ihre Höhle!

Sie ließen den Korb und ihre Speere draußen stehen und krabbelten hinein. Hukan voran, Schalla mit Fackel hinterdrein. Der anfangs nur etwa mannshohe, aber oben sehr enge Spalt verbreiterte sich bald zu einem aufrecht begehbaren Gang, der sich kurz darauf gabelte. Es roch sehr feucht und eigentümlich. Oben hingen die Enden von Pflanzenwurzeln wie lange, dürre Finger in den Raum. Die Wände waren rau und zerklüftet und es zappelten viele kleine Schatten im flackernden Licht der Fackel. Da erkannte er sie! Kopfüber hingen zusammengefaltete grau-braune Dinger an den dunklen Wänden und Decken.

Manche bewegten sich etwas, als sie mit der Flamme näher traten. Winzige Gesichter mit kleinen, runden Äuglein blickten in das ungewohnte Licht. Eines der Dinger hing ganz nah vor seiner Nase. Er stieß es mit dem Zeigefinger an. Es war kalt und weich und bewegte sich. Jetzt erkannte der Jäger die zusammengefalteten Haut-Flügel, fasste sie mit den Fingerspitzen an den Seiten und zog sie auseinander. Das Tierchen ließ vom Felsen los. Hukan zog die Flügel voll auseinander und hielt die Fledermaus Schalla vor das entsetzte Gesicht. „Iiii, Hukan! Was sollen wir denn damit?“ – „Essen natürlich,“ war seine logische Antwort. „Sie schmecken sicher nicht viel anders als Krähen.“ – „Na, ich weiß nicht,“ druckste die junge Frau unsicher. – „Bitte Schalla, hol den Korb, wir werden sie von den Wänden pflücken.“

Ohne große Mühe hatten sie kurz darauf den Korb mit den federleichten Flatter-Tieren gefüllt. Auch draußen an der frostigen Luft waren die gestörten Winterschläfer kaum in der Lage stärkere Bewegungen auszuführen.

Zetti reagierte ebenfalls wenig begeistert, als sie kurze

Zeit später mit ihrer ungewöhnlichen Beute in der Höhle erschienen. Packa aber zögerte nicht lange, als Hukan ihr eine unter die Nase hielt. Sie packte sie am Kopf, schüttelte sie heftig, dass ihr die Flügel um die Schnauze klatschten, kaute ein paar Mal darauf herum und verschlang sie. Dann setzte sie sich in Bettel-Pose vor den Korb und schaute ihr Herrchen mit ihrem herzerweichendsten Blick an. „Nein, Packa!“, sagte Hukan streng. „Jetzt sind erst die Damen dran!“ In einem Menschen-Rudel bekamen Hunde eben normalerweise immer zuletzt.

Mit gesenktem Kopf schlenderte die Hündin zu ihren Kleinen.

„Aber wie sollen wir sie denn zubereiten?“, fragte Zetti. „Müssen wir die Winzlinge ausnehmen und ihnen das Fell abziehen?“ – „Ich habe auch keine Erfahrung damit,“ entgegnete Achseln zuckend der Jäger. „Probieren wir es! Auf jeden Fall müssen wir uns nun sputen, denn sie werden rege.“ Er begann, sie auf dem Hauklotz mit einem Stock zu erschlagen und warf die Getöteten vor das Feuer. Die Frauen schlitzten ihnen mit Steinklingen die Bäuche auf und schabten die Därme heraus. Das Fell abzuziehen erwies sich als fast unmöglich, deshalb beschlossen sie, die Haut-Flügler komplett zu grillen. Weil die Erste auf einen Zweig gespießt über dem Feuer gleich in Flammen aufging, einigten sich die drei Hungerleidenden darauf, sie auf einem flachen Stein über der Glut zu rösten.

Sie schmeckten wirklich gar nicht schlecht, fanden sie anschließend übereinstimmend. Das Zerknabbern gestaltete sich etwas umständlich doch nach kurzer Zeit waren alle verzehrt. (Die brave Packa bekam natürlich auch noch ein paar.)

Zetti hatte in ihrer Abwesenheit aus den übrig gebliebenen Weidenruten einen kleineren Korb geflochten. Diesen und den Großen, nachdem sie die Nüsse ausgeschüttet hatten, nahmen Schalla und Hukan und gingen noch einmal los.

Diesmal drangen sie noch tiefer in den Fels-Spalt. Sie entdeckten, dass es eigentlich auch eine sehr lang gestreckte Höhle war und mit unzähligen Fledermäusen besetzt. Essen für viele Tage.

Abends saßen sie satt und zufrieden plaudernd am Feuer und fanden, wie furchtbar schade es doch war, dass Katta dies nicht mehr miterleben konnte.

Packa hatte in der großen Höhle viel Stress damit, die Kleinen zusammenzuhalten. Sobald sie erwachten, begannen sie, umher zu laufen, um alles zu erkunden. Die etwas älteren Bärchen waren in ihrer Entwicklung von den Welpen schon längst überholt worden. Die kleinen Wolfshunde liefen den tollpatschigen Braunbären-Kindern problemlos davon.

Die Hündin schaffte es noch ohne Mühe, alle zu sättigen. Sie gab soviel Milch, dass manchmal sogar welche zu Boden tropfte, wenn sie sich erhob. Und beim Säugen blieb eine Zitze ja sogar frei.

Es herrschte endlich wieder reges Leben in der alten Höhle und die Jungtiere trugen durch ihr possierliches Herumtollen sehr zur Belustigung der Menschen bei. Hukan fand es vor allem interessant, zu beobachten, dass die Bärchen sich fast so wie Hunde verhielten, nur das Kläffen wollte ihnen nicht so recht gelingen. Wenn sie aufgeregt waren oder ihnen irgendetwas nicht passte, stießen sie ein brummelndes Fauchen aus.

Zetti und Schalla nutzten natürlich jede Gelegenheit, mit den süßen Tierkindern zu schmusen.

Ein paar Tage später hatten sie die von Hand erreichbaren Fledermäuse in der Höhle abgesammelt und sie benötigten eine Lanze, um weitere von den höheren Decken und Wänden zu lösen. Hukan machte zusätzlich ein paar spezielle Pfeile, die statt der Spitze einen dicken Holzpfropfen bekamen, der die Fledertiere von der Decke kickte. So konnten sie auch jene erbeuten, die sie selbst mit der Lanze nicht mehr erreichten.

Der wissbegierige Jäger wollte auch unbedingt klären, ob seine Annahme stimmte, dass es eine Verbindung zwischen ihrer Wohnhöhle und der Fledermaus-Höhle gab. Deshalb stieg er mit seiner Gefährtin so tief wie möglich in letztere hinein, bis es wegen einer zu starken Verengung nicht mehr weiterging. Er bat Schalla, mit Fackel dort zu bleiben und darauf zu achten, ob sie seine Rufe hörte. Dann eilte er hinauf in die Wohnhöhle und stieg tastend den langen Gang in den Berg hinab, so weit man kam. Bevor er die engste Stelle erreichte, roch er schon den Rauch ihrer Fackel und tatsächlich konnten sie gegenseitig ihre Rufe hören.

Bei der regelmäßigen Aussicht vom Berg fand auch Hukan wieder (oder besser: noch immer) bestätigt, dass jetzt praktisch gar kein größeres Wild zu sehen war, außer weiter weg, in südlicher Richtung. Schalla bekräftigte, dass ihr dies schon vor seiner Rückkehr aufgefallen war. Selbst den Luchs hatte sie nach Hukans und Kattas Fortgang nur noch einmal gesichtet.

Die Grube konnten sie ganz vergessen, sie war immer noch mit Wasser gefüllt und mit einer dicken Eisschicht bedeckt. Der Bach fror noch nicht zu, die Reuse erwies sich aber nicht als ergiebig. Nur alle paar Tage befand sich mal ein kleinerer oder mittelgroßer Fisch darin.

Noch gab es genug Fledermäuse und dazu Haselnüsse, von denen sie zwischendurch auch immer mal eine

Hand voll aßen, doch die Lage war beunruhigend.

Wolfshunde und Bärchen dagegen tobten mittlerweile immer ausgiebiger, voller Lebenslust gemeinsam in der Höhle herum. Die vorwitzigsten von ihnen trauten sich auch kurzzeitig mal hinaus in die Kälte, wurden aber von der aufmerksamen Hündin oder den Menschen schnell wieder hereingeholt. Denn Raubvögel kreisten immer wieder über den Bergen und unvorsichtige Jungtiere zählen nun mal zu ihren beliebtesten Beuten.

Der blonde Hundekenner erklärte seinen Frauen nach und nach die ersten Erziehungsschritte und wie es weiter gehen würde.

Hukan wusste, dass Packa nun bald ihren schon ziemlich großen Welpen die Milch verweigern würde. Die Wolfshunde fraßen auch längst von den Fledermäusen, die Bärchen dagegen mochten immer noch nichts anderes als Milch.

Durch die ungewöhnliche, spärliche Ernährung kamen die Frauen nur langsam wieder zu Kräften. Der Jäger konnte noch nicht daran denken, mit Schalla auf Jagd zu gehen. Auch die sonst so lebhafte Zetti wirkte noch müde und kraftlos. Sie aßen an Fledermäusen und Nüssen eigentlich nur soviel, wie sie zum weiteren Überleben gerade benötigten. Der rechte Appetit fehlte.

Mittags stand die Sonne schon recht hoch am Himmel und die Tage waren bald wieder so lang wie die Nächte. Hukan und seine Frauen spürten übermächtig die Sehnsucht nach dem Frühling. Abends saßen sie gemeinsam, statt am Feuer, dicht aneinandergedrängt im Höhleneingang und blickten in die weite Dunkelheit hinaus. Ihre Hoffnungen und Sehnsüchte webten zarte Bande, die ihre Zuneigungen zueinander vertieften.

Zetti und Schalla sprachen mit ihrem Norsun sehr einfühlsam über seine Liebe zu Bebeh und öffneten im Gegenzug ihre Herzen, um ihm Einblicke in ihre Seelen zu gewähren. Als letzte Überlebende einer Rasse hatten sie mehr als nur ihre lieben Männer verloren. Doch ihr Verlust lag in widrigen Lebensumständen begründet, wogegen der Norsun durch engstirnige menschliche Willkür alles, bis auf seine Hündin, verloren hatte.

Sie wussten, dass Hukan auch Katta geliebt hatte, obwohl sie als Frauen-Typ wohl das krasse Gegenteil seiner großen Jugendliebe darstellte. Doch Kattas Tod war ein normaler Schicksalsschlag, wie sie oft vorkamen.

Hukan in ihrer Mitte, tauschten sie rege Zärtlichkeiten miteinander aus, während sie ihre Herzen ausschütteten.

Die beiden Höhlenfrauen bekräftigten, dass sie niemals vorher einen Mann mit Hukans Charakter und Eigenschaften kennengelernt hatten und ihn sehr liebten und achteten, obwohl er nach ihrer Männer-Wertschätzung sehr wenig Körperkraft besaß, eine Eigenschaft, die im harten Überlebenskampf eigentlich große Vorteile bot. Aber der Menschen-Typ zu dem Hukan gehörte, besaß eben andere vorteilhafte Fähigkeiten, wie zum Beispiel den geringeren Nahrungsbedarf und die größere Ausdauer.

Der Jäger fühlte ihre aufrichtige Zuneigung und gestand ihnen seine Liebe.

Optimistisch drückte er vorsichtig seine Hoffnung aus, vielleicht doch andere Überlebende ihrer Rasse zu finden. Erstaunt blickten Zetti und Schalla ihn an. „Das wäre längst schon geschehen, gäbe es noch welche von uns!“, betonte Zetti voller Überzeugung. Und Schalla fügte traurig hinzu: „Alle unserer letzten Vorfahren hatten sich in die Berge zurückgezogen, wo wir immer weniger wurden.“

Sie bekräftigten, auf jeden Fall bei ihm bleiben zu wollen und gemeinsam mit ihm nach Bebeh zu suchen.

Immer öfter bestiegen sie an den folgenden Tagen zusammen ihren Berg und hielten sehnsüchtig Ausschau, als ob sie das erste milde Lüftchen vielleicht kommen sehen könnten.

Der Hauptgrund ihrer intensiven Ausschaue lag allerdings ganz banal darin begründet, dass der Bestand an Fledermäusen zur Neige ging.

Weiter südlich gab es Wild, sie sahen es auch an diesem Tag wieder. Ein bis zwei Tagesmärsche entfernt lebte Großwild. Schemenhaft erkannten sie Gämsen oder Rehe bei den intakteren Wäldern nach Nahrung suchen. Aufgeregt schaute Schalla Hukan an. Der Jäger blickte verstohlen zu Zetti, die ihren Blick zu Boden senkte. Hukan nahm die ängstliche Schöne in den Arm, küsste sie auf die Stirn und flüsterte: „Schalla und ich pirschen gleich in der näheren Umgebung. Du und Packa, ihr müsst in der Höhle bleiben und auf die Kleinen aufpassen!“ – Zetti lächelte und nickte stumm.

An diesem Vormittag zogen sie aufs Geratewohl los. Bestimmt gab es auch in der näheren Umgebung etwas zu erbeuten, sie mussten nur aufmerksam und lange genug umher kraxeln, hofften sie.

Zunächst begaben sie sich hinunter zum Bach und weil Nordwind herrschte, bewegten sie sich vorsichtig aufwärts an dessen Ufer entlang. Hukan war überrascht, wie weit man die tobenden Kleinen aus der Höhle hörte. Ihr Quieken, wenn einer den anderen beim Raufen zu arg zwickte oder ihr aufgeregtes Kläffen, wenn einer sich in einem Winkel versteckte und ein anderer nicht an ihn herankam, schallte weit in die Berge hinaus. Erst als sie die Gegend hinter dem Bereich erreichten, wo sie vor einiger Zeit mehrfach den Luchs von ihrem Berg aus beobachtet hatten, herrschte Ruhe um sie herum. Dort lebten überraschend viele Kaninchen. Irgendetwas musste den

Luchs wohl vertrieben haben, sodass sich die "Hoppler" hier in relativ großer Zahl sicher fühlten. Offensichtlich hatten sie bereits Frühlingsgefühle, so ausgelassen balgten sie herum. Es war kein Problem für die beiden überglücklichen Bogenschützen, bis zum späten Nachmittag Hukans Korb mit ihnen zu füllen. Nebenbei schossen sie auch noch ein paar Vögel.

Als sie bei Anbruch der Dunkelheit ihre Jagdstrecke auf dem Höhlenboden ausbreiteten, war das die größte Aufregung im bisherigen Leben der Wolfshunde und Bärchen. Nach zunächst vorsichtiger Annäherung fielen sie förmlich über die tote Beute her, schleppten sie besitzergreifend durch die Höhle und zerrten an ihnen herum. Zetti wurde es schließlich zu bunt. Sie sprach ein Machtwort, sammelte alles wieder ein und begann, alle Kaninchen abzuziehen und auszunehmen. Schließlich hatten sie großen Hunger.

Endlich gab es mal etwas anderes als dröge Fledermäuse! Sie brieten und aßen an diesem Abend alle elf Kaninchen.

Die kleinen Wolfshunde lagen um ihre Hunde-Mama herum und ahmten nach, wie Packa Knochen zernagte. Die Bärchen machten ebenfalls eifrig mit, fraßen jedoch nichts. Hukan versuchte es mit vorgekautem Fleisch, welches er ihnen reichte. Sie mochten es nicht, doch die Hundewelpen verschlangen es gierig.

Die drei Menschen fühlten sich endlich einmal wieder richtig satt und zufrieden und verkehrten sexuell miteinander.

Über Nacht wurde es plötzlich wärmer. Milder Westwind vertrieb die frostige Luft. Schon vor Sonnenaufgang meldeten zahlreiche Vogelstimmen den Schläfern in der Höhle den Frühlingsanfang. Als sie schließlich die

Vögel vom Vortag zum Frühstück bereiteten, ging ein Regenschauer nieder. Hukan mochte noch nichts, er war noch satt vom Abend. Zufrieden stellte er fest, dass beide Frauen endlich wieder ihre frühere Agilität zeigten. Er ließ sie in Ruhe speisen und ging mit Packa hinaus, um trotz des leichten Regens schon mal den Berg zu besteigen. Gespannt wartete er draußen ab, welche der Kleinen ihnen folgen würden. Nach und nach kamen alle heraus und bestiegen neugierig mit Herrchen und Hündin den Hang. Hukan beobachtete sie nun schon genauer in ihrem Verhalten. Mittlerweile zeigten sie erste Ansätze typischer Charaktereigenschaften. Ein Rüde schien Packa am ähnlichsten zu sein. Er war aufmerksam, aktiv und den anderen beim Toben sehr überlegen. Hukan, der erfahrene Hundehalter, glaubte schon jetzt, beurteilen zu können, dass er annähernd alle Eigenschaften entwickeln könnte, um einmal Packas Nachfolge anzutreten.

Demnächst würde er sich zusammen mit Zetti und Schalla passende Namen für die Bande einfallen lassen und dann mit den spezielleren Erziehungsschritten außerhalb ihrer Kinderstube beginnen.

Die Bärchen folgten natürlich auch. Ihre weitere Zukunft bereitete Hukan nun Kopfzerbrechen. Nur noch widerwillig ließ Packa sie saugen. Die Welpen tranken schon überwiegend Wasser. Der Jäger hatte ihnen einen Holznapf geschnitzt. Ihm wollte aber keine Möglichkeit einfallen, die Bärchen weiter ernähren zu können.

Überhaupt, was sollte aus den kleinen Brumbatzen werden. Erziehen lassen würden sie sich mit Sicherheit nicht. Es waren ein Männchen und ein Weibchen. Erwachsene Bären wurden sowieso Einzelgänger und ließen sich von niemandem etwas sagen.

Er war gespannt, wie Packa sich ihnen gegenüber weiter verhalten würde. Die Hündin hatte die zwei Bärenkinder adoptiert und von ihrem Verhalten würde nun auch alles Weitere abhängen. Sie Menschen hatten keine Möglichkeit, Bären aufzuziehen. Das Fatale war eben, dass ihre Entwicklung viel länger dauerte, als die von Hunden und Wölfen.

Abgesehen von der Sorge um die Bärchen, war es für den Hundefreund Hukan einer seiner ganz großen Glücksmomente, als er mit Packa und ihrem Nachwuchs zum ersten Mal die Höhle verließ. Endlich war der Winter zu Ende und er konnte damit beginnen, die hoffnungsvollen Kleinen auf das gemeinsame Leben mit ihren Menschen vorzubereiten. Sie waren nun weit genug entwickelt, auch ein bisschen auf sich selbst aufzupassen und der Baby-Flaum war längst widerstandsfähigerem Pelz gewichen, sodass er sie bedenkenlos im Freien tollen lassen konnte.

Alles schien den Junghunden äußerst interessant. Überall wurde probeweise hineingebissen. Packa zeigte ihnen, wie man durch Scharren im aufgetauten Boden Würmer freilegte, um sie schmatzend zu verspeisen. Für Hukan war es ein Genuss, ihrem munteren Treiben beizuwohnen, fast vergaß er darüber, nach Wild auszuschauen.

Als er endlich seinen Blick über die Landschaft schweifen ließ, bemerkte er sofort, dass die Natur sich zu verändern begann. Vogelmännchen umwarben Weibchen, ein noch sehr träger, offensichtlich trächtiger Feuersalamander hatte seinen Winterschlaf beendet und wanderte bedächtig hangabwärts, Richtung Bach.

Zwei seiner Wolfsmischlinge hatten den giftigen Lurch entdeckt und schubsten ihn neugierig mit ihren Nasenspitzen. Aufgeregt kläffend sprangen sie um ihn herum und lockten dadurch die anderen herbei. Unfähig, der Welpen-Meute zu entfliehen, wurde der Salamander von aufgeregten Hundenasen hin und her gerollt. Erst als ihr Herrchen weiter bergan stieg und sie mit Zungen Schnalzen zum Folgen animierte, ließen sie von ihm ab.

Auf dem Gipfel spähte der Jäger die Umgebung nach Wild aus. Nichts Größeres zeigte sich.

Die Frauen kamen herauf. Sie trugen schon ihre schicken kurzen Fuchsfell-Kleider. Schalla rannte sogar übermütig herbei und wurde von der Welpen- und Bärchen-Bande ungestüm empfangen. Als die Kleinen sich endlich beruhigten, wandte sie sich lachend Hukan zu und fragte: „Jäger Blondschopf, ist Wild zu sehen?“ Der Angesprochene erwiderte, ebenfalls lachend: „Bis jetzt leider noch nicht, starke Höhlenfrau. Aber ich denke, dass wir heute wieder mit einer Pirsch aufs Geratewohl unser Jagdglück versuchen sollten.“ - „Ich fühle mich großartig. Ja, wir werden alles schießen, was uns vor die Pfeile läuft!“, antwortete Schalla sprühend vor Energie.

Zetti war ebenfalls keuchend angekommen und wurde nun auch von den Jungtieren stürmisch begrüßt. Schließlich nahm sie eines der Bärchen rücklings auf den Arm und ließ sich von ihm in die Nase beißen. „Autsch, nicht so feste, kleiner Brumbatz!“, schimpfte sie und zwickte dem Bärchen mit der freien Hand protestierend in die Brust. Fauchend und strampelnd verlangte der Kleine, wieder heruntergelassen zu werden.

Auch Zettis erste Frage an Hukan galt gleich einem möglichen, nächsten Essen: „Hast du schon etwas entdeckt, lieber Mann?“ – „Leider noch nicht liebe Frau. Schalla und ich werden es heute wieder auf die gleiche Art und Weise wie gestern versuchen müssen.“ Sie umarmten und küssten sich lange und schauten anschließend noch einmal gemeinsam ausgiebig in die Landschaft, genossen voller Wonne die milde Luft an ihrer erbleichten Haut.

Heute kontrollierten sie zuerst gemeinsam ihre Reuse. Zwei Forellen waren hineingeraten, die Zetti erfreut mit hinauf zur Höhle nahm. Jägerin und Jäger unternahmen noch einen kurzen Abstecher zur Fallgrube, in der das Wasser aber nach wie vor zu hoch stand und machten sich anschließend gegen den Wind auf, um westlich ihres Berges Wild aufzuspüren.

Es war nun niederschlagsfrei, aber bewölkt. Überall krochen Molche über den schlüpfrigen, nassen Boden, einem nahen Tümpel zustrebend. Verfolgt von Schallas entsetzten Blicken ließ Hukan sich ein paar von ihnen schmecken. Nicht weit von ihnen sauste ein Habicht im Beuteflug nieder. Beide rannten mit schussbereiten Bogen zu der Stelle. Im Laufen keuchte Hukan seiner Jagdgefährtin zu: „Du den Vogel, ich seine Beute!“ Als sie den Raubvogel erreichten, hielt er ein Kaninchen in seinen Klauen. Schallas Pfeil klatschte ihm zwischen die Brustfedern. Das Kaninchen hatte der Greifvogel mit seinen Krallen bereits getötet. Nachdem das Jägerpaar diese erste Doppel-Beute verschnürt und Schalla umgehängt hatten, legten sie sich hinter einem nahen Busch auf die Lauer. Bereits nach relativ kurzer Zeit wurde ihre Geduld belohnt. Aus mehreren Löchern erschienen hoppelnd mehrere „Langohren“ und begannen seelenruhig, Gras zu mümmeln. Gleichzeitig schnellten ihre Pfeile von den Sehnen und töteten zwei von ihnen.

Bedächtig schlichen Schalla und Hukan weiter gegen den Wind. Nachdem sie das Tal hinter ihrem Berg durchschritten hatten, streiften sie fast lautlos durch überwiegend intakten Wald den Südhang des nächsten Berges hinan. Als sie die nächste Lichtung schon durch die Äste und Stämme schimmern sahen, hielt der voran pirschende Hukan plötzlich inne. Prüfend sog er den Wind durch seine Nase, er witterte ein nahes Wild. Schalla lauschte angestrengt, dann hob sie mit weit geöffneten Augen eine Hand und machte, Hukan zugewandt, lautlose Mundbewegungen. Der Jäger nickte, auch er hörte Fressgeräusche. Ein größeres Tier knabberte Zweige. Seitwärts auseinanderstrebend schlich das Jägerpaar getrennt auf den Bereich zu, aus dem die Geräusche kamen. Dabei behielten sie sich aber auch gegenseitig im Auge. Hukan konnte zuerst das Wild erkennen und signalisierte Schalla mit einem hoch gestreckten Daumen und zwei an der Stirn gebogenen Fingern, dass es sich um einen einzelnen Gamsbock handele. Sehr langsam, dass man ihre Körperbewegungen kaum wahrnehmen konnte, schlichen sie mit schussbereiten Bogen näher. Der Bock bewegte sich emsig äsend weiter und geriet für Hukan in eine günstige Schussposition. Der Jäger schoss, das getroffene Opfer schnellte mit allen vieren in die Luft, zur Seite, wurde auch noch von Schallas Pfeil getroffen, machte ein paar Bocksprünge vorwärts und brach zusammen. Schalla warf losrennend ihre Arme hoch, stieß jubelnd einen schrillen Schrei aus und erreichte fast zeitgleich mit Hukan die Beute.

Der Jäger schüttelte unwirsch seinen Kopf, fasste die ungestüme Jägerin derb am Unterarm und wies sie mit scharfer, aber gedämpfter Stimme zurecht: „Nicht so laut! Wir zwei sind nur zwei schwache Jäger in dieser unbarmherzigen Wildnis. Wir müssen vorsichtig sein! Außerdem wissen wir noch gar nicht, ob der Bock wirklich tot ist. Manche Tiere sind zäh, springen plötzlich wieder auf, greifen an oder entfliehen!“ Nach diesen Worten ließ er die verdatterte junge Jägerin wieder los, beugte sich zum Gamsbock hinunter, ergriff mit der Linken ein Horn, zog sein Steinmesser und schnitt ihm mit ein paar kräftigen Schnitten die Kehle auf. Dann kniete er nieder, trank zwei Züge vom herausquellenden warmen Blut und gönnte Schalla den Rest.

Hukans ermahnende Worte verfehlten ihre Wirkung bei Schalla nicht. Aufmerksam sichernd blickte sie in die Runde. Kein anderes Tier schien von ihrem Raub Kenntnis genommen zu haben. Der Gamsbock war ein erwachsener Einzelgänger gewesen und hatte keine Gefahr gewittert. Vögel flatterten unbekümmert durch die milde Frühlingsluft, auf einem Ast putzte sich ein Eichhörnchen.

Hukan hatte das Blut nicht nur getrunken, um sich zu stärken, sondern er wollte auch vermeiden, dass viel von dem „Lebenssaft“ aus den Schusswunden auf den Boden floss und durch seinen Geruch andere Räuber auf ihre Fährte lockte. Nach dem harten Winter in den stark beschädigten Wäldern waren alle überlebenden Fleischfresser sicher besonders hungrig und aggressiv. Seit Kattas tragischem Tod, den er durch Leichtsinnigkeit zumindest mitverschuldet hatte, war der Jäger reifer und umsichtiger geworden. Sorgfältig streute er Erde auf die dunkelroten Flecken und trat sie fest.

Jetzt galt es, so schnell wie möglich zur sicheren Höhle zurückzukehren. Normalerweise hätten sie den Bock, mit den Läufen an ein Stämmchen gebunden, gemeinsam tragen können. Hukan hielt es aber für sicherer, wenn sie sich abwechselten, wobei einer immer die volle Beweglichkeit zum Führen von Waffen und damit Verteidigungsbereitschaft, besaß.

Bei jedem Wechsel verschnauften sie kurz und versicherten sich mit angestrengten Sinnen, dass ihnen keine Gefahr drohte. Deutlich vor Anbruch der Dunkelheit erreichten sie sicher die Höhle.

Zetti empfing sie locker und in heiterer Stimmung. Packas Anwesenheit hatte ihr ein ausreichendes Sicherheitsgefühl gegeben und die lustigen und teilweise auch schon recht wachsamen Tierkinder für entspannende Unterhaltung gesorgt.

Der Abend verlief zunächst in gelöster Atmosphäre beim Verarbeiten der Beutetiere, mit anschließendem Mahl. Danach empfanden plötzlich alle ihre Haare als mittlerweile zu lang und schnitten sie sich mit Steinklingen auf darunter gehaltenen Holzklötzchen gegenseitig kurz. Auch Hukans Bart wurde gestutzt. Die Prozedur endete mit losgelöster Heiterkeit und mündete anschließend in gemeinsamem Liebesspiel der kleinen Schicksalsgemeinschaft.

Am nächsten Morgen war es noch wärmer, strahlend schien die Sonne. Die Drei frühstückten in Ruhe vor der Höhle und genossen das warme Licht. Packa und die Kleinen stöberten und tollten herum und erbettelten sich zwischendurch kleinere Happen. Doch die Idylle wurde gestört durch die beiden klagenden Bärchen. Packa verweigerte ihnen den Zugang zu ihren Zitzen. Jedes Mal, wenn sich einer der kleinen Brumbatze der Hündin näherte, knurrte sie böse und zeigte ihnen die Zähne. Besonders Zetti verfolgte das Drama mit besorgten Blicken. Die sensible Schöne hatte die kuscheligen Bärenkinder sehr in ihr Herz geschlossen und konnte sich schließlich einiger Tränen nicht erwehren. Die Bärchen jammerten und klagten vor Hunger und Durst und konnten das Verhalten ihrer Ersatzmutter nicht verstehen.

Schließlich verging der weichherzigen Höhlenfrau der eigene Appetit. Sie legte ihr Stück Braten beiseite und als wieder einmal eines der verzweifelten Bärchen eine Annäherung an die Hündin versuchte, stand sie energisch auf, packte die Hündin am Nacken und befahl ihr: „Packa, halt still! Lass sie saugen!“ Die Hündin versteifte ihre Körperhaltung, zog die Lefzen hoch und legte die Ohren an. Hukan, der das Geschehen aufmerksam beobachtete, wusste, dass Packa sehr biestig werden konnte, wenn jemand anderes als er sie unter Druck setzte, und rief scharf: „Packa, nein!“ und: „Zetti, lasse sie los, sie wird dich beißen!“ Langsam ließ Zetti los und richtete sich auf. Packa schüttelte sich und ging grummelnd ein paar Schritte weg. Beschwichtigend erklärte ihr Herrchen den verstörten Frauen: „Ihre Zitzen sind schon wund. Wenn Hundewelpen ein gewisses Alter erreicht haben, stellt der Körper der Mutter die Milcherzeugung ein, es kommt einfach nichts mehr. Die Hündin kann nichts dafür.“

Deprimiert setzte Zetti sich wieder und grübelte. Dann erhob sie sich erneut, holte den Wassernapf aus der Höhle und begann, Fleisch zu zerkauen und in den Napf zu spucken. Anschließend zerrieb sie es mit einem Stein zu einem dünnen Brei. Dann schnappte sie sich eines der Bärchen, legte es Schalla auf den Arm, bat sie, dem Tier den Fang aufzuhalten und flößte dem Bärenkind mit der hohlen Hand den Brei ein. Das funktionierte natürlich nicht so ohne weiteres, weil der „Brumbatz“ nur unwillig die ungewohnte Behandlung über sich ergehen ließ. Viel lief daneben. Mit dem Zweiten verfuhren sie anschließen auf die gleiche Weise.

Etwas später erbrachen beide Bärchen die Zwangsnahrung.

Zetti vergrub ihr Gesicht zwischen ihren Schenkeln und weinte. Schalla und Hukan traten zu ihr, streichelten und trösteten sie. Auch dem jungen Jäger-Paar taten die kleinen Bären leid. Hukan überlegte ernsthaft, ob er sie vielleicht zum Bärental bringen und in der Nähe einer anderen Bärenmutter aussetzen sollte. Sicher waren alle Winterschläfer längst erwacht. Vielleicht würde sich eine andere Bärin der Waisen annehmen. Der Jäger wusste, dass Wölfe fremde Junge adoptierten, ob Bären aber auch soviel Gemeinschaftssinn entwickelten, bezweifelte er im Grunde. Viele Jäger hatten schon mal beobachtet, dass Bärenmännchen Junge der eigenen Art töteten. Bärenmütter gerieten manchmal regelrecht in Panik, wenn ein männlicher Artgenosse sich ihnen und ihren Jungen näherte. Vielleicht aber, so dachte der Jäger, ergab der Zufall, dass er eine Bärenmutter finden würde, die ihre eigenen Kleinen auf tragische Weise verloren hatte.

Er teilte Zetti seine Überlegungen mit und dass er Packa auf jeden Fall bei der Aktion nicht mitnehmen würde, weil Bären auf Menschen mit Hunde-Begleitung aggressiver reagierten. Er könnte ja mit Schalla dann anschließend am Bärental jagen und vielleicht, falls der Einbaum noch intakt wäre, mit diesem zurückkehren. Zetti nickte dankbar wortlos und ging zu ihren beiden Bärenkindern, die ermattet zusammengekuschelt neben einem Holzklotz lagen, um sie zu streicheln.

Schalla trat mit großen Augen an Hukan heran und fragte ungläubig: „Möchtest du wirklich mit mir alleine zum Bärental?“ Der Jäger spürte den ängstlichen Unterton in ihrer Frage, blickte ihr fest in die Augen und sagte: „Wenn du mit diesem Gedanken heute Nacht gut schlafen kannst, bist du reif für eine solche Unternehmung. Über eines musst du dir jetzt im klaren sein: Wir werden immer entferntere Jagdzüge unternehmen müssen, weil wir in unmittelbarer Nähe schnell den ohnehin mageren Wildbestand auslöschen.“

Die junge Jägerin nickte stumm und lehnte sich seufzend an ihn.

Schalla und Hukan gingen etwas später hinunter zur Reuse. Sie war leer. Enttäuscht schlenderten sie in der warmen Mittagssonne wieder bachaufwärts, zur Flachwasser-Passage. Beide verspürten Lust, endlich einmal wieder zu baden und legten ihre Kleidung ab. Das Wasser war noch sehr kalt, wirkte aber sehr erfrischend auf der nackten Haut. Mit Händen und Füßen spritzten die beiden jungen Menschen sich gegenseitig nass, ihre ausgelassenen Schreie veranlassten Zetti, oben vom Höhleneingang, hinab zu schauen.

Die Schöne erstarrte. Zwischen den kahlen Büschen am Bachrand, nur wenige Schritte von Schalla und Hukan entfernt, duckte sich die Bestie zum Sprung auf die ahnungslos Planschenden. Zetti versagte die Stimme. Wie gelähmt registrierte sie, wie der riesige Höhlenlöwe losschnellte. Hukan stand mit dem Rücken zu ihm, erfasste aber blitzschnell, wie Schalla entsetzt zurück taumelte und hatte sich schon halb umgedreht, als der anfliegende Menschenfresser ihn fast erreichte. Verzweifelt hieb er ihm den nackten linken Arm in den weit geöffneten Rachen. Die Faust tief in den Schlund stoßend wurde Hukan in seiner Körperdrehung unsanft gestoppt und von dem Koloss niedergerissen. Räuber und Opfer platschten in das flache Wasser.

Schalla schrie und schrie, dabei wie von Sinnen Steine aus dem Bachbett auf den Kopf der Bestie schmeißend. Hukans Kopf war unter Wasser gedrückt, aber unnachgiebig streckte er die Faust in den gierigen Schlund, krallte sich mit der Rechten Halt suchend in das Gesicht des Horr und drückte ihm ein Auge aus. Tief gruben sich die Krallen der gepeinigten Bestie in den Brustkorb des Jägers, der verzweifelt versuchte, seinen Kopf über Wasser zu recken, aber mit der rechten Hand nicht losließ. Der Löwe war nicht in der Lage, zu brüllen oder zu beißen. Hukans Faust blockierte seinen Rachen, zwang ihn zum fortlaufenden Würge-Reflex. Dramatische Momente vergingen, während der der halb auf seinen Vorderbeinen liegende Höhlenlöwe mit dem dazwischen eingeklemmten Jäger rang.

Dann ging alles sehr schnell. Packa und Zetti, einen Speer und eine Lanze in den Händen, kamen den Hang hinunter gerast. Die Hündin erreichte zuerst das Bachbett, sprang dem Horr auf den Rücken und verbiss sich in seinem Nacken. Die heranstürzende Höhlenfrau warf ihrer Gefährtin in vollem Lauf den Speer zu, nahm die Lanze in beide Fäuste und rammte sie nur einen Wimpernschlag nach Packas Attacke mit vollem Schwung der Bestie seitlich in den Leib, mit soviel Schwung, dass sie mit den Händen von der Stange abglitt und auf den Löwen prallte.

Schalla hatte den Speer gefangen, stach dem sich aufbäumenden Räuber das zweite Auge aus und sprang behände mit fliegender Körperdrehung neben die Bestie, den Tod bringenden Spieß weit zum Stoß ausholend.

Hukan hatte mittlerweile unter Wasser die Besinnung verloren, worauf der geblendete Horr seinen Arm endlich ausspeien konnte, seine Pranken vom Jäger löste und mit Packa und Zetti auf dem Rücken hochschnellte. Doch war er zu keiner weiteren Bewegung mehr fähig, da die kräftige Hündin mit heftigen Bissen seine Nackenwirbel bearbeitete. Das unbeschreibliche Gebrüll, das er verkrampft stehend nun ausstieß, steigerte sich noch, da Schalla mit ihrem Wurf aus allernächster Nähe sein Herz nicht gleich traf und mit beiden Händen den Speer in der Wunde hin und her stieß, bis die Steinspitze endlich das Herz durchbohrte.

Eine rote „Fahne" aus Löwen- und Menschenblut trieb im Bach abwärts, als Zetti und Schalla mit Aufbietung aller Kräfte versuchten, den erschlafften Körper des schweren Raubtiers von Hukan zu wälzen. Sie schafften es nicht. In Panik schauten sie sich verzweifelt an. Dann rief Zetti mit von Tränen erstickter Stimme: „An seine Arme! Wir ziehen ihn an seinen Armen!" Selbst halb im

Wasser liegend, stemmten und zogen sie an Hukan herum und bekamen ihn so langsam aber sicher frei und schleiften ihn ans Ufer. Völlig unkoordiniert drückten sie zunächst in ihrer Verzweiflung gemeinsam an seinem Oberkörper herum, bis Zetti Schalla schließlich weg stieß und heulend allein mit ihren Händen den Brustkorb des Ertrunkenen rhythmisch stoßend bearbeitete, bis er endlich hustend Wasser ausspuckte und selbsttätig zu Atmen begann. Hukan richtete sich aber nicht etwa auf, sondern wurde wieder ohnmächtig.

Die starken Krallen der Bestie hatten an seinem Oberkörper tiefe, blutende Wunden verursacht. Sein linker Arm blutete ebenfalls aus mehreren Bissverletzungen. Vorsichtig untersuchte Zetti ihn auf Brüche. Die Knochen schienen unverletzt, doch seine linke Schulter war ausgekugelt.

Packa hatte die Löwenfährte bereits mit der Nase ein Stück zurückverfolgt und auch die nähere Umgebung eifrig durchstreift, aber keine bedrohlichen Hinweise entdeckt. Auch Schalla sah sich nun genauer um, den Speer, welchen sie aus dem Körper des Horr wieder herausgezogen hatte, wurfbereit in der Hand. Auch die Jägerin war sich nun eigentlich sicher, dass der Löwe allein gekommen war und noch keine weiteren Räuber aufmerksam geworden waren. So wenig Wild gab es in der Umgebung, - aber die Angst vor einer weiteren Attacke saß bei der jungen Jägerin tief.

Zetti hatte es bereits geschafft, Hukans ausgekugelten Arm wieder einzurenken. Für die Höhlenfrau war solch ein Kunstgriff fast etwas alltägliches, denn öfters mussten von der Jagd heimkehrende Jäger derart verarztet werden. Sie hatte es von Toba gelernt.

Gemeinsam hoben sie den immer noch bewusstlosen auf und Zetti trug ihn unter den Augen der ängstlich hinab äugenden Kleinen hinauf zur Höhle und legte ihn auf dem Bärenfell neben dem Feuer ab. Hukans Herzschlag und seine Atmung funktionierten normal und Zetti wähnte sich sicher, dass er bald wieder zu sich kommen würde. Seine Fleischwunden behandelte sie nicht. Krallen und Zähne waren lediglich eingedrungen, ohne das Fleisch sehr weit aufzureißen. Die Wunden waren sauber, da Hukan im klaren Bachwasser gelegen hatte und sie gut ausgeblutet waren und sie verschorften nun.

Die beiden Frauen standen Arm in Arm mit besorgten Blicken neben ihrem verletzten Jäger und fragten sich, wieso der Horr sie so überrumpeln konnte. „Wir haben heute Morgen zum ersten Mal vergessen, vom Berg Ausschau zu halten, weil wir uns beim Frühstück so sehr um die Bärchen gekümmert haben!“, sagte Schalla leise. Zetti nickte und fügte hinzu: „Hukan wird länger nicht schießen können, bis sein linker Arm wieder heil ist. Lass uns mit Packa hinuntergehen und die Bestie zerteilen. Wir haben dann genug Fleisch für einige Tage.“

Bis zum Anbruch der Dunkelheit hatten sie damit zu tun, den Höhlenlöwen im Bach zu zerlegen und hinauf in die Höhle zu tragen. Dabei konnten sie keine Rücksicht darauf nehmen, das Fell ganz zu lassen, sondern trennten alles so schnell es ging auseinander. Beide waren anschließend körperlich geschafft, begannen aber trotzdem gleich mit dem Braten.

Hukan war nachmittags wieder erwacht, hatte bis auf die üblichen Schmerzen und die auf den Blutverlust zurückzuführende Schwäche keine weiteren Beschwerden, blieb aber liegen, damit die Wunden nicht wieder aufgingen. Keine noch so schwere Verletzung konnte den mittlerweile sehr abgehärteten Jäger mehr schocken. Mehrmals brachten die Frauen ihm Wasser. Er war natürlich über alle Maßen froh, als er hörte, dass sie beide und

Packa gänzlich unverletzt davongekommen waren. Als sie ihn fragten, ob er Appetit verspüre, bejahte er und bat darum, als Erstes Leber zu bekommen. Gesättigt schlief er gleich darauf wieder ein.

Etwas später legte auch Zetti sich schlafen und Schalla hielt die erste Nachtwache, wobei sie weiter Löwenteile an Holzspießen über dem Feuer briet.

Bei Tagesanbruch erwachte Hukan wieder, stand auf und ließ sich von Zetti ankleiden und seinen linken Arm in eine Leder-Schlinge legen. Gewohnheitsmäßig begrüßte er alle Hunde, dabei fiel ihm auf, dass die Bärchen fehlten. Verwundert schaute er Zetti an und fragte: „Wo sind die Bärchen?" – Der Schönen traten Tränen in die Augen und mit zitternder Stimme antwortete sie: „Sie hatten die ganze Nacht vor Hunger gewimmert, da habe ich sie getötet." Der Norsun nickte und legte seinen unverletzten Arm tröstend um sie: „Es war das Beste. Wir hätten ihnen jetzt nicht mehr helfen können." Nach einer kurzen Pause wollte er wissen: „Was hast du mit ihnen gemacht?" – „Schalla hat sie abgezogen und gebraten. Die Pelze möchten wir als besondere Erinnerungsstücke an die armen Kleinen behalten. Wir wollen beim Schlafen unsere Köpfe darauf kuscheln."

Draußen schien wieder die Sonne, milde Luft wehte in die Höhle. Hukan verspürte Drang, den Berg zu besteigen, um beim Blick über die weite Landschaft sein inneres Gleichgewicht wieder zu finden und seiner Verantwortung zu genügen.

Er nahm einen Speer zur Hand, gebot Packa, ihm zu folgen, lockte die Welpen hinterher und stieg gemächlich bergan.

Die Luft war voller summender Insekten und Vögel

machten Jagd auf sie. Auch die Hündchen versuchten, das eine oder andere Insekt zu erhaschen.

Sie waren noch nicht so weit entwickelt, dass man mit ihnen auf Wanderung gehen konnte. Denn das war ihr immer dringlicheres Ziel: Aufbruch in einen neuen Lebensraum. Andere Menschen finden, um ihr Überleben auf Dauer zu sichern.

Wohin sollten sie sich wenden? Normalerweise müsste an einem Fluss die Wahrscheinlichkeit am größten sein, andere Jäger zu treffen. Und auf jeden Fall in südlicher Richtung, weg von dem Bereich der himmlischen Katastrophe. Er spürte, dass es ihn nach Norden ziehen wollte, wegen Bebeh und seinen Verwandten. Doch es war zu riskant, womöglich würden sie unterwegs verhungern.

Der schlimme Winter war vorüber, eine wichtige Etappe im Überlebenskampf geschafft. Jetzt galt es, in der Höhle die Wolfshunde heranzuziehen, zumindest so weit, dass sie ausreichend gehorchten und einen ganzen Tag laufen konnten und dann aufzubrechen.

Der Jäger hatte den Gipfel erreicht und hockte sich auf einen Baumstamm. Der kleinste Welpe setzte sich vor ihn und schaute zu ihm auf. Hukan legte seinen Speer auf den Boden und hob den Kleinen auf seinen Schoß. Der Kleine war eine Hündin, aber von ganz anderem Charakter als Packa. Zutraulich stellte sie sich an seiner Brust auf und leckte ihm das Gesicht. Hukan grinste, weil die feuchte, warme Zunge an seiner Nase kitzelte. Die Kleine war die pfiffigste und anhänglichste der Wolfshunde, sicher der ideale vierbeinige Gefährte für Zetti. Der kräftige Rüde, der vom Wesen her Packa am ähnlichsten schien, würde wohl mit Schalla am Besten harmonieren.

Hukan zuckte zusammen. Das Gesicht der Bestie, mit weit geöffnetem Rachen tauchte vor seinem geistigen

Auge auf. Das fürchterliche Gebiss und die riesigen, nach ihm ausgestreckten Pranken mit den blanken messerscharfen Krallen bedrohten ihn wieder. Der Jäger bekam eine Gänsehaut am ganzen Körper und erschauderte unter der übermächtigen Erinnerung.

Er schaute hinunter zum Bach. Ruhig und gleichmäßig strömte das klare Wasser dahin, glitzernd im strahlenden Sonnenlicht. Nichts erinnerte an der Furt an das dramatische gestrige Ereignis.

War es jetzt endlich der letzte Horr gewesen? Zetti konnte noch nicht einmal sagen, ob es der gleiche gewesen war, der sie in der Höhle überfallen und Toba gefressen hatte. Jener Überfall hatte ja bei vollkommener Dunkelheit stattgefunden.

Dass Menschen aber auch von solchen Ungeheuern bedroht wurden!

Andersherum betrachtet stellten die Jäger für viele friedliche Tiere solche Ungeheuer dar.

Alles Schimpfen und Jammern nützte nichts, man musste eben ständig aufpassen, das war nun mal so im Leben.

Argwöhnisch schaute Hukan sich um und blinzelte in die Runde. Die weite Landschaft wirkte so friedlich an diesem herrlichen Frühlingstag. Doch genau so war es gestern gewesen. Er schüttelte sich wieder. Erstaunt blickte die kleine Hündin auf seinem Schoß ihn an. Hukan streichelte die Kleine, sie drehte sich auf den Rücken und hielt ihm ihr weiches, noch dünn behaartes Bäuchlein hin. Hukan streichelte sehr sanft und fühlte deutlich, wie es ihm die innere Verspannung nahm.

Die Frauen kamen herauf. Auch Zetti trug jetzt ständig einen Speer. Sie bat Hukan, ihr so bald wie möglich auch eine Axt zu fertigen, welche sie von nun an in einem Bauchgurt stets an sich tragen wollte. Der Norsun nickte: „Das können wir gleich anschließend angehen. Schalla wird es unter meiner Anleitung schaffen, solch eine Waffe herzustellen.“ Er war froh, einen derartigen Wunsch von der sensiblen Frau zu hören. In Zettis Innerem hatte das letzte schreckliche Ereignis offensichtlich eine Veränderung bewirkt. Das war wirklich gut so. Er würde demnächst mit ihr das Führen von Waffen üben. Vielleicht könnten sie sogar zu dritt gemeinsam jagen? Auf jeden Fall hatte sie, die gewohnt war, immer gut behütet in der Höhle zu bleiben, gestern genug Mut aufgebracht, sich auf die Bestie zu stürzen.

In dieser kleinen Notgemeinschaft verlangte das Leben von jedem alles.

Gemeinsam schauten sie sich lange um, jedes Fleckchen der Landschaft genau in Augenschein nehmend. Krähen und Gänse waren, schon bevor der viele Schnee kam, wieder fortgeflogen. Die üblichen Waldvögel bestimmten nun das Hauptgeschehen in der Landschaft. In der Nähe ließen sich nur einzelne kleinere Tiere blicken. Weit entfernt äste ein Hirsch.

Wenn in Kürze zwischen den vielen umgestürzten Bäumen frisches Grün aufwuchs, würde die Gegend nach Norden hin bestimmt zu einem undurchdringlichen Dickicht, dachte Hukan.

Etwas später, in der Höhle, suchten sie gemeinsam Stein und Stiel für eine neue Axt aus und der Norsun wies Schalla draußen beim Zuschlagen und Schnitzen an. Auch Zetti wollte schließlich Hand anlegen und löste ihre Gefährtin zeitweise ab. Langsam nahm die Klinge die passende Größe und Gestalt an. Doch plötzlich, bei einem der vielen Schläge, die Schalla schon recht geschickt ausführte, platzte ihr ein viel zu großes Stück ab und sie mussten mit einem anderen Stein wieder von neuem beginnen.

Nachmittags legten sie eine Pause ein und kontrollierten gemeinsam die Reuse. Drei Fische waren darin, welche sie gleich zubereiteten und verspeisten.

Spät abends am Feuer war Zettis neues Schlagwerkzeug endlich fertig.

Am nächsten Morgen bestiegen sie schon lange vor Sonnenaufgang wieder gemeinsam den Berg und hielten nach Wild Ausschau. In der Nähe, in östlicher Richtung bemerkten sie einen Fuchs, weshalb Schalla mit Packa gleich aufbrach, ihm nachzustellen. Zetti und Hukan verfolgten sie vom Berg aus mit ihren Blicken, wobei der Jäger die Höhlenfrau im Speerwurf unterwies. Wie die verstorbene Katta, besaß auch Zetti sehr viel Kraft, doch an Geschicklichkeit mangelte es ihr in dieser Disziplin bei weitem. Die Schöne zeigte sich aber sehr lernbegierig und beherzigte alle Tipps.

Als Schalla schließlich das Gelände erreichte, wo sie den Rotfuchs gesichtet hatten und es kurz darauf mit Packa durchstöbert hatte, signalisierte sie den beiden auf dem Berg bereits nach wenigen Momenten, dass sie sich wieder auf den Rückweg begeben würden. Zetti und Hukan konnten ihre Zeichen wegen der Entfernung nicht vollständig verstehen, gingen aber nach ein paar weiteren Wurf-Übungen langsam zur Höhle hinab.

Kurz darauf traf auch die Jägerin mit der Hündin wieder dort ein und berichtete, dass der Fuchs sie früh bemerkt und sich dort hinten in seinem Bau verkrochen hatte, weshalb jedes Auflauern zwecklos gewesen sei. Sie hatte aber unterwegs mehrere verschiedene Vögel und ein Kaninchen geschossen, die sie nun gemeinsam „verfrühstückten“.

Zetti äußerte während des Mahls den Wunsch, auch Bogenschießen zu lernen, dem Hukan freudig zustimmte. Der Jäger machte Schalla den Vorschlag, sie solle mit

Packa und dem größten Welpen den Bach aufwärts nach größeren Fischen absuchen, um diese zu Schießen oder mit dem Stülp-Korb zu fangen. Sie solle sich aber nicht aus Sichtweite ihres Höhlen-Berges begeben, wo er mit Zetti Schießübungen machen und sie und ihre Umgebung dabei im Auge behalten könne.

Der Jäger hatte bei den Gebrauchsgegenständen in der Höhle auch eine Knochen-Pfeife entdeckt, mit deren schrillem, weit hörbarem Pfiff er Alarm geben würde, sobald Zetti oder er eine Gefahr erkennen könnten.

Hukan vermied es, die Begriffe Horr oder Bestie zu erwähnen, um die junge Jägerin nicht unnötig zu ängstigen. Beide Frauen glaubten und auch sein Gefühl sagte ihm, dass es nun wirklich der letzte Höhlenlöwe gewesen sei, den sie im Bach getötet hatten. Doch nach allem, was er an schrecklichen Ereignissen in den letzten Monaten erlebt hatte, konnte er nicht anders: Er rechnete jetzt ständig mit dem Schlimmsten und wollte seine junge Lebensgefährtin im Auge behalten.

Um Schallas Stimmung aufzulockern, schlug er ihr vor, sie solle sich einen Namen für den großen Jung-Rüden einfallen lassen und ihn von nun an auf allen kleineren Streifzügen mitnehmen, um ihn auf sich zu prägen. Er solle von sofort an ihr persönlicher Jagd- und Schutzhund sein. Die junge Frau machte große Augen und fiel dem Jäger vor Freude so heftig um den Hals, dass ihn seine Schulter schmerzte und er laut schrie: „Au, au, au!“

Jetzt durfte er Zetti natürlich nicht zu kurz kommen lassen. Tatsächlich hatte diese sich in letzter Zeit bereits vorzugsweise mit der kleinsten Hündin beschäftigt und schaute den „Hunde-Vater“ erwartungsvoll schmunzelnd an, als er sich, nachdem sein Schmerz nachgelassen hatte, ihr zuwendete. „Und die pfiffige Kleine bereitet, glaube ich, dir liebe Zetti das meiste Vergnügen." – Zärtlich umarmte und küsste die Angesprochene ihn und hauchte, ihm tief in die Augen schauend: „Ja! Danke lieber Mann!"

Nun ging die Überlegung los, welche Namen am zutreffendsten schienen. Zetti entschied sich spontan für „Kessi", der Name habe ihr bereits im Hinterkopf gelegen. – „Gut," schmunzelte Hukan. „Zetti und Kessi, das passt!" Und zur immer noch rätselnden Schalla gewandt fuhr er fort: „Du brauchst dich nicht sofort zu entscheiden. Warte ab, bis er etwas Typisches oder sonst wie Auffälliges tut, danach kannst du ihn benennen." – „Ja gut," stimmte die junge Jägerin zu, „dann ziehe ich am besten gleich los mit den beiden."

Hukan und Zetti begleiteten sie hinaus vor die Höhle und verfolgten amüsiert, wie der junge Rüde etwas unsicher, aber Schalla wacker gehorchend, seinem Muttertier hinterdrein in die für ihn neue Welt aufbrach.

Seine Geschwister wollten ihnen natürlich auch folgen und die beiden Daheimbleibenden mussten sie zurückhalten.

Zärtlich küsste die schöne Höhlenfrau ihren lieben Lebensgefährten, zog ihn zurück in die Höhle, auf das Bärenfell neben dem Feuer und trieb es kurz rittlings mit ihm.

Hand in Hand, aber Speere, Bogen und Köcher mit sich führend schlenderten sie anschließend den Berg hinauf, gefolgt von den vier übrigen Jung-Hunden.

Neben Waffenübungen machten sie auch Spiele mit den ausgelassen herumtollenden Vierbeinern. Hukan aber vergaß bei allem Spaß nicht, immer wieder penibel die Landschaft zu beobachten. Oft konnte er Schalla und die Hunde erkennen, wie sie langsam, nach Fischen spähend am Bachufer aufwärts zogen. Später verlor er sie fast aus den Augen. Er und Zetti blieben aber insofern beruhigt, weil sie überhaupt keine Anzeichen von Raubtier-Aktivitäten beobachten konnten. Es blieb sogar insgesamt zu ruhig, kein einziges Stück Großwild war in der nördlichen Umgebung zu sehen. „Ich glaube, dass der Horr auch den Luchs gefressen hatte, den wir dort mehrfach beobachteten," sagte Hukan schließlich nachdenklich. „Er wird alles überwältigt haben, was sich an größeren Tieren nach der Katastrophe dort oben aufhielt, sonst hätte er den Winter wohl auch nicht überlebt." Zetti hörte ihm andächtig zu und nickte. „Weißt du gewiss, dass es sonst nirgends mehr Bestien gibt?", fragte sie dann, ihm fest in die Augen schauend. – „Ich weiß es ganz sicher. Alle Stämme in der Ebene und alle Wanderer, die aus anderen Gegenden zu uns kamen, kannten sie nur aus Überlieferungen, genau wie euch. Alle Menschen glauben, Höhlenlöwen und eure Rasse seien schon lange ausgestorben. Ich vermute, ich bin seit Menschengedenken der erste Jäger, der sich in diese Berge gewagt hat. Es hieß bei uns immer, die felsigen Berge seien unbewohnbar. Ein alter Schamane eines unserer Nachbarstämme hatte erzählt, hier würden nach einer Überlieferung andere Götter wohnen, die alle Menschen und Tiere, die sich aus der Ebene hinauf trauten, töteten."

Nach einer kurzen Pause, während der er wieder in die Landschaft spähte, schaute er die schöne Höhlenfrau forschend an und sagte: „Ich wundere mich sehr, dass euer Stamm sich von der Ebene in die Berge zurückgezogen hatte und trotz des ständigen Kampfes mit den Bestien diese unwirtliche Lebenswelt nicht wieder verlassen hat. Kannst du mir das erklären?" – Tief schaute er Zetti in die Augen, als ob er aus ihnen die Antwort über das Rätsel ihres Stammes ersehen könnte. Die Starke zuckte aber nur verlegen mit den Schultern. – Hukan wurde eindringlicher: „Warum seid ihr aus der Ebene fort gewandert, beziehungsweise nicht dorthin zurückgekehrt? Dort, in den Sümpfen, leben viele Elche, in den Steppen Pferde, Rener und Wisents und die Wälder sind voller Rehe und Hirsche. - Warum? Ihr müsst doch Gründe gehabt haben, das harte Leben in den Bergen vorzuziehen. Gab es keine Überlieferungen oder Legenden, die dies erklärten?“ – Zetti zuckte wieder mit den Schultern und meinte verlegen: „Ich wurde in unserer Höhle geboren, als Maxa noch Stammesführerin war und kenne nichts anderes als die umgebenden Berge. Maxa und Toba und auch die beiden ältesten unserer Jäger erzählten auch oft von Überlieferungen aus vergangenen Zeiten, als es immer Winter war und unsere Vorfahren Mammuts und die anderen Tiere jagten, die auf unsere Felswände gemalt wurden. Ja, auch unsere Vorfahren, vor langer, langer Zeit sollen weit in der Ebene umhergezogen sein. Doch alles veränderte sich. Irgendwelche mysteriösen Umstände haben sie in diese Berge getrieben und hier sind sie mit den Gämsen und den Horr geblieben. Hier war einfach unser Land. - Ich weiß nicht mal, ob wir schon hierher verschlagen wurden, als noch Eiszeit war.“ - „Vielleicht waren eure Stämme vor Krankheiten geflüchtet, ähnlich, wie mir es widerfahren ist?“

Arm in Arm saß das unterschiedliche Menschen-Paar nach seinen Erklärungsversuchen auf einem Stamm, hoch über der uralten Höhle, in der zuletzt die letzten Nachfahren einer Menschenrasse sich gegen die Überfälle der letzten Individuen einer ebenfalls aussterbenden Raubtierart verteidigt hatten.

10. Kapitel: Aufbruch

Als Schalla in der Abenddämmerung von ihrer Fisch-Jagd zurückkehrte, hatten Hukan und Zetti sich bereits vom Berg in den Höhleneingang zurückgezogen, denn ein starker Regenschauer ging nieder. Vollkommen durchnässt, aber Freude strahlend stellte die junge Frau den kleinen Korb voller Fische vor den Beiden ab, befahl ihrem ebenfalls pitschnassen Jung-Rüden neben sich: „Mach Sitz!“, deutete auf ihn und verkündete: „Darf ich vorstellen, das ist „Platsch“!“

Zetti und Hukan bogen sich vor Lachen, dass die junge Jägerin ganz verlegen wurde. Der triefend nasse junge Hund, der mit solcher Unschuldsmiene zu ihnen aufblickte und die Art und Weise wie Schalla seinen ungewöhnlichen Namen nannte, wirkten dermaßen komisch, dass die beiden Älteren sich einfach nicht mehr halten konnten.

„So, so,“ kicherte Hukan schließlich, als sie sich langsam wieder beruhigten, „hast du also schon einen passenden Namen gefunden. Und wie bist du darauf gekommen?“ Die junge Frau war vor Verlegenheit rot geworden und presste heftig zu ihrer Rechtfertigung hervor: „Als ich an einer tiefen Wasserstelle einen größeren Fisch schoss und Packa sofort brav ihm nachsprang, stürzte sich auch mein Kleiner „platsch“ hinterdrein ins Wasser.“ Beleidigt wandte sie sich zur Seite und blickte zu Boden. – „Es tut mir leid,“ sagte Hukan tröstend und nahm sie in den Arm. „Wir wollten dich nicht auslachen, aber die Situation und wie der nasse Platsch uns anschaute, waren zu lustig.“ – „Ihr habt mich ausgelacht, weil ich keinen besseren Namen gefunden hab,“ sagte Schalla trotzig und stampfte dabei mit dem Fuß auf. Jetzt umarmte auch Zetti sie behutsam und betonte: „Nein Schalla, es ist ein süßer Name, der uns gut gefällt, nur die Situation, wie ihr so nass hier hereinkamt und der unschuldige Blick von Platsch, brachten uns zum Lachen." Fürsorglich führte sie ihre erschöpfte Gefährtin zum Feuer und half ihr aus dem nassen Pelz-Kleid. Immer noch schmollend räkelte sich die junge Jägerin nackt auf das Bärenfell und blickte verträumt in die Wärme spendenden Flammen. Platsch trottete herbei, legte sich Backe an Backe zu ihr und schmiegte seinen nassen Pelz an ihre Brüste. Liebevoll legte sie ihren Arm um ihn.

Zetti holte den Korb mit den Fischen und begann, sie zu entschuppen und auszunehmen. Hukan legte sich zu Schalla und ihren Hund auf das Bärenfell und die drei schliefen ein.

Der Duft der über dem Feuer gegrillten Fische weckte die Schläfer bereits nach kurzer Zeit wieder. Für drei Menschen und sechs Hunde war es nur eine knappe Mahlzeit, weshalb sie ergänzend vom natürlich immer noch reichlich vorhandenen Löwenfleisch aßen.

Hukans Wunden verheilten gut, doch Zetti ermahnte ihn, seine Schulter weiter zu schonen, bis das Gelenk wieder genügend belastbar wäre. Hukan fiel es sichtlich schwer, sich daran zu halten. Er fand es schrecklich, zur Untätigkeit verdammt zu sein, wo wegen des geringen Wildbestandes jeden Tag ein Jagdgang nötig gewesen wäre. Sie beschlossen, dass er den nächsten Tag in der Höhle und auf dem Berg verbringen sollte, während Zetti und Schalla mit Packa, Platsch und Kessi bachabwärts pirschen würde. Egal, ob es regnete oder nicht.

Sie hatten Glück, nachts hörte der Regen auf und als sie am nächsten Morgen aufbrachen, schien die Sonne.

Bereits vor Sonnenaufgang hatten sie wieder gemeinsam erfolglos Ausschau gehalten und nun bestieg Hukan wie vereinbart allein den Berg, begleitet von den drei noch namenlosen Jung-Hunden. Die Frauen schauten sich öfter um und winkten ihm zu, während sie sich langsam weiter entfernten.

Plötzlich hoben die drei Jungen an der Seite des Jägers ihre Köpfe und äugten mit aufgerichteten Ohren neugierig zum südlichen Himmel. Der Jäger beschattete mit der rechten Hand seine Augen gegen die Sonne und schaute ebenfalls hin. In mehreren Winkel-Formationen zog eine große Schar Kraniche nordwärts. Als sie sich dem Berg näherten, hörte auch er ihre Schreie, welche die Hunde schon lange vorher aufmerksam gemacht hatten.

Der Norsun wurde nachdenklich. Sehnsucht erfasste ihn. Wie gerne wäre er mit ihnen nach Norden gezogen, um weit über die Ebene dort zu schauen. Wie sah es in seiner Heimat jetzt aus? Hatte Bebeh die Katastrophe überlebt? Gab es noch Norsuns oder war sein ganzer Stamm ausgelöscht worden? Seine alten Sorgen waren plötzlich wieder präsent. War auch er, wie seine Gefährtinnen, letzter Überlebender eines Stammes? War er der letzte Blondschopf? Mit Tränen in den Augen schaute er den eleganten Zugvögeln nach, bis sie seinen Blicken entschwanden.

Seufzend drehte er sich wieder um und suchte mit den Augen den Bachverlauf nach seinen Frauen und Hunden ab. Überall grünte es, sodass die Sicht bereits wieder eingeschränkt wurde. Er erspähte Zetti und Schalla, wie sie im Bach standen und lauernd vorgebeugt ins Wasser blickten. Packa saß mit Kessi und Platsch am Ufer.

Hukans Blick schweifte weiter, Richtung Bärental. Erinnerungen an Katta kamen in ihm auf, wurden ganz stark. Er sah sie schwer verletzt herankriechen, als er sie fand. Er fühlte, wie sie in seinen Armen lag, als sie sich liebten. Diese starke, nicht schöne, aber trotzdem faszinierende Frau. Die Szene, als die Bärin aus ihrer Höhle preschte und sie niederschmetterte, lief vor seinem geistigen Auge ab. Er dachte daran, wie er selbst dem Tode nahe, eingeschneit neben ihrem Leichnam in der engen Bären-Höhle lag. Der Traum fiel ihm ein, in dem Katta als verklärtes Geisteswesen hinter ihm über den Tiefschnee schwebte, als wäre es Realität gewesen.

Er hatte sie geliebt. In seinem Inneren blieb sie für immer bei ihm.

Hukan streichelte weinend die drei jungen Hunde, die vollkommen ruhig dicht neben ihm saßen, als könnten sie seine Gefühle spüren und schön still hielten, um ihn, ihr Leittier, in seiner Trauer nicht zu stören.

Wieder war er verletzt. Bereits zum dritten Mal in seinem jungen Leben hatte ein wildes Tier ihn fast getötet. Abgesehen von der Bestien-Attacke, bei der Katta und er durch die Katastrophe mit dem Schrecken davonkamen.

Bisher hatte er keine bleibenden Schäden davongetragen. Bisher. Der abgebissene Finger war ja nicht der Rede wert. Und: Seine Konstitution war stets so gut, dass seine Wunden sich nicht entzündeten, beileibe keine Selbstverständlichkeit!

Aber was würde noch kommen?

Er küsste alle drei Hunde nacheinander auf die Schnauzen. Es waren zwei Hündinnen und ein Rüde, ohne besondere Eigenschaften, Wolfs-Hunde eben. Äußerlich und in ihrem Verhalten glichen sie mehr Wölfen, als Packa, Platsch und Kessi. Hunde mit zu viel Wolfsblut wurden nie besonders anhänglich und bewahrten als Erwachsene immer eine gewisse Distanz zu den Menschen. Deshalb konnte man ihnen auch nicht viel beibringen. Aber unter Führung seiner Alt-Hündin würden sie bei der Jagd und als Wächter sicher gute Dienste leisten.

Weit hinten, im Dunst des südlichen Horizonts kletterten Gämsen.

Hukan kratzte sich an der Brust. Die verheilenden Wunden juckten. Er löste die Schlinge vom linken Arm, streckte und rotierte ihn vorsichtig. Ein stechender Schmerz im Schultergelenk mahnte ihn zu weiterer Ruhe. Er band die Schlinge wieder um. Immerhin hatten die Bisse in den Oberarm keine nachhaltig beeinträchtigenden Verletzungen verursacht. In einigen Tagen würde er wieder schießen dürfen.

Er überlegte, ob es sinnvoll wäre, einen neuen Einbaum zu fertigen, um mit diesem flussabwärts möglichst schnell die Berge verlassen zu können. In der Höhle lagerten viele wertvolle Steine, Felle und andere Gebrauchsgegenstände, die sie unbedingt mitnehmen müssten, aber unmöglich alle tragen könnten. Ja, er würde schon morgen mit der Arbeit beginnen, einen passenden Stamm suchen und mit dem gesunden Arm bearbeiten. Wenn sie dann nach ihrer Abreise erst mal am Bärental den größeren Flussabschnitt erreicht haben würden, könnten sie sich ein Floß bauen und mit diesem in neues Land fahren. Irgendwann würden sie sicher auf andere Menschen treffen.

Hukan blieb den ganzen Tag auf dem Berg, begab sich nur in regelmäßigen Abständen in die Höhle um das Feuer zu versorgen.

Zetti und Schalla nutzten das angenehme Frühlingswetter, um bis zum Anbruch der Dunkelheit Nahrung zu suchen. Ihre Junghunde bekamen dabei zwischendurch genug Erholungspausen, weil die Frauen oft im Bach Fischen nachstellten, beziehungsweise auf dem kürzeren, direkten Rückweg, bei dem sie an übersichtlichen Stellen auf Wild lauerten, öfters ruhig verharrten. Diese Art von Jagdzug, bei dem es nur um Fische und Kleintiere ging, war zum Eingewöhnen für den Nachwuchs ideal. Beide orientierten sich natürlich in erster Linie an der bewusst zurückhaltend agierenden Packa, deren Verhalten sie nachahmten.

Ihre Jagdstrecke konnte sich trotz fehlenden Großwildes sehen lassen: Mit Fischen, verschiedenen Vögeln, Kaninchen und einem Fuchs hatten sie beide Körbe gefüllt.

Als sie endlich wieder die Höhle erreichten, waren Kessi und Platsch total geschafft und ließen sich gleich in eine Ecke fallen, wo die drei daheimgebliebenen Geschwister sie aufgeregt beschnupperten.

Hukan staunte, welche Menge an Klein-Getier seine Frauen gesammelt hatten. Da sie den ganzen Tag unterwegs gewesen waren und nur wenig Proviant vom Löwenfleisch mitgenommen hatten, waren sie aber auch entsprechend hungrig und bereiteten alles zu.

Es wurde ein langer Abend, an dem sie und die Hunde alles aufaßen. Dabei erzählten die Frauen natürlich den Ablauf ihrer Pirsch.

Der Norsun unterrichtete sie von seinem Plan, morgen bereits mit der Herstellung eines neuen Einbaums zu beginnen. Zetti beurteilte sein Vorhaben skeptisch, als zu früh für seine Schulter. Sie befürchtete zu Recht, dass Hukan ungewollt immer wieder auch schon den linken Arm bei der Arbeit benutzen würde und somit seine Jagdfähigkeit hinauszögern könnte. Er versprach ihr, sehr vorsichtig zu sein und den genesenden Arm in der Schlinge zu belassen.

Der nächste Tag war ein Feiertag. Als Hukan erwachte, sah er mit freudiger Überraschung, dass die Höhle wieder einmal mit grünen Zweigen geschmückt war und Zetti einen grünen Haar-Kranz trug. Sie war also schwanger! Feierlich saß sie mit der erhabenen Haltung einer Göttin hinter dem Feuer und erhob sich, als Hukan zu ihr schritt, um sie zu beglückwünschen. Als sie nach einem langen, innigen Kuss ihre Umarmung lösten, schaute sie ihn mit großen Augen an und sagte mit süßer Stimme: „Schau mal, du lieber, mutiger Mann, was wir für dich haben!" – Hukan blickte überrascht auf ihre Hände, die sie nun geöffnet unter sein Gesicht hob. Darin hielt sie eine Kette aus den Krallen und Reißzähnen des letzten Horr. Zetti und Schalla hatten sie heimlich in mühsamer Arbeit während ihrer Nachtwachen durchbohrt und in dekorativer Folge auf eine Sehne gereiht.

Hukan fühlte sich sehr geehrt. Erst jetzt wurde dem Jäger bewusst, dass er tatsächlich etwas Außergewöhnliches geleistet hatte. Bis dahin hatte er seine Tat gar nicht als so heroisch empfunden, weil er als plötzlich Angegriffener mehr aus Verzweiflung gehandelt hatte. Und ohne die Hilfe seiner Gefährtinnen hätte er natürlich als unbewaffneter Mensch den Kampf mit der Bestie verloren. Andererseits würden sie wahrscheinlich alle Drei nicht mehr leben, hätte er nicht im Reflex todesmutig richtig gehandelt.

Dankbar und sichtlich gerührt sagte er: „Ihr habt die Bestie getötet und mich gerettet, eigentlich ist es eure Trophäe!" – Zetti schüttelte den Kopf: „Du bist jetzt unser „Stammesführer" und sollst das Zeichen unseres gemeinsamen Sieges tragen!" Schalla nickte bestätigend und schweigend umarmten sich die Drei.

Die Aufgabe der jungen Jägerin war es nun, mit ihrer Gefährtin das Schwangerschafts-Ritual zu zelebrieren.

Schalla führte es durch, so gut sie konnte, auf Hukan wirkte es aber nicht sehr feierlich. Hätte die alte, weise Toba noch gelebt, sie hätte als echte „Vollblut-Schamanin“ die Psychen der drei Beteiligten viel stärker stimuliert. Die beiden Höhlenfrauen waren von ihren Lebensgewohnheiten aber zu stark geprägt, um ganz auf das Ritual verzichten zu können. Es gehörte einfach zu ihrem Lebensgefühl. Und weil bei ihnen Schwangerschaften nicht so häufig vorgekommen waren, ja zuletzt sogar ganz ausblieben, hatte eine solche nun einen noch viel höheren Stellenwert für sie.

Den ganzen Tag verbrachten Zetti und Schalla in und nahe bei der Höhle.

Hukan hielt zunächst erfolglos nach größerem Wild Ausschau und machte sich dann in Begleitung seiner Hündin und den drei wolfsähnlichsten Jungen auf die Suche nach einem für einen neuen Einbaum geeigneten Stamm. Erst in größerer Entfernung, den Bach weiter abwärts wurde er fündig, dort wo das Fließgewässer schon die Tiefe eines Flüsschens besaß. Da lag eine mittelgroße Berg-Ulme. Sie lag günstig, so dass sie das fertige Boot mit vereinten Kräften sicher zu Wasser lassen können würden.

Nach kurzer Vorüberlegung begann Hukan, mit seinem gesunden Arm, zu hacken. Mit seiner Steinaxt kam er so zäh voran, dass er sein Vorhaben schon nach kurzer Zeit aufgab. Das Holz war für eine zügige Bearbeitung einfach viel zu fest. Seufzend lehnte er sich zurück und dachte nach. Es war sinnlos, noch weiter abwärts nach einem weicheren Stamm passender Größe zu suchen, der zufällig auch nahe am Flüsschen lag. Der Einbaum im Winter war ein Glücksfall gewesen. Am praktischsten wäre deshalb, ein kleines Floß aus Stämmen junger Fichten zusammenzustellen. Das Floß könnten sie auf dem Fluss mit dessen zunehmender Breite immer weiter ausbauen, bis sie alle Platz darauf fänden. So würden sie am schnellsten voran kommen und hoffentlich bald auf andere Menschen treffen. Zufrieden über diese neue Erkenntnis machte er sich auf den Rückweg.

Die Wolfshunde trabten munter hinter ihrer Mutter her, sie schienen sich in der Wildnis auf Anhieb wohl zu fühlen. Sie verfügten über jene leichtfüßige Gangart, durch die sich die ausdauernderen Wölfe von den kräftigeren Hunden der Norsuns unterschieden.

Hukan beschloss, noch am selben Abend mit den Frauen Namen für das muntere Trio zu suchen.

Er beging diesmal einen Umweg auf der anderen Bachseite. Seinen Bogen führte er natürlich noch nicht mit sich, sondern nur einen Speer, doch der Wind kam nun von Osten, weshalb eine Pirsch Sinn machte.

Packa hatte schnell verstanden, was ihr Herrchen bezweckte und bewegte sich lauernd, vorsichtig voran. Für den Jäger war es eine Lust, zu beobachten, wie instinktiv richtig die drei Jungen sich anpassten. Immer wieder hielten sie gemeinsam inne, um kurz darauf, wie von einem geisterhaften Kommando geleitet, synchron weiter zu streben.

Schließlich dämmerte es bereits und er dachte schon daran, in Richtung Bachfurt zu schwenken, als Packa auffällig ihre Lauscher bewegte und ihm durch ihre Kopfhaltung die Richtung anzeigte, in der sie etwas ortete. Hinter den nächsten Büschen musste Wild sein. Er gebot seiner Hündin durch sein Handzeichen, sich abwartend zu legen, was die drei Jungen ebenfalls imitierten, nahm seinen Speer zum Wurf bereit und schlich weiter, auf die Büsche zu. Dann hörte er Grunzen und Scharren: Wildschweine! Kaum merklich bewegte der Jäger sich weiter, bis er sicher war, dass kein Keiler dabei war. Dann plötzlich zischte sein Speer los und traf das nächststehende Tier. Sofort preschte Packa an Hukan vorbei und stürzte sich auf das am Boden zappelnde Schwein, die drei Jungen hinterdrein. Während die Hündin der noch nicht ausgewachsenen Wildsau die Kehle zubiss, fassten die Jungen, noch unerfahren aber mutig, es an den Beinen.

Der Rest der Rotte war schnell davon galoppiert und schon herrschte Ruhe im Gebüsch. Erleichtert atmete der Jäger auf.

Packa hatte die Sau erstickt. Überschwänglich lobte Hukan die Hunde und zog seinen Speer aus dem Leib der Beute.

Das Schwein war immerhin doch so groß, dass der Jäger es nicht allein tragen konnte, ohne seinen linken Arm übermäßig zu belasten. Deshalb gebot er den Hunden, zu warten und schritt allein zügig zur Bachfurt und hinauf zur Höhle.

Mit Schalla und Platsch kehrte er zurück, um die Beute zu holen. Die junge Jägerin schulterte das Schwein allein.

Zetti war fast außer sich vor Freude über den unerwarteten Festtagsbraten. Wie meistens, wenn noch ein paar Vorräte vorhanden waren, ließen sie das Wild aber erst abhängen. Beim erneuten Erhitzen und Verzehren der schon riechenden Reste des Löwenbratens überlegten sie froh gelaunt Namen für die drei mutigen jungen Jagdhunde.

Schalla fühlte sich besonders in der Pflicht und machte als erste einen Vorschlag: „Ich finde, wir sollten den Rüden „Mutig“ nennen,“ plapperte sie kauend. Zetti und Hukan nickten anerkennend. „Ja, das passt,“ bestätigte der Jäger, nachdem er einen Bissen hinuntergeschluckt hatte. – „Und die größere Hündin könnte „Bring“ heißen,“ fuhr Schalla fort. – Hukan schüttelte den Kopf: „Kommandos kommen als Namen nicht in Frage, sonst gibt es Missverständnisse. Denn jedes Mal, wenn du einem anderen Hund den Befehl geben würdest, etwas zu holen, würde die Hündin mit dem Namen „Bring“ sich angesprochen fühlen.“ – „Ja, daran habe ich nicht gedacht,“ gab Schalla kleinlaut zu. „Dann können wir die zweite Hündin auch nicht „Fang“ nennen, wie ich dachte,“ sah sie anschließend ein. – „Wie wäre es denn mit „Hetzi“,“ schlug Zetti vor. – „Jooh,“ sagte Schalla gedehnt, „nicht schlecht.“ – „Ich bin einverstanden,“ meinte Hukan, „dann fehlt nur noch ein Name für die kleinere Wolfs-Hündin.“ Sie überlegten noch eine ganze Weile gemeinsam, doch keinem fiel ein passender Name ein, der allen zusagte.

Zetti erinnerte sich erst dann daran, dass Hukan ja eigentlich nach einem neuen Einbaum Ausschau halten gewollt hatte und die erfolgreiche Jagd nur nebenbei ausgeführt hatte. Deshalb fragte sie ihn nun endlich: „Bist du überhaupt auf der Suche nach einem neuen Baum für ein Boot fündig geworden?“ – „Ich hatte einen Baum passender Größe nahe am Wasser entdeckt, aber dessen Holz ist viel zu hart um es in solchem Ausmaß bearbeiten zu können. Ich habe nach kurzer Zeit aufgegeben.“ Dann berichtet er von seiner neuen Idee mit dem wachsenden Floß.

Die Frauen waren begeistert. Sie hatten so was zwar noch nie kennengelernt, stellten es sich aber spontan großartig vor, mit solch einem Gerät in die Ferne, zu anderen Menschen zu fahren. Hukan musste von seinen bisherigen Fahrten in der wasserreichen Ebene erzählen und Flüsse und Landschaften mit den darin lebenden Tieren beschreiben. Besonders die wohl zu erwartenden Menschen machten sie natürlich neugierig. Hukan betonte, dass sie in eine auch ihm unbekannte Landschaft fahren würden, sie drängten den Jäger dennoch, trotz der fortgeschrittenen Zeit, alles über die unterschiedlichen Menschen zu berichten, welche er selbst kennen gelernt oder von denen er gehört hatte.

Die Frühdämmerung brach bereits draußen an, als Zetti und Schalla endlich übermüdet einschliefen. Hukan aber war durch sein vieles Erzählen innerlich sehr aufgewühlt. Viele Erinnerungen waren aufgewacht und Sehnsucht und Heimweh erregten ihn so stark, dass er sich in den Höhleneingang setzte und nach draußen blickte. Die ersten Vögel flatterten im Licht des anbrechenden Tages am östlichen Horizont. Die drei Wolfs-Hunde trotteten herbei, schauten ihn an und als er keine Reaktion zeigte, legten sie sich, gleichfalls hinaus schauend, neben ihn.

Das erwartungsvolle Verhalten der Jungen verstärkte die Sehnsucht des Jägers noch.

Seufzend nahm er vorsichtig den linken Arm aus der Schlinge und streichelte sie mit beiden Händen. Die drei ruhten mit wachen Augen, die Köpfe auf die Vorderpfoten gelegt, die Lauscher in ständiger Bewegung nach draußen gerichtet. Langsam verblassten die Sterne am fast wolkenlosen Himmel und mit imposantem Glühen begann die Morgenröte.

Plötzlich fuhren die Köpfe der Jungen gleichzeitig hoch, die Gesichter richteten sich zum Hang abwärts nach unterhalb der Gerbe-Grube. Merkwürdige glucksende Töne drangen herauf. Die kleinere, noch namenlose Hündin schaute ihr Herrchen fragend an. Hukan bejahte durch kurzes Schließen der Augen (bedeutet in Hundesprache „Ja“) und sie sauste los, gefolgt von ihren zwei Geschwistern. Der Jäger kannte die merkwürdigen

Geräusche natürlich: So tönten balzende Birkhähne!

Erwartungsvoll erhob er sich ebenfalls und rannte hinterher. Er war noch nicht sehr weit, als Warnschreie aus Vogelkehlen und aufgeregtes Kläffen und Knurren aus jungen Hundemäulern ertönten. Wenige Augenblicke später trabte die kleinere Hündin ihm entgegen, stolz einen für sie riesigen Birkhahn im hochgereckten Fang schleppend. Gefolgt von ihren aufgeregten Geschwistern eilte sie mit geschwollener Brust an Hukan vorbei in die Höhle. Neidisch versuchten alle anderen Hunde, ihr die Beute abzujagen, rannten hechelnd und kläffend hinter ihr drein, immer wieder um das Feuer herum.

Verwundert rieben Zetti und Schalla sich die müden Augen, um dann, als sie die Situation erfassten, lobend und lachend Beifall zu klatschen. - „Schaut mal, was die Kleine gefangen hat!“ Lachend trat auch Hukan in die Höhle, „Jetzt hat sie aber ihren Namen!“ – „Ja: „Birki“,“ rief Schalla fröhlich und klatschte wieder in die Hände. „Was für ein prachtvoller Vogel! Hat Birki den ganz allein gefangen?“ - Hukan bejahte. Dann stoppte er die kleine Hündin, indem er ihr den Weg versperrte und ergriff den Birkhahn. Anschließend nahm er ihr mit sanfter Gewalt die Beute ab, weil die noch nicht vollständig erzogene Hündin seinem Befehl, loszulassen, nicht gleich gehorchte.

Alle lobten und streichelten Birki.

Anschließend war Schalla trotz ihrer Müdigkeit nicht mehr zu bremsen und flitzte mit Platsch aus der Höhle, um vom Berg aus Ausschau nach weiterem Wild zu halten.

Zetti trat gähnend zu Hukan, nahm ihm den Vogel ab, hängte diesen neben das Schwein an ein Gestell an der hinteren Höhlenwand, ging dann wieder zu ihrem Jäger, löste ihm den Arm aus der Schlinge und begann, ihn gefühlvoll zu bewegen und zu massieren. „Ich glaube, du kannst ihn nun wieder vorsichtig benutzten," sagte sie, gähnte wieder und fügte mahnend hinzu: „Aber noch nicht Schießen, dass wäre ein zu starker Ruck!" - Hukan nickte: „Ja, ich werde deinem Rat folgen. Leg dich ruhig wieder schlafen. Ich werde vom Berg aus über Schalla wachen, wenn sie gleich mit Packa und Platsch in der Nähe umherstreift." Er gab der Schwangeren einen Kuss, nahm einen Speer und verließ, gefolgt von Packa, Mutig, Hetzi und Birki, ebenfalls die Höhle.

Schalla fieberte vor Jagdeifer, hellwach beobachtete sie die Umgebung, als Hukan neben ihr den Gipfel erreichte. „Bewegt sich was?", fragte der Norsun. – „Kein größeres Tier lässt sich in der Nähe blicken," antwortete die junge Starke zerknirscht. „Ich kann es gar nicht glauben." – Hukan beruhigte sie: „Lass uns zunächst gemeinsam die Reuse kontrollieren. Danach solltest du vielleicht mit Platsch und Packa an der Fallgrube vorbei, hinauf zum östlichen Berg pirschen und von dort noch mal Ausschau halten. Der Wind steht dafür günstig. Das größere Wild scheut die Nähe unserer Höhle wahrscheinlich wegen unserer vielen Hunde, die es bestimmt hört und wittert. Weißt du, weiter hinten, wohin wir einmal einen Hirsch verfolgten, dort müsste sich normalerweise wieder was aufhalten." – Die junge Jägerin nickte. „Willst du nicht mitkommen?" – „Nein," antwortete der Jäger, „Zetti schläft und ich bleibe sicherheitshalber und zu meiner Schonung hier. Nimm eine Signal-Pfeife mit, mit der du mich sofort alarmierst, falls du Hilfe brauchst. Ich werde deine Umgebung im Auge behalten und dich ebenfalls mit Pfiffen warnen, wenn ich etwas gefährliches bemerke." Eifrig stimmte Schalla zu und gemeinsam stiegen sie hinab zur Höhle, steckten sich jeder eine Pfeife ein und begaben sich dann hinunter zum Bach.

Ein ziemlich großer, ihnen aber unbekannter Fisch steckte in der Falle. Hukan grübelte. Er kannte sehr viele Fischarten aus den Bächen, Flüssen und Seen der Ebene. Das gefangene Exemplar war so groß, dass es gerade durch die Eintrittsöffnung gepasst hatte. Ein unauffällig gefärbter, etwas plump wirkender Fisch, der keine Ähnlichkeit mit den Arten hatte, die dem Jäger geläufig waren.

Er verabschiedete Schalla, die mit Packa und Platsch durch das Wasser ans andere Ufer watete (er konnte sich ein Grinsen nicht verkneifen, als er Platsch ins Wasser springen sah) und stieg mit Mutig, Hetzi und Birki hinauf zur Höhle. Er legte den Fisch auf einem Anrichte-Klotz ab, ohne Zetti zu wecken und kraxelte mit den drei wolfsähnlichsten Junghunden wieder hinauf auf den Berg.

Die Natur blieb weiter ruhig an diesem Vormittag. Hukan folgte Schalla und ihren vierbeinigen Begleitern mit seinen Blicken und behielt dabei die gesamte Landschaft im Auge. Erst als die Sonne ihren Höchststand schon überschritten hatte, kam Zetti mit Kessi zu ihm auf den Berg. Sie wirkte ausgeruht, aber nachdenklich. „Woher stammt denn der seltsame Fisch in der Höhle?“, fragte sie Hukan. – „Er steckte in der Reuse, kennst du die Art etwa auch nicht?“ – „Ich habe noch nie einen ähnlichen Fisch gesehen,“ antwortete Zetti verklärt. „Ob es wohl etwas Besonderes bedeutet?“ Zetti wirkte seltsam berührt. Hukan fand es schließlich nicht so sehr verwunderlich, auf eine neue Tierart zu stoßen. Er gab Zetti zu bedenken, dass laut den Überlieferungen der Vorfahren nach dem Ende der Kaltzeit nach und nach immer neue Tier- und Pflanzenarten in ihrer Heimat auftauchten, andere dagegen verschwanden. Die Schöne gab sich nicht so schnell zufrieden: „Aber eine neue Art von Fisch, hier, vor unserer Höhle, das muss etwas bedeuten!“ Dabei sah sie gedankenverloren in die Ferne, nach Süden, woher der Fisch gekommen sein musste. „Hukan, ob es wohl eine Aufforderung ist, dass wir nun aufbrechen sollen, weil in der Ferne ein neues, besseres Leben auf uns wartet?“ – Der Norsun wurde bei ihren Worten wieder von der Sehnsucht erfasst, welche die vorüberfliegenden Kraniche in ihm ausgelöst hatten. Er umarmte Zetti von hinten und schmiegte seine Wange an die ihre. Er fühlte, dass seine schöne Lebensgefährtin von ähnlichen Sehnsüchten beseelt war wie er selbst.

An ein übernatürliches Zeichen mochte er aber nicht glauben, doch wollte er ihr auch nicht vehement widersprechen und schwieg deshalb.

„Bessere Jagdgebiete sind gar nicht so weit weg und andere Menschen können doch auch nicht so sehr weit entfernt sein, oder?“ Bei dieser Frage sah Zetti ihn mit ihren großen, schönen Augen fast flehend an. Hukan spürte, dass sie auch an ihr gemeinsames Kind dachte, dass nun in ihrem Schoß heranwuchs und einmal ein besseres Leben haben sollte als sie und ihre Vorfahren in den menschenleeren, unwirtlichen Bergen. „Hukan,“ hauchte sie schließlich, als er immer noch schwieg, wandte sich in seinen Armen zu ihm herum und drückte ihn ganz fest an sich. „Mit dir gemeinsam können wir alles schaffen!“

Dann stieß sie ihn plötzlich mit einem Ruck ab, sah ihn herausfordernd an und fragte schnippisch: „Was glaubst du, wie viele Tagesmärsche entfernt die nächsten Menschen leben?“ – Er blickte fest in ihre Augen und antwortete aufrichtig: „Unsere Stämme zogen etwa zehn bis zwanzig Tagesmärsche voneinander entfernt durch die Ebene. Manchmal trafen wir mehrere Monde niemanden.“ – „Aber wenn du dich anstrengst, unbedingt Menschen zu finden, dann kann es doch nicht so lange dauern, oder?“ – „Es kann sein, dass sich dort, wohin wir fahren, auch einzelne Sippen an Flussufern niedergelassen haben. Wie mein Onkel Hapo zum Beispiel, weiter nordöstlich. Solche Menschen finden wir wohl am ehesten,“ antwortete Hukan lächelnd, denn eigentlich hatten sie sich in der letzten Nacht über all diese Dinge bereits ausführlich unterhalten.

Er schaute wieder gegen den Wind nach Osten, um Schalla zu entdecken. So sehr er sich aber auch bemühte, konnte er weder sie noch die Hunde erblicken. „Wo sind sie? Kannst du etwas erkennen?“, fragte Zetti besorgt, der Hukans unzufriedener Gesichtsausdruck nicht entging. – „Zuletzt waren sie oberhalb der freien Felsen-Fläche,“ antwortete der Jäger, „ich weiß nicht, wohin sie sich dann gewandt haben.“

Gemeinsam richteten sie lange ihre Blicke auf den Bereich, wo sie ihre junge Gefährtin vermuteten, außer ein paar Waldvögeln regte sich nichts. Zetti wurde unruhig und schaute schweigend, besorgt zu Hukan auf. Der schüttelte mit gleichgültiger Miene den Kopf und zuckte mit den Schultern. „Ich denke, sie schleicht sich gerade an ein Wild heran, irgendwo hinter dem Gewirr aus umgestürzten Bäumen und Buschwerk zwischen den zwei kleineren Hügeln.“ Mehr wusste der Jäger auch nicht zu antworten.

Dann ertönten drei entfernte Pfiffe kurz hintereinander und sie bemerkten Schalla mit beiden Armen winkend hinter hohen Büschen hervortretend, etwa dort, wo Hukan sie vermutet hatte. Drei Pfiffe waren das vereinbarte Signal für den Fall, dass sie ein größeres Wild erlegt hätte, welches sie nicht allein tragen könnte.

Hukan winkte zurück und antwortete mit einem langen Pfiff, der bedeutete, dass sie ihr zu Hilfe eilen würden.

Nachdem sie das Feuer in der Höhle versorgt hatten, zogen sie mit den Hunden los.

Als sie sich der gesuchten Stelle näherten, kam ihnen Platsch stürmisch entgegen. Die Schnauze des jungen Hundes war dunkelrot verfärbt von anhaftendem Blut. So aufgeregt, wie er gekommen war, raste er auch gleich wieder zurück hinter die Büsche, gefolgt von seinen Geschwistern.

Freudestrahlend erhob Schalla sich von einem Baumstamm als Zetti und Hukan den Jagdplatz erreichten. Vor ihr im Unterholz lag ein ausgewachsenes Wildschwein, ein Stück weiter ein Zweites. Die Ankömmlinge staunten. „Ich gratuliere dir, Schalla. Du bist eine sehr tüchtige Jägerin," lobte Hukan sie überschwänglich, umarmte und küsste sie. „Wie hast du das geschafft?" – „Nun, ich erkannte, dass Packa sie witterte und ihren Fährten folgte. Dann schlichen wir uns an, ich vergewisserte mich, dass kein ausgewachsener Keiler dabei war und verschoss schnell hintereinander zwei Pfeile, die aber beide nicht tödlich trafen. Packa und Platsch stellten und erledigten das dort hinten und ich tötete dieses hier mit meinem Speer." – „Das hätte ich sicher nicht besser gekonnt. Wahrscheinlich gehörten sie zu der gleichen kleinen Rotte, von der ich gestern bereits eines erbeutete," sagte Hukan anerkennend und auch Zetti umarmte freudig ihre erfolgreiche Gefährtin.

Der Jäger untersuchte die Schweine. Das erste wurde von Schalla in den Rücken getroffen, worauf es mit gelähmten Hinterläufen an der Flucht gehindert war und mit einem Speer-Stich ins Herz von der Jägerin getötet wurde. Dem zweiten Schwein war ein Pfeil in die Herzgegend gedrungen. Packa hatte es dann nach kurzer Verfolgung gestellt und ihm die Kehle zugedrückt. Unterstützt worden war sie offensichtlich von Platsch, indem der sich im Hinterteil der Beute verbiss, wovon dort kleinere Zahn Einschläge zeugten. Doch unglücklicherweise war die Hündin selbst von einem Biss des Schweins am Hals verletzt worden. Die Stelle blutete stark. Hukan tröstete und lobte streichelnd seine tapfere Packa, die mit erhobenem Kopf auf dem Boden lag. „Wir werden ruhen, bis Packas Blutung nachlässt," ordnete der Jäger an. Er fuhr fort: „Wir benötigen ein Stämmchen, um ein Schwein abwechselnd zu zweit tragen zu können. Das andere, vermute ich, schafft ihr abwechselnd auf euren Rücken zu schleppen. Dann könnte ich meine Schulter noch schonen." – Zetti nickte: „Wir werden es versuchen."

Sie warteten ab, bis Packas Wunde verschorft war, und erreichten mit ihren schweren Lasten trotz der geringen Entfernung erst bei Dunkelheit die Höhle.

Der Fisch war verschwunden!

Als Zetti und Hukan die Höhle verließen, hatte er auf dem Anrichte-Klotz hinter dem Feuer gelegen und nun war er fort! Fassungslos suchten sie mit brennenden Ästen vor der Höhle auf dem harten, trockenen Boden nach Spuren. Welcher Räuber war so dreist gewesen, sich trotz des Feuers in die Höhle zu wagen und ihn zu stehlen? Zwar hatten bei ihrer Ankunft längst keine Flammen mehr gezüngelt, aber ein Haufen glühender Asche schreckte normalerweise auch alle Tiere ab. Ergebnislos brachen sie nach kurzer Zeit die Suche ab, denn auch die Hunde schienen keine Fährte zu wittern. Hukan sagte grübelnd nichts und reagierte auf die Fragen der Frauen mit ratlosem Schulterzucken. Zetti wirkte sehr verstört, immer wieder schaute sie ratlos zum Klotz, während sie gemeinsam begannen, das kleinere Schwein vom Vortag zuzubereiten.

Als die ersten Stücke über dem Feuer brieten, schaute

die traurige Schöne mit seelenlosem Blick in die Glut. Hukan schüttelte den Kopf, ergriff der alte Glaube an überirdische Dinge Besitz von Zetti? Er selbst konnte sich auch nicht vorstellen, was geschehen war, war aber überzeugt, später, vielleicht bei Tageslicht, eine Erklärung zu finden.

Ohne noch viele Worte zu wechseln, gingen sie nach dem Mahl schlafen.

Zetti hatte unruhige Träume. Während Hukan wachte, beobachtete er, wie seine sensible Gefährtin sich oft schwitzend hin und her wälzte, mit den Händen gestikulierte und unverständliche Sätze murmelte. Dann bewegte sie ihre Beine ansatzweise so, als ob sie rennen wolle, einen Augenblick später machte sie Abwehrbewegungen mit den Armen.

‚Meine Güte,' dachte Hukan, ‚was geht bloß in ihr vor? Hat dieser seltsame und dann auch noch auf rätselhafte Weise verschwundene Fisch Angst-Visionen in ihr ausgelöst?' Hukan konnte sich keinen Reim auf ihr seltsames Verhalten machen.

Einerseits war sie voller Sehnsucht und Vorfreude auf ein besseres Leben in der unbekannten Ferne, andererseits plagten sie diese Albträume.

Oder hatte sie schreckliche Zukunfts-Visionen? So wie Schamanen manchmal angeblich Ereignisse voraus träumten? Als er noch ein kleiner Junge war, lebte bei einem anderen Stamm, der in einem sehr sumpfigen Teil der Ebene nomadisierte, eine alte Frau, die fast ständig einen verwirrten und unglücklichen Eindruck machte. Der Schamane des Stammes benutzte sie als Medium, man behauptete, sie konnte Ereignisse vorhersagen.

Er würde morgen sehr sorgfältig nach Spuren des

Fisch-Diebes suchen, um Zetti wieder zu beruhigen.

Im Laufe der Nacht hatte der Wind auf Nordwest gedreht und noch vor Tagesanbruch begann es zu regnen. Hukan wurde vom Rauschen des niedergehenden Wassers wach und fluchte still. Draußen wurden fast alle Spuren verwischt und auch Packa würde es schwerer haben, die Duft-Spur des Diebes zu finden.

Schalla, welche die letzte Wache hatte, bemerkte, dass er wach war, legte sich zu ihm und begann, Zärtlichkeiten mit ihm auszutauschen. Nach dem Geschlechtsakt lagen sie noch träumend und schmusend beieinander, bis es hell wurde.

Auch die junge Jägerin wirkte merkwürdig berührt vom Vorfall mit dem Fisch, wenn auch in weit geringerer Weise als ihre Gefährtin. Während Zetti weiter schlief, ermunterte Schalla Hukan, zusammen mit ihr nach Hinweisen auf das verschwundene, unbekannte Wassertier zu suchen. Der Jäger hoffte, dass sein Hund etwas aufspüren konnte, ging mit Packa zum Anrichte-Klotz, auf dem der Fisch gelegen hatte, zeigte auf ihn und forderte sie auf: „Riech!" Intensiv beschnüffelte die Hündin den Klotz. Hukan konnte sicher sein, dass, wenn ein größeres oder kleineres Raubtier mit seinen Füßen den Klotz berührt hatte, um den Fisch mit dem Maul herunter zu nehmen, Packa ihn so verstehen würde, dass sie dieses Tier nun jagen würden. Doch auf das anschließende Kommando „Such!" schaute sie ihn nur fragend an. Der Jäger war verwirrt. Wäre ein fremdes Tier am Klotz gewesen, musste Packa etwas wittern! Er war sich seiner Sache so sicher, weil Packa in solchen Dingen höchste Perfektion besaß, dass er seine Befehle nicht einmal wiederholte.

Sie - Schalla, Zetti und er - waren mit allen ihren Hunden fort gewesen. Von ihnen konnte keiner den Fisch weggeschafft haben! Hukan bekam eine Gänsehaut, ihm wurde unheimlich. Gab es etwa doch übersinnliche Mächte, die mit den Menschen böse Spiele trieben?

Schalla merkte, wie irritiert ihr sonst in Jagd-Angelegenheiten so sachlich-kühler Lebensgefährte war und zog ihn an der Hand nach draußen. „Lass uns einfach die nähere Umgebung absuchen, vielleicht finden wir Reste vom Fisch oder sonst was!“ – Hukan nickte nur stumm.

Auch die Hunde, die natürlich merkten, dass ihre Menschen etwas suchten, schnüffelten eifrig herum.

Sie fanden nichts.

Als sie alle wieder in der Höhle beisammen waren, untersuchte Hukan Packas Wunde. Sie machte einen guten Eindruck. Mutig und Birki hatten sie am Abend noch fürsorglich geleckt, da die Alt-Hündin die Stelle mit ihrer Zunge selbst nicht erreichen konnte.

Zetti war derweil erwacht und wirkte verstört. Sie konnte oder wollte aber nicht sagen, was sie geträumt hatte, fragte jedoch, ob sie etwas vom Fisch oder eine Erklärung für seinen Verbleib gefunden hätten. Auf Schallas verneinende Antwort schluckte sie nur und blickte zu Boden.

Still aßen sie zusammen Schweinefleisch.

Nach dem Frühstück hörte der Regen auf und sie bestiegen gemeinsam den Berg. Die Lufttemperatur war angenehm und man spürte förmlich, wie nach dem Regenguss alles Grüne spross.

Die jungen Hunde tollten voller Lebensfreude umher, gruben übermütig Maus-Löcher auf oder versuchten Vögelchen oder größere Insekten zu erhaschen. Hukan und Schalla warfen Stöckchen und ließen diese apportieren. Jeder Vierbeiner versuchte, die anderen an Eifer zu übertreffen. Das Jägerpaar hatte riesigen Spaß an dem munteren Treiben.

Doch Zetti blieb bedrückt.

Sie ließ sich auch nicht ermuntern, mitzumachen. So sehr Schalla und Hukan sich auch bemühten, sie aus ihrer depressiven Stimmung zu reißen, sie blieb innerlich verkrampft. Auch als der Jäger sie darauf hinwies, dass Kessi für ihre Erziehung dringend noch spielerische Trainingseinheiten bräuchte, zeigte sie keine Reaktion. Schließlich verlor Hukan die Geduld. Da in der Nähe wieder kein größeres Wild zu erblicken war, befahl er ungehalten: „Wir gehen hinunter zur Reuse, kontrollieren sie wieder auf Fang und patrouillieren dann den Bach abwärts. Zetti, du nimmst meinen Bogen und Speere mit, ich möchte, dass du uns unsere nächste Mahlzeit besorgst! Los! Schalla bleibt mit Platsch in der Höhle!" Die junge Jägerin blickte ihn erstaunt an, denn so hatte sie den Norsun noch nie reden hören. Zetti schien trotz der scharfen Worte ungerührt, verschlossen blickte sie zu Boden und sagte tonlos: „Ja."

Hukan war nicht etwa böse auf sie, sondern verzweifelt darüber, dass sie sich von realitätsfernen Gefühlen gefangen nehmen ließ. Das Leben, die Wirklichkeit war unerbittlich und grausam und verlangte stets von allen, egal ob Mensch oder Tier, sich wach und konzentriert allen Herausforderungen zu stellen.

Vor allem sie drei, in den rauen Bergen verlorengegangenen, konnten es sich einfach nicht leisten, dass einer von ihnen wegen irgendwelcher Träume oder Vorahnungen seine Sinne abschaltete und damit sich selbst und die anderen gefährdete. Er musste Zetti in die Wirklichkeit zurückholen und glaubte, richtig zu handeln, indem er sie zur Jagd zwang. Schließlich hatte sie noch vor kurzem, beim Sieg über die Bestie, gezeigt, wie kämpferisch sie sein konnte.

Es war aber auch zu dumm, dass er die Sache mit dem Fisch selbst nicht erklären konnte. Dumpf fühlte er in sich den Selbstvorwurf, so heftig zu reagieren, weil er sich durch das Geschehene selbst überfordert fühlte.

Zetti hatte in der kurzen Zeit natürlich im Bogenschießen und Speerwurf keine ausreichende Treffsicherheit entwickelt. Auch verstand sie vom Fährten-Lesen und Anpirschen soviel wie eben eine Anfängerin. Katta war ja auch die erste Jägerin gewesen, die Hukan überhaupt kennengelernt hatte. Dem Jäger war klar, dass er nichts von Zetti erwarten konnte, er wollte sie voll fordern, um sie aus ihrer bedrohlichen Stimmung zu reißen.

Die Reuse war leer. „Man kann größere Fische auch schießen, wenn sie dicht genug unter der Wasseroberfläche schwimmen,“ belehrte Hukan Zetti. „Packa ist darauf abgerichtet, einen getroffenen Fisch aus dem Wasser zu holen,“ fuhr er fort. – „Das weiß ich bereits,“ antwortete die Höhlenfrau, „ich werde es versuchen, wenn wir einen sehen.“

Schweigend bewegten sie sich langsam am Bach entlang. Hukan hatte bis auf Platsch alle Hunde mitkommen lassen. Normalerweise war das albern, denn so viele unerfahrene Jung-Hunde in Begleitung der im Jagen unerfahrenen Zetti, erregten viel zu viel Aufsehen. Für die Junghunde war dies keine „echte“ Pirsch, entsprechend alberten sie herum. An ein ernsthaftes Anschleichen war also gar nicht zu denken.

Der Jäger selbst war sogar nicht richtig bei der Sache. Zettis Albträume und der spurlos verschwundene Fisch bewirkten bei Hukan eine Beklemmung, die ihn unkonzentriert machte.

Die Einzige, die sich angemessen und konzentriert

verhielt, war Packa. Die Hündin pirschte pflichtbewusst vorweg. Sie gehörte zu der Art von Hunden, die nicht ständig auf Kommandos ihres Leittiers angewiesen waren. Packa handelte auch ganz auf sich allein gestellt zuverlässig im Sinne ihres Menschen-Hunde-Rudels. So wie sie mit ihren Waffen losgezogen waren, befanden sie sich auf Jagd, das stand für die Hündin fest, auch wenn Zetti sich nicht wie ein typischer Jäger verhielt und ihr Herrchen laufend Fehler machte. Die beiden Menschen und ihre eigenen Hunde-Jungen bewegten sich dermaßen tollpatschig durchs Gelände, dass jedes Wild frühzeitig gewarnt wurde. Mehrmals bekam die Hündin (als Einzige) mit, wie aufgeschrecktes Klein-Wild das Weite suchte. Unwillkürlich vergrößerte sie die Distanz zu ihrem Rudel.

Nachdem sie einen von Westen kommenden kleineren Bachzufluss durchschritten hatte, witterte sie eine sehr frische, mehrfache Hirsch-Fährte. Ihr begehrtestes Wild! Nur einmal hob sie noch kurz die Nase von der betörenden Spur, um zu sehen, ob ihr Herrchen sie beachtete und als sie sah, dass er trotz der ungewohnt großen Distanz zu ihr schaute, heftete sie ihren Riecher gleich wieder auf die Fährte und eilte hinterher.

Hukan erkannte am Verhalten seiner Hündin, dass es sich um eine sehr lohnenswerte Beute handeln musste und gebärdete Zetti, sich geräuschlos und geduckt zu sputen. Dabei überholte er sie und spurtete los, um Packa nicht aus den Augen zu verlieren. Als geübter Jäger schaffte Hukan ein ziemlich hohes Tempo, ohne Atemgeräusche oder Trittschall zu verursachen.

Die Hündin hatte sich südwestlich gewendet, vom Bach und seinem Zufluss weg. Als der Jäger sich ebenfalls auf der Fährte befand, erkannte er die Hufeindrücke von Hirschen.

Es ging zunächst durch eine teilweise sumpfige Mulde mit Tümpeln und einzelnen Gebüschen. Mutig, Hetzi und Birki hielten sich dicht hinter Hukan, Kessi blieb an Zettis Seite, die bereits nach kurzer Zeit weit abgeschlagen hinterher eilte. Schon musste die Höhlenfrau aufpassen, nicht den Sichtkontakt zum Jäger zu verlieren. Packa hielt von Zeit zu Zeit inne, sich vergewissernd, dass ihr Herrchen ihr noch folgte, nicht so Hukan. Er fühlte, dass sie sehr nahe an der Beute sein mussten und schaute nur nach vorn.

Als Zetti wieder einmal im Laufen statt nach unten, auf den unwegsamen Boden, in die Waagerechte blickte, stürzte sie am Rande eines Tümpels und fiel lang hin. Dabei wäre sie fast mit der Stirn gegen einen vor dem Wasser liegenden Erlen-Stamm geschlagen. Als sie die Augen wieder öffnete, blickte sie wie durch eine Guck-Öffnung unter dem hohl liegenden Stamm hindurch auf den Tümpel-Rand, wo eine Ellenlänge vor ihrer Nase eine Ringelnatter einen außergewöhnlich dicken Grasfrosch am Hinterbein gepackt hielt.

Die nur daumendicke Schlange hatte das linke Hinterbein bereits verschluckt, ließ sich in ihrem Fress-Akt nicht stören und verrenkte ihre Kiefer akrobatisch, um ihre Zähnchen auch noch in den rechten Froschschenkel zu drücken. Verzweifelt mit den Vorderbeinen und dem rechten Fuß Halt suchend, versuchte der verhältnismäßig riesige Frosch vergeblich, sein linkes Bein wieder aus dem Rachen der Schlange zu ziehen.

Zetti lag wie erstarrt. Eine Ewigkeit schien zu vergehen, in der die Natter es tatsächlich schaffte, ihre Kiefer um ein Mehrfaches ihres Kopfdurchmessers zu dehnen, auch das zweite Bein zu schlucken und ihren Kopf von hinten über den handgelenkdicken Froschleib zu würgen.

Im Todeskampf blähte der verzweifelte Lurch seine

Lungen auf, - vergeblich. Unerbittlich schob die Schlange ihren Kopf über den glibberigen Körper, presste ihm die Luft heraus. Schließlich guckte nur noch der Kopf des immer noch lebenden Frosches aus dem Maul der Schlange.

Von Ekel und Abscheu geschüttelt krümmte die sensible Starke sich und übergab ihren Mageninhalt.

Kessi, welche die ganze Zeit geduldig neben ihrem Frauchen ausgeharrt hatte, zögerte nicht lange und verschlang gierig das halb verdaute Fleisch.

Zetti verstand sich in diesem Moment selbst nicht mehr. Ihr war so übel und flau, dass ihr einfach alles zu viel war. Wahrscheinlich würden Hukan und Packa in diesem Moment irgendein größeres Tier brutal abschlachten. Denn soviel sie von den Jagden immer schon mitbekommen hatte, gehörten sehr viel Geschick und Glück dazu, ein größeres Tier mit dem ersten Waffenstreich zu töten. Oft artete es in ein längeres, blutiges Gemetzel aus, bis die Beute endlich tot war.

Nicht nur jetzt, wo sie schwanger war, fühlte sich Zetti als Raubtier überhaupt nicht wohl. Sie hatte sich heimlich schon öfter gewünscht, sich, wie die vielen friedlichen Pflanzen fressenden Tiere, nur von Beeren und Grünzeug ernähren zu können. Als Mädchen hatte sie einmal Gras und Blätter gegessen, wie ein Reh. Sie hatte es unverdaut wieder erbrochen. Menschen konnten das einfach nicht. Und von den wenigen Beeren und Samen wurde man nicht satt.

Sie spürte, dass sie wegen ihrer Schwangerschaft so überempfindlich war. Bei ihren zwei vorhergehenden war es auch schon so gewesen. Selbst die erfahrene Toba war nicht darauf gekommen, welche Ursache ihr immer wiederkehrendes Unwohlsein hatte. Jetzt, beim dritten Mal fühlte sie es eindeutig, es war, weil in ihrem Bauch ein

Kind heranwuchs. Sie musste es nachher Hukan sagen. Vielleicht hatte eine andere Frau bei den Norsuns ja schon mal solch ein Problem gehabt und Hukan war doch eigentlich immer so wissend und verständnisvoll.

Doch wo steckten er und die anderen Hunde jetzt überhaupt?

Sie schaute sich den Boden an. Einzelne Fußstapfen konnte sie gut erkennen, doch über eine längere Strecke, durch Wald und über Felsen würde sie die Fährte bestimmt verlieren. Sie schaute Kessi an, - ihre junge Hündin schaute sie an. Wie konnte sie ihrem Hund mitteilen, mit der Nase die anderen zu suchen?

Zetti hob einen Zeigefinger und sagte: „Kessi, such Hukan! Such Packa! Such Mutig!" Dabei tat sie ein paar Schritte in die Richtung, in die sie vorher gerannt war. Das Unmögliche geschah: Kessi drückte ihr Riechorgan auf den Boden und eilte ihr schnüffelnd voraus.

Hukan wusste, dass er sich auf Packa verlassen konnte. Zwar verfolgten sie ihre Beute nicht gegen den Wind, wie es optimal gewesen wäre, denn er wehte von rechts, doch so konnte es auch funktionieren, wenn sie nur immer Deckung hielten und geräuschlos blieben. Der Jäger ging davon aus, dass die Hirsche nicht von ihnen Wind bekommen hatten und geflüchtet waren. Das hätte er längst an ihren Spuren erkannt und die erfahrene Hündin hätte auch erst gar nicht die Verfolgung aufgenommen.

Dann endlich war es soweit: Er sah, wie sich Packa, Strauch-Gehölze in Sichtweite, flach auf den Boden legte und stoppte ebenfalls. Die Richtung, in die ihre Nase wies, zeigte dem Jäger an, wo er das Wild suchen musste. Mehrere Hirschkühe ästen zwischen den Sträuchern. Hukan führte nur zwei Speere und keinen Bogen mit sich. Tief gehockt schaute er sich um, die drei wolfsähnlichsten Junghunde hatten sich instinktiv hinter ihm ebenfalls geduckt, von Zetti und Kessi war nichts zu sehen. Er wollte keine Zeit verlieren und schlich tief geduckt weiter, doch nicht zu Packa, sondern weiter nach links, um die immer noch ahnungslosen Hirsche gegen den Wind anzugreifen.

Packa arbeitete sich in ihrer alten Richtung vorsichtig voran. Unendlich langsam schlich Hukan näher, die drei Jungen, ihn imitierend, hinter sich. Er schaffte es nicht bis in optimale Wurf-Nähe, dafür standen die Büsche zu weit auseinander. Als er sicher war, ausreichend gut treffen zu können, richtete sich der Jäger blitzschnell auf und schleuderte rasch hintereinander beide Speere auf zwei verschiedene Tiere. Ohne irgendetwas abzuwarten, zog er dann die Steinaxt und ein Messer aus dem Gurt und rannte los. Beide Speere hatten die anvisierten Tiere getroffen, aber beide rannten mit den übrigen davon, Packa, aggressiver als ein Wolf, hinterher.

Auch Mutig überholte den Jäger und sprintete in der Manier eines Großen hinterdrein. Hukan als Zweibeiner konnte da in dem hindernisreichen Gelände natürlich nicht mithalten, versuchte, solange wie möglich visuell Kontakt zu halten und musste sich, nachdem sie entschwunden waren, auf die Nasen von Hetzi und Birki verlassen. Damit war er immer noch vielfach schneller, als wenn er mit seinen Augen die Fuß- und Blutspuren verfolgt hätte.

Das erste getroffene Tier ermattete nach etwa 100 Schritten und wurde dort von Packa, die ihm dicht auf den Fersen war, niedergerissen und am Nacken festgehalten, bis Hukan eintraf und ihm die Kehle durchschnitt.

Der Speer war seitlich ins Hinterteil gedrungen, wo der Jäger ihn herauszog. Packa war mit Mutig, der mit ihr die Hirschkuh niedergehalten hatte, sofort weiter gehetzt. Hukan folgte wieder mit Hilfe der Nasen von Hetzi und Birki. Nach weiteren 60 Schritten fand er zunächst seinen zweiten Speer, der sich aus der Wunde des verletzten Tieres gelöst hatte. Dann dauerte es geschätzte fast 1.000, unendlich erscheinende Schritte, bis er an einem Hang endlich Packa und Mutig mit der zweiten Hirschkuh fand. Diese war durch die Wunde am Brustkorb angeschlagen, von Packa eingeholt und gerissen worden.

Die Junghunde hatten bei dieser Hetze alles gegeben und Hukan musste eine Pause einlegen, bevor er die halbwüchsige Kuh über die Schultern legte und sich langsam auf den Rückweg machte.

Schon während der Verfolgung hatte es zu regnen begonnen. Hukan fühlte überdeutlich die Strapazen des Winters und die Folgen seiner Verletzungen, er ermüdete wesentlich früher als gewohnt. Der sonst so schnelle und ausdauernde Läufer musste eine kurze Pause nach der anderen einlegen, um seine Beute heimtragen zu können.

Der Hunde-Narr war sich sicher, dass Zetti nicht verloren gehen konnte, nicht von ungefähr hatte er ihr den pfiffigsten Jung-Hund zugeteilt. Kessi würde im Zweifelsfall auch wieder zur Höhle zurückfinden, darin war er sich sicher; egal, wo die von Gefühlen umfangene Zetti mittlerweile hingeraten war.

Wesentlich schlechter sah es dagegen um die Verteidigungsfähigkeit der beiden aus. Am wahrscheinlichsten fand Hukan, dass sie wohl bis zur ersten Hirschkuh gefolgt waren und dort nun auf seine Rückkehr warteten. In diesem Fall bestand die Gefahr, dass ein Bär oder ein Rudel Wölfe, die erfahrungsgemäß eine blutige, erlegte Beute sehr schnell über viele tausend Schritte witterten, sie dort aufspürten und bedrohten. Weil er mit seiner Last immer nur Kurzetappen von 20 bis 40 Schritten bis zur nächsten Pause in dem schweren Gelände schaffte, befahl er Packa, allein zu Zetti und Kessi voraus zu rennen, um sie zu beschützen. Die, trotz ihrer fast sieben Jahre auch nicht mehr gerade junge, aber immer noch starke und ausdauernde Hündin verstand sofort und flitzte davon.

Mittlerweile war schon später Nachmittag, es regnete immer stärker. Hukan befürchtete schon, sich mit der Last der Hirschkuh zu viel zugemutet zu haben. Er war sich nicht mehr sicher, ob er sie überhaupt bis zur ersten Hirschkuh, geschweige denn bis zur Höhle würde tragen können. Und was sollten sie mit der ersten Hirschkuh machen, falls Zetti tatsächlich bei ihr wartete? Das ausgewachsene Tier konnte die Starke mit Sicherheit auch nicht allein tragen, obwohl sie deutlich kräftiger war als er. Ihr unverhofftes Jagdglück entwickelte sich zum Problem. Hukan saß mit weichen Knien auf dem Kadaver und wischte sich Regen und Schweiß aus dem Gesicht. Er fürchtete, dass es immer noch ein paar hundert Schritte bis zur ersten Beute sein könnten und dachte an Aufgeben, da spitzte Birki die Ohren und jaulte leise. Der Jäger atmete tief durch, mobilisierte alle noch in ihm vorhandenen Kräfte, warf sich die Beute wieder über und stolperte weiter. Die kleine Wolfshündin hatte richtig gehört, nach kurzer Strecke sah er in 200 Schritten Entfernung zwischen den Zweigen und Stämmen Flammen lodern. Zetti hatte, bei der ersten Hirschkuh wartend, ein Feuer entfacht. Erleichtert legte er seine Last ab und schritt zunächst ohne sie zu ihr. Nach kurzem Wortwechsel trugen sie diese dann gemeinsam zum Feuer.

Zetti hatte schon Fleisch gebraten und gegessen, gab Hukan davon zur Stärkung und berichtete ihm dabei von ihrem Sturz bei der Schlange, ihrem Unwohlsein und ihrer Vermutung bezüglich der Ursache. Geduldig hörte der erschöpfte Norsun zu und meinte dann verständnisvoll: „Ich glaube, ich hatte als Kind einmal mitbekommen, dass einer anderen Schwangeren öfter übel wurde. Ein allgemeines Problem ist das bei unseren Frauen sicher nicht, das wäre ja schrecklich, weil sie fast immerwährend in Umständen sind, alles würde ständig aufgehalten. Wenn du denkst, dass es bei dir so ist, dann wird es wohl stimmen. Wir werden uns darauf einstellen.“ Er kaute einen Bissen und fügte hinzu: „Vielleicht hast du auch deshalb Albträume.“ – Zetti nickte: „Diese Träume letzte Nacht waren so schrecklich, dass ich nicht von ihnen reden mag. Aber was hat man nicht schon alles geträumt. Als ich als Kind einmal fieberte, sah ich im Schlaf ständig Ungeheuer, die mich erdrücken wollten.“ – Hukan legte einen Arm um ihre Schultern: „In ein paar Tagen werde ich mit dem Bau eines Floßes beginnen und wenn wir dann trockenes Wetter haben, brechen wir auf.“

Während er sich weiter stärkte, gab Zetti zu bedenken, dass es nun bald Abend wäre und sie vielleicht besser über Nacht hier am Feuer blieben. Sie wollte schon mal mehr Holz sammeln. Hukan nickte freudig überrascht, sie hatte sich also innerlich selbst wieder gefestigt: „Ich überlege, wie wir Schalla mitteilen könnten, morgen hierher zu kommen, um Tragen zu helfen.“ – „Wie soll das funktionieren?“, meinte Zetti. „Ich glaube nicht, dass sie die Signal-Pfeife so weit hört.“ – „Ich könnte Packa mit Symbolen zu ihr schicken, die sie hoffentlich versteht,“ sinnierte der Jäger. – „Und was für Symbole könnten das sein?“, staunte Zetti. – „Ich werde Packa meinen kleinsten Lederbeutel umhängen und meine Signal Pfeife und drei kurze Stöckchen hinein tun.“ – „Drei kurze Hölzchen für drei kurze Pfiffe, ja, ich denke, das wird sie verstehen,“ freute sich Zetti. „Aber, hoffentlich kommt sie nicht schon in der Nacht! Das wäre doch für sie zu gefährlich!“ – „Sie ist mittlerweile erfahren genug, um selbstständig richtig zu entscheiden. Packa wird sie morgen sicher hierher führen.“ Damit gab Zetti sich zufrieden und ging Holz suchen.

Hukan tat, wie geplant und schickte seine Hündin zur Höhle, bevor die Dämmerung anbrach.

Leider oder zu ihrem Glück schauerte es weiter in dieser Nacht. Leider, weil sie dem Regen ungeschützt ausgesetzt waren, zum Glück wegen der geringeren Wahrscheinlichkeit, von Raubtieren entdeckt zu werden. Sie unterhielten deshalb ein starkes, wärmendes Feuer und wechselten sich bei der Wache ab. Halb sitzend, an einen Hirsch gelehnt, fanden beide genügenden Schlaf.

In der zweiten Nachthälfte erst hörte der Regen endgültig auf und es wurde sternenklar. Auf Hukan fiel die letzte Wache. Schon vorher hatte er zufrieden beobachtet, dass Zetti wesentlich ruhiger schlief. Vielleicht hat ihr Selbsterkennen sie innerlich beruhigt, dachte der Jäger.

Kurz nach Sonnenaufgang schlief die Schwangere immer noch. Sie schien sogar sehr angenehme Träume zu haben, denn öfters huschte ein Lächeln über ihr Gesicht.

Plötzlich, wie aus dem Nichts, erschien Packa hechelnd neben Hukan, ließ sich flüchtig von ihrem Herrchen zur Begrüßung kraulen, trabte dann zur Schlafenden und leckte ihr Gesicht. Kichernd erwachte Zetti und da erschienen Platsch und Schalla auch schon am Feuer. Erleichtert nahm Hukan die junge Jägerin in seine Arme: „Guten morgen Schalla! Offensichtlich hast du meine Nachricht verstanden.“ – „Ich hoffe es! Oh, wie ich sehe, habt ihr zwei Hirsche erlegt!“ Schalla wollte erst noch etwas fragen, das sah Hukan ihr an, vielleicht, ob Zetti Anteil am Jagd-Erfolg gehabt habe. Sie verkniff es sich anstandshalber, weil sie ihre labile Gefährtin damit vielleicht unangenehm berührt hätte. Sie konnte sich ohnehin alle weiteren Fragen sparen, denn Zetti begann ihr gleich den gesamten Ablauf der gestrigen Ereignisse zu erzählen, während Hukan weitere Stücke von der großen Hirschkuh löste, um diese als Frühstück zu braten. Als Zetti sehr ausführlich schilderte, wie die Schlange so dicht vor ihren Augen auf unglaubliche Weise den viel größeren, lebenden Frosch verschlang, schüttelte sich auch die abgehärtetere junge Jägerin. Natürlich hatte sie auch schon mal beobachtet, wie eine Schlange eine Beute komplett verschluckte, aber nicht so extrem. Und Schlangen waren immer noch etwas Besonderes, denn früher hatte es diese schleichenden Räuber hier nicht gegeben und auch nicht diese schleimigen Lurche. Alle nackten Tierarten vertrugen keine Kälte.

Diese offensichtliche Tatsache brachte Schalla auf einen Gedanken und sie fragte den eifrig Fleisch zubereitenden Norsun: „Du Hukan, diese Tiere müssen doch irgendwoher kommen, wo es nie so furchtbar kalt wird. Ist es nicht möglich, dass auch die Vögel den Winter dort verbringen, die erst wieder hierher kommen, wenn es wieder warm ist? Könnten wir nicht auch dorthin wandern und immer dort bleiben?“ – „Hast du plötzlich Angst, dass die langen Winter wieder zurückkommen,“ fragte der Jäger. – „Nicht unbedingt,“ gab die junge Frau gedankenverloren zur Antwort, „ich meine aber, dass es dort sehr schön sein muss, wo es immer warm ist.“ – Zetti hatte aufmerksam zugehört und war von dieser Überlegung offensichtlich fasziniert. „Ja Hukan, die Störche und Kraniche und überhaupt alle Vögel, die uns im Herbst verlassen, fliegen doch nach Süden. Hast du noch nichts darüber gehört, was für ein Land dort ist?“ – Hukan runzelte die Stirn, steckte einen Fleischspieß in den Boden und antwortete: „Es wird erzählt, dass weit, weit im Süden sehr hohe Berge sind, immer schneebedeckt und für Wanderer fast unüberwindbar. Dort gibt es viele Feuersteine. Dahinter soll ein warmes Meer liegen, aber hinter den Bergen ist es im Sommer so heiß, dass man ständig fürchten muss, zu verdursten." – Beide Frauen schwiegen nachdenklich.

Hukan ergriff wieder das Wort: „Dort wo es ganz warm ist, leben auch noch andere Tiere, die es hier nicht gibt. Es wird zum Beispiel von Insekten und Spinnen erzählt, an deren Stich man stirbt. Man muss dort sehr aufpassen, wo man herläuft oder sich hinlegt. Ich glaube es ist besser, wir bleiben in diesem Land, wo wir uns auskennen. Wir verlassen in einigen Tagen diese einsamen Berge und suchen Menschen." Während der Jäger wieder ein Stück Fleisch aufspießte, trat Zetti an ihn heran und fragte: „Was macht denn deine linke Schulter? Kannst du sie jetzt wieder normal belasten?" Dabei fasste sie seinen Arm und rotierte ihn. „Schmerzt es nicht mehr?" – „Nein," antwortete Hukan, „ich fühlte mich nur ziemlich schwach beim Heben und Tragen. Ich werde nachher an der Höhle wieder Schießübungen mit meinem Bogen machen und morgen mit dem Floßbau beginnen."

Das erste Fleisch war nun gar und die Frauen begannen schon mal mit dem Essen. Hukan nahm die große Hirschkuh komplett aus und verfütterte Pansen und Magen an die Hunde. Die restlichen Innereien briet und aß er selbst.

Bevor sie vormittags mit ihrer Beute den Rückweg antraten, erkundigte Hukan sich bei Schalla: „Du hast doch sicher vor deinem Aufbruch heute Morgen Ausschau gehalten?" – „Natürlich," antwortete die Jägerin, „ich habe keine Raubtiere sehen können." – „Das ist gut," nickte der Jäger zufrieden, „denn wir haben alle drei schwer zu tragen und können uns nicht so frei verteidigen. Wir wechseln uns zu zweit mit der großen und allein mit der kleinen Hirschkuh reihum ab, wie wir es schon mit den Schweinen praktiziert haben. Die ausgenommene Hirschkuh ist jetzt zwar leichter, riecht aber sehr intensiv. Das macht die Sache gefährlich. Packa soll vorgehen und die jungen Hunde hinter uns. So ist es vielleicht am sichersten.“ Nachdem sie einen Trage-Stamm für die große Hirschkuh beschafft hatten und diese mit den Läufen daran festgeschnürt, löschten sie das Feuer und brachen auf.

Alle waren sich der Gefährlichkeit ihres Transportes bewusst, deshalb strengten sie sich besonders an, um möglichst schnell die sichere Höhle zu erreichen. Die Hunde befanden sich instinktiv in höchster Alarm- und Verteidigungsbereitschaft und gebärdeten sich schon aggressiv, wenn nur ein Vögelchen in ihre Nähe kam.

Glücklich hängten sie ihre Beute bereits nach relativ kurzer Zeit in der Höhle auf und stiegen dann gemeinsam noch mal zum Bach hinab um sich gründlich zu waschen.

Nachmittags hatten Zetti und Schalla mit den Fellen zu tun. Hukan war froh, endlich wieder schießen zu können. Er übertrieb aber nicht, sondern hielt sich mit dem Umfang der Übungen bewusst zurück und beobachtete dabei eine ganze Zeit lang vom Berg aus die Umgebung. Dabei fiel ihm der seltsame Fisch und sein rätselhaftes Verschwinden wieder ein. Auch jetzt fand er keine Erklärung dafür.

Das Wetter zeigte eine deutliche Tendenz zur Besserung, deshalb ging der Jäger noch am späten Nachmittag mit Packa und ihren drei wolfsähnlichsten Jungen hinab zum Bach, bis in die Nähe der Stelle, wohin sie mit dem Einbaum schiffen konnten und begann mit dem Zuschlagen kleinerer, gerader Stämme, die er auf einer freien Fläche lagerte.

Abends besprachen sie beim Braten der Hirschkühe ihre weitere Vorgehensweise bei den Aufbruchs-Vorbereitungen. Vor allem benötigten sie zunächst eine größere Anzahl Schnüre und Seile, weshalb sie alle den nächsten Tag mit dem Sammeln und Drehen von Pflanzenfasern verbringen wollten. Die Aufbruchstimmung erzeugte eine euphorische Vorfreude, sodass sich alle drei in Hochform fühlten. Hukan schnitzte nach dem Essen unter den aufmerksamen Blicken seiner Gefährtinnen aus einer Horn-Spitze einen Angelhaken. Beim abschließenden Bohren und Aufreiben der Schnur-Öse mit Hilfe von filigranen Stein-Bohrern und –Ahlen löste ihn Zetti zeitweise ab. Insgesamt drei dieser Haken plante der Jäger ständig mit Ködern in der Strömung am Floß aushängen zu lassen, um auf dem Fluss ihre Ernährung zu sichern. So bräuchten sie sich nicht immer wieder mit Jagd an Land aufzuhalten.

Am übernächsten Tag, wenn er die Stämmchen in zwei Lagen zum Floß verbinden würde, sollten die Frauen noch zusätzliche Körbe als Transportbehälter für die vielen kleineren Gebrauchsgegenstände flechten. Die gesamte Habe aus der Höhle sollte mit.

Alle hatten in der folgenden Nacht lebhafte, zum Teil aufregende Träume. Selbst die Hunde spürten, dass etwas Außergewöhnliches bevorstand und schliefen unruhiger. Bei den Junghunden wirkte natürlich auch noch die Aufregung ihres ersten großen Jagdzuges nach. Im Traum verfolgten sie, teilweise leise bellend und ihre Läufe bewegend, Hirsche.

Am nächsten Vormittag drehte der Wind auf Ost, eine Tatsache, die Hukan, Zetti und Schalla noch mehr anspornte. Sie wussten aus Erfahrung, dass dies fast immer eine länger beständige Schönwetterlage bedeutete.

Auch heute Morgen hatte Schalla kurz vom Berg Ausschau gehalten, aber weniger der Jagd wegen, sondern mehr zu ihrer Sicherheit. Das Fleisch würde nun bis zur Abreise reichen und Nahrung mitzunehmen war sicher unnötig, da sie spätestens am See mit Fischen und Wasservögeln rechneten. Letzte brüteten mit Sicherheit schon, sodass als Zusatzversorgung nun Eier dazukommen würden.

Die junge Höhlenfrau machte auf Zetti und Hukan einen etwas verkniffenen Eindruck, weshalb ihre ältere Gefährtin sie vertraulich darauf ansprach. „Ich glaube ich bin schwanger," druckste Schalla heraus. – „Und warum verschweigst du uns das?", fragte Zetti erstaunt. – „Ich möchte nicht, dass wir durch den Feiertag Zeit verlieren," war die Antwort. Zetti lächelte und schlug diplomatisch vor: „Wir können es Hukan ja sagen und die Zeremonie später nachholen." Schalla blickte verlegen zu Boden: „Wenn ich wüsste, was das für Menschen sind, auf die wir stoßen werden. Die haben sicher ganz andere Bräuche und belächeln uns vielleicht oder denkst du, sie werden auch so verständnisvoll und tolerant sein wie unser Hukan?" – Zetti zuckte hilflos die Schultern: „Das ist auch meine stille Sorge, ob wir auf nette Menschen treffen. So welche wie uns kennen die ja höchstwahrscheinlich gar nicht!"

Hukan hatte die beiden in ihrem Zwiegespräch still beobachtet. Der Norsun konnte, weil er etwas abseits stand, zwar nicht alles verstehen, doch kannte er seine Frauen gut genug, um an ihren Gesichtern und ihrer Gestik zu erkennen, dass sie etwas bedrückte. Deshalb mischte er sich unverblümt ein: „Darf ich fragen, was meine lieben Frauen bedrückt?“ – Zetti schaute ihn mit ihrem schönsten und treuesten Blick offen an und sagte frei heraus: „Schalla ist auch schwanger, sie möchte aber jetzt nicht feiern, um unsere Abreise nicht zu verzögern. Wir wissen aber auch nicht, ob wir die Zeremonie später nachholen sollen, wenn wir unter anderen, fremden Menschen sind, die anders denken und fühlen als wir.“

Hukan verstand ihre Bedenken nur zu gut. Sie wussten schließlich, dass andere Menschen ganz andere Sitten und Gebräuche pflegten und sehr hart miteinander umgehen konnten, sonst wäre er schließlich nicht ausgestoßen worden.

Das Matriarchat der Starken mit ihrem kompromissloser ausgeprägten Gemeinschaftssinn hatte ihnen sicher mehr soziale Sicherheit geboten. Andererseits konnten sie nun auf Dauer nur in einer größeren Gemeinschaft überleben und hatten sich bisher auch sehr darauf gefreut, endlich wieder Menschen zu treffen.

Er umarmte und küsste Schalla und beglückwünschte sie zu ihrer Schwangerschaft und schlug ihnen dann einen Kompromiss vor: „Ich schlage vor, wir feiern in ein paar Tagen auf unserem Floß. Was für Menschen wir demnächst hoffentlich kennen lernen, das vermag ich natürlich auch nicht zu sagen. Wir müssen irgendwie mit denen, die wir antreffen, klarkommen. Normalerweise wird das klappen, weil wir drei tüchtige Leute sind.“

Nach einer kurzen Denkpause fügte er hinzu: „Das heißt, solange es Sommer ist, könnten wir notfalls auch so lange weiter wandern, bis wir eine passende Gemeinschaft gefunden haben. Ich glaube aber nicht, dass ich es schaffen könnte, euch beide, wenn ihr im nächsten Winter hochschwanger seid oder gerade entbunden habt, allein zu ernähren.“

Plötzlich fürchtete der Norsun zu verstehen, warum Zetti diese schlimmen Albträume gehabt hatte. War es eine Angst, tief in ihrem Inneren, Vorahnungen von einer fremden Kultur mit unbekannten, vielleicht sogar brutalen religiösen Riten oder Ähnlichem? Er selbst hatte manchmal Angstträume, oft, weil er sich als Mensch machtlos fühlte gegen die unergründlichen Naturgewalten oder gegen die Willkür abergläubischer Mitmenschen. ‚Hoffentlich hat sie keine wahren Zukunftsvisionen, so wie das Medium im Moor,' dachte er.

Wie die Höhlenfrauen und er zusammengefunden hatten, wie sie untereinander harmonierten und bedingungslos zusammenhielten, das war schon ein sehr schönes Glück in dieser harten Welt.

Die nächsten Tage vergingen wie im Flug. Planmäßig bekamen sie alles fertig und das Wetter blieb sonnig und mild wie vorhergesehen. Der letzte Abend in der Höhle war angebrochen. Das meiste hatten sie schon zum Floß hinuntergeschafft und die alte Höhle machte plötzlich einen ungewohnt leeren Eindruck. Hand in Hand schlenderten Zetti, Hukan und Schalla ein letztes Mal durch den Magie-Raum mit den uralten Wandmalereien. Die jungen Leute konnten nicht mal abschätzen, wie viele Generationen der Maunter hier gelebt haben mochten. Ihre Stimmen klangen nun ungewohnt und sie gingen nicht mehr wie auf Wolken, weil sie alle Felle schon zum Floß geschafft hatten. Hukan in der Mitte, betrachteten sie Arm in Arm aneinandergelehnt noch einmal die als letzte hinzugekommenen Zeichnungen, welche die alte Toba am Beginn des Winters in Trance gemalt hatte.

Nur sie drei hatten überlebt.

Ob wohl jemals wieder Menschen diesen Raum betreten würden? Oder blieben diese magischen Bilder nun für immer in der Finsternis des Berges verborgen? Es würde sicher viele Jahre dauern, bis sich wieder ein Stamm oder Klan hierher trauen würde.

Unvermittelt bekam Zetti eine Gänsehaut und erschauderte. Hukan und Schalla schauten sie verwundert im sanft flackernden Schein der Fackeln an. „Was ist los?“, fragte Hukan leise. Leichenblass antwortete die Schöne: „Was ist, wenn in anderen Gegenden auch himmlische Katastrophen waren, von denen wir nichts mitbekommen haben und wir die letzten Menschen überhaupt sind?“ – Ohne zu zögern, antwortete der Jäger: „Die Zugvögel sind zurückgekommen, also gibt es auch noch Menschen, da bin ich mir ganz sicher.“ Hukan fühlte, dass die Stimmung des Magie-Raums Zetti zu stark bedrückte, und fand es besser, zum Feuer in den Hauptraum zu gehen.

Auch der Norsun kämpfte mit sehr starken Gefühlen, jetzt, da die letzte Nacht im sicheren Schoß des Berges bevorstand.

Er war von klein auf das Nomadenleben gewohnt.

Was musste in den beiden Höhlenfrauen vorgehen, die hier geboren waren, nur die umliegenden Berge kannten und morgen in eine ihnen vollkommen neue, unbekannte Welt, bewohnt von andersartigen Menschen, aufbrechen sollten?

Zärtlichkeiten austauschend saßen sie dicht aneinander auf einem der letzten Felle und schauten in die Flammen. Morgen würde dieses Feuer, das so lange Zeit den Höhlenbewohnern Wärme und Sicherheit geboten hatte, erlöschen.

Die Einzigen, die in dieser letzten Nacht schliefen, waren die Hunde. Gelegentlich hob einer von ihnen den Kopf, verstohlen äugend, ob ihre Menschen sich denn heute gar nicht zur Ruhe betten wollten.

Schon beim ersten Vogel-Zwitschern, noch bevor die

Sonne aufging, machten sie sich auf den Weg. Bepackt mit ihren letzten Habseligkeiten gingen sie hinab zum Floß. Das Gefährt wurde unter der Last der Ladung fast unter Wasser gedrückt. Erst auf dem Fluss, wenn Hukan weitere Stämme hinzugefügt hätte, würde einer von ihnen es besteigen können, um direkt zu manövrieren. Vorläufig mussten sie es mit Stangen vom Ufer aus lenken. Die jungen Hunde waren so aufgeregt, als das schwere Gefährt lostrieb, dass sie viele Schritte bellend nebenher liefen.

Nachmittags erreichten sie den Einlauf des Sees und schoben das Floß ans Ufer. Hukan und Schalla pirschten an einem Ufer entlang und schossen alle größeren Wasservögel, die nicht rechtzeitig flüchteten. Sie hatten leichtes Spiel, weil viele auf ihren Gelegen verharrten, bis es für sie zu spät war. Zetti folgte mit einem Korb und sammelte die Eier ein.

Anschließend blieb Schalla am Auslauf und bewachte dort ihre Beute, während Zetti und Hukan am anderen Ufer zurück zum Floß gingen und auch dort die Nester plünderten. Dann trieben sie das Floß über den See, setzten es bei Schalla am Ufer fest und bereiteten dort ihr Nachtlager. Vögel und Eier reichten für mehrere Tage, sodass sie aufs Fischen verzichten konnten.

Am nächsten Tag, nach dem Passieren des nächsten Zuflusses, erweiterte Hukan zum ersten Mal das Floß mit vier zusätzlich an den Seiten angebundenen dickeren Stämmen. Nun durfte Schalla mit Platsch aufsteigen und mittels Stange manövrieren. Die Fließgeschwindigkeit war so groß, dass Zetti und Hukan sie bald aus den Augen verloren. Erst gegen Abend schlossen sie wieder zum Gefährt auf.

Schalla war schon nachmittags im steinigen Flachwasserbereich des Flüsschens auf Grund gelaufen, dort, wo sie ihren ersten Einbaum gefertigt und zu Wasser gelassen hatten. An dieser Stelle richteten sie gleich ihr Nachtlager ein. Sie hatten ja Felle genug dabei, um es sich auf dem steinigen Ufer gemütlich zu machen.

Der nächste Morgen verlangte ein schweres Stück Arbeit von ihnen. Sie mussten alle Last vom Floß nehmen und am Flachwasserbereich und an den Stromschnellen vorbei abwärts tragen. Das Floß hebelten, zogen und schoben sie anschließend über alle Untiefen hinweg, bis zum wieder befahrbaren Bereich. An der Stelle, wo Katta den großen Bär getötet hatte, machten sie Mittags-Rast. Sie setzten sich mit ihren Gesichtern zum Bärental gerichtet und gedachten essend und plaudernd ihrer umgekommenen Gefährtin.

Nachmittags betätigte sich Schalla wieder als Flößerin, fuhr mit Platsch aber immer nur so weit vor, dass sie in Sichtweite blieb. Gegen Abend bekam sie wegen zunehmender Wassertiefe und Strömungsgeschwindigkeit Probleme mit der Steuerung, sodass sie nach einem weiteren Bachzulauf an einer Flussbiegung das Floß am Ufer auflaufen ließ und auf die anderen wartete.

An dieser Stelle bot die Landschaft schon ein verändertes Bild. Die durchweg bewaldeten Bergkuppen wurden nun immer runder und flacher und das Flusstal breiter. Fichten standen wegen der geringeren Höhenlage seltener. Schäden durch die Druckwelle konnten sie nicht mehr wahrnehmen. In Sichtweite befand sich bereits der erste Auwald.

Hukan entschied, an Ort und Stelle schon das Nachtlager vorzubereiten. Um sich einen Eindruck vom weiteren Zustand des Wasserlaufs zu verschaffen, marschierte er mit Packa ein Stück weiter abwärts, bis es dunkel zu werden begann. Der Wasserweg war keinesfalls uneingeschränkt frei, sondern, wie in wilder Natur normal, hingen oder lagen immer wieder umgestürzte Bäume im Wasser. Dieser Umstand schränkte die mögliche Breite eines Floßes ein. Auf dem Rückweg beschloss Hukan deshalb, dem Floß am nächsten Tag ein weiteres, etwas längeres Teil in Längsrichtung flexibel mittels Seilen anzufügen, sodass sie alle Platz zum Mitfahren vorfinden würden. So wurde es nicht zu breit und sperrig und blieb manövrierfähig.

In Ufernähe gab es noch einen Standort junger Fichten, die sich wegen ihres geraden Wuchses und der relativ leicht zu entfernenden Äste besonders eigneten. Trotzdem zog sich die Arbeit bis zum Ende des übernächsten Tages hin. Hukan fertigte zusätzlich zu den Stangen zwei Paddel.

Schalla hatte auf seine Anleitung hin die Angelschnüre ausgeworfen und mehrere größere Fische an Land gezogen. Zetti streifte immer wieder durch nahes Buschwerk und kletterte auf Bäume um Vogelnester zu plündern. Gelegenheit für eine Pirsch nahmen sie sich nicht, weil sie immer wieder mit vereinten Kräften am Platz Stämme bewegen mussten.

Bei dem anhaltenden sonnigen Frühlingswetter und in der grünenden Natur machte ihnen die Arbeit sogar richtig Spaß.

Am dritten Tag war schließlich alles für die Weiterfahrt klar. Zetti, Hukan und alle Hunde außer Platsch stiegen auf das neue Vorderteil. Schalla auf dem alten Floß, steuerte das Heck.

Die Landschaft flog jetzt nur so an ihnen vorüber, oft hatten sie Mühe, ihr Gefährt auf Kurs, beziehungsweise vom Ufer oder ins Wasser ragenden Hindernissen fernzuhalten.

Der Fluss änderte seine Hauptrichtung nach Westen,

floss breit durch eine recht gut einsehbare Landschaft. So sehr sie aber auch ausschauten, sie konnten den ganzen Tag lang keine Anzeichen menschlicher Anwesenheit entdecken.

Abends legten sie wieder an und lagerten am Ufer. Als es dunkel war, erkletterte Schalla eine erhöht stehende große Eiche und hielt nach anderen Feuern Ausschau, vergeblich.

Am nächsten Tag stoppten sie mehrmals das Floß, um von Anhöhen in Flussnähe Ausschau zu halten: Von Menschen keine Spur.

Am späten Nachmittag rochen sie während der Fahrt plötzlich Feuer, lenkten hektisch das Floß ans Ufer und schauten sich sorgfältig um: Hinter der nächsten Flussbiegung stieg Rauch auf.

Die Geschichte geht weiter:

tredition®
www.tredition.de

Über tredition

Der tredition Verlag wurde 2006 in Hamburg gegründet. Seitdem hat tredition Hunderte von Büchern veröffentlicht. Autoren können in wenigen leichten Schritten print-Books, e-Books und audio-Books publizieren. Der Verlag hat das Ziel, die beste und fairste Veröffentlichungsmöglichkeit für Autoren zu bieten.

tredition wurde mit der Erkenntnis gegründet, dass nur etwa jedes 200. bei Verlagen eingereichte Manuskript veröffentlicht wird. Dabei hat jedes Buch seinen Markt, also seine Leser. tredition sorgt dafür, dass für jedes Buch die Leserschaft auch erreicht wird

Autoren können das einzigartige Literatur-Netzwerk von tredition nutzen. Hier bieten zahlreiche Literatur-Partner (das sind Lektoren, Übersetzer, Hörbuchsprecher und Illustratoren) ihre Dienstleistung an, um Manuskripte zu verbessern oder die Vielfalt zu erhöhen. Autoren vereinbaren unabhängig von tredition mit Literatur-Partnern die Konditionen ihrer Zusammenarbeit und können gemeinsam am Erfolg des Buches partizipieren.

Das gesamte Verlagsprogramm von tredition ist bei allen stationären Buchhandlungen und Online-Buchhändlern wie z. B. Amazon erhältlich.
e-Books stehen bei den führenden Online-Portalen (z. B. iBookstore von Apple) zum Verkauf.

Seit 2009 bietet tredition sein Verlagskonzept auch als sogenanntes "White-Label" an. Das bedeutet, dass andere Personen oder Institutionen risikofrei und unkompliziert selbst zum Herausgeber von Büchern und Buchreihen unter eigener Marke werden können.

Mittlerweile zählen zahlreiche renommierte Unternehmen, Zeitschriften-, Zeitungs- und Buchverlage, Universitäten, Forschungseinrichtungen, Unternehmensberatungen zu den Kunden von tredition. Unter www.tredition-corporate.de bietet tredition vielfältige weitere Verlagsleistungen speziell für Geschäftskunden an.

tredition wurde mit mehreren Innovationspreisen ausgezeichnet, u. a. Webfuture Award und Innovationspreis der Buch-Digitale.

tredition ist Mitglied im Börsenverein des Deutschen Buchhandels.

Printed in Poland
by Amazon Fulfillment
Poland Sp. z o.o., Wrocław

65881207R00209